ΟΙ ΑΛΛΑΓΈΣ ΚΑΙ ΤΟ ΧΆΟΣ ΕΊΝΑΙ ΑΝΑΜΕΝΌΜΕΝΑ ΚΑΙ ΠΡΈΠΕΙ ΝΑ ΜΆΘΟΥΜΕ ΝΑ ΠΡΟΣΑΡΜΟΖΌΜΑΣΤΕ. ΕΝΊΟΤΕ ΑΠΟΤΕΛΟΎΝ ΕΞΆΣΚΗΣΗ ΓΙΑ ΕΜΆΣ ΏΣΤΕ ΝΑ ΠΑΡΑΜΕΊΝΟΥΜΕ ΔΥΝΑΤΟΊ ΚΑΙ ΠΡΟΣΕΚΤΙΚΟΊ, ΑΛΛΆ ΜΠΟΡΕΊ ΝΑ ΓΊΝΟΥΝ ΔΥΣΒΆΣΤΑΧΤΑ ΚΑΙ ΝΑ ΠΑΡΟΥΣΙΆΣΟΥΝ ΈΝΑΝ ΠΡΑΓΜΑΤΙΚΌ ΑΓΏΝΑ.

ΣΤΟ ΠΈΡΑΣΜΑ ΤΟΥ ΧΡΌΝΟΥ ΟΙ ΠΡΟΚΛΉΣΕΙΣ ΣΥΝΕΧΊΖΟΥΝ ΝΑ ΈΡΧΟΝΤΑΙ ΣΑΝ ΚΎΜΑΤΑ. ΑΥΤΆ ΤΑ ΚΎΜΑΤΑ ΜΠΟΡΟΎΝ ΝΑ ΕΊΝΑΙ ΦΥΣΙΚΆ Ή ΦΑΙΝΟΜΕΝΙΚΆ ΑΦΎΣΙΚΑ ΑΠΌ ΌΣΑ ΓΝΩΡΊΖΟΥΜΕ ΓΙΑ ΤΗ ΦΎΣΗ. ΈΝΑ ΜΆΘΗΜΑ ΠΟΥ ΜΑΣ ΔΙΔΆΣΚΟΥΝ ΌΛΑ ΑΥΤΆ ΤΑ ΚΎΜΑΤΑ ΕΊΝΑΙ ΌΤΙ ΠΆΝΤΑ ΥΠΆΡΧΟΥΝ ΠΕΡΙΣΣΌΤΕΡΑ ΝΑ ΜΆΘΟΥΜΕ.

ΚΆΘΕ ΤΌΣΟ ΌΜΩΣ... ΑΥΤΈΣ ΟΙ ΠΡΟΚΛΉΣΕΙΣ ΜΑΣ ΦΈΡΝΟΥΝ ΤΌΣΟ ΧΑΜΗΛΆ ΣΤΟ ΚΎΜΑ ΌΠΟΥ ΜΟΙΆΖΕΙ ΑΔΎΝΑΤΟ ΤΟ ΝΑ ΜΠΟΡΈΣΟΥΜΕ ΝΑ ΤΟ ΞΑΝΑΝΈΒΟΥΜΕ ΜΌΝΟΙ ΜΑΣ. ΠΩΣ ΤΟ ΒΆΡΟΣ ΕΊΝΑΙ ΑΠΛΆ ΥΠΕΡΒΟΛΙΚΌ ΓΙΑ ΝΑ ΤΟ ΚΟΥΒΑΛΉΣΟΥΜΕ, Ή Η ΚΑΤΆΣΤΑΣΗ ΠΑΡΑΕΊΝΑΙ ΤΑΡΑΧΏΔΗΣ ΓΙΑ ΝΑ ΠΛΟΗΓΗΘΟΎΜΕ ΜΈΣΑ ΤΗΣ.

ΕΊΝΑΙ ΑΥΤΆ ΤΑ ΕΧΘΡΙΚΆ ΠΕΡΙΒΆΛΛΟΝΤΑ ΤΑ ΟΠΟΊΑ ΑΠΟΤΕΛΟΎΝ ΓΌΝΙΜΟ ΈΔΑΦΟΣ ΓΙΑ ΝΑ ΕΓΕΡΘΟΎΝ ΉΡΩΕΣ. ΑΛΛΆ ΓΕΝΝΆΤΑΙ ΚΑΙ ΤΟ ΕΡΏΤΗΜΑ ΑΠΌ ΑΥΤΟΎΣ ΠΟΥ ΒΡΊΣΚΟΝΤΑΙ ΚΛΕΙΣΜΈΝΟΙ ΣΤΟ ΦΌΒΟ ΑΝΑΜΈΝΟΝΤΑΣ ΚΆΠΟΙΟ ΊΧΝΟΣ ΣΩΤΗΡΊΑΣ:

ΠΟΙΟΙ ΕΊΝΑΙ ΑΥΤΟΊ ΟΙ ΉΡΩΕΣ;
ΑΠΌ ΠΟΥ ΈΡΧΟΝΤΑΙ;
ΤΙ ΤΟΥΣ ΟΔΗΓΕΊ;

ΕΆΝ ΠΡΌΚΕΙΤΑΙ ΝΑ ΑΠΑΝΤΉΣΟΥΜΕ ΣΕ ΑΥΤΆ ΤΑ ΕΡΩΤΉΜΑΤΑ, ΠΡΈΠΕΙ ΝΑ ΕΡΕΥΝΉΣΟΥΜΕ ΤΗ ΣΠΟΥΔΑΙΌΤΕΡΗ ΜΟΡΦΉ ΗΡΩΙΣΜΟΎ ΣΤΗΝ ΙΣΤΟΡΊΑ: ΤΟΝ **ΗΡΑΚΛΉ.**

ΤΏΡΑ, ΊΣΩΣ ΠΕΙΣ,
«ΏΣΤΕ ΥΠΆΡΧΕΙ ΈΝΑΣ ΜΥΘΟΛΟΓΙΚΌΣ ΧΑΡΑΚΤΉΡΑΣ, ΟΝΌΜΑΤΙ ΗΡΑΚΛΉΣ, ΠΟΥ ΔΗΜΙΟΥΡΓΉΘΗΚΕ ΑΠΌ ΈΝΑΝ ΠΟΛΙΤΙΣΜΌ ΠΟΥ ΤΥΧΑΊΝΕΙ ΝΑ ΕΊΝΑΙ Ο ΑΡΧΑΙΟΕΛΛΗΝΙΚΌΣ: ΠΏΣ ΑΥΤΌ ΘΑ ΒΟΗΘΉΣΕΙ ΕΜΈΝΑ Ή ΟΠΟΙΟΝΔΉΠΟΤΕ ΆΛΛΟΝ; ΑΥΤΌΣ Ο ΜΎΘΟΣ ΕΊΝΑΙ ΓΙΑ ΨΥΧΑΓΩΓΊΑ ΚΑΙ ΕΠΟΜΈΝΩΣ ΑΠΟΤΕΛΕΊ ΠΕΡΙΣΠΑΣΜΌ ΌΤΑΝ ΥΠΆΡΧΟΥΝ ΣΟΒΑΡΆ ΘΈΜΑΤΑ ΠΟΥ ΧΡΉΖΟΥΝ ΠΡΟΣΟΧΉΣ.»

ΦΥΣΙΚΆ ΥΠΆΡΧΟΥΝ ΆΧΡΗΣΤΟΙ ΠΕΡΙΣΠΑΣΜΟΊ ΌΠΩΣ Η ΑΥΤΑΡΈΣΚΕΙΑ, Ο ΝΑΡΚΙΣΣΙΣΜΌΣ.
ΕΆΝ ΜΠΟΡΕΊΣ ΝΑ ΒΡΕΙΣ ΛΎΣΗ ΣΤΑ ΠΡΟΒΛΉΜΑΤΆ ΣΟΥ ΚΑΙ ΤΗΣ ΚΟΙΝΩΝΊΑΣ ΤΌΤΕ ΠΡΟΧΏΡΑ ΚΑΙ ΜΗ ΧΆΝΕΙΣ ΧΡΌΝΟ. ΑΛΛΆ, ΤΙ ΓΊΝΕΤΑΙ ΌΤΑΝ ΒΡΕΘΕΊΣ ΣΕ ΚΑΤΆΣΤΑΣΗ ΣΎΓΧΥΣΗΣ ΌΠΟΥ ΦΑΙΝΟΜΕΝΙΚΆ ΔΕΝ ΥΠΆΡΧΕΙ ΤΡΌΠΟΣ ΔΙΑΦΥΓΉΣ;..

ΤΌΤΕ ΜΠΟΡΕΊΣ ΝΑ ΠΕΙΣ ΣΕ ΜΊΑ ΤΈΤΟΙΑ ΠΕΡΊΠΤΩΣΗ,
'ΘΑ ΚΟΙΤΆΞΩ ΣΕ ΕΓΧΕΙΡΊΔΙΑ ΚΑΙ ΟΔΗΓΟΎΣ Ή ΣΤΗ ΣΟΦΊΑ ΠΟΥ ΚΛΗΡΟΝΟΜΉΘΗΚΕ ΠΡΟΦΟΡΙΚΆ ΜΈΣΑ ΑΠΌ ΓΕΝΕΈΣ.' ΑΥΤΆ ΤΑ ΕΓΧΕΙΡΊΔΙΑ ΚΑΙ ΟΙ ΟΔΗΓΊΕΣ ΥΠΟΝΟΟΎΝ ΈΝΑΝ ΧΑΡΑΚΤΉΡΑ ΠΟΥ ΚΆΝΕΙ ΤΙΣ ΕΝΈΡΓΕΙΕΣ, Ο ΟΠΟΊΟΣ ΜΠΟΡΕΊ ΝΑ ΕΊΣΑΙ ΕΣΎ! ΕΆΝ ΕΊΝΑΙ ΣΥΓΚΕΚΡΙΜΈΝΕΣ, ΤΌΤΕ ΓΡΆΦΤΗΚΑΝ ΓΙΑ ΜΊΑ ΙΔΙΑΊΤΕΡΗ ΠΡΌΚΛΗΣΗ ΤΗΝ ΟΠΟΊΑ ΟΙ ΕΧΘΡΟΊ ΣΟΥ ΘΑ ΈΧΟΥΝ ΠΡΟΒΛΈΨΕΙ ΟΠΌΤΕ ΟΙ ΚΌΠΟΙ ΣΟΥ ΓΙΑ ΝΑ ΠΟΛΕΜΉΣΕΙΣ ΜΆΧΕΣ ΤΟΥ ΧΘΕΣ ΘΑ ΠΆΝΕ ΧΑΜΈΝΟΙ. ΕΆΝ ΨΆΞΕΙΣ ΣΤΗ ΣΟΦΊΑ, ΘΑ ΒΡΕΙΣ ΠΩΣ ΟΙ ΣΥΜΒΟΥΛΈΣ ΓΊΝΟΝΤΑΙ ΠΙΟ ΑΦΗΡΗΜΈΝΕΣ ΚΑΙ ΜΕΤΑΦΟΡΙΚΈΣ ΏΣΤΕ ΝΑ ΜΠΟΡΟΎΝ ΝΑ ΓΕΝΙΚΕΎΟΝΤΑΙ ΣΤΟ ΠΈΡΑΣΜΑ ΤΟΥ ΧΡΌΝΟΥ.

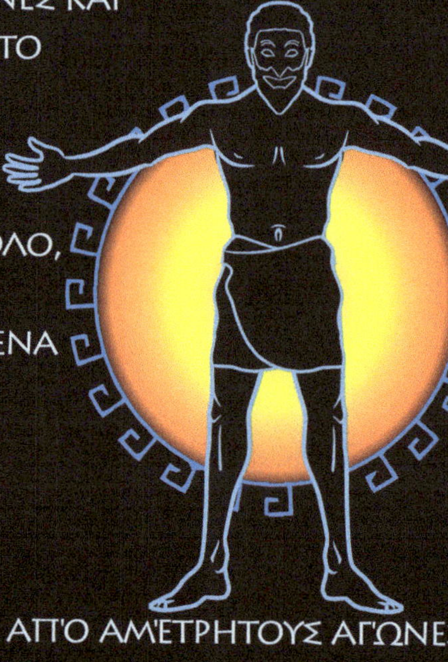

ΘΑ ΧΡΕΙΑΣΤΕΊ ΕΠΟΜΈΝΩΣ ΠΕΡΙΣΣΌΤΕΡΗ ΠΡΟΣΠΆΘΕΙΑ ΣΤΗ ΔΙΑΔΙΚΑΣΊΑ ΕΡΜΗΝΕΊΑΣ, ΚΑΙ ΑΥΤΌ ΔΕΝ ΕΊΝΑΙ ΕΎΚΟΛΟ, ΑΛΛΆ... ΥΠΆΡΧΕΙ ΜΕΓΑΛΎΤΕΡΗ ΠΙΘΑΝΌΤΗΤΑ ΕΎΡΕΣΗΣ ΜΕΡΙΚΏΝ ΚΟΙΝΏΝ ΣΤΟΙΧΕΊΩΝ ΣΤΑ ΕΠΑΝΑΛΑΜΒΑΝΌΜΕΝΑ ΘΈΜΑΤΑ ΤΩΝ ΜΎΘΩΝ ΤΑ ΟΠΟΊΑ ΜΠΟΡΟΎΝ ΝΑ ΣΟΥ ΔΏΣΟΥΝ ΤΗ ΓΕΝΙΚΉ ΚΑΤΕΎΘΥΝΣΗ ΠΟΥ ΧΡΕΙΆΖΕΣΑΙ.

ΓΙΑ ΑΥΤΌ ΑΚΡΙΒΏΣ ΥΠΆΡΧΕΙ Ο ΜΎΘΟΣ ΤΟΥ ΗΡΑΚΛΉ:
ΜΊΑ ΔΩΡΕΆ ΤΗΣ ΣΟΦΊΑΣ ΠΟΥ ΚΛΗΡΟΝΟΜΉΘΗΚΕ ΣΤΟ ΠΈΡΑΣΜΑ ΤΩΝ ΧΡΌΝΩΝ. ΈΧΟΝΤΑΣ ΣΧΗΜΑΤΙΣΤΕΊ ΜΈΣΑ ΑΠΌ ΑΜΈΤΡΗΤΟΥΣ ΑΓΏΝΕΣ, ΑΠΌ ΣΧΕΔΌΝ ΚΆΘΕ ΕΊΔΟΥΣ ΑΝΘΡΏΠΙΝΗ ΟΔΎΝΗ, ΑΥΤΉ Η ΑΔΙΆΚΟΠΗ ΠΑΡΆΔΟΣΗ ΚΑΤΈΛΗΞΕ ΣΕ ΜΊΑ ΣΕΙΡΆ ΑΠΌ ΆΘΛΟΥΣ ΠΟΥ ΠΑΊΡΝΟΥΝ ΈΝΑΝ ΆΝΔΡΑ ΜΕ ΔΎΟ ΦΎΣΕΙΣ (ΘΝΗΤΟΎ ΑΝΘΡΏΠΟΥ ΚΑΙ ΘΕΟΎ) ΣΕ ΈΝΑ ΣΏΜΑ, ΑΠΌ ΤΗΝ ΑΦΕΤΗΡΊΑ ΜΕ ΤΗΝ ΟΠΟΊΑ ΌΛΟΙ ΞΕΚΙΝΆΜΕ, ΚΑΙ ΓΊΝΕΤΑΙ Ο ΠΡΏΤΟΣ ΠΟΥ ΘΑ ΕΝΩΘΕΊ ΜΕ ΤΟΥΣ ΘΕΟΎΣ ΤΟΥ ΌΡΟΥΣ ΟΛΎΜΠΟΥ ΜΕΤΆ ΘΆΝΑΤΟΝ.

Ποιοι είναι οι άθλοι του Ηρακλή;

Τα περισσότερα βιβλία θα βάλουν τους άθλους σε αυτή τη σειρά:

1 · Λιοντάρι της Νεμέας: Κατακτώ
2 · Λερναία Ύδρα: Καταβάλλω
3 · Ερυμάνθιος Κάπρος: Ελέγχω
4 · Κερυνίτιδα Έλαφος: Πιάνω
5 · Στυμφαλίδες Όρνιθες: Καθαρίζω
6 · Σταβλοι του Αυγεία: Αποκαθαίρω
7 · Ταύρος της Κρήτης: Υπερισχύω
8 · Άλογα του Διομήδη: Κλέβω
9 · Ζώνη της Ιππολύτης: Παίρνω
10 · Βόδια του Γηρυόνη: Βοσκώ
11 · Κέρβερος: Σηκώνω
12 · Χρυσά μήλα των Εσπερίδων: Αφαιρώ

Είναι κοινό να βλέπει κανείς τον άθλο με τον κάπρο να είναι ο 4ος και την έλαφο 3ος, όπως και του 5ου και 6ου και 11ου και 12ου. Αν και κοινό αυτό είναι λάθος και οι λόγοι θα γίνουν ξεκάθαροι στην πορεία.

Στις πρώτες μέρες της Αρχαίας Ελλάδας, μια γυναίκα με το όνομα Αλκμήνη, περίμενε τον άνδρα της, Αμφιτρύωνα, να επιστρέψει από την εκστρατεία. Η ένωση της Αλκμήνης με τον Αμφιτρύωνα και τον Δία ήταν η μαγική στιγμή για τη δημιουργία του Ηρακλή. Αυτή η ένωση εθεάθη από τη μνηστή του Δία, Ήρα (αγελαδοπρόσωπη θεά του έναστρου ουρανού).

Πυθιόνικοι Ωδή 9 του Πίνδαρου,
"...διφρηλάτα Ἀμφιτρύωνος σάματι, πατροπάτωρ ἔνθα οἱ Σπαρτῶν ξένος κεῖτο, λευκίπποισι Καδμείων μετοικήσαις ἀγυιαῖς. τέκε οἱ καὶ Ζηνὶ μιγεῖσα δαΐφρων ἐν μόναις ὠδῖσιν Ἀλκμήνα..."

Η οργή απορρόφησε την Ήρα και η εκδίκηση έγινε στόχος. Η Ήρα, προσπάθησε να αποτρέψει την Αλκμήνη να φέρει τον Ηρακλή στον κόσμο, αλλά απέτυχε. Αυτό δεν την απέτρεψε όμως από τον στόχο της. Μόλις το παιδί γεννήθηκε, ονομάστηκε Ηρακλής, που σημαίνει Δόξα στην Ήρα. Αυτό το όνομα γέμισε την Ήρα με περισσότερη οργή.

Όσο ο Ηρακλής ήταν ακόμη βρέφος, η Ήρα έστειλε 2 φίδια να τον σκοτώσουν στη κούνια του, αλλά εκείνος τα στραγγάλισε. Από εκείνη τη στιγμή έγινε γνωστό πως ήταν πολύ δυνατός.

Όταν ο Ηρακλής έγινε έφηβος, οι γονείς του τον έστειλαν να διδαχθεί, υπό την αιγίδα του μεγαλύτερου διδασκάλου Ηρώων της Ελλάδας: τον Κένταυρο Χείρωνα (μισός άνδρας-μισός άλογο). Ο Χείρωνας, είχε συμβουλέψει/ καθοδηγήσει/μορφώσει τον Αχιλλέα, τον Θησέα, τον Περσέα, και τους περισσότερους από τους θρυλικούς ήρωες της Ηρωικής εποχής.

Ο Ηρακλής αργότερα παντρεύτηκε μία γυναίκα με το όνομα Μεγάρα, και απέκτησαν 2 παιδιά. Ήταν μια πολύ ευτυχισμένη οικογένεια. Ήταν σε μια τόσο όμορφη περίοδο που η Ήρα αποφάσισε να χτυπήσει, και με τόσο σκληρό τρόπο. Έστειλε μια κρίση τρέλας στο μυαλό του η οποία απορρόφησε τη συνείδησή του. Αυτή προκάλεσε μεγάλη παράνοια που οδήγησε σε αυτόν να σκοτώσει τη γυναίκα και τα παιδιά του.

Μετά την πράξη, το κύμα τρέλας υποχώρησε, και ύστερα είδε και κατάλαβε τι είχε κάνει. Πήγε στο ναό του Απόλλωνα να ζητήσει συμβουλή από το μαντείο για το πώς να αφαιρέσει τη μόλυνση αυτής της τραγωδίας. Γνωρίζοντας πως αυτή η μόλυνση θα τον ακολουθούσε μετά το θάνατο στην αιωνιότητα, προτίμησε να δράσει σύμφωνα με καθοδήγηση από τα Θεία παρά να βυθιστεί στη λύπη. Το να μείνει αδρανής δεν θα άλλαζε την ισορροπία των πράξεων που διέπραξε. Διάλεξε να αφιερώσει τη ζωή του στη διόρθωση αυτού του λάθους.

Στο μαντείο του Απόλλωνα στους Δελφούς, ειπώθηκε στον Ηρακλή πως για να καθαρίσει το πνεύμα του και να εξαγνίσει τον εαυτό του, θα έπρεπε να τελέσει 10 ηρωικούς άθλους όπως θα του όριζε ο Βασιλιάς της Τίρυνθας, Ευρυσθέας.

Κρυφά, η Ήρα ήταν σε επικοινωνία με τον Απόλλωνα και αυτοί οι άθλοι ήταν σχεδιασμένοι για να σκοτώσουν τον Ηρακλή. Ο βασιλιάς Ευρυσθέας γνώριζε επίσης πως ήταν ευθύνη του ο Ηρακλής να αποτύχει στην εκπλήρωση των άθλων, και πως έπρεπε να πεθάνει με ντροπή.

ΕΥΡΥΣΘΈΑΣ:
ΗΡΑΚΛΉ, ΚΑΛΏΣ ΉΡΘΕΣ, ΧΑΊΡΟΜΑΙ ΝΑ ΣΕ ΒΟΗΘΉΣΩ ΝΑ ΚΑΘΑΡΊΣΕΙΣ ΤΟ ΜΟΛΥΣΜΈΝΟ ΠΝΕΎΜΑ ΣΟΥ ΚΑΙ ΝΑ ΣΕ ΑΠΑΛΛΆΞΩ ΑΠΌ ΤΗΝ ΕΝΟΧΉ ΠΟΥ ΒΑΡΑΊΝΕΙ ΤΟΥΣ ΏΜΟΥΣ ΣΟΥ. ΤΟ ΠΡΏΤΟ ΣΟΥ ΈΡΓΟ ΚΑΙ ΆΘΛΟΣ ΕΊΝΑΙ ΝΑ ΚΑΤΑΣΤΡΈΨΕΙΣ ΤΟ ΛΙΟΝΤΆΡΙ ΤΗΣ ΝΕΜΈΑΣ! Η ΠΕΡΙΟΧΉ ΤΗΣ ΝΕΜΈΑΣ <Η ΓΗ ΚΑΙ Ο ΝΌΜΟΣ ΓΙΑ ΒΟΣΚΉ ΚΟΠΑΔΙΏΝ> ΣΤΗΝ ΑΡΓΟΛΊΔΑ, ΈΧΕΙ ΒΑΣΑΝΙΣΤΕΊ ΑΠΌ ΑΥΤΌ ΤΟ ΚΤΉΝΟΣ ΓΙΑ ΠΟΛΎ ΚΑΙΡΌ. ΦΥΣΙΚΆ, ΦΈΡΕ ΑΠΌΔΕΙΞΗ ΤΗΣ ΠΡΆΞΗΣ.

ΗΡΑΚΛΉΣ:
ΛΈΓΕΤΑΙ ΌΤΙ ΑΥΤΌ ΤΟ ΚΤΉΝΟΣ ΔΕΝ ΜΠΟΡΕΊ ΝΑ ΣΚΟΤΩΘΕΊ.

ΕΥΡΥΣΘΈΑΣ:
ΈΧΩ ΑΙΣΙΟΔΟΞΊΑ ΓΙΑ ΤΟ ΕΥΕΡΓΕΤΙΚΌ ΑΠΟΤΈΛΕΣΜΑ.

Ο ΗΡΑΚΛΉΣ ΠΉΡΕ ΈΝΑ ΜΠΡΟΎΤΖΙΝΟ ΣΠΑΘΊ ΚΑΙ ΈΦΤΙΑΞΕ ΈΝΑ ΡΌΠΑΛΟ ΑΠΌ ΤΟ ΚΛΑΔΊ ΜΊΑΣ ΕΛΙΆΣ. ΠΉΓΕ ΣΤΗ ΠΕΡΙΟΧΉ ΤΗΝ ΟΠΟΊΑ ΤΡΟΜΟΚΡΑΤΟΎΣΕ ΤΟ ΛΙΟΝΤΆΡΙ. ΜΈΡΕΣ ΈΨΑΧΝΕ ΚΑΙ ΒΟΣΚΟΎΣΕ ΤΑ ΠΡΌΒΑΤΑ ΜΑΚΡΙΆ, ΤΑ ΟΠΟΊΑ ΉΤΑΝ ΤΑ ΘΗΡΆΜΑΤΑ ΤΟΥ ΛΙΟΝΤΑΡΙΟΎ, ΚΑΙ ΑΥΤΌ ΤΟ ΑΝΆΓΚΑΣΕ ΝΑ ΤΟΝ ΠΡΟΣΈΞΕΙ.

ΤΟ ΛΙΟΝΤΆΡΙ ΑΠΕΛΕΥΘΈΡΩΣΕ ΤΟΝ ΜΑΝΙΏΔΗ ΒΡΥΧΗΘΜΌ ΤΟΥ, ΚΑΙ ΑΚΌΜΑ ΚΙ ΑΝ ΑΥΤΌ ΠΡΟΚΆΛΕΣΕ ΦΌΒΟ ΣΤΟΝ ΉΡΩΑ, ΕΚΕΊΝΟΣ ΉΞΕΡΕ ΠΩΣ ΜΊΑ ΥΠΟΧΏΡΗΣΗ ΑΠΌ ΑΥΤΌΝ ΤΟΝ ΦΑΙΝΟΜΕΝΙΚΆ ΣΊΓΟΥΡΟ ΘΆΝΑΤΟ, ΘΑ ΟΔΗΓΟΎΣΕ ΣΕ ΑΙΏΝΙΟ ΒΆΣΑΝΟ, ΈΤΣΙ ΑΝΕΞΆΡΤΗΤΑ ΑΠΌ ΤΟ ΑΝΑΜΕΝΌΜΕΝΟ ΑΠΟΤΈΛΕΣΜΑ, ΈΤΡΕΞΕ ΑΠΕΥΘΕΊΑΣ ΠΡΟΣ ΤΟΝ ΉΧΟ ΤΟΥ ΒΡΥΧΗΘΜΟΎ.

ΤΟ ΛΙΟΝΤΆΡΙ ΜΗ ΈΧΟΝΤΑΣ ΞΑΝΑΔΕΙ ΚΆΠΟΙΟΝ ΝΑ ΜΗ ΤΡΈΧΕΙ ΜΑΚΡΙΆ ΑΠΌ ΤΟ ΒΡΥΧΗΘΜΌ, ΠΌΣΟ ΜΆΛΛΟΝ ΠΡΟΣ ΑΥΤΌΝ, ΚΥΡΙΕΎΤΗΚΕ ΑΠΌ ΦΌΒΟ ΚΑΙ ΤΡΆΠΗΚΕ ΣΕ ΦΥΓΉ ΣΤΟ ΛΗΜΈΡΙ ΤΟΥ ΜΈΣΑ ΣΤΟ ΒΟΥΝΌ. ΥΠΉΡΧΑΝ 2 ΕΊΣΟΔΟΙ ΣΤΟ ΛΗΜΈΡΙ ΚΑΙ Ο ΗΡΑΚΛΉΣ ΈΒΑΛΕ ΈΝΑ ΒΡΆΧΟ ΓΙΑ ΝΑ ΦΡΆΞΕΙ ΤΗ ΜΊΑ ΕΊΣΟΔΟ ΚΑΙ ΜΠΉΚΕ ΑΠΌ ΤΗΝ ΆΛΛΗ.

ΤΟ ΛΙΟΝΤΆΡΙ ΔΕΝ ΜΠΟΡΟΎΣΕ ΝΑ ΑΚΟΥΣΤΕΊ ΑΠΌ ΈΞΩ ΚΑΙ ΌΤΑΝ Ο ΗΡΑΚΛΉΣ ΜΠΉΚΕ ΣΤΟ ΒΟΥΝΌ ΉΤΑΝ ΟΛΟΜΌΝΑΧΟΣ. Η ΑΝΑΜΈΤΡΗΣΗ ΈΛΑΒΕ ΧΏΡΑ ΣΤΟ ΚΈΝΤΡΟ. Ο ΗΡΑΚΛΉΣ ΧΡΗΣΙΜΟΠΟΊΗΣΕ ΤΟ ΜΠΡΟΎΤΖΙΝΟ ΣΠΑΘΊ ΧΤΥΠΏΝΤΑΣ ΤΟ ΛΙΟΝΤΆΡΙ. ΤΟ ΣΠΑΘΊ ΌΜΩΣ ΔΊΠΛΩΣΕ ΚΑΙ ΠΉΡΕ ΝΈΟ ΣΧΉΜΑ. ΧΡΗΣΙΜΟΠΟΊΗΣΕ ΤΟ ΡΌΠΑΛΟ ΑΛΛΆ ΤΟ ΛΙΟΝΤΆΡΙ ΤΑΡΑΚΟΥΝΉΘΗΚΕ ΕΛΑΦΡΏΣ. ΜΕΤΆ ΕΚΕΊΝΟ ΤΟΥ ΌΡΜΗΞΕ, ΚΑΙ Ο ΗΡΑΚΛΉΣ ΣΤΆΘΗΚΕ ΑΠΟΦΑΣΙΣΜΈΝΟΣ ΈΧΟΝΤΑΣ ΜΊΑ ΜΌΝΟ ΕΠΙΛΟΓΉ...

… ΒΥΘΊΖΟΝΤΑΣ ΤΟ ΧΈΡΙ ΤΟΥ ΜΈΣΑ ΣΤΟ ΛΑΙΜΌ ΤΟΥ ΛΙΟΝΤΑΡΙΟΎ ΆΡΠΑΞΕ ΤΑ ΣΩΘΙΚΆ ΤΟΥ, ΚΑΙ ΤΑ ΤΡΆΒΗΞΕ ΈΞΩ. Ο ΗΡΑΚΛΉΣ ΎΣΤΕΡΑ ΚΟΊΤΑΞΕ ΤΟ ΘΈΑΜΑ ΤΟΥ ΔΙΑΤΑΡΑΓΜΈΝΟΥ ΠΤΏΜΑΤΟΣ ΤΟΥ ΤΡΟΜΕΡΟΎ ΚΤΉΝΟΥΣ.

ΈΠΡΕΠΕ ΝΑ ΦΈΡΕΙ ΑΠΌΔΕΙΞΗ ΠΩΣ ΕΊΧΕ ΟΛΟΚΛΗΡΏΣΕΙ ΤΗΝ ΠΡΆΞΗ ΚΑΙ ΝΑ ΑΠΟΔΕΊΞΕΙ ΌΤΙ ΕΚΕΊΝΟΣ ΤΗΝ ΈΦΕΡΕ ΕΙΣ ΠΈΡΑΣ. ΤΟ ΠΤΏΜΑ ΠΑΡΑΉΤΑΝ ΜΕΓΆΛΟ ΚΑΙ ΒΑΡΎ ΓΙΑ ΝΑ ΚΟΥΒΑΛΗΘΕΊ. ΤΟ ΔΈΡΜΑ ΤΟΥ ΠΑΡΑΉΤΑΝ ΣΚΛΗΡΌ ΓΙΑ ΝΑ ΚΟΠΕΙ ΏΣΤΕ ΝΑ ΤΟΥ ΠΆΡΕΙ ΤΟ ΤΟΜΆΡΙ. ΕΚΕΊ ΣΤΟ ΣΚΟΤΆΔΙ, ΘΕΊΑ ΈΜΠΝΕΥΣΗ ΤΟΥ ΔΌΘΗΚΕ ΠΑΡΟΥΣΙΆΖΟΝΤΑΣ ΤΟΥ ΤΗΝ ΙΔΈΑ ΤΟΥ ΝΑ ΧΡΗΣΙΜΟΠΟΙΉΣΕΙ ΤΑ ΝΎΧΙΑ ΤΟΥ ΊΔΙΟΥ ΤΟΥ ΛΙΟΝΤΑΡΙΟΎ ΓΙΑ ΝΑ ΚΌΨΕΙ ΤΟ ΔΈΡΜΑ. ΑΝΤΊ ΝΑ ΚΟΥΒΑΛΉΣΕΙ ΤΟ ΤΟΜΆΡΙ ΣΤΟΥΣ ΏΜΟΥΣ ΤΟΥ ΤΟ ΦΌΡΕΣΕ ΩΣ ΠΑΝΟΠΛΊΑ.

ΗΡΑΚΛΗΣ::
ΈΣΦΑΞΑ ΤΟ ΛΙΟΝΤΆΡΙ ΤΗΣ ΝΕΜΈΑΣ!

ΕΥΡΥΣΘΈΑΣ:
ΑΑ, ΛΟΙΠΌΝ. ΑΥΤΌ ΕΊΝΑΙ ΠΟΛΎ ΚΑΛΌ ΚΑΙ… ΕΥΓΝΩΜΟΣΎΝΗ ΣΤΟΥΣ ΑΝΘΡΏΠΟΥΣ ΤΗΣ ΝΕΜΈΑΣ. ΠΌΣΟ ΆΞΙΟΣ ΉΣΟΥΝ ΠΟΥ ΑΝΈΛΑΒΕΣ ΤΗΝ ΠΡΌΚΛΗΣΗ ΠΟΥ ΌΦΕΙΛΕΣ

ΕΥΡΥΣΘΈΑΣ (ΣΚΕΠΤΌΜΕΝΟΣ):
ΠΏΣ ΜΠΟΡΕΊ ΝΑ ΕΛΕΓΧΘΕΊ ΕΆΝ ΥΠΕΡΒΑΊΝΕΙ ΤΙΣ ΠΡΟΚΛΉΣΕΙΣ ΠΟΥ ΆΛΛΟΙ ΑΠΟΤΥΓΧΆΝΟΥΝ ΝΑ ΑΝΤΙΜΕΤΩΠΊΣΟΥΝ? ΥΠΟΤΊΘΕΤΑΙ ΠΩΣ ΘΑ ΑΥΤΌΣ ΘΑ ΠΈΘΑΙΝΕ, ΚΑΙ ΌΧΙ ΤΟ ΛΙΟΝΤΆΡΙ ΤΗΣ ΝΕΜΈΑΣ, ΑΛΛΆ ΤΗΝ ΕΠΌΜΕΝΗ ΦΟΡΆ ΔΕΝ ΘΑ ΠΕΤΎΧΕΙ ΚΑΙ ΑΥΤΉ ΤΟΥ Η ΝΊΚΗ ΘΑ ΕΊΝΑΙ Η ΤΕΛΕΥΤΑΊΑ ΤΟΥ.

ΗΡΑΚΛΉΣ:
ΠΟΙΟΣ ΕΊΝΑΙ Ο ΕΠΌΜΕΝΟΣ ΆΘΛΟΣ ΠΟΥ ΕΊΜΑΙ ΠΡΟΟΡΙΣΜΈΝΟΣ ΝΑ ΑΝΑΛΆΒΩ?

ΕΥΡΥΣΘΈΑΣ:
ΕΣΎ! ΕΣΎ, ΠΡΈΠΕΙ ΝΑ ΕΞΑΦΑΝΊΣΕΙΣ ΤΗ ΛΕΡΝΑΊΑ ΎΔΡΑ! ΠΉΓΑΙΝΕ ΤΏΡΑ!

Η ΎΔΡΑ ΤΗΣ ΛΈΡΝΗΣ ΕΊΧΕ ΔΕΚΑ ΚΕΦΆΛΙΑ. ΤΑ 9 ΑΠΌ ΑΥΤΆ ΉΤΑΝ ΘΝΗΤΆ ΚΑΙ ΤΟ ΜΕΓΑΛΎΤΕΡΟ ΣΤΟ ΚΈΝΤΡΟ ΉΤΑΝ ΑΘΆΝΑΤΟ. ΖΟΎΣΕ ΣΤΗ ΛΊΜΝΗ ΕΝΌΣ ΒΆΛΤΟΥ. ΦΈΡΕΤΑΙ ΌΤΙ ΣΤΟ ΒΥΘΌ ΑΥΤΉΣ ΤΗΣ ΛΊΜΝΗΣ ΥΠΉΡΧΕ ΜΙΑ ΤΡΎΠΑ ΑΠΌ ΌΠΟΥ ΜΠΟΡΟΎΣΕ ΚΑΝΕΊΣ ΝΑ ΔΕΙ ΤΟΝ ΚΆΤΩ ΚΌΣΜΟ.

Ο ΗΡΑΚΛΉΣ ΠΉΡΕ ΜΑΖΊ ΤΟΥ ΤΟΝ ΑΝΙΨΙΌ ΤΟΥ, ΙΌΛΑΟ, ΈΝΑΝ ΈΞΟΧΟ ΗΝΊΟΧΟ. ΠΛΗΣΊΑΣΑΝ ΤΟ ΒΆΛΤΟ ΔΊΠΛΑ ΑΠΌ ΤΗΝ ΠΗΓΉ ΤΗΣ ΑΜΥΜΏΝΗΣ, ΣΤΗ ΛΈΡΝΗ ΌΠΟΥ ΖΟΎΣΕ Η ΎΔΡΑ. ΚΑΘΏΣ ΠΛΗΣΊΑΖΑΝ Η ΔΥΣΩΔΊΑ ΣΉΨΗΣ ΑΠΌ ΘΆΝΑΤΟ ΑΥΞΑΝΌΤΑΝ. ΑΡΧΙΚΆ Η ΎΔΡΑ ΔΕΝ ΉΡΘΕ ΝΑ ΑΝΤΙΜΕΤΩΠΊΣΕΙ ΤΟΝ ΗΡΑΚΛΉ ΣΤΗΝ ΆΚΡΗ ΤΗΣ ΛΊΜΝΗΣ, ΚΑΙ ΓΙΑ ΝΑ ΤΗΝ ΠΡΟΣΕΛΚΎΣΕΙ, ΕΚΕΊΝΟΣ ΈΡΙΞΕ ΦΛΕΓΌΜΕΝΑ ΒΈΛΗ ΣΤΟ ΝΕΡΌ ΟΔΗΓΏΝΤΑΣ ΤΗ ΣΤΟ ΝΑ ΑΝΑΔΥΘΕΊ ΚΑΙ ΝΑ ΤΟΝ ΠΡΟΣΕΓΓΊΣΕΙ ΣΤΗ ΞΗΡΆ. ΤΟ ΚΤΉΝΟΣ ΉΤΑΝ ΤΌΣΟ ΕΠΙΚΊΝΔΥΝΟ ΠΟΥ ΑΚΌΜΑ ΚΙ Η ΑΝΆΣΑ ΤΟΥ ΜΠΟΡΟΎΣΕ ΝΑ ΣΚΟΤΏΣΕΙ.

Ο ΗΡΑΚΛΉΣ ΧΡΗΣΙΜΟΠΟΊΗΣΕ ΤΟ ΣΠΑΘΊ ΤΟΥ ΓΙΑ ΝΑ ΚΌΨΕΙ ΤΟ ΛΑΙΜΌ ΕΝΌΣ ΕΚ ΤΩΝ ΚΕΦΑΛΙΏΝ ΤΗΣ ΎΔΡΑΣ, ΚΑΙ ΠΡΟΣ ΜΕΓΆΛΗ ΤΟΥ ΈΚΠΛΗΞΗ ΑΝΤΙΛΉΦΘΗΚΕ ΠΩΣ ΑΠ'ΤΟΝ ΚΟΡΜΌ ΞΕΦΎΤΡΩΣΑΝ 2 ΚΕΦΆΛΙΑ ΣΤΗ ΘΈΣΗ ΤΟΥ 1.

ΎΣΤΕΡΑ ΑΠΌ ΔΙΑΔΟΧΙΚΈΣ ΚΟΠΈΣ Ο ΗΡΑΚΛΉΣ ΠΕΡΙΚΥΚΛΏΘΗΚΕ ΑΠΌ ΚΕΦΆΛΙΑ ΣΕ ΚΆΘΕ ΚΑΤΕΎΘΥΝΣΗ. Ο ΙΌΛΑΟΣ ΑΠΌ ΤΟ ΠΛΆΙ ΜΠΟΡΟΎΣΕ ΝΑ ΔΕΙ ΠΌΣΟ ΜΆΤΑΙΗ ΉΤΑΝ ΑΥΤΉ Η ΠΡΟΣΠΆΘΕΙΑ. ΦΏΝΑΞΕ ΣΤΟΝ ΗΡΑΚΛΉ, 'Η ΣΤΡΑΤΗΓΙΚΉ ΠΡΈΠΕΙ ΝΑ ΑΛΛΑΧΘΕΊ! ΑΣ ΒΆΛΟΥΜΕ ΦΩΤΙΆ ΣΤΟΥΣ ΛΑΙΜΟΎΣ ΑΠΌ ΤΟΥΣ ΟΠΟΊΟΥΣ ΦΥΤΡΏΝΟΥΝ ΤΑ ΚΕΦΆΛΙΑ!”
Ο ΗΡΑΚΛΉΣ ΚΑΙ Ο ΙΌΛΑΟΣ ΈΔΡΑΣΑΝ ΩΣ ΟΜΆΔΑ ΌΠΟΥ Ο ΗΡΑΚΛΉΣ ΈΚΟΒΕ ΤΟΥΣ ΛΑΙΜΟΎΣ ΑΠΟΚΑΛΎΠΤΟΝΤΑΣ ΤΗ ΒΆΣΗ, ΚΑΙ Ο ΙΌΛΑΟΣ ΈΒΑΖΕ ΦΩΤΙΆ ΣΕ ΑΥΤΟΎΣ ΑΠΟΤΡΈΠΟΝΤΑΣ ΤΗΝ ΑΝΆΠΤΥΞΗ ΝΈΩΝ ΚΕΦΑΛΙΏΝ. ΈΝΑ ΚΑΒΟΎΡΙ ΑΝΑΔΎΘΗΚΕ ΓΙΑ ΝΑ ΑΠΟΣΠΆΣΕΙ ΤΟΝ ΗΡΑΚΛΉ ΑΛΛΆ ΕΚΕΊΝΟΣ ΤΟ ΣΥΝΈΘΛΙΨΕ ΜΕ ΕΥΚΟΛΊΑ.

ΑΦΟΎ ΌΛΑ ΤΑ ΚΕΦΆΛΙΑ ΕΊΧΑΝ ΚΟΠΕΊ ΚΑΙ ΟΙ ΚΟΡΜΟΊ ΤΩΝ ΛΑΙΜΏΝ ΑΚΟΛΟΎΘΩΣ ΑΠΑΝΘΡΑΚΩΘΕΊ, ΜΌΝΟ ΤΟ ΤΕΛΕΥΤΑΊΟ ΑΘΆΝΑΤΟ ΚΕΦΆΛΙ ΈΜΕΙΝΕ. ΤΊΠΟΤΑ ΔΕΝ ΜΠΟΡΟΎΣΕ ΝΑ ΤΟ ΣΚΟΤΏΣΕΙ. Ο ΗΡΑΚΛΉΣ ΜΕΤΆ ΕΊΔΕ ΤΟ ΔΗΛΗΤΗΡΙΏΔΕΣ ΑΊΜΑ ΤΗΣ ΎΔΡΑΣ ΤΟ ΟΠΟΊΟ ΕΊΧΕ ΧΡΗΣΙΜΟΠΟΙΗΘΕΊ ΓΙΑ ΝΑ ΣΚΟΤΏΣΕΙ ΑΜΈΤΡΗΤΑ ΘΎΜΑΤΑ ΚΑΙ ΔΙΆΛΕΞΕ ΝΑ ΜΟΥΣΚΈΨΕΙ ΤΗ ΦΑΡΈΤΡΑ ΤΩΝ ΒΕΛΏΝ ΜΕ ΑΥΤΌ ΤΟ ΔΙΑΦΑΝΈΣ ΑΊΜΑ-ΔΗΛΗΤΉΡΙΟ. ΈΝΑΣ ΜΕΓΆΛΟΣ ΟΓΚΌΛΙΘΟΣ ΤΟΠΟΘΕΤΉΘΗΚΕ ΎΣΤΕΡΑ ΠΆΝΩ ΑΠ'ΤΟ ΑΘΆΝΑΤΟ ΚΕΦΆΛΙ, ΣΤΟ ΔΡΌΜΟ ΓΙΑ ΤΗ ΛΈΡΝΗ.

ΉΡΑ:

ΗΑΓΑΠΗΤΉ ΜΟΥ ΎΔΡΑ, ΑΚΌΜΑ ΚΑΙ Ο ΚΆΒΟΥΡΑΣ Ο ΚΑΡΚΊΝΟΣ, ΑΦΑΙΡΈΘΗΚΑΝ! ΓΙΑΤΊ ΣΥΝΈΒΗ ΑΥΤΌ; ΈΚΑΝΑ ΤΟ ΚΑΘΈΝΑ ΈΝΑΝ ΑΣΤΕΡΙΣΜΌ ΏΣΤΕ Η ΑΝΆΜΝΗΣΗ ΤΗΣ ΠΡΟΣΠΆΘΕΙΆΣ ΤΟΥΣ ΝΑ ΔΡΑ ΣΑΝ ΚΑΤΕΥΘΥΝΤΙΚΉ.

ΕΥΡΥΣΘΈΑΣ:

ΑΠΟΛΟΓΟΎΜΑΙ ΓΙΑ ΤΗΝ ΑΠΏΛΕΙΑ ΚΑΙ ΤΙΣ ΠΡΟΣΠΆΘΕΙΈΣ ΣΑΣ ΛΌΓΩ ΤΟΥ ΧΕΡΙΟΎ ΕΝΌΣ ΤΡΕΛΟΎ ΆΝΤΡΑ, ΑΛΛΆ ΣΑΣ ΔΙΑΒΕΒΑΙΏΝΩ ΌΤΙ ΑΥΤΟΎ ΤΟΥ ΆΝΤΡΑ Ο ΧΡΌΝΟΣ ΕΊΝΑΙ ΠΕΡΙΟΡΙΣΜΈΝΟΣ. ΤΟ ΤΈΛΟΣ ΤΟΥ ΠΛΗΣΙΆΖΕΙ ΚΑΙ ΘΑ ΠΛΗΡΏΣΕΙ ΓΙΑ ΑΥΤΈΣ ΤΙΣ ΑΠΏΛΕΙΕΣ ΠΟΥ ΥΠΟΣΤΉΚΑΤΕ.

ΕΥΡΥΣΘΈΑΣ:

ΑΠΑΤΕΏΝΑ ΗΡΑΚΛΉ! ΠΉΡΕΣ ΒΟΉΘΕΙΑ ΑΠΌ ΤΟΝ ΑΝΙΨΙΌ ΣΟΥ! ΔΕΝ ΜΠΟΡΕΊΣ ΝΑ ΜΟΙΡΑΣΤΕΊΣ ΤΟ ΒΆΡΟΣ ΣΟΥ ΜΕ ΆΛΛΟΥΣ! Ο ΙΌΛΑΟΣ ΣΕ ΒΟΉΘΗΣΕ ΚΑΙ ΈΤΣΙ Ο ΆΘΛΟΣ ΣΟΥ ΔΕ ΘΑ ΥΠΟΛΟΓΙΣΤΕΊ ΣΤΟ ΧΡΈΟΣ ΣΟΥ.

ΗΡΑΚΛΉΣ:

ΤΌΤΕ ΠΑΡΑΚΑΛΏ ΔΏΣΤΕ ΜΟΥ ΈΝΑΝ ΕΠΙΠΛΈΟΝ ΆΘΛΟ ΓΙΑ ΑΠΟΖΗΜΊΩΣΗ.

ΕΥΡΥΣΘΈΑΣ:

ΕΣΎ ΤΏΡΑ ΠΡΈΠΕΙ ΝΑ ΠΙΆΣΕΙΣ ΚΑΙ ΝΑ ΦΈΡΕΙΣ ΕΔΏ ΤΟΝ ΕΡΥΜΆΝΘΙΟ ΚΆΠΡΟ ΖΩΝΤΑΝΌ!!

Ο ΕΡΥΜΆΝΘΙΟΣ ΚΆΠΡΟΣ <ΕΡΎΜΑΝΘΟΣ*> ΉΤΑΝ ΈΝΑΣ ΤΕΡΆΣΤΙΟΣ ΑΓΡΙΌΧΟΙΡΟΣ ΠΟΥ ΖΟΎΣΕ ΣΤΟ ΌΡΟΣ ΕΡΎΜΑΝΘΟ. ΠΕΡΝΟΎΣΕ ΤΗΝ ΏΡΑ ΤΟΥ ΛΕΗΛΑΤΏΝΤΑΣ ΜΕ ΤΟΥΣ ΧΑΥΛΙΌΔΟΝΤΈΣ ΤΟΥ ΤΑ ΧΩΡΆΦΙΑ, ΤΟΥΣ ΑΝΘΡΏΠΟΥΣ ΚΑΙ ΤΑ ΖΏΑ ΕΚΕΊ. ΑΥΤΌ ΓΙΝΌΤΑΝ ΣΕ ΈΝΑ ΜΈΡΟΣ ΣΤΗ ΠΕΛΟΠΌΝΝΗΣΟ ΟΝΌΜΑΤΙ ΨΩΦΊΔΑ ΣΤΗΝ ΑΡΚΑΔΊΑ.

*ΤΟ ΌΝΟΜΑ ΕΝΌΣ ΠΟΛΎ ΣΗΜΑΝΤΙΚΟΎ ΘΕΟΎ ΤΟΥ ΠΟΤΑΜΟΎ ΣΤΗΝ ΑΡΚΑΔΊΑ

ΑΥΤΌΣ Ο ΤΡΟΜΕΡΌΣ ΑΓΡΙΌΧΟΙΡΟΣ ΕΊΧΕ ΣΤΑΛΕΊ ΑΠΌ ΤΗΝ ΆΡΤΕΜΙΣ Η ΟΠΟΊΑ ΈΚΑΝΕ ΜΠΆΝΙΟ ΣΤΟΝ ΠΟΤΑΜΌ ΕΡΎΜΑΝΘΟ ΚΑΙ ΑΝΑΚΑΛΎΦΘΗΚΕ ΌΤΙ ΕΘΕΆΘΗ ΓΥΜΝΉ. ΣΕ ΑΝΤΆΛΛΑΓΜΑ ΈΣΤΕΙΛΕ ΤΟΝ ΕΡΥΜΆΝΘΙΟ ΚΆΠΡΟ ΝΑ ΤΙΜΩΡΉΣΕΙ ΌΛΟΥΣ ΌΣΟΥΣ ΒΡΊΣΚΟΝΤΑΝ ΕΚΕΊ ΣΤΗ ΠΕΡΙΟΧΉ.

Ο ΗΡΑΚΛΉΣ, ΣΤΟ ΔΡΌΜΟ ΤΟΥ ΣΤΑΜΆΤΗΣΕ ΓΙΑ ΝΑ ΕΠΙΣΚΕΦΤΕΊ ΈΝΑΝ ΚΈΝΤΑΥΡΟ ΦΊΛΟ ΤΟΥ ΜΕ ΤΟ ΌΝΟΜΑ ΦΌΛΟ, Ο ΟΠΟΊΟΣ ΖΟΎΣΕ ΣΕ ΜΊΑ ΣΠΗΛΙΆ ΚΟΝΤΆ ΣΤΟΝ ΕΡΎΜΑΝΘΟ. Ο ΗΡΑΚΛΉΣ ΜΑΓΕΊΡΕΨΕ ΤΟ ΚΡΈΑΣ ΤΟΥ ΣΤΗ ΦΩΤΙΆ ΚΑΙ Ο ΦΌΛΟΣ ΈΦΑΓΕ ΤΟ ΚΡΈΑΣ ΤΟΥ ΩΜΌ, ΌΠΩΣ ΚΆΝΟΥΝ ΟΙ ΚΈΝΤΑΥΡΟΙ. ΜΕΤΆ ΤΟ ΜΆΤΙ ΤΟΥ ΗΡΑΚΛΉ ΕΝΤΌΠΙΣΕ ΈΝΑ ΒΑΡΈΛΙ ΜΕ ΚΡΑΣΊ ΚΑΙ ΖΉΤΗΣΕ ΝΑ ΠΙΕΙ ΛΊΓΟ. Ο ΦΌΛΟΣ ΕΊΠΕ ΠΩΣ ΉΤΑΝ ΔΏΡΟ ΤΟΥ ΔΙΟΝΎΣΟΥ ΕΙΔΙΚΆ ΓΙΑ ΚΈΝΤΑΥΡΟΥΣ, ΚΑΙ ΠΩΣ ΔΕΝ ΉΤΑΝ ΔΙΚΌ ΤΟΥ ΓΙΑ ΝΑ ΤΟ ΠΡΟΣΦΈΡΕΙ, ΑΛΛΆ Ο ΗΡΑΚΛΉΣ ΕΠΈΜΕΙΝΕ ΚΑΙ ΤΟ ΆΝΟΙΞΕ ΕΚΤΕΛΏΝΤΑΣ ΙΕΡΟΣΥΛΊΑ. ΌΤΑΝ ΤΟ ΆΡΩΜΑ ΤΑΞΊΔΕΨΕ, ΟΙ ΆΛΛΟΙ ΚΈΝΤΑΥΡΟΙ ΤΟ ΑΚΟΛΟΎΘΗΣΑΝ ΣΤΗΝ ΠΗΓΉ, ΜΈΘΥΣΑΝ, ΚΑΙ ΓΈΜΙΣΑΝ ΜΕ ΟΡΓΉ. ΟΙ ΚΈΝΤΑΥΡΟΙ ΧΡΗΣΙΜΟΠΟΊΗΣΑΝ ΒΡΆΧΟΥΣ ΚΑΙ ΚΛΑΔΙΆ ΓΙΑ ΝΑ ΕΠΙΤΕΘΟΎΝ ΚΑΙ Ο ΗΡΑΚΛΉΣ ΆΡΠΑΞΕ ΦΛΕΓΌΜΕΝΑ ΞΎΛΑ ΑΠΌ ΤΟ ΤΖΆΚΙ ΠΕΤΏΝΤΑΣ ΤΑ ΠΡΟΣ ΑΥΤΟΎΣ ΩΣ ΆΜΥΝΑ ΠΡΙΝ ΣΗΚΏΣΕΙ ΤΟ ΤΌΞΟ ΤΟΥ ΓΙΑ ΤΗΝ ΕΠΊΘΕΣΗ.

ΤΌΤΕ Ο ΗΡΑΚΛΉΣ ΆΡΧΙΣΕ ΝΑ ΕΚΤΟΞΕΎΕΙ ΤΑ ΔΗΛΗΤΗΡΙΏΔΗ ΒΈΛΗ ΤΟΥ ΣΚΟΤΏΝΟΝΤΑΣ ΠΟΛΛΟΎΣ ΚΑΙ ΚΆΠΟΙΟΙ ΤΡΆΠΗΚΑΝ ΣΕ ΦΥΓΉ. ΚΥΝΉΓΗΣΕ ΑΥΤΟΎΣ ΠΟΥ ΈΤΡΕΧΑΝ ΜΑΚΡΙΆ ΑΠΌ ΤΟ ΘΈΑΜΑ ΤΟΥ ΣΤΙΓΜΙΑΊΟΥ ΘΑΝΆΤΟΥ ΠΟΥ ΈΦΕΡΕ ΤΟ ΔΗΛΗΤΉΡΙΟ ΣΤΟΥΣ ΣΥΝΤΡΌΦΟΥΣ ΤΟΥΣ. ΜΑΖΊ ΌΛΟΙ ΈΤΡΕΞΑΝ ΜΈΧΡΙ ΤΗ ΣΠΗΛΙΆ ΤΟΥ ΧΕΊΡΩΝΑ Ο ΟΠΟΊΟΣ ΉΤΑΝ Ο ΑΡΧΗΓΌΣ ΤΩΝ ΚΕΝΤΑΎΡΩΝ, ΠΕΡΊΦΗΜΟΣ ΘΕΡΑΠΕΥΤΉΣ ΚΑΙ ΔΙΔΆΣΚΑΛΟΣ ΠΟΛΛΏΝ ΗΡΏΩΝ ΣΥΜΠΕΡΙΛΑΜΒΑΝΟΜΈΝΟΥ ΤΟΥ ΗΡΑΚΛΉ. ΈΝΑ ΑΔΈΣΠΟΤΟ ΒΈΛΟΣ ΧΤΎΠΗΣΕ ΤΟΝ ΧΕΊΡΩΝΑ ΚΑΙ ΚΑΝΈΝΑ ΦΆΡΜΑΚΟ ΔΕΝ ΜΠΟΡΟΎΣΕ ΝΑ ΤΟΝ ΘΕΡΑΠΕΎΣΕΙ ΚΑΘΏΣ ΤΟ ΔΗΛΗΤΉΡΙΟ ΜΠΉΚΕ ΣΤΟ ΑΊΜΑ ΤΟΥ ΠΡΟΚΑΛΏΝΤΑΣ **ΤΕΡΆΣΤΙΟ ΠΌΝΟ**. ΘΑ ΕΊΧΕ ΠΕΘΆΝΕΙ, ΑΛΛΆ ΔΕΝ ΜΠΟΡΟΎΣΕ ΕΠΕΙΔΉ ΉΤΑΝ ΑΘΆΝΑΤΟΣ ΈΧΟΝΤΑΣ ΘΕΪΚΟΎΣ ΠΡΟΓΌΝΟΥΣ. Ο ΦΌΛΟΣ ΣΥΓΚΛΟΝΊΣΤΗΚΕ ΒΛΈΠΟΝΤΑΣ ΠΌΣΟ ΕΎΚΟΛΑ ΈΠΕΦΤΑΝ ΟΙ ΔΥΝΑΤΟΊ ΚΈΝΤΑΥΡΟΙ ΑΠΌ ΑΥΤΆ ΤΑ ΜΙΚΡΆ ΒΈΛΗ, ΟΠΌΤΕ ΣΉΚΩΣΕ ΈΝΑ ΝΑ ΤΟ ΕΞΕΤΆΣΕΙ ΑΠΌ ΚΟΝΤΆ, ΑΛΛΆ ΤΟΥ ΓΛΊΣΤΡΗΣΕ ΞΥΝΟΝΤΆΣ ΤΟΥ ΤΟ ΠΌΔΙ, ΚΑΙ ΤΟ ΔΗΛΗΤΉΡΙΟ ΤΗΣ ΎΔΡΑΣ ΜΠΉΚΕ ΣΤΟ ΣΏΜΑ ΤΟΥ ΣΚΟΤΏΝΟΝΤΆΣ ΤΟΝ ΑΚΑΡΙΑΊΑ. Ο ΗΡΑΚΛΉΣ ΕΠΈΣΤΡΕΨΕ ΓΙΑ ΝΑ ΒΡΕΙ ΤΟΝ ΦΊΛΟ ΤΟΥ ΦΌΛΟ ΚΑΙ ΑΝΑΚΆΛΥΨΕ ΠΩΣ ΉΤΑΝ ΝΕΚΡΌΣ, ΟΠΌΤΕ ΤΟΝ ΈΘΑΨΕ.

ΎΣΤΕΡΑ ΣΥΝΈΧΙΣΕ ΤΟ ΤΑΞΊΔΙ ΤΟΥ ΓΙΑ ΝΑ ΠΆΕΙ ΝΑ ΒΡΕΙ ΤΟΝ ΑΓΡΙΌΧΟΙΡΟ. ΘΥΜΉΘΗΚΕ ΤΗΝ ΣΎΣΤΑΣΗ ΤΟΥ ΦΌΛΟΥ, ΝΑ ΟΔΗΓΉΣΕΙ ΤΟΝ ΚΆΠΡΟ ΣΤΑ ΧΙΌΝΙΑ.

Η ΕΎΡΕΣΗ ΤΟΥ ΚΆΠΡΟΥ ΉΤΑΝ ΕΎΚΟΛΗ ΜΕ ΌΛΟ ΤΟ ΧΆΟΣ ΠΟΥ ΠΡΟΚΑΛΟΎΣΕ Η ΠΑΡΑΜΙΚΡΉ ΤΟΥ ΕΝΈΡΓΕΙΑ. ΤΟΝ ΚΥΝΉΓΗΣΕ ΦΩΝΆΖΟΝΤΑΣ ΌΣΟ ΠΙΟ ΔΥΝΑΤΆ ΓΙΝΌΤΑΝ. Ο ΚΆΠΡΟΣ ΕΞΑΝΤΛΉΘΗΚΕ ΚΑΙ Ο ΗΡΑΚΛΉΣ ΤΟΝ ΟΔΉΓΗΣΕ ΣΕ ΈΝΑ ΠΑΧΎ ΚΟΜΜΆΤΙ ΧΙΟΝΙΟΎ ΌΠΟΥ ΚΑΙ ΚΌΛΛΗΣΕ. ΜΕΤΆ ΈΒΑΛΕ ΤΟΝ ΚΆΠΡΟ ΣΕ ΈΝΑ ΔΊΧΤΥ ΓΙΑ ΝΑ ΤΟΝ ΚΟΥΒΑΛΉΣΕΙ.

ΕΥΡΥΣΘΈΑΣ:
ΑΑΑΑ! ΌΧΙ!
ΗΡΑΚΛΉΣ:
ΓΙΑΤΊ ΤΡΈΧΕΙΣ ΜΑΚΡΙΆ; ΟΡΊΣΤΕ Ο ΑΓΡΙΌΧΟΙΡΟΣ ΠΟΥ ΖΉΤΗΣΕΣ.

ΗΡΑΚΛΉΣ:
ΓΙΑΤΊ ΕΊΣΑΙ ΜΈΣΑ ΣΤΟ ΒΆΖΟ;
ΕΥΡΥΣΘΈΑΣ:
ΥΙΈ ΤΟΥ ΔΊΑ, ΤΗΣ ΓΡΑΜΜΉΣ ΤΟΥ ΑΜΦΙΤΡΎΩΝΑ, ΜΕΊΝΕ ΕΚΕΊ ΚΑΙ ΜΗ ΠΛΗΣΙΆΣΕΙΣ ΆΛΛΟ.
ΗΡΑΚΛΉΣ:
ΠΟΙΟΣ ΕΊΝΑΙ Ο ΕΠΌΜΕΝΟΣ ΆΘΛΟΣ;

ΕΥΡΥΣΘΈΑΣ (ΣΚΕΠΤΌΜΕΝΟΣ):
ΤΟ ΕΛΆΦΙ ΤΗΣ ΚΕΡΎΝΕΙΑΣ ΕΊΝΑΙ ΤΟ ΛΑΤΡΕΜΈΝΟ ΕΛΆΦΙ ΤΗΣ ΘΕΆΣ ΆΡΤΕΜΙΣ. ΕΆΝ ΈΝΑ ΤΡΟΜΕΡΌ ΤΈΡΑΣ ΔΕΝ ΜΠΟΡΕΊ ΝΑ ΤΕΛΕΙΏΣΕΙ ΑΥΤΌ ΤΟ ΠΑΡΆΣΙΤΟ ΓΙΑ ΆΝΘΡΩΠΟ, ΤΌΤΕ Η ΆΡΤΕΜΙΣ ΘΑ ΕΞΟΛΟΘΡΕΎΣΕΙ ΤΟΝ ΗΡΑΚΛΉ ΕΠΕΙΔΉ ΈΒΛΑΨΕ ΤΟ ΠΟΛΎΤΙΜΟ ΑΓΑΠΗΤΌ ΤΗΣ ΕΛΆΦΙ. ΕΆΝ ΓΙΑ ΚΆΠΟΙΟ ΛΌΓΟ ΑΥΤΌΣ ΤΑ ΚΑΤΑΦΈΡΕΙ, ΤΌΤΕ ΤΟΥΛΆΧΙΣΤΟΝ ΘΑ ΜΠΟΡΏ ΝΑ ΒΡΩ ΚΈΡΔΟΣ ΑΠΌ ΤΗΝ ΑΠΌΚΤΗΣΗ ΤΟΥ ΕΛΑΦΙΟΎ ΓΙΑ ΜΕΤΑΓΕΝΈΣΤΕΡΟ ΕΜΠΌΡΙΟ.

ΕΥΡΥΣΘΈΑΣ:
ΠΡΈΠΕΙ ΝΑ ΠΙΆΣΕΙΣ ΤΟ ΕΛΆΦΙ ΤΗΣ ΚΕΡΎΝΕΙΑΣ! ΦΈΡΕ ΤΟ ΕΛΆΦΙ ΣΕ ΕΜΈΝΑ!

Η ΆΡΤΕΜΙΣ ΕΊΧΕ 5 ΙΕΡΆ ΕΛΆΦΙΑ ΜΕ ΣΙΔΕΡΈΝΙΑ ΠΌΔΙΑ ΚΑΙ ΈΝΑ ΕΊΧΕ ΧΡΥΣΆ ΚΈΡΑΤΑ. ΑΥΤΆ ΤΑ ΕΛΆΦΙΑ ΉΤΑΝ ΤΌΣΟ ΓΟΡΓΆ ΠΟΥ ΘΑ ΜΠΟΡΟΎΣΑΝ ΝΑ ΞΕΠΕΡΆΣΟΥΝ ΈΝΑ ΒΈΛΟΣ. 4 ΑΠΌ ΑΥΤΆ ΤΡΑΒΟΎΣΑΝ ΤΟ ΆΡΜΑ ΤΗΣ ΆΡΤΕΜΙΣ ΚΑΙ ΤΟ 5Ο ΜΠΟΡΟΎΣΕ ΝΑ ΤΡΈΧΕΙ ΕΛΕΎΘΕΡΟ ΣΤΗ ΦΎΣΗ. ΑΝ ΚΑΙ ΉΤΑΝ ΕΛΕΎΘΕΡΟ ΝΑ ΠΕΡΙΠΛΑΝΙΈΤΑΙ, ΉΤΑΝ ΑΚΌΜΑ ΥΠΌ ΤΗΝ ΠΡΟΣΤΑΣΊΑ ΤΗΣ ΆΡΤΕΜΙΣ. ΑΥΤΌ ΉΤΑΝ ΤΟ ΜΌΝΟ ΕΛΆΦΙ ΠΟΥ ΤΑ ΘΗΛΥΚΌ ΕΊΧΕ ΚΈΡΑΤΑ.

Ο ΗΡΑΚΛΉΣ ΕΝΤΌΠΙΣΕ ΤΟ ΕΛΆΦΙ ΣΤΗ ΦΎΣΗ ΚΑΙ ΈΤΡΕΞΕ ΠΡΟΣ ΑΥΤΌ ΠΡΟΣΠΑΘΏΝΤΑΣ ΝΑ ΤΟ ΠΙΆΣΕΙ. ΈΒΑΛΕ ΌΛΕΣ ΤΟΥ ΤΙΣ ΔΥΝΆΜΕΙΣ ΝΑ ΕΊΝΑΙ ΑΡΚΕΤΆ ΓΡΉΓΟΡΟΣ ΚΑΙ ΔΟΚΊΜΑΣΕ ΤΕΧΝΙΚΈΣ ΑΠΌΚΡΥΨΗΣ.

Ο ΗΡΑΚΛΉΣ ΚΑΤΑΔΊΩΚΕ ΤΟ ΕΛΆΦΙ ΕΠΊ ΈΝΑΝ ΟΛΌΚΛΗΡΟ ΧΡΌΝΟ, ΤΑΞΙΔΕΎΟΝΤΑΣ ΣΕ ΧΏΡΕΣ ΤΟΥ ΒΟΡΡΆ (ΥΠΕΡΒΌΡΕΙΑ). ΔΕΝ ΜΠΟΡΟΎΣΕ ΝΑ ΤΟ ΣΚΟΤΏΣΕΙ ΚΑΘΏΣ ΈΠΡΕΠΕ ΝΑ ΤΟ ΦΈΡΕΙ ΠΊΣΩ ΖΩΝΤΑΝΌ, ΚΑΙ ΑΚΌΜΑ ΚΙ ΑΝ ΤΟ ΣΚΌΤΩΝΕ ΑΠΌ ΑΤΎΧΗΜΑ ΤΌΤΕ Η ΆΡΤΕΜΙΣ ΘΑ ΣΚΌΤΩΝΕ ΚΑΙ ΤΟΝ ΊΔΙΟ. ΔΕΝ ΉΘΕΛΕ ΝΑ ΠΕΘΆΝΕΙ ΠΡΙΝ ΟΛΟΚΛΗΡΏΣΕΙ ΤΟΥΣ ΆΘΛΟΥΣ ΤΗΣ ΕΞΙΛΈΩΣΉΣ ΤΟΥ. ΌΤΑΝ ΤΟ ΕΛΆΦΙ ΕΠΈΣΤΡΕΨΕ ΣΤΗΝ ΕΛΛΆΔΑ ΣΤΗΝ ΑΡΚΑΔΊΑ ΚΑΙ ΣΤΑΜΆΤΗΣΕ ΓΙΑ ΝΑ ΠΙΕΙ ΝΕΡΌ ΑΠΌ ΤΟΝ **ΠΟΤΑΜΌ ΛΆΔΩΝΑ** (ΠΟΤΑΜΌΣ ΤΟΥ ΦΩΤΌΣ), ΕΚΕΊΝΟΣ ΧΡΗΣΙΜΟΠΟΊΗΣΕ ΈΝΑ ΒΈΛΟΣ (ΠΟΥ ΔΕΝ ΕΊΧΕ ΒΟΥΤΗΧΤΕΊ ΣΤΟ ΑΊΜΑ ΤΗΣ ΎΔΡΑΣ) ΚΑΙ ΧΤΎΠΗΣΕ ΤΟ ΕΛΆΦΙ ΣΕ ΈΝΑ ΠΌΔΙ ΕΠΙΒΡΑΔΎΝΟΝΤΆΣ ΤΟ. ΧΩΡΊΣ ΤΟ ΑΊΜΑ ΤΗΣ ΎΔΡΑΣ Η ΠΛΗΓΉ ΘΑ ΕΠΟΥΛΩΝΌΤΑΝ.

Η ΆΡΤΕΜΙΣ ΒΛΈΠΟΝΤΆΣ ΤΟ ΕΞΑΓΡΙΏΘΗΚΕ ΚΑΙ ΚΑΤΈΒΗΚΕ ΝΑ ΑΝΤΙΜΕΤΩΠΊΣΕΙ ΤΟΝ ΗΡΑΚΛΉ ΠΟΥ ΚΡΑΤΟΎΣΕ ΤΟ ΕΛΆΦΙ. Ο ΗΡΑΚΛΉΣ ΕΙΠΕ ΣΤΗΝ ΆΡΤΕΜΙΣ ΤΟ ΛΌΓΟ ΠΟΥ ΑΝΑΓΚΆΣΤΗΚΕ ΝΑ ΠΡΆΞΕΙ ΈΤΣΙ ΚΑΙ ΕΚΕΊΝΗ ΚΑΤΑΛΑΒΕ ΤΙΣ ΣΥΝΘΉΚΕΣ. Ο ΗΡΑΚΛΉΣ ΥΠΟΣΧΈΘΗΚΕ ΝΑ ΕΠΙΣΤΡΈΨΕΙ ΤΟ ΕΛΆΦΙ ΣΏΟ, ΠΡΆΓΜΑ ΠΟΥ ΔΈΧΘΗΚΕ Η ΆΡΤΕΜΙΣ ΈΠΕΙΤΑ ΑΠΌ ΤΗΝ ΕΙΛΙΚΡΙΝΉ ΤΟΥ ΕΞΉΓΗΣΗ.

ΕΥΡΥΣΘΈΑΣ:

Ω ΤΟ ΕΛΆΦΙ, ΤΟ ΈΧΕΙΣ! ΦΈΡΕ ΤΟ ΑΜΈΣΩΣ ΣΕ ΕΜΈΝΑ ΌΠΩΣ ΣΕ ΠΡΟΣΤΆΖΩ ΤΏΡΑ!

ΗΡΑΚΛΉΣ:

ΈΛΑ ΚΑΙ ΣΎΛΛΕΞΈ ΤΟ

(ΑΛΛΆ ΜΌΛΙΣ Ο ΕΥΡΥΣΘΈΑΣ ΠΛΗΣΙΆΖΕΙ, Ο ΗΡΑΚΛΉΣ ΑΠΕΛΕΥΘΕΡΏΝΕΙ ΤΟ ΕΛΆΦΙ ΜΙΑ ΣΤΙΓΜΉ ΝΩΡΊΤΕΡΑ)

ΕΥΡΥΣΘΈΑΣ:

ΕΠΈΣΤΡΕΨΈ ΤΟ ΣΕ ΜΈΝΑ ΑΜΈΣΩΣ ΓΙΑ ΝΑ ΟΛΟΚΛΗΡΏΣΕΙΣ ΤΗΝ ΠΡΟΣΤΑΓΉ ΜΟΥ!

ΗΡΑΚΛΉΣ:

Ο ΆΘΛΟΣ ΜΟΥ ΉΤΑΝ ΝΑ ΦΈΡΩ ΤΟ ΕΛΆΦΙ ΕΔΏ, ΠΡΆΓΜΑ ΠΟΥ ΈΚΑΝΑ, ΚΑΙ ΔΕΝ ΜΠΟΡΏ ΝΑ ΠΆΡΩ ΕΥΘΎΝΗ ΓΙΑ ΤΙΣ ΝΩΘΡΈΣ ΣΟΥ ΕΝΈΡΓΕΙΕΣ.

(ΚΑΙ Η ΆΡΤΕΜΙΣ ΙΚΑΝΟΠΟΙΉΘΗΚΕ ΠΟΥ ΕΊΔΕ ΤΟ ΕΛΆΦΙ ΕΛΕΎΘΕΡΟ ΞΑΝΆ ΣΤΟ ΔΆΣΟΣ)

ΗΡΑΚΛΉΣ:
ΠΕΣ ΜΟΥ ΠΟΙΟΣ ΕΊΝΑΙ Ο ΕΠΌΜΕΝΟΣ.

ΕΥΡΥΣΘΈΑΣ:
ΥΠΆΡΧΕΙ ΈΝΑ ΤΕΡΆΣΤΙΟ ΣΜΉΝΟΣ ΘΑΝΆΣΙΜΩΝ ΠΤΗΝΏΝ ΚΟΝΤΆ ΣΤΗ ΛΊΜΝΗ ΤΗΣ ΠΌΛΗΣ ΣΤΥΜΦΆΛΟΥ. ΠΡΈΠΕΙ ΝΑ ΤΑ ΔΙΏΞΕΙΣ ΌΛΑ ΜΑΚΡΙΆ.
ΗΡΑΚΛΗΣ:
ΤΙΣ ΣΤΥΜΦΑΛΊΔΕΣ ΌΡΝΙΘΕΣ;
ΕΥΡΥΣΘΈΑΣ:
ΝΑΙ.

ΟΙ ΜΟΧΘΗΡΈΣ ΑΝΘΡΩΠΟΦΆΓΕΣ ΣΤΥΜΦΑΛΊΔΕΣ ΌΡΝΙΘΕΣ, ΜΕ ΑΙΧΜΗΡΆ ΡΆΜΦΗ ΚΑΙ ΔΗΛΗΤΗΡΙΏΔΗ ΠΕΡΙΤΤΏΜΑΤΑ, ΠΉΓΑΝ ΣΕ ΈΝΑ ΒΑΛΤΏΔΕΣ ΔΆΣΟΣ ΔΊΠΛΑ ΣΤΗ ΛΊΜΝΗ ΓΙΑ ΝΑ ΞΕΦΎΓΟΥΝ ΑΠΌ ΤΙΣ ΑΓΈΛΕΣ ΛΎΚΩΝ. ΖΟΎΣΑΝ ΕΚΕΊ ΣΕ ΦΩΛΙΈΣ, ΣΤΙΣ ΚΟΡΥΦΈΣ ΤΩΝ ΔΈΝΤΡΩΝ.

Ο ΗΡΑΚΛΉΣ ΠΡΟΣΈΓΓΙΣΕ ΤΟ ΔΆΣΟΣ ΔΊΠΛΑ ΣΤΗ ΛΊΜΝΗ ΓΙΑ ΝΑ ΔΕΙ ΤΑ ΠΤΗΝΆ ΑΠΌ ΠΙΟ ΚΟΝΤΆ, ΤΑ ΟΠΟΊΑ ΤΟΥ ΕΠΙΤΈΘΗΚΑΝ ΑΜΈΣΩΣ ΜΌΛΙΣ ΠΛΗΣΊΑΣΕ.

Ο ΒΆΛΤΟΣ ΔΕΝ ΜΠΟΡΟΎΣΕ ΝΑ ΥΠΟΣΤΗΡΊΞΕΙ ΤΗΝ ΠΡΌΣΒΑΣΗ ΣΤΑ ΔΈΝΤΡΑ ΜΕ ΤΑ ΠΌΔΙΑ ΚΑΘΏΣ ΉΤΑΝ ΥΠΌ ΕΠΊΘΕΣΗ.

Η ΣΟΦΊΑ ΉΡΘΕ ΣΤΟ ΠΛΕΥΡΌ ΤΟΥ. ΈΦΥΓΕ ΓΙΑ ΝΑ ΠΆΕΙ ΝΑ ΒΡΕΙ ΤΟΝ ΈΞΟΧΟ ΤΕΧΝΊΤΗ ΣΙΔΗΡΟΥΡΓΌ ΘΕΌ, ΉΦΑΙΣΤΟ, ΚΑΙ ΤΟ ΑΝΈΘΕΣΕ ΤΗΝ ΚΑΤΑΣΚΕΥΉ ΕΝΌΣ ΤΕΡΆΣΤΙΟΥ ΚΡΟΤΆΛΟΥ.

ΤΑ ΠΤΗΝΆ ΣΤΟ ΆΚΟΥΣΜΑ ΤΟΥ ΘΟΡΎΒΟΥ ΑΠΌ ΤΟ ΚΡΌΤΑΛΟ ΈΓΙΝΑΝ **ΥΣΤΕΡΙΚΆ**. ΚΑΘΏΣ ΠΕΤΟΎΣΑΝ ΤΡΟΜΑΓΜΈΝΑ ΠΡΟΣ ΤΥΧΑΊΕΣ ΚΑΤΕΥΘΎΝΣΕΙΣ Ο ΗΡΑΚΛΉΣ ΑΠΌ ΤΟ ΛΌΦΟ ΈΡΙΞΕ ΠΟΛΛΆ ΒΈΛΗ ΒΟΥΤΗΓΜΈΝΑ ΣΤΟ ΔΗΛΗΤΉΡΙΟ ΤΗΣ ΎΔΡΑΣ. ΤΑ ΠΤΗΝΆ ΠΟΥ ΔΕΝ ΛΑΒΏΘΗΚΑΝ, ΕΠΙΒΊΩΣΑΝ ΚΑΙ ΠΈΤΑΞΑΝ ΜΑΚΡΙΆ ΣΤΗ ΜΑΎΡΗ ΘΆΛΑΣΣΑ (ΕΎΞΕΙΝΟ ΠΌΝΤΟ).

ΎΣΤΕΡΑ Ο ΗΡΑΚΛΉΣ ΕΠΈΣΤΡΕΨΕ ΣΤΟ ΔΆΣΟΣ ΓΙΑ ΝΑ ΚΑΤΑΣΤΡΈΨΕΙ ΤΙΣ ΦΩΛΙΈΣ, ΕΞΑΣΦΑΛΊΖΟΝΤΑΣ ΌΤΙ ΤΑ ΠΤΗΝΆ ΔΕΝ ΘΑ ΕΠΈΣΤΡΕΦΑΝ.

ΕΥΡΥΣΘΈΑΣ (ΣΚΕΠΤΌΜΕΝΟΣ):

ΑΥΤΈΣ ΟΙ ΕΠΙΤΥΧΊΕΣ ΤΟΝ ΚΆΝΟΥΝ ΔΙΆΣΗΜΟ ΚΑΙ ΠΕΡΉΦΑΝΟ, ΑΛΛΆ ΑΥΤΌ ΔΕ ΜΠΟΡΕΊ ΝΑ ΚΡΑΤΉΣΕΙ, ΌΧΙ. ΔΕΝ ΕΊΝΑΙ ΕΠΙΤΥΧΗΜΈΝΟΣ ΕΆΝ ΕΊΝΑΙ ΚΑΛΥΜΜΈΝΟΣ ΜΕ ΠΕΡΙΤΤΏΜΑΤΑ ΚΑΙ ΜΥΡΊΖΕΙ ΆΣΧΗΜΑ.

ΕΥΡΥΣΘΈΑΣ:

....ΠΡΈΠΕΙ ΝΑ ΚΑΘΑΡΊΣΕΙΣ ΤΟΥΣ ΣΤΆΒΛΟΥΣ ΤΟΥ ΑΥΓΕΊΑ. ΠΡΈΠΕΙ ΝΑ ΚΑΘΑΡΊΣΕΙΣ ΑΥΤΟΎΣ ΤΟΥΣ ΣΤΆΒΛΟΥΣ **ΣΕ ΜΊΑ ΗΜΈΡΑ.**

Ο ΑΥΓΕΊΑΣ ΉΤΑΝ ΈΝΑΣ ΒΑΣΙΛΙΆΣ ΤΗΣ ΗΛΕΊΑΣ, Ο ΟΠΟΊΟΣ ΉΤΑΝ ΜΗ ΆΜΕΣΟΣ ΑΠΌΓΟΝΟΣ ΤΟΥ ΠΟΣΕΙΔΏΝΑ. ΤΟΥ ΕΊΧΕ ΔΟΘΕΊ ΈΝΑ ΚΟΠΆΔΙ ΑΠΌ ΖΏΑ ΦΆΡΜΑΣ ΑΠΌ ΤΟΝ ΠΟΣΕΙΔΏΝΑ ΤΑ ΟΠΟΊΑ ΉΤΑΝ ΑΘΆΝΑΤΑ. ΑΥΤΌ ΤΟΥ ΕΠΈΤΡΕΨΕ ΝΑ ΑΠΟΚΤΉΣΕΙ ΜΕΓΆΛΟ ΠΛΟΎΤΟ ΚΑΘΏΣ ΑΥΤΆ ΠΟΤΈ ΔΕΝ ΑΡΡΏΣΤΑΙΝΑΝ. ΚΑΘΏΣ Ο ΠΛΟΎΤΟΣ ΤΟΥ ΜΕΓΆΛΩΝΕ, ΜΕΓΆΛΩΝΕ ΚΑΙ Η ΑΠΛΗΣΤΊΑ ΤΟΥ ΓΙΑ ΠΕΡΙΣΣΌΤΕΡΑ, ΚΑΙ ΈΤΣΙ ΑΠΟΦΆΣΙΣΕ ΠΩΣ ΤΑ ΈΞΟΔΑ ΣΥΝΤΉΡΗΣΗΣ ΜΠΟΡΟΎΣΑΝ ΝΑ ΜΕΙΩΘΟΎΝ.

ΑΥΤΌ ΔΕΝ ΑΠΈΤΡΕΨΕ ΤΑ ΖΏΑ ΑΠΌ ΤΗΝ ΑΠΈΚΚΡΙΣΗ. ΟΙ ΕΚΚΡΊΣΕΙΣ ΚΑΙ Η ΒΡΏΜΑ ΣΥΝΈΧΙΣΑΝ ΝΑ ΣΤΙΒΆΖΟΝΤΑΙ ΜΕ ΤΟ ΠΈΡΑΣΜΑ ΤΩΝ ΧΡΌΝΩΝ ΜΈΧΡΙ ΠΟΥ ΤΑ ΖΏΑ ΔΕΝ ΜΠΟΡΟΎΣΑΝ ΠΙΑ ΝΑ ΚΟΥΝΗΘΟΎΝ, ΚΑΙ ΚΑΝΈΝΑΣ ΆΝΘΡΩΠΟΣ ΔΕΝ ΜΠΟΡΟΎΣΕ ΝΑ ΠΛΗΣΙΆΣΕΙ ΤΗ ΦΆΡΜΑ ΧΩΡΊΣ ΝΑ ΑΡΡΩΣΤΉΣΕΙ. ΠΑΡΈΜΕΙΝΕ ΑΠΟΜΟΝΩΜΈΝΗ ΓΙΑ ΧΡΌΝΙΑ ΩΣ ΑΠΟΤΈΛΕΣΜΑ, ΠΑΡΆΓΟΝΤΑΣ ΤΊΠΟΤΑ ΚΑΛΌ.

Ο ΗΡΑΚΛΉΣ ΚΆΘΙΣΕ ΚΑΙ ΣΚΈΦΤΗΚΕ, ΚΑΙ ΣΚΈΦΤΗΚΕ ΛΊΓΟ ΠΑΡΑΠΆΝΩ. "ΣΕ ΜΊΑ ΗΜΈΡΑ" ΕΊΠΕ ΣΤΟΝ ΕΑΥΤΌ ΤΟΥ ΚΑΘΏΣ ΔΙΑΦΟΡΕΤΙΚΈΣ ΙΔΈΕΣ ΕΡΧΌΝΤΟΥΣΑΝ ΣΤΟ ΜΥΑΛΌ ΤΟΥ. ΜΕ ΚΑΝΈΝΑ ΤΡΌΠΟ ΔΕ ΘΑ ΜΠΟΡΟΎΣΕ ΟΠΟΙΑΔΉΠΟΤΕ ΧΕΙΡΩΝΑΚΤΙΚΉ ΕΡΓΑΣΊΑ ΝΑ ΚΑΘΑΡΊΣΕΙ ΑΥΤΌ ΤΟ ΧΆΛΙ. ΑΚΌΜΑ ΚΙ ΑΝ ΕΡΓΑΖΌΤΑΝ ΣΤΟΝ ΜΈΓΙΣΤΟ ΡΥΘΜΌ ΤΟΥ ΧΩΡΊΣ ΝΑ ΚΟΥΡΆΖΕΤΑΙ, ΠΆΛΙ ΔΕ ΘΑ ΉΤΑΝ ΕΦΙΚΤΌ. ΎΣΤΕΡΑ ΆΛΛΗ ΜΙΑ ΙΔΈΑ ΤΟΥ ΉΡΘΕ. ΑΥΤΉ Η ΙΔΈΑ ΈΦΕΡΕ ΆΛΛΗ ΙΔΈΑ.

ΗΡΑΚΛΉΣ:
ΑΥΓΕΊΑ, ΕΆΝ ΚΑΘΑΡΊΣΩ ΤΟΥΣ ΣΤΆΒΛΟΥΣ ΣΟΥ ΣΑ ΜΊΑ ΜΈΡΑ, ΘΑ ΜΕ ΠΛΗΡΏΣΕΙΣ ΜΕ ΈΝΑ ΤΜΉΜΑ ΤΟΥ ΚΟΠΑΔΙΟΎ ΩΣ ΑΝΤΆΛΛΑΓΜΑ; ΌΠΩΣ ΕΊΝΑΙ ΤΏΡΑ ΣΟΥ ΕΊΝΑΙ ΆΧΡΗΣΤΑ ΆΛΛΩΣΤΕ.
ΑΥΓΕΊΑΣ:
ΝΑΙ. ΑΥΤΌ ΦΑΊΝΕΤΑΙ ΛΟΓΙΚΌ.

Ο ΗΡΑΚΛΉΣ ΕΡΓΆΣΤΗΚΕ ΓΙΑ ΤΗΝ ΆΡΔΕΥΣΗ ΤΩΝ ΚΟΝΤΙΝΏΝ ΠΟΤΑΜΏΝ ΑΛΦΕΙΌ ΚΑΙ ΠΗΝΙΌ. ΔΗΜΙΟΎΡΓΗΣΕ ΑΥΛΆΚΙΑ ΠΟΥ ΘΑ ΤΟΥΣ ΈΝΩΝΑΝ. ΞΕΧΩΡΙΣΤΆ Ο ΚΑΘΈΝΑΣ ΈΡΕΕ ΠΡΟΣ ΑΝΤΊΘΕΤΗ ΚΑΤΕΎΘΥΝΣΗ, ΑΛΛΆ ΑΥΤΉ Η ΈΝΩΣΗ ΔΗΜΙΟΎΡΓΗΣΕ ΈΝΑ ΤΕΡΆΣΤΙΟ ΠΟΤΆΜΙ. Η ΓΡΑΜΜΉ ΠΟΥ ΈΣΚΑΨΕ Ο ΗΡΑΚΛΉΣ ΟΔΗΓΟΎΣΕ ΣΤΟΥΣ ΣΤΆΒΛΟΥΣ. ΑΥΤΉ Η ΡΟΉ ΜΕΓΆΛΩΝΕ ΚΑΘΏΣ ΤΟ ΝΕΡΌ ΣΥΝΈΧΙΖΕ.

ΟΙ ΣΤΆΒΛΟΙ ΑΠΌ ΤΗΝ ΟΡΜΉ ΚΑΙ ΕΝΈΡΓΕΙΑ ΤΩΝ ΣΥΓΚΛΙΝΌΝΤΩΝ ΠΟΤΑΜΏΝ, ΔΙΑΛΎΘΗΚΑΝ. ΤΕΊΧΗ ΓΚΡΕΜΊΣΤΗΚΑΝ, ΚΑΙ ΖΏΑ ΠΑΡΑΣΎΡΘΗΚΑΝ. ΚΆΘΕ ΊΧΝΟΣ ΒΡΏΜΑΣ, ΜΑΖΊ ΜΕ ΤΙΣ ΚΑΤΑΣΚΕΥΈΣ ΤΗΣ ΦΆΡΜΑΣ ΞΕΠΛΎΘΗΚΑΝ.

ΜΕΤΆ Ο ΑΥΓΕΊΑΣ ΈΜΑΘΕ ΠΩΣ ΤΟΝ ΗΡΑΚΛΉ ΤΟΝ ΕΊΧΕ ΔΙΑΤΆΞΕΙ ΝΑ ΚΆΝΕΙ ΤΗΝ ΕΡΓΑΣΊΑ Ο ΕΥΡΥΣΘΈΑΣ. ΑΥΤΌ ΤΟΝ ΈΚΑΝΕ ΝΑ ΑΡΝΗΘΕΊ ΤΗΝ ΑΝΤΑΜΟΙΒΉ. ΥΠΉΡΞΕ ΜΙΑ ΔΊΚΗ ΌΠΟΥ Ο ΑΥΓΕΊΑΣ ΑΡΝΉΘΗΚΕ ΑΚΌΜΗ ΚΑΙ ΤΗΝ ΑΡΧΙΚΉ ΣΥΜΦΩΝΊΑ ΓΙΑ ΠΛΗΡΩΜΉ, ΚΑΙ ΕΝΏ ΈΧΑΣΕ ΤΗ ΔΊΚΗ, ΑΠΟΦΆΣΙΣΕ ΝΑ ΔΙΏΞΕΙ ΤΟΝ ΗΡΑΚΛΉ ΑΠΌ ΤΟ ΒΑΣΊΛΕΙΟ. ΠΡΙΝ ΦΎΓΕΙ Ο ΗΡΑΚΛΉΣ, ΚΟΊΤΑΞΕ ΤΟΝ ΑΥΓΕΊΑ ΣΤΟ ΠΡΌΣΩΠΟ ΚΑΙ ΟΡΚΊΣΤΗΚΕ ΝΑ ΕΞΑΣΚΉΣΕΙ ΕΚΔΊΚΗΣΗ, ΚΑΙ ΝΑ ΤΟΝ ΣΚΟΤΏΣΕΙ ΠΟΥ ΑΘΈΤΗΣΕ ΤΟΝ ΛΌΓΟ ΤΟΥ.

ΗΡΑΚΛΉΣ:

ΠΈΤΥΧΑ! ΚΑΘΆΡΙΣΑ ΤΟΥΣ ΣΤΆΒΛΟΥΣ ΤΟΥ ΑΥΓΕΊΑ ΣΕ ΜΊΑ ΗΜΈΡΑ.

ΕΥΡΥΣΘΈΑΣ:

ΌΧΙ. ΔΕΝ ΤΑ ΚΑΤΆΦΕΡΕΣ ΕΠΕΙΔΉ Ο ΆΘΛΟΣ ΣΟΥ ΔΕΝ ΜΕΤΡΆΕΙ. ΖΉΤΗΣΕΣ ΠΛΗΡΩΜΉ ΩΣ ΑΝΤΆΛΛΑΓΜΑ ΑΠΌ ΤΟΝ ΑΥΓΕΊΑ, ΠΡΆΓΜΑ ΤΟ ΟΠΟΊΟ ΑΚΥΡΏΝΕΙ ΑΥΤΌ ΤΟΝ ΆΘΛΟ. ΠΑΡΑΜΈΝΟΥΝ ΑΚΌΜΑ 6 ΆΘΛΟΙ ΜΠΡΟΣΤΆ ΣΟΥ.

ΕΥΡΥΣΘΈΑΣ (ΣΚΕΠΤΌΜΕΝΟΣ):

ΠΡΈΠΕΙ ΝΑ ΚΆΝΩ ΚΆΠΟΙΟ ΛΆΘΟΣ. ΑΥΤΟΊ ΟΙ ΆΘΛΟΙ ΈΧΟΥΝ ΚΑΤΑΝΤΉΣΕΙ ΙΣΤΟΡΊΕΣ ΠΡΟΣ ΜΊΜΗΣΗ. ΤΙ ΕΊΝΑΙ ΑΥΤΌ ΠΟΥ ΈΧΕΙ ΓΡΆΨΕΙ ΙΣΤΟΡΊΑ ΩΣ ΑΔΎΝΑΤΟ ΝΑ ΕΠΙΤΕΥΧΘΕΊ ΑΠΌ ΚΆΠΟΙΟΝ ΘΝΗΤΌ;

ΗΡΑΚΛΉΣ:

ΠΕΡΙΜΈΝΩ.

ΕΥΡΥΣΘΈΑΣ:

ΣΕ ΕΥΧΑΡΙΣΤΏ ΓΙΑ ΤΗΝ ΥΠΟΜΟΝΉ ΣΟΥ. Ο ΕΠΌΜΕΝΟΣ ΆΘΛΟΣ ΣΟΥ ΕΊΝΑΙ ΝΑ ΦΈΡΕΙΣ ΕΔΏ, ΤΟΝ ΤΑΎΡΟ ΤΗΣ ΚΡΉΤΗΣ.

ΗΡΑΚΛΉΣ:

ΖΩΝΤΑΝΌ;

ΕΥΡΥΣΘΈΑΣ:

ΝΑΙ.

Ο ΛΕΥΚΌΣ ΜΑΙΝΌΜΕΝΟΣ ΤΑΎΡΟΣ ΤΗΣ ΚΡΉΤΗΣ, ΕΊΝΑΙ Ο ΤΑΎΡΟΣ ΠΟΥ ΚΟΥΒΆΛΗΣΕ ΤΗ ΠΡΙΓΚΊΠΙΣΣΑ ΕΥΡΏΠΗ ΠΈΡΑ ΑΠΌ ΤΗ ΘΆΛΑΣΣΑ ΣΤΗΝ ΉΠΕΙΡΟ ΠΟΥ ΟΝΟΜΆΣΤΗΚΕ ΕΥΡΏΠΗ. ΑΥΤΌΣ Ο ΤΑΎΡΟΣ ΕΜΦΑΝΊΣΤΗΚΕ ΣΤΟΝ ΒΑΣΙΛΙΆ ΜΊΝΩΑ <ΕΠΙΜΈΝΕΙ ΚΑΙ ΠΑΡΑΜΈΝΕΙ> ΎΣΤΕΡΑ, ΩΣ ΣΗΜΆΔΙ ΠΩΣ Ο ΠΟΣΕΙΔΏΝΑΣ ΕΠΈΛΕΞΕ ΑΥΤΌΝ ΓΙΑ ΝΑ ΒΑΣΙΛΈΨΕΙ ΣΤΟ ΝΗΣΊ ΤΗΣ ΚΡΉΤΗΣ ΚΑΙ ΝΑ ΧΑΙΡΕΤΙΣΤΕΊ ΩΣ Ο ΝΌΜΙΜΟΣ ΒΑΣΙΛΙΆΣ. Η ΑΝΆΔΥΣΗ ΤΟΥ ΤΑΎΡΟΥ ΣΤΗ ΣΤΕΡΙΆ ΓΙΑ ΝΑ ΥΠΟΔΕΧΘΕΊ ΤΟΝ ΜΊΝΩΑ, ΤΟΝ ΈΚΑΝΕ ΒΑΣΙΛΙΆ ΑΛΛΆ ΕΚΕΊΝΟΣ ΥΠΟΤΊΘΕΤΑΙ ΠΩΣ ΘΑ ΤΟΝ ΈΚΑΝΕ ΘΥΣΊΑ ΠΟΥ ΉΤΑΝ Η ΕΠΙΘΥΜΊΑ ΤΟΥ ΠΟΣΕΙΔΏΝΑ. ΌΤΑΝ Ο ΜΊΝΩΑΣ ΔΙΆΛΕΞΕ ΝΑ ΑΦΉΣΕΙ ΤΟΝ ΤΑΎΡΟ ΝΑ ΜΠΕΙ ΣΤΗΝ ΑΓΈΛΗ ΤΟΥ, ΛΈΓΕΤΑΙ ΠΩΣ Ο ΠΟΣΕΙΔΏΝΑΣ ΘΎΜΩΣΕ.

Ο ΜΊΝΩΑΣ ΔΕΝ ΉΘΕΛΕ ΝΑ ΣΚΟΤΏΣΕΙ ΈΝΑ ΤΌΣΟ ΩΡΑΊΟ ΔΕΙΓΜΑ ΤΑΎΡΟΥ, ΚΑΙ ΑΠΈΡΡΙΨΕ ΤΗ ΘΕΙΑ ΣΥΜΦΩΝΊΑ. ΥΠΟΤΊΘΕΤΑΙ ΌΤΙ Ο ΠΟΣΕΙΔΏΝΑΣ ΎΣΤΕΡΑ ΈΒΑΛΕ ΤΟΝ ΤΑΎΡΟ ΣΕ ΜΊΑ ΚΑΤΑΣΤΑΣΗ ΣΥΝΕΧΟΎΣ ΤΡΕΛΉΣ **ΟΡΓΗΣ** Η ΟΠΟΊΑ ΈΦΤΑΣΕ ΣΕ ΤΈΤΟΙΟ ΕΠΊΠΕΔΟ ΏΣΤΕ Ο ΤΑΎΡΟΣ ΝΑ ΒΓΆΖΕΙ ΦΛΌΓΕΣ ΑΠΌ ΤΑ ΡΟΥΘΟΎΝΙΑ ΤΟΥ.

ΑΥΤΌΣ Ο ΤΑΎΡΟΣ ΉΤΑΝ Ο ΠΑΤΈΡΑΣ ΤΟΥ ΜΙΝΩΤΑΥΡΟΥ.

Ο ΗΡΑΚΛΉΣ ΖΉΤΗΣΕ ΆΔΕΙΑ ΑΠΌ ΤΟΝ ΜΊΝΩΑ ΝΑ ΠΆΡΕΙ ΤΟΝ ΤΑΎΡΟ, ΚΑΙ Ο ΜΊΝΩΑΣ ΔΈΧΤΗΚΕ.

ΠΆΛΕΨΕ ΜΕ ΤΟΝ ΤΑΎΡΟ **ΣΤΑ ΑΝΟΙΧΤΆ** ΚΑΙ ΜΕΤΆ ΤΟΝ ΚΟΥΒΆΛΗΣΕ ΣΤΟΥΣ ΏΜΟΥΣ ΤΟΥ ΠΊΣΩ ΣΤΗΝ ΤΊΡΥΝΘΑ.

ΕΥΡΥΣΘΈΑΣ:
ΌΧΙ, ΕΊΣΑΙ ΖΩΝΤΑΝΌΣ, ΤΟ ΊΔΙΟ ΚΑΙ Ο ΤΑΎΡΟΣ! ΚΑΙ ΤΑ ΔΎΟ ΕΊΝΑΙ ΤΡΟΜΕΡΆ!
ΗΡΑΚΛΗΣ:
ΤΙ ΝΑ ΚΆΝΩ ΜΕ ΤΟΝ ΤΑΎΡΟ;
ΕΥΡΥΣΘΈΑΣ:
ΆΣΕ ΤΟΝ ΝΑ ΦΎΓΕΙ ΚΆΠΟΥ ΜΑΚΡΙΆ ΑΠΌ ΕΔΏ ΑΜΈΣΩΣ!

(Ο ΗΡΑΚΛΉΣ ΕΛΕΥΘΈΡΩΣΕ ΤΟΝ ΤΑΎΡΟ ΚΑΙ ΕΚΕΊΝΟΣ ΆΡΧΙΣΕ ΝΑ ΤΡΟΜΟΚΡΑΤΕΊ ΤΙΣ ΠΕΡΙΦΈΡΕΙΕΣ ΤΡΈΧΟΝΤΑΣ ΣΤΟΝ ΟΡΊΖΟΝΤΑ)

ΕΥΡΥΣΘΈΑΣ:
ΠΡΈΠΕΙ ΝΑ ΚΛΈΨΕΙΣ ΤΑ ΆΛΟΓΑ ΤΟΥ ΔΙΟΜΉΔΗ.

ΔΙΟΜΉΔΗΣ, ΉΤΑΝ ΓΙΟΣ ΤΟΥ ΆΡΗ ΚΑΙ ΤΗΣ ΚΥΡΉΝΗΣ

ΤΑ ΑΝΘΡΩΠΟΦΆΓΑ ΆΛΟΓΑ ΑΝΉΚΑΝ ΣΤΟΝ ΒΑΣΙΛΙΆ ΜΊΑΣ ΘΡΑΚΙΚΉΣ ΦΥΛΉΣ ΠΟΥ ΟΝΟΜΑΖΌΤΑΝ ΒΊΣΤΟΝΕΣ. ΤΟ ΌΝΟΜΑ ΑΥΤΟΎ ΤΟΥ ΒΑΣΙΛΙΆ ΉΤΑΝ ΔΙΟΜΉΔΗΣ. Ο ΗΡΑΚΛΉΣ ΈΠΛΕΥΣΕ ΠΈΡΑ ΤΟΥ ΑΙΓΑΊΟΥ ΠΕΛΆΓΟΥΣ ΣΤΗ ΒΙΣΤΟΝΊΑ. ΕΚΕΊ ΥΠΉΡΧΑΝ 4 ΆΛΟΓΑ ΚΑΙ ΤΟ ΚΑΘΈΝΑ ΕΙΧΕ ΑΠΌ ΈΝΑ ΌΝΟΜΑ: ΠΌΔΑΡΓΟΣ (ΓΟΡΓΌΣ ΣΤΑ ΠΌΔΙΑ), ΛΆΜΠΩΝ (ΕΚΠΈΜΠΕΙ ΛΑΜΠΕΡΌ ΦΩΣ), ΞΆΝΘΟΣ (ΞΑΝΘΌΣ) ΚΑΙ ΔΕΙΝΌΣ (ΤΡΟΜΕΡΌΣ). ΚΡΑΤΟΎΝΤΑΝ ΔΕΜΈΝΑ ΣΕ ΈΝΑ ΧΆΛΚΙΝΟ ΠΑΧΝΊ ΕΠΕΙΔΉ ΉΤΑΝ ΆΓΡΙΑ: Η ΤΡΕΛΑ ΤΩΝ ΟΠΟΊΩΝ ΟΦΕΊΛΟΝΤΑΝ ΣΕ ΜΊΑ ΑΦΎΣΙΚΗ ΔΙΑΤΡΟΦΉ ΑΠΌ ΑΝΘΡΏΠΙΝΗ ΣΆΡΚΑ.

Ο ΗΡΑΚΛΉΣ ΚΑΤΑΠΛΆΚΩΣΕ ΤΟΥΣ ΚΑΛΛΩΠΙΣΤΈΣ ΤΩΝ ΑΛΌΓΩΝ ΤΗΝ ΏΡΑ ΠΟΥ ΕΚΕΊΝΟΙ ΦΡΌΝΤΙΖΑΝ ΤΙΣ ΑΝΆΓΚΕΣ ΤΩΝ ΖΏΩΝ, ΚΑΙ ΠΉΡΕ ΤΑ ΆΛΟΓΑ ΠΡΟΣ ΤΗ ΘΆΛΑΣΣΑ. ΟΙ ΒΊΣΤΟΝΕΣ ΑΝΤΙΛΉΦΘΗΚΑΝ ΤΗ ΚΛΟΠΉ ΚΑΙ ΈΣΤΕΙΛΑΝ ΣΤΡΑΤΙΏΤΕΣ ΓΙΑ ΝΑ ΠΆΡΟΥΝ ΠΊΣΩ ΤΑ ΆΛΟΓΑ ΠΡΙΝ Ο ΗΡΑΚΛΉΣ ΚΑΙ ΟΙ ΣΎΝΤΡΟΦΟΙ ΦΤΆΣΟΥΝ ΣΤΗΝ ΑΚΤΉ.

ΑΥΤΌΣ ΕΜΠΙΣΤΕΎΤΗΚΕ ΤΑ ΆΛΟΓΑ ΣΤΟΝ ΝΕΑΡΌ ΆΒΔΗΡΟ (ΓΙΟ ΤΟΥ ΕΡΜΉ) ΚΑΙ ΠΉΓΕ ΝΑ ΠΟΛΕΜΉΣΕΙ, ΑΛΛΆ ΚΑΘΏΣ Ο ΗΡΑΚΛΉΣ ΈΛΕΙΠΕ, ΕΚΕΊΝΑ ΈΣΥΡΑΝ ΤΟΝ ΆΒΔΗΡΟ ΤΡΙΓΎΡΩ ΜΈΧΡΙ ΠΟΥ ΠΈΘΑΝΕ.

Ο ΗΡΑΚΛΉΣ ΣΤΗ ΜΆΧΗ ΣΚΌΤΩΣΕ ΤΟΝ ΔΙΟΜΉΔΗ ΚΑΙ ΟΙ ΥΠΌΛΟΙΠΟΙ ΤΡΆΠΗΚΑΝ ΣΕ ΦΥΓΉ. ΤΆΙΣΕ ΑΥΤΆ ΤΑ ΆΛΟΓΑ ΤΗ ΣΆΡΚΑ ΤΟΥ ΒΑΣΑΝΙΣΤΉ ΤΟΥΣ ΚΑΙ ΕΚΕΊΝΑ ΈΓΙΝΑΝ ΉΣΥΧΑ. ΠΡΟΣ ΤΙΜΉ ΤΟΥ ΆΒΔΗΡΟΥ Ο ΗΡΑΚΛΉΣ ΊΔΡΥΣΕ ΤΗΝ ΠΌΛΗ ΆΒΔΗΡΑ.

ΈΦΕΡΕ ΤΑ ΆΛΟΓΑ ΣΤΟΝ ΕΥΡΥΣΘΈΑ Ο ΟΠΟΊΟΣ ΝΕΥΡΊΑΣΕ ΤΌΣΟ ΠΟΥ ΔΕΝ ΜΠΟΡΟΎΣΕ ΝΑ ΣΚΕΦΤΕΊ ΤΙ ΝΑ ΤΑ ΚΆΝΕΙ, ΟΠΌΤΕ ΑΠΛΏΣ ΕΊΠΕ ΣΤΟΝ ΗΡΑΚΛΉ ΝΑ ΤΑ ΕΞΑΦΑΝΊΣΕΙ ΑΠΌ ΜΠΡΟΣΤΆ ΤΟΥ. ΑΦΈΘΗΚΑΝ ΕΛΕΎΘΕΡΑ ΚΑΙ ΠΕΡΙΠΛΑΝΉΘΗΚΑΝ ΜΈΧΡΙ ΠΟΥ ΈΦΤΑΣΑΝ ΣΤΟ ΌΡΟΣ ΌΛΥΜΠΟΣ, ΌΠΟΥ ΤΑ ΆΓΡΙΑ ΘΗΡΊΑ ΤΑ ΣΚΌΤΩΣΑΝ. Ο ΒΟΥΚΕΦΆΛΑΣ, ΤΟ ΆΛΟΓΟ ΤΟΥ ΜΕΓΆΛΟΥ ΑΛΕΞΆΝΔΡΟΥ, ΚΑΤΑΓΌΤΑΝ ΑΠΌ ΑΥΤΆ ΤΑ ΆΛΟΓΑ.

ΗΡΑΚΛΉΣ:
ΠΟΙΟΣ ΕΊΝΑΙ Ο ΕΠΌΜΕΝΟΣ ΆΘΛΟΣ ΜΟΥ;

ΕΥΡΥΣΘΈΑΣ (ΣΚΕΠΤΌΜΕΝΟΣ):
ΔΕ ΜΠΟΡΕΊ... ΚΆΠΟΙΑ ΑΛΛΑΓΉ ΧΡΕΙΆΖΕΤΑΙ ΣΤΗ ΠΡΌΚΛΗΣΗ.

ΕΥΡΥΣΘΈΑΣ:
ΤΟ ΚΑΘΉΚΟΝ ΣΟΥ ΕΊΝΑΙ ΤΏΡΑ ΝΑ ΑΝΑΚΤΉΣΕΙΣ ΤΗ ΖΏΝΗ ΤΗΣ ΙΠΠΟΛΎΤΗΣ.

ΕΥΡΥΣΘΈΑΣ (ΣΚΕΠΤΌΜΕΝΟΣ):
ΑΣ ΠΟΎΜΕ ΌΤΙ ΕΊΜΑΙ ΠΆΛΙ ΛΆΘΟΣ, ΑΚΌΜΑ ΚΑΙ ΤΌΤΕ ΘΑ ΜΠΟΡΏ ΝΑ ΔΏΣΩ ΤΗ ΖΏΝΗ ΣΤΗ ΚΌΡΗ ΜΟΥ ΠΟΥ ΤΗΝ ΑΠΑΊΤΗΣΕ

ΟΙ ΑΜΑΖΌΝΕΣ ΉΤΑΝ ΜΊΑ ΦΥΛΉ ΠΟΛΕΜΊΣΤΡΙΩΝ ΓΥΝΑΙΚΏΝ, ΤΩΝ ΟΠΟΊΩΝ Η ΗΓΈΤΗΣ ΉΤΑΝ Η ΙΠΠΟΛΎΤΗ. ΑΥΤΈΣ ΟΙ ΠΟΛΕΜΊΣΤΡΙΕΣ ΖΟΎΣΑΝ ΞΈΧΩΡΑ ΑΠΌ ΤΟΥΣ ΆΝΤΡΕΣ. ΚΑΤΆ ΤΗ ΓΈΝΝΑ ΘΑ ΑΠΈΡΡΙΠΤΑΝ ΤΑ ΑΡΣΕΝΙΚΆ ΒΡΈΦΗ ΚΑΙ ΘΑ ΜΕΓΆΛΩΝΑΝ ΤΑ ΘΗΛΥΚΆ ΓΙΑ ΝΑ ΓΊΝΟΥΝ ΚΙ ΕΚΕΊΝΑ ΠΟΛΕΜΊΣΤΡΙΕΣ. Η ΜΟΝΑΔΙΚΉ ΖΏΝΗ-ΚΟΡΣΈΣ ΤΗΣ ΙΠΠΟΛΎΤΗΣ ΠΕΡΙΕΊΧΕ ΜΊΑ ΔΕΡΜΆΤΙΝΗ ΖΏΝΗ ΜΈΣΗΣ ΠΟΥ ΤΗΣ ΕΊΧΕ ΔΟΘΕΊ ΑΠΌ ΤΟΝ ΆΡΗ (ΤΟΝ ΠΑΤΈΡΑ ΤΗΣ) ΚΑΙ ΤΗ ΦΟΡΟΎΣΕ ΓΙΑ ΝΑ ΚΡΑΤΆΕΙ ΤΟ ΣΠΑΘΊ ΤΗΣ.

Το καράβι του Ηρακλή έφτασε μετά από ένα μεγάλο ταξίδι στη γη των Αμαζόνων.

Η Ιππολύτη πήγε να υποδεχθεί τις νέες αφίξεις και να τους ρωτήσει γιατί ήρθαν. Ο Ηρακλής, εξήγησε τους λόγους της άφιξής του και μετά εκείνη υποσχέθηκε να του δώσει τη ζώνη όταν εκείνος τη ζήτησε.
Ήταν εντυπωσιασμένη από εκείνον.

Η Ήρα, καθώς δεν ήθελε ο Ηρακλής να αναστατώσει τον τρόπο ζωής των Αμαζόνων, ήρθε μεταμφιεσμένη ως Αμαζόνα και σκόρπισε τη φήμη ότι το καράβι με τους άντρες σχεδίαζε να απαγάγει τη βασίλισσα. Οι Αμαζόνες φόρεσαν τις πανοπλίες τους και έσπευσαν με τα πόδια και πάνω σε άλογα προς το καράβι.

ΑΥΤΈΣ ΟΙ ΦΉΜΕΣ ΠΟΥ ΔΙΈΔΩΣΕ Η ΉΡΑ ΚΑΤΈΚΛΥΣΑΝ ΕΠΙΤΥΧΏΣ ΤΑ ΜΥΑΛΆ ΤΟΥΣ ΚΑΙ Η ΕΠΙΘΥΜΊΑ ΤΟΥΣ ΝΑ ΠΡΟΣΤΑΤΈΨΟΥΝ ΤΗ ΒΑΣΊΛΙΣΣΑ ΙΠΠΟΛΥΤΗ ΤΙΣ ΟΔΗΓΗΣΕ ΣΤΟ ΝΑ ΠΟΛΕΜΉΣΟΥΝ ΤΟΥΣ ΕΠΙΣΚΈΠΤΕΣ. ΟΙ ΆΝΤΡΕΣ, ΒΛΈΠΟΝΤΑΣ ΠΩΣ ΒΡΊΣΚΟΝΤΑΝ ΥΠΌ ΕΠΊΘΕΣΗ, ΚΙΝΉΘΗΚΑΝ ΓΙΑ ΝΑ ΤΙΣ ΑΝΤΙΜΕΤΩΠΊΣΟΥΝ.

Η ΙΠΠΟΛΥΤΗ ΔΕΝ ΉΤΑΝ ΠΙΑ ΣΕ ΣΥΜΦΩΝΊΑ ΜΕ ΤΟΝ ΗΡΑΚΛΉ, ΚΑΙ ΈΠΡΕΠΕ ΝΑ ΤΟ ΔΕΊΞΕΙ. ΕΚΕΊΝΟΣ ΧΡΕΙΑΖΌΤΑΝ ΤΗ ΖΏΝΗ ΚΙ ΈΤΣΙ ΒΡΈΘΗΚΑΝ ΣΕ ΜΟΝΟΜΑΧΊΑ, ΌΠΟΥ Ο ΗΡΑΚΛΉΣ ΣΚΌΤΩΣΕ ΤΗΝ ΙΠΠΟΛΥΤΗ ΚΑΙ ΠΉΡΕ ΤΗ ΖΏΝΗ. ΣΕ ΑΥΤΉ ΤΗ ΜΕΓΆΛΗ ΣΎΓΚΡΟΥΣΗ ΌΠΟΥ ΟΙ ΑΜΑΖΌΝΕΣ ΈΧΑΣΑΝ, ΟΙ ΕΠΙΖΉΣΑΝΤΕΣ ΟΔΗΓΉΘΗΚΑΝ ΜΑΚΡΙΆ.

Ο ΗΡΑΚΛΉΣ ΣΤΑΜΆΤΗΣΕ ΣΤΗΝ ΤΡΟΊΑ ΓΙΑ ΝΑ ΣΏΣΕΙ ΤΗΝ ΚΌΡΗ ΗΣΙΌΝΗ, ΠΡΙΝ ΞΕΚΙΝΉΣΕΙ ΤΟ ΤΑΞΊΔΙ ΤΗΣ ΕΠΙΣΤΡΟΦΉΣ ΠΡΟΣ ΤΟΝ ΕΥΡΥΣΘΈΑ.

ΕΥΡΥΣΘΈΑΣ:

ΜΗΝ ΠΛΗΣΙΆΣΕΙΣ ΠΟΛΥ! ΤΟΠΟΘΈΤΗΣΕ ΤΗ ΖΏΝΗ ΣΤΑ ΠΌΔΙΑ ΣΟΥ ΓΙΑ ΝΑ ΤΗΝ ΣΗΚΏΣΕΙ ΈΝΑΣ ΥΠΗΡΈΤΗΣ.

ΗΡΑΚΛΉΣ:

ΚΑΙ ΤΏΡΑ; ΠΟΙΟΣ ΕΊΝΑΙ Ο ΕΠΌΜΕΝΟΣ ΆΘΛΟΣ;

(ΤΏΡΑ Ο ΕΥΡΥΣΘΈΑΣ ΘΥΜΉΘΗΚΕ ΤΟΝ ΣΚΟΠΌ ΤΟΥ ΤΕΛΙΚΟΎ ΣΤΌΧΟΥ ΤΗΣ ΉΡΑΣ)

ΕΥΡΥΣΘΈΑΣ:

ΘΑ ΦΈΡΕΙΣ ΕΔΏ ΤΑ ΒΌΔΙΑ ΤΟΥ ΓΗΡΥΌΝΗ!

Ο ΓΗΡΥΌΝΗΣ ΜΕ ΤΑ ΒΌΔΙΑ ΤΟΥ ΚΑΤΟΙΚΟΎΣΕ ΣΤΟ ΔΥΤΙΚΌΤΕΡΟ ΤΜΉΜΑ ΤΟΥ ΓΝΩΣΤΟΎ ΚΌΣΜΟΥ. ΉΤΑΝ Ο ΓΙΟΣ ΤΟΥ ΧΡΥΣΆΟΡΑ ΚΑΙ ΤΗΣ ΚΑΛΛΙΡΡΌΗΣ. Ο ΧΡΥΣΆΟΡΑΣ ΉΡΘΕ ΑΠΌ ΤΟ ΣΏΜΑ ΤΗΣ ΜΈΔΟΥΣΑΣ ΌΤΑΝ Ο ΠΕΡΣΈΑΣ ΤΗΝ ΑΠΟΚΕΦΆΛΙΣΕ. Η ΚΑΛΛΙΡΡΌΗ ΉΤΑΝ Η ΚΌΡΗ ΤΟΥ ΤΙΤΆΝΑ ΩΚΕΑΝΟΎ ΚΑΙ ΤΗΣ ΤΙΤΑΝΊΔΑΣ ΤΗΘΎΣ. ΑΥΤΉ Η ΜΟΝΑΔΙΚΉ ΚΑΤΑΓΩΓΉ ΤΟΝ ΚΑΘΙΣΤΟΎΣΕ ΜΟΝΑΔΙΚΌ ΚΑΙ ΤΟΝ ΊΔΙΟ, ΈΧΟΝΤΑΣ 3 ΚΕΦΆΛΙΑ ΚΑΙ 3 ΖΕΥΓΆΡΙΑ ΠΌΔΙΑ ΌΛΑ ΕΝΩΜΈΝΑ ΣΕ ΜΊΑ ΜΈΣΗ.

ΚΑΤΟΙΚΏΝΤΑΣ ΣΤΗ ΝΉΣΟ ΕΡΎΘΕΙΑ, ΕΊΧΕ ΈΝΑ ΚΟΠΆΔΙ ΑΠΌ ΚΌΚΚΙΝΑ ΒΌΔΙΑ (ΧΡΩΜΑΤΙΣΜΈΝΑ ΚΌΚΚΙΝΑ ΑΠΌ ΤΟ ΗΛΙΟΒΑΣΊΛΕΜΑ). ΑΥΤΌ ΤΟ ΜΈΡΟΣ, ΚΟΝΤΆ ΣΤΑ ΣΤΕΝΆ ΤΟΥ ΓΙΒΡΑΛΤΆΡ, ΓΝΩΣΤΌ ΚΑΙ ΩΣ ΟΙ ΠΎΛΕΣ ΤΟΥ ΗΡΑΚΛΉ, ΧΏΡΙΖΕ ΤΗ ΜΕΣΌΓΕΙΟ ΑΠΌ ΤΟΝ ΑΤΛΑΝΤΙΚΌ. ΑΥΤΆ ΤΑ ΒΌΔΙΑ ΦΥΛΆΣΣΟΝΤΑΝ ΑΠΌ ΤΟΝ ΌΡΘΟ, ΈΝΑ ΔΙΚΈΦΑΛΟ ΣΚΎΛΟ.

ΣΤΟ ΤΑΞΊΔΙ ΤΟΥ ΤΟΝ ΧΤΥΠΟΎΣΑΝ ΟΙ ΈΝΤΟΝΕΣ ΑΚΤΊΝΕΣ ΤΟΥ ΉΛΙΟΥ, ΚΑΙ ΑΠΟΓΟΗΤΕΥΜΈΝΟΣ ΈΡΙΞΕ ΜΕΡΙΚΆ ΒΈΛΗ ΤΟΝ ΉΛΙΟ (ΘΕΌ ΉΛΙΟ). ΑΥΤΌ ΕΝΤΥΠΩΣΊΑΣΕ ΤΟΝ ΉΛΙΟ ΚΑΙ ΈΤΣΙ ΣΤΟΝ ΗΡΑΚΛΉ ΠΑΡΑΧΩΡΉΘΗΚΕ ΈΝΑ ΧΡΥΣΌ ΚΎΠΕΛΛΟ ΤΟ ΟΠΟΊΟ ΧΡΗΣΙΜΟΠΟΊΗΣΕ ΓΙΑ ΝΑ ΤΑΞΙΔΈΨΕΙ ΣΤΟ ΝΗΣΊ.

ΜΌΛΙΣ ΈΦΤΑΣΕ Ο ΌΡΘΡΟΣ ΌΡΜΗΣΕ ΠΡΟΣ ΤΟ ΜΈΡΟΣ ΤΟΥ. Ο ΗΡΑΚΛΉΣ ΤΟΝ ΧΤΎΠΗΣΕ ΜΕ ΤΟ ΡΌΠΑΛΟ ΑΠΌ ΚΛΑΔΊ ΕΛΙΆΣ ΚΑΙ ΜΕΤΆ Ο ΒΟΣΚΌΣ, ΕΥΡΥΤΊΩΝ, ΕΠΙΤΈΘΗΚΕ. Ο ΗΡΑΚΛΉΣ ΈΦΤΑΣΕ ΣΤΑ ΒΌΔΙΑ ΚΑΙ ΎΣΤΕΡΑ Ο ΓΗΡΥΌΝΗΣ ΕΙΔΟΠΟΙΉΘΗΚΕ ΓΙΑ ΝΑ ΤΟΝ ΑΝΤΙΜΕΤΩΠΊΣΕΙ.

ΟΗΡΑΚΛΉΣ ΣΚΌΤΩΣΕ ΤΟΝ ΓΗΡΥΌΝΗ ΜΕ ΤΑ ΒΟΥΤΗΓΜΈΝΑ ΣΤΟ ΑΊΜΑ ΤΗΣ ΎΔΡΑΣ ΒΈΛΗ.

ΤΟ ΤΑΞΊΔΙ ΤΗΣ ΕΠΙΣΤΡΟΦΉΣ ΉΤΑΝ ΓΕΜΆΤΟ ΑΤΥΧΊΕΣ. Η ΉΡΑ ΈΣΤΕΙΛΕ ΜΊΑ ΑΛΟΓΟΜΥΓΑ ΓΙΑ ΝΑ ΤΣΙΜΠΆΕΙ ΤΑ ΒΌΔΙΑ, ΠΟΥ ΠΡΟΚΆΛΕΣΕ ΤΗ ΔΙΑΣΠΟΡΆ ΤΟΥΣ ΚΑΙ Ο ΗΡΑΚΛΉΣ ΈΠΡΕΠΕ ΝΑ ΠΆΕΙ ΣΕ ΔΙΑΦΟΡΕΤΙΚΈΣ ΚΑΤΕΥΘΎΝΣΕΙΣ ΓΙΑ ΝΑ ΤΑ ΑΝΑΚΤΉΣΕΙ. Η ΉΡΑ ΠΡΟΚΆΛΕΣΕ ΜΈΧΡΙ ΚΑΙ ΤΗΝ ΥΠΕΡΧΕΊΛΙΣΗ ΕΝΌΣ ΠΟΤΑΜΟΎ ΚΆΝΟΝΤΑΣ ΔΎΣΚΟΛΟ ΤΟ ΠΈΡΑΣΜΑ ΜΕ ΤΑ ΒΌΔΙΑ, ΟΠΌΤΕ ΕΚΕΊΝΟΣ ΤΟ ΓΈΜΙΣΕ ΜΕ ΠΈΤΡΕΣ.

ΚΑΤΆ ΤΗΝ ΆΦΙΞΗ ΜΕ ΤΑ ΚΌΚΚΙΝΑ ΒΌΔΙΑ, Ο ΕΥΡΥΣΘΈΑΣ ΤΑ ΘΥΣΊΑΣΕ ΣΤΗΝ ΉΡΑ.

ΕΥΡΥΣΘΈΑΣ

ΗΡΑΚΛΉ, ΠΡΈΠΕΙ ΝΑ ΑΙΧΜΑΛΩΤΊΣΕΙΣ ΚΑΙ ΝΑ ΦΈΡΕΙΣ ΕΔΏ ΤΟΝ ΚΈΡΒΕΡΟ, ΤΟ ΣΚΎΛΟ ΤΟΥ ΚΆΤΩ ΚΌΣΜΟΥ.

ΟΚΈΡΒΕΡΟΣ, ΉΤΑΝ Ο ΣΚΎΛΟΣ ΤΟΥ ΆΔΗ. ΑΥΤΌΣ Ο ΣΚΎΛΟΣ ΕΊΧΕ 3 ΚΕΦΆΛΙΑ ΚΑΙ ΦΥΛΟΎΣΕ ΤΙΣ ΠΎΛΕΣ ΤΟΥ ΚΆΤΩ ΚΌΣΜΟΥ. ΑΚΟΥΜΠΟΎΣΕ ΜΕ ΤΟ ΠΊΣΩ ΜΈΡΟΣ ΠΡΟΣ ΤΗΝ ΕΊΣΟΔΟ, ΚΑΙ ΤΑ 3 ΚΕΦΆΛΙΑ ΤΟΥ ΚΟΙΤΟΎΣΑΝ ΣΕ ΔΙΑΦΟΡΕΤΙΚΈΣ ΚΑΤΕΥΘΎΝΣΕΙΣ ΓΙΑ ΝΑ ΑΝΘΡΏΠΟΥΣ ΠΟΥ ΠΛΗΣΊΑΖΑΝ. Ο ΡΌΛΟΣ ΤΟΥ ΥΠΟΤΊΘΕΤΑΙ ΠΩΣ ΉΤΑΝ ΝΑ ΕΜΠΟΔΊΖΕΙ ΤΟΥΣ ΝΕΚΡΟΎΣ ΝΑ ΦΎΓΟΥΝ. Ο ΠΑΤΈΡΑΣ ΤΟΥ ΚΈΡΒΕΡΟΥ ΉΤΑΝ Ο ΤΥΦΏΝΑΣ ΚΑΙ ΉΤΑΝ ΑΔΕΡΦΌΣ ΤΟΥ ΌΡΘΟΥ, ΣΚΎΛΟΥ ΤΟΥ ΓΗΡΥΌΝΗ.

Ο ΗΡΑΚΛΉΣ ΈΚΑΝΕ ΤΗΝ ΚΆΘΟΔΌ ΤΟΥ ΑΠΌ ΜΊΑ ΕΊΣΟΔΟ ΣΤΟ ΤΑΊΝΑΡΟ, ΤΗΝ ΠΙΟ ΓΝΩΣΤΉ ΑΠΌ ΤΙΣ ΠΟΙΚΊΛΕΣ ΕΛΛΗΝΙΚΈΣ ΕΙΣΌΔΟΥΣ ΣΤΟΝ ΚΆΤΩ ΚΌΣΜΟ.

ΜΕΤΆ ΤΗΝ ΚΆΘΟΔΌ ΤΟΥ, Ο ΗΡΑΚΛΉΣ ΡΏΤΗΣΕ ΤΟΝ ΆΔΗ ΓΙΑ ΝΑ ΠΆΡΕΙ ΤΟΝ ΚΈΡΒΕΡΟ. Ο ΆΔΗΣ ΣΥΜΦΏΝΗΣΕ, ΕΆΝ Ο ΗΡΑΚΛΉΣ ΜΠΟΡΟΎΣΕ ΝΑ ΤΟ ΚΆΝΕΙ ΦΥΣΙΚΆ, **ΧΩΡΊΣ ΧΡΉΣΗ ΌΠΛΩΝ**.

ΧΡΗΣΙΜΟΠΟΙΏΝΤΑΣ ΤΗ “ΛΕΟΝΤΉ” Ο ΗΡΑΚΛΉΣ ΤΎΛΙΞΕ ΤΟΥΣ ΛΑΙΜΟΎΣ ΤΟΥ ΚΈΡΒΕΡΟΥ ΓΙΑ ΝΑ ΤΟΝ ΚΟΥΒΑΛΉΣΕΙ. Ο ΚΈΡΒΕΡΟΣ ΜΕΤΑΦΈΡΘΗΚΕ ΕΚΤΌΣ ΤΟΥ ΆΔΗ ΜΈΣΩ ΕΝΌΣ ΧΆΣΜΑΤΟΣ ΣΤΗ ΓΗ ΑΦΙΕΡΩΜΈΝΟ ΣΤΟΝ ΚΛΎΜΕΝΟ ΔΊΠΛΑ ΣΤΟ ΙΕΡΌ ΤΗΣ ΧΘΩΝΊΑΣ ΣΤΗΝ ΕΡΜΙΌΝΗ.

ΣΤΟ ΔΡΌΜΟ Ο ΗΡΑΚΛΉΣ ΕΊΔΕ ΤΟΝ ΉΡΩΑ ΘΗΣΈΑ ΚΑΙ ΤΟΝ ΠΕΡΊΘΟΟ. ΚΡΑΤΟΎΝΤΑΝ ΣΕ ΜΊΑ ΠΗΓΉ ΛΉΘΗΣ ΠΟΥ ΉΤΑΝ Ο ΤΡΌΠΟΣ ΠΟΥ Ο ΚΆΤΩ ΚΌΣΜΟΣ ΚΡΑΤΟΎΣΕ ΤΟΥΣ ΑΝΘΡΏΠΟΥΣ ΕΚΕΊ ΓΙΑ ΠΆΝΤΑ. Ο ΠΕΡΊΘΟΟΣ ΕΊΧΕ ΑΙΧΜΑΛΩΤΙΣΤΕΊ ΕΠΕΙΔΉ ΕΡΩΤΕΎΤΗΚΕ ΤΗ ΓΥΝΑΊΚΑ ΤΟΥ ΆΔΗ. ΕΚΕΊ Ο ΗΡΑΚΛΉΣ ΕΊΔΕ ΠΟΛΛΈΣ ΨΥΧΈΣ ΠΟΥ ΤΈΝΤΩΝΑΝ ΤΑ ΧΈΡΙΑ ΤΟΥΣ ΠΡΟΣ ΑΥΤΌΝ ΜΕ ΤΗΝ ΕΛΠΊΔΑ Η ΔΎΝΑΜΉ ΤΟΥ ΝΑ ΤΙΣ ΦΈΡΕΙ ΠΊΣΩ ΣΤΗ ΖΩΉ. Ο ΗΡΑΚΛΉΣ ΠΉΡΕ ΤΟ ΘΗΣΈΑ ΑΠΌ ΤΟ ΧΈΡΙ, ΑΛΛΆ ΌΤΑΝ ΠΡΟΣΠΆΘΗΣΕ ΝΑ ΚΆΝΕΙ ΤΟ ΊΔΙΟ ΓΙΑ ΤΟΝ ΠΕΡΊΘΟΟ, Η ΓΗ ΣΕΊΣΤΗΚΕ ΚΑΙ ΈΠΡΕΠΕ ΝΑ ΤΟΝ ΑΦΉΣΕΙ.

EVRYSTHEAS:
ΤΙ ΝΑ ΠΩ;! ΤΏΡΑ ΔΕΝ ΥΠΆΡΧΕΙ ΦΎΛΑΚΑΣ ΣΤΙΣ ΠΎΛΕΣ ΤΟΥ ΚΆΤΩ ΚΌΣΜΟΥ! ΘΑ ΣΟΥ ΔΏΣΩ ΈΝΑΝ ΑΔΎΝΑΤΟ ΆΘΛΟ

Ο ΜΥΣΤΙΚΌΣ ΚΉΠΟΣ ΤΩΝ ΕΣΠΕΡΊΔΩΝ ΑΝΉΚΕ ΣΤΗΝ ΉΡΑ. ΕΚΕΊ ΥΠΉΡΧΑΝ 4 ΝΎΜΦΕΣ (ΑΊΓΛΗ, ΕΡΎΘΕΙΑ, ΕΣΠΈΡΙΑ ΚΑΙ ΑΡΈΘΟΥΣΑ) ΠΟΥ ΖΟΎΣΑΝ ΔΊΠΛΑ ΣΕ ΈΝΑ ΔΈΝΤΡΟ ΠΟΥ ΕΊΧΕ **ΧΡΥΣΆ ΜΉΛΑ**. ΑΥΤΆ ΤΑ ΜΉΛΑ ΉΤΑΝ ΓΑΜΉΛΙΟ ΔΏΡΟ ΤΗΣ ΜΗΤΈΡΑΣ ΓΗΣ, ΓΑΊΑ, ΣΤΟ ΔΊΑ Ο ΟΠΟΊΟΣ ΤΑ ΈΔΩΣΕ ΣΤΗΝ ΉΡΑ.

ΦΎΛΑΚΑΣ ΤΟΥ ΔΈΝΤΡΟΥ ΉΤΑΝ ΤΟ ΕΡΠΕΤΌ ΛΆΔΩΝ ΠΟΥ ΜΠΟΡΟΎΣΕ ΝΑ ΜΙΛΉΣΕΙ ΜΕ ΔΙΑΦΟΡΕΤΙΚΈΣ ΦΩΝΈΣ ΚΑΙ ΕΊΧΕ 100 ΚΕΦΆΛΙΑ. ΤΟ ΚΌΚΚΙΝΟ ΚΑΙ ΧΡΥΣΌ ΗΛΙΟΒΑΣΊΛΕΜΑ ΔΗΜΙΟΥΡΓΟΎΝΤΑΝ ΑΠΌ ΤΟ ΦΩΣ ΠΟΥ ΕΡΧΌΤΑΝ ΣΕ ΕΠΑΦΉ ΜΕ ΑΥΤΆ ΤΑ ΜΉΛΑ ΣΤΟΝ ΔΥΤΙΚΌ ΟΡΊΖΟΝΤΑ.

ΑΥΤΈΣ ΟΙ ΝΎΜΦΕΣ ΝΟΙΆΖΟΝΤΑΝ ΓΙΑ ΤΟ ΔΈΝΤΡΟ: ΑΊΓΛΗ, ΕΡΎΘΕΙΑ, ΕΣΠΈΡΙΑ ΚΑΙ ΑΡΈΘΟΥΣΑ.

Για να βρει τον κήπο ο Ηρακλής πήγε να δει τον Τιτάνα Προμηθέα, ο οποίος ήταν αλυσοδεμένος στην οροσειρά του Καυκάσου. Εκεί, ενώ ήταν αλυσοδεμένος, ένας αετός τον έσκιζε για να του φάει το συκώτι κάθε μέρα. Και την επόμενη μέρα το συκώτι αναγεννιόταν. Αυτή η τιμωρία για τον Προμηθέα είχε απαιτηθεί από τον Δία επειδή είχε κλέψει την απαγορευμένη φωτιά και την έδωσε στους ανθρώπους.

Ο Προμηθέας είπε στον Ηρακλή πως ο αδερφός του, ο Τιτάνας Άτλαντας, θα ήξερε το δρόμο προς τον κήπο. Ο Άτλαντας έφερε τον ουρανό στους ώμους του καθώς στεκόταν σε ένα όρος μακριά στα δυτικά. Ο Προμηθέας είχε επίσης πει στον Ηρακλή πως θα ήταν καλύτερο να πάει ο Άτλαντας να πάρει τα μήλα αντί για αυτόν.

Ο ΆΤΛΑΝΤΑΣ ΣΥΜΦΏΝΗΣΕ ΝΑ ΦΈΡΕΙ ΤΑ ΜΉΛΑ ΜΕ ΑΝΤΆΛΛΑΓΜΑ Ο ΗΡΑΚΛΉΣ ΝΑ ΠΆΡΕΙ ΤΟ ΒΆΡΟΣ ΤΟΥ ΚΌΣΜΟΥ ΣΤΟΥΣ ΏΜΟΥΣ ΤΟΥ ΌΣΟ ΕΚΕΊΝΟΣ ΘΑ ΈΛΕΙΠΕ.

ΜΕΤΆ ΑΠΌ ΚΆΠΟΙΟ ΔΙΆΣΤΗΜΑ Ο ΆΤΛΑΝΤΑΣ ΕΠΈΣΤΡΕΨΕ ΜΕ ΤΑ ΜΉΛΑ, ΑΛΛΆ ΔΉΛΩΣΕ ΌΤΙ ΘΑ ΤΑ ΠΆΕΙ Ο ΊΔΙΟΣ ΣΤΟΝ ΕΥΡΥΣΘΈΑ ΌΣΟ Ο ΗΡΑΚΛΉΣ ΘΑ ΈΜΕΝΕ ΕΚΕΊ.

Ο ΗΡΑΚΛΉΣ ΠΡΟΦΟΡΙΚΆ ΔΈΧΘΗΚΕ, ΑΛΛΆ ΖΉΤΗΣΕ ΑΠΌ ΤΟΝ ΆΤΛΑΝΤΑ ΝΑ ΠΆΡΕΙ ΓΙΑ ΛΊΓΟ ΞΑΝΆ ΤΟ ΒΆΡΟΣ ΏΣΤΕ ΝΑ ΜΠΟΡΈΣΕΙ ΝΑ ΒΆΛΕΙ ΚΆΤΙ ΜΑΛΑΚΌ ΣΤΟΥΣ ΏΜΟΥΣ ΤΟΥ. Ο ΆΤΛΑΝΤΑΣ ΥΠΟΧΡΕΏΘΗΚΕ, ΑΦΉΝΟΝΤΑΣ ΚΆΤΩ ΤΑ ΜΉΛΑ ΚΑΙ ΠΑΊΡΝΟΝΤΑΣ ΠΊΣΩ ΤΟ ΦΟΡΤΊΟ. ΜΕΤΆ Ο ΗΡΑΚΛΉΣ ΣΉΚΩΣΕ ΤΑ ΜΉΛΑ ΚΑΙ ΑΦΉΝΟΝΤΑΣ ΤΟΝ ΆΤΛΑΝΤΑ ΣΤΗ ΘΈΣΗ ΤΟΥ ΈΣΠΕΥΣΕ ΝΑ ΕΠΙΣΤΡΈΨΕΙ ΤΑ ΜΉΛΑ ΣΤΟΝ ΕΥΡΥΣΘΈΑ.

ΑΛΛΑ ΣΤΟΝ ΔΡΟΜΟ ΠΙΣΩ, Ο ΗΡΑΚΛΗΣ ΕΠΡΕΠΕ ΝΑ ΑΝΤΙΜΕΤΩΠΙΣΕΙ ΤΟΝ ΑΝΤΑΙΟ (ΠΡΟΕΛΕΥΣΗ ΤΟΥ ΜΥΘΟΥ ΤΩΝ ΒΕΡΒΕΡΙΝΩΝ), ΜΙΣΟ ΓΙΓΑΝΤΑ ΓΙΟ ΤΟΥ ΠΟΣΕΙΔΩΝΑ ΚΑΙ ΤΗΣ ΓΑΙΑΣ. Ο ΑΝΤΑΙΟΣ ΘΑ ΠΡΟΚΑΛΟΥΣΕ ΟΛΟΥΣ ΟΣΟΥΣ ΠΕΡΝΟΥΣΑΝ ΣΕ ΑΓΩΝΕΣ ΠΑΛΗΣ. ΕΠΕΙΔΗ ΠΑΡΕΜΕΝΕ ΑΤΡΩΤΟΣ ΟΣΟ ΒΡΙΣΚΟΤΑΝ ΣΕ ΕΠΑΦΗ ΜΕ ΤΗ ΓΗ, ΤΗ ΜΗΤΕΡΑ ΤΟΥ, ΝΙΚΟΥΣΕ ΠΑΝΤΑ ΠΕΤΑΓΟΝΤΑΣ ΤΟΥΣ ΑΝΤΙΠΑΛΟΥΣ ΤΟΥ ΣΤΟ ΕΔΑΦΟΣ, ΣΚΟΤΩΝΟΝΤΑΣ ΤΟΥΣ. Ο ΑΝΤΑΙΟΣ ΕΙΧΕ ΧΤΙΣΕΙ ΝΑΟ ΧΡΗΣΙΜΟΠΟΙΩΝΤΑΣ ΤΑ ΚΡΑΝΙΑ ΤΩΝ ΑΠΟΤΥΧΗΜΕΝΩΝ ΑΝΤΙΠΑΛΩΝ ΤΟΥ.

Ο ΗΡΑΚΛΗΣ ΔΕΝ ΜΠΟΡΟΥΣΕ ΝΑ ΤΟΝ ΑΚΙΝΗΤΟΠΟΙΗΣΕΙ Ή ΝΑ ΤΟΝ ΠΕΤΑΞΕΙ, ΟΠΟΤΕ ΣΗΚΩΣΕ ΤΟΝ ΑΝΤΑΙΟ, ΔΙΑΚΟΠΤΟΝΤΑΣ ΤΗΝ ΕΠΑΦΗ ΜΕ ΤΗ ΜΗΤΕΡΑ ΤΟΥ, ΚΑΙ ΥΣΤΕΡΑ ΤΟΝ ΕΣΦΙΞΕ ΜΕΧΡΙ ΘΑΝΑΤΟΥ.

ΕΥΡΥΣΘΕΑΣ

ΟΧΙ! ΕΙΣΑΙ ΖΩΝΤΑΝΟΣ! ΠΩΣ ΣΥΝΕΒΗ ΑΥΤΟ; ΑΥΤΑ ΕΙΝΑΙ ΤΑ ΜΗΛΑ! ΔΕΝ ΘΑ ΕΠΡΕΠΕ ΝΑ ΒΡΙΣΚΟΝΤΑΙ ΕΔΩ, ΔΕΝ ΗΤΑΝ ΕΔΩ ΚΑΙ ΔΕΝ ΕΧΩ ΚΑΜΙΑ ΣΧΕΣΗ ΜΕ ΑΥΤΗ ΤΗ ΚΛΟΠΗ! ΕΠΕΣΤΡΕΨΕ ΤΑ ΑΜΕΣΩΣ!

ΗΡΑΚΛΗ, ΕΑΝ ΕΔΩ ΔΕΝ ΜΠΟΡΩ ΝΑ ΦΑΝΤΑΣΤΩ ΠΩΣ ΜΠΟΡΕΙΣ ΝΑ ΚΑΤΑΣΤΡΑΦΕΙΣ, ΤΟΤΕ ΕΙΣΑΙ ΠΕΡΑΝ ΤΗΣ ΚΑΤΑΝΟΗΣΗΣ ΜΟΥ. ΟΙ ΑΘΛΟΙ ΜΟΥ ΓΙΑ ΣΕΝΑ ΟΛΟΚΛΗΡΩΘΗΚΑΝ ΚΑΙ Η ΜΕΤΑΞΥ ΜΑΣ ΔΟΥΛΕΙΑ ΕΧΕΙ ΠΛΕΟΝ ΤΕΛΕΙΩΣΕΙ.

Ο ΕΥΡΥΣΘΕΑΣ ΔΕΝ ΤΑ ΗΘΕΛΕ ΕΞΑΙΤΙΑΣ ΤΟΥ ΦΟΒΟΥ ΤΟΥ ΓΙΑ ΘΕΙΑ ΤΙΜΩΡΙΑ ΑΠΟ ΤΗΝ ΗΡΑ, ΟΠΟΤΕ Ο ΗΡΑΚΛΗΣ ΤΑ ΕΔΩΣΕ ΣΤΗΝ ΑΘΗΝΑ Η ΟΠΟΙΑ ΤΑ ΤΟΠΟΘΕΤΗΣΕ ΠΙΣΩ ΣΤΟΝ ΚΗΠΟ.

ΤΏΡΑ, ΥΠΉΡΧΕ ΜΊΑ ΠΡΟΣΩΠΙΚΉ ΑΠΟΣΤΟΛΉ ΓΙΑ ΕΚΕΊΝΟΝ.

ΑΦΟΎ ΑΠΕΛΕΥΘΕΡΏΘΗΚΕ ΑΠΌ ΤΟ ΠΝΕΥΜΑΤΙΚΌ ΤΟΥ ΧΡΈΟΣ, Ο ΗΡΑΚΛΉΣ ΕΚΣΤΡΆΤΕΥΣΕ ΜΕ ΤΟΥΣ ΣΥΜΜΆΧΟΥΣ ΤΟΥ ΓΙΑ ΝΑ ΠΆΡΕΙ ΕΚΔΊΚΗΣΗ ΑΠΌ ΑΥΤΟΎΣ ΠΟΥ ΤΟΝ ΕΊΧΑΝ ΑΔΙΚΉΣΕΙ. ΈΚΑΝΕ ΠΌΛΕΜΟ ΣΤΟΝ ΒΑΣΙΛΙΆ ΑΥΓΕΊΑ Ο ΟΠΟΊΟΣ ΔΕΝ ΤΟΝ ΕΊΧΕ ΠΛΗΡΏΣΕΙ ΌΤΑΝ ΚΑΘΆΡΙΣΕ ΤΟΥΣ ΣΤΆΒΛΟΥΣ ΤΟΥ ΚΑΙ ΕΊΧΕ ΑΡΝΗΘΕΊ ΤΗ ΣΥΜΦΩΝΊΑ ΤΟΥΣ.

ΎΣΤΕΡΑ, Ο ΗΡΑΚΛΉΣ ΚΑΤΆ ΛΆΘΟΣ ΣΚΌΤΩΣΕ ΈΝΑΝ ΆΝΤΡΑ, ΤΟΝ ΊΦΙΤΟ, ΚΑΙ ΈΠΡΕΠΕ ΝΑ ΞΑΝΑΓΊΝΕΙ ΥΠΟΤΕΛΉΣ, ΑΥΤΉ ΤΗ ΦΟΡΆ ΣΤΗ ΒΑΣΊΛΙΣΣΑ ΟΜΦΆΛΗ ΤΗΣ ΛΥΔΊΑΣ, ΒΟΗΘΏΝΤΑΣ ΝΑ ΚΑΘΑΡΙΣΤΕΊ ΤΟ ΒΑΣΊΛΕΙΌ ΤΗΣ ΑΠΌ ΒΑΡΒΆΡΟΥΣ.

Κάθε μέρα, ένας αετός ονομαζόμενος Αετός Καυκάσιος, στέλνονταν από τον Δία για να τραφεί από το συνεχώς αναγεννώμενο συκώτι του Τιτάνα Προμηθέα. Ο Αετός ήταν ένα αυτόματο, κατασκευασμένο από τον θεό Ήφαιστο. Τα φτερά του ήταν σαν κουπιά. Ο Ηρακλής επέστρεψε να σκοτώσει τον αετό με την συναίνεση του Ολυμπίου Δία και να ελευθερώσει τον Προμηθέα.

Η τιμωρία του Προμηθέα ήταν επειδή ξεγέλασε τον Δία κάνοντάς τον να δεχτεί ένα γεύμα από κόκκαλα βοδιού καλυμμένα με λίπος αντί για το τυλιγμένο με δέρμα κρέας, και ύστερα οι άνθρωποι άρχισαν να προσφέρουν ως θυσίες μόνο τα κόκκαλα. Ο Δίας αφαίρεσε τη φωτιά από αυτούς και ο Προμηθέας την έκλεψε για να τη δώσει πίσω. Υπό αίτημα του Δία ο Ήφαιστος δημιούργησε την Πανδώρα, την πρώτη θνητή γυναίκα. Αυτή αποστάλθηκε στον Επιμηθέα ως δώρο, και εκείνος τη δεχθηκε. Εκείνη κρατούσε ένα βάζο με αμέτρητα κακά. Η Πανδώρα μετά άνοιξε το βάζο, και όλα τα κακά σκόρπισαν στη Γη, αφήνοντας μέσα μόνο την Ελπίδα.

Μόλις ελευθερώθηκε, ο Προμηθέας προσέφερε μία λύση για τον πόνο του Χείρωνα που θα ευνοούσε και τον Ηρακλή. Ο Χείρωνας θα έδινε την αθανασία του στον Ηρακλή επιτρέποντας στον εαυτό του να πεθάνει και έτσι ο Ηρακλής θα γινόταν αθάνατος. Ζητήθηκε άδεια από τον Δία ο οποίος δεχτηκε και ο Χείρωνας έγινε ο αστερισμός του Κενταύρου ως τιμή του.

Ο Ποσειδώνας και ο Απόλλωνας είχαν προσπαθήσει να επαναστατήσουν εναντίον του Δία, αλλά έχασαν. Ο Δίας τους διέταξε να υπηρετήσουν έναντι μισθού από τον Λαομέδοντα που ήταν ο αρχικός μεγάλος βασιλιάς της Τροίας. Ο Λαομέδων προσέφερε πληρωμή, ώστε ο Ποσειδώνας να χτίσει τα μεγάλα τείχη της πόλης και ο Απόλλωνας να προσέχει τα κοπάδια. Μόλις η εργασία ολοκληρώθηκε, ο Λαομέδων δεν πλήρωσε αυτά που όφειλε, και ο Ποσειδώνας για εκδίκηση έστειλε στη πόλη ένα τρομερό θαλάσσιο κήτος για την αθέτηση της υπόσχεσης. Το τέρας μάστιζε τη πόλη και ολόκληρη τη χώρα καταβροχθίζοντας πολλούς όταν ερχόταν στην ακτή. Το μαντείο διέταξε να προσφέρουν θυσία μία κόρη στο τέρας κάθε τόσο και οι Τρώες έτσι έπραξαν. Όταν ο κλήρος έπεσε πάνω στην κόρη του Λαομέδοντα, Ησιόνη, εκείνη δέθηκε στα βράχια περιμένοντας το τέλος της. Τότε ήταν που ο Ηρακλής βρισκόταν κοντά, μετά την ολοκλήρωση του 9ου άθλου του με τις Αμαζόνες. Έχοντας πάρει τη ζώνη της Ιππολύτης έπλευσε στη Τροία και υποσχέθηκε να νικήσει το τέρας εάν ο Λαομέδων του έδινε μερικά άλογα από αυτά που είχε λάβει από τον Δία. Ο Ηρακλής έσπρωξε το κήτος πίσω ώστε να μη ξαναγυρίσει, και έσωσε την Ησιόνη η οποία διάλεξε να τον ακολουθήσει αντί να γυρίσει πίσω σε αυτούς που την έδωσαν. Ο Λαομέδων, αρνήθηκε ξανά πληρωμή στον Ηρακλή. Έτσι, ο Ηρακλής έπλευσε με έξι καράβια εναντίον της Τροίας, σκοτώνοντας τον Λαομέδων και όλους τους γιούς του εκτός από τον Ποδάρκη (Πρίαμο), ο οποίος έγινε πατέρας του Έκτορα και του Πάρη, κατά τη διάρκεια της μεγάλης μάχης με τους Μυκηναίους (Δαναούς), γνωστής και ως Τρωικός Πόλεμος. Η Ησιόνη παντρεύτηκε τον Τελαμώνα ο οποίος ήταν σύντροφος του Ηρακλή.

Οι Κέρκωπες ήταν ένα ζευγάρι ληστών που έμοιαζαν με μαϊμούδες οι οποίοι μάστιζαν τη Δυτική Ανατολία. Ο Ηρακλής τους αιχμαλώτισε αλλά ως αιχμάλωτοι, έλεγαν φανταστικά αστεία μέχρι που ο Ηρακλής αποφάσισε να τους ελευθερώσει χωρίς να τους βλάψει. Αργότερα, το ζευγάρι διέπραξε έγκλημα κατά του Δία και μετατράπηκαν σε πέτρα. Τα ονόματά τους ήταν Ώλος και Ευρύβατος, γιοι της Ωκεανίδας Θείας και του Ωκεανού, και είχαν ληστέψει τον Ηρακλή στον ύπνο του. *"Ψεύτες και κλέφτες, επιδέξιοι σε πράξεις ανεπανόρθωτες, καταξιωμένοι απατεώνες. Σε όλο τον κόσμο περιφέρονταν εξαπατώντας ανθρώπους καθώς περιπλανιόντουσαν συνεχώς."*

Ο Ηρακλής, βοήθησε επίσης τον Δία να νικήσει στη σπουδαία μάχη για τον έλεγχο του Ολύμπου (οι Γίγαντες είχαν μεγάλη δύναμη και επιθετικότητα, όχι μεγάλο μέγεθος). Προέρχονταν από το αίμα και τα υγρά από τον ακρωτηριασμό του Ουρανού από τον Κρόνο. Η Γαία, μητέρα Γη, είχε βοηθήσει τους Γίγαντες ενάντια του Δία επειδή είχε βοηθήσει τον Δία ενάντια στους Τιτάνες για να τους ελευθερώσει και ήταν αναστατωμένη που ο Δίας τους αιχμαλώτισε μετά τη νίκη. Ο Δίας εξασφάλισε μία προφητεία παρέχοντας έναν θνητό στον αγώνα, τον Ηρακλή, και ανάτρεψε τις δυναμικές του πολέμου. Ήταν 100 Γίγαντες εναντίον των Θεών του Ολύμπου υποβοηθούμενων από τις Μοίρες και τη Νίκη. Ο Γίγαντας Εγκέλαδος συνθλίφτηκε από την Αθηνά που τοποθέτησε το νησί της Σικελίας πάνω του. Ο Πολυβώτης εξολοθρεύτηκε από τον Ποσειδώνα που τοποθέτησε το ηφαιστειογενές νησί της Νισύρου πάνω του. Ο Μύλινος σκοτώθηκε από τον Δία. Η Άρτεμις χτύπησε τον Γρατίωνα με τα βέλη της και ο Ερμής σκότωσε Ιππόλυτο με το σπαθί του. Ο Άρης σκότωσε τον Μίμαντα και η Ήρα σκότωσε τον Φοέτιο. Ο Ήφαιστος έριξε λιωμένο μέταλλο από το καμίνι του για να σκοτώσει τον Μίμαντα. Ο Εφιάλτης σκοτώθηκε από τον Απόλλωνα. Ο Γίγαντας Αρισταίος επιβίωσε όταν η Γαία τον μετέτρεψε σε σκαθάρι για να τον μεταμορφώσει και ο Συκέας τράπηκε σε φυγή και ύστερα μεταμορφώθηκε σε συκιά (δέντρο). Ο Θόας και ο Άγριος σκοτώθηκαν από τις Μοίρες και ο Πικόλοος από τον Ήλιο.

Ο Πορφυρίων (Ευρυμέδων, βασιλιάς των Γιγάντων) κατακεραυνώθηκε από τον Δία και θανατώθηκε από τον Ηρακλή όταν επιχείρησε να βιάσει την Ήρα στο πεδίο της μάχης. Η Γαία παρακίνησε τους γιους της όταν τους είπε πως οι θεές θα γίνονταν οι μελλοντικές τους σύζυγοι.

Ο Αλκυονέυς, ένας βασιλιάς των Γιγάντων της Θράκης, ήταν αθάνατος στη γενέτειρά του, Παλλήνη. Ο Ηρακλής τον αιφνιδίασε την ώρα που αυτός κοιμόταν, χτυπώντας τον. Όταν ο Ηρακλής έσυρε το σακατεμένο σώμα του έξω από την Παλλήνη όπου μπορούσε να πεθάνει, τον σκότωσε. Οι κόρες του μεταμορφώθηκαν σε Αλκυόνες.

Η Αλκμήνη, ήταν η εγγονή του ήρωα Περσέα, που λέγεται ότι ήταν επίσης γιος του Δία, ο οποίος αποκεφάλισε τη φιδομάλλη Γοργόνα Μέδουσα.
Ο πατέρας της Αλκμήνης ήταν ο Ηλεκτρύωνας. Ο πατέρας του Αμφιτρύωνα ήταν ο Αλκαίος, ο οποίος ήταν επίσης γιος του Περσέα και της Ανδρομέδας. Ο Αλκαίος και ο Ηλεκτρύωνας ήταν αδερφοί και είχαν και οι δυο βασιλική καταγωγή.

Ο Αμφιτρύωνας κυνηγούσε ένα βόδι με ένα ρόπαλο, και αυτό αναπήδησε από το βόδι. Το ρόπαλο πέταξε με τέτοιο τρόπο που χτύπησε τον Ηλεκτρύωνα, τον πατέρα της Αλκμήνης. Η σύγκρουση τον σκότωσε και ο Αμφιτρύωνας με την Αλκμήνη εξορίστηκαν (εξοστρακίστηκαν) από τον Σθένελο, άλλο γιο της Ανδρομέδας και του Περσέα, πατέρα του Ευρυσθέα. Αυτό ήταν βολικό για τον Σθένελο που έψαχνε για μία δικαιολογία να αφαιρέσει τα κεκτημένα δικαιώματα της Αλκμήνης και του Αμφιτρύωνα.

Το ζευγάρι έφτασε στη Θήβα όπου ο Κρέοντας, ο αντιβασιλέας της Θήβας τότε, έθεσε στον Αμφιτρύωνα την αδύνατη αποστολή της καταστροφής ενός τρόμου που τους είχε αποδοθεί. Ο τρόμος που δεν μπορούσαν να ξεφορτωθούν ήταν η **Τευμησσία αλεπού** (η Καδμεία αλεπού).

Υπήρχε κάποτε μια τρομερή αλεπού, η Τευμησσία αλεπού. Ήταν μία γιγαντιαία αλεπού η οποία **προοριζόταν να μη πιαστεί ποτέ**. Με την εξυπνάδα και τη πονηρή της φύση απέφευγε όλες τις απόπειρες να την ξεφορτωθούν. Ο μύθος λέει ότι αυτή η αλεπού είχε σταλεί από το Διόνυσο για να αρπάζει τα παιδιά της Θήβας ως τιμωρία για ένα εθνικό έγκλημα, κατά την οποία οι άνθρωποι της Θήβας έπρεπε να θυσιάζουν ένα αγόρι κάθε μήνα (πιθανώς επειδή είχαν αρνηθεί τη θεϊκή εξουσία που απαιτούσε ο Διόνυσος).
Ο Αμφιτρύωνας, που μπορούσε να δει και τις δυο πλευρές από κάθε κατάσταση, συμφώνησε στον άθλο προκειμένου να γίνουν αποδεκτοί στη κοινότητα.

Έτσι ο Αμφιτρύωνας ανακάλυψε την τέλεια λύση στο πρόβλημα. Βρήκε έναν σκύλο, τον Λαίλαπα, που ήταν **προορισμένος να πιάνει οτιδήποτε κυνηγούσε** (η αντίθεση που απαραίτητα υπάρχει). Μετά τον έβαλε να πιάσει τη Τευμήσσια αλεπού. Συνέχισαν να κυνηγούν το ένα το άλλο, χωρίς ουσιαστική αλλαγή στην αντίπαλη σχέση τους.

Ο Δίας, ερχόμενος αντιμέτωπος με μία αναπόφευκτη αντίθεση, εξαιτίας της παράδοξης φύσης των αμοιβαία αποκλειόμενων ικανοτήτων τους, την έλυσε μετατρέποντας τα δύο κτήνη σε πέτρα.

Το ζεύγος πετάχτηκε στα αστέρια, και παραμένουν ως Κυνός Μείζων (Λαίλαπας) και Κυνός Ελάσσων (Τευμήσσια αλεπού) για να θυμίζουν το ατελείωτο κυνηγητό.

“Ποιο είναι το νόημα αυτού του άθλου;” Είναι προφανώς σύντομος και χωρίς σπουδαία γεγονότα χωρίς ο Αμφιτρύωνας να έρχεται αντιμέτωπος με άμεσα ρίσκα για τη ζωή του. Μπορεί να παραβλέψουμε τη σημαντικότητα επειδή εστιάζουμε στην επίδραση στον σκύλο και την αλεπού που κλειδώθηκαν σε έναν φαύλο κύκλο. Ένα τέτοιο συμπέρασμα μπορεί να αντανακλά τις δικές μας ενέργειες για να καταστήσουμε μάταια τα σχέδια ηρωισμού… Σημειώνοντας ότι από τη στιγμή που η αλεπού και ο σκύλος είναι κατά κάποιο τρόπο συγγενείς, **είναι πόλεμος φωτιάς με φωτιά,** και αυτό ακριβώς έκανε ο Αμφιτρύωνας. Εάν κάνουμε ένα βήμα πίσω και δούμε την επίδραση στη Θήβα και όχι την επίδραση στο σκύλο και την αλεπού, βλέπουμε πως η απειλή εξαλείφθηκε! Ίσως αναρωτηθεί κανείς γιατί είναι αυτό σπουδαίο; Η απάντηση είναι μνημειακής σημασίας: **δείχνει ότι τα ηρωικά κατορθώματα, τα οποία είναι εξ ορισμού αδύνατα, μπορούν να επιτευχθούν.**

Η επιτυχία του Αμφιτρύωνα σε αυτόν τον άθλο, ανοίγει τη πόρτα για τον Ηρακλή ώστε να αναλάβει τους άθλους, οι οποίοι είναι πέραν των ανθρώπινων ικανοτήτων με την ελπίδα ότι η επιτυχία μπορεί να επιτευχθεί! Αλλά υπογραμμίζει ότι ο Ήρωας που αναλαμβάνει τέτοια μεγαλειώδη καθήκοντα προορίζεται να ακολουθήσει τον πεσόντα σε μια άλλη ζωή για χάρη αυτών που έμειναν πίσω.

ΑΚΌΜΗ ΚΑΙ ΠΡΙΝ ΓΕΝΝΗΘΕΊ Ο ΗΡΑΚΛΉΣ, Η ΉΡΑ ΧΡΗΣΙΜΟΠΟΊΗΣΕ ΤΙΣ ΥΠΕΡΦΥΣΙΚΈΣ ΤΗΣ ΔΥΝΆΜΕΙΣ ΓΙΑ ΝΑ ΑΠΟΤΡΈΨΕΙ ΤΟΝ ΗΡΑΚΛΉ ΑΠΌ ΤΟ ΝΑ ΓΊΝΕΙ Ο ΑΡΧΗΓΌΣ ΤΩΝ ΜΥΚΗΝΏΝ. Η ΑΝΆΜΕΙΞΗ ΤΗΣ ΉΡΑΣ ΣΉΜΑΝΕ ΌΤΙ ΈΝΑ ΆΛΛΟ ΒΡΈΦΟΣ, Ο ΕΥΡΥΣΘΈΑΣ, ΈΓΙΝΕ Ο ΑΡΧΗΓΌΣ ΤΟΥΣ. Η ΉΡΑ ΒΟΉΘΗΣΕ ΤΟΝ ΕΥΡΥΣΘΈΑ ΝΑ ΓΕΝΝΗΘΕΊ ΝΩΡΊΤΕΡΑ ΑΠΌ ΤΟΝ ΗΡΑΚΛΉ (ΚΑΤΆ 7 ΜΉΝΕΣ) ΚΑΙ ΠΡΟΚΆΛΕΣΕ ΤΗΝ ΕΠΊΠΟΝΗ ΚΑΘΥΣΤΈΡΗΣΗ ΤΗΣ ΑΛΚΜΉΝΗΣ, ΓΙΑ ΝΑ ΑΝΤΙΣΤΡΈΨΕΙ ΤΗ ΣΕΙΡΆ ΣΤΙΣ ΓΈΝΝΕΣ. Ο ΕΥΡΥΣΘΈΑΣ ΚΑΤΑΓΌΤΑΝ ΕΠΊΣΗΣ ΑΠΌ ΤΟΝ ΠΕΡΣΈΑ, ΌΝΤΑΣ ΥΙΌΣ ΤΟΥ ΣΘΈΝΕΛΟΥ.

ΣΥΧΝΆ ΛΈΓΕΤΑΙ ΌΤΙ Ο ΔΊΑΣ ΉΤΑΝ Ο ΠΑΤΈΡΑΣ ΤΟΥ ΗΡΑΚΛΉ, ΚΑΙ ΣΥΧΝΆ ΕΡΜΗΝΕΎΕΤΑΙ ΜΕ ΤΗΝ ΚΥΡΙΟΛΕΚΤΙΚΉ ΈΝΝΟΙΑ, ΑΛΛΆ ΕΠΊΣΗΣ ΛΈΓΕΤΑΙ ΣΕ ΠΑΛΑΙΌΤΕΡΑ ΓΡΑΠΤΆ ΠΩΣ Ο ΔΊΑΣ ΉΡΘΕ ΜΕ ΤΗ ΜΟΡΦΉ ΤΟΥ ΣΥΖΎΓΟΥ ΤΗΣ ΑΛΚΜΉΝΗΣ, ΑΜΦΙΤΡΎΩΝΑ, ΛΊΓΟ ΠΡΙΝ ΤΗΝ ΕΠΙΣΤΡΟΦΉ ΤΟΥ ΑΠΌ ΤΟΝ ΠΌΛΕΜΟ. **Ο ΑΜΦΙΤΡΎΩΝΑΣ ΈΓΙΝΕ ΑΝΑΠΑΡΆΣΤΑΣΗ ΤΟΥ ΔΊΑ**. Η ΑΡΧΑΙΟΕΛΛΗΝΙΚΉ ΓΟΝΙΚΉ ΚΑΤΑΓΩΓΉ ΔΕΝ ΘΕΩΡΟΎΝΤΑΝ ΜΌΝΟ Η ΓΕΝΕΤΙΚΉ ΑΛΛΆ ΑΝΉΚΕ ΚΑΙ ΣΤΗΝ ΠΝΕΥΜΑΤΙΚΉ ΕΙΚΌΝΑ ΠΟΥ ΈΧΕΙΣ ΕΠΙΛΈΞΕΙ ΝΑ ΑΚΟΛΟΥΘΕΊΣ. ΠΩΣ Η ΕΙΚΌΝΑ ΜΕ ΤΗΝ ΟΠΟΊΑ ΜΕΓΑΛΏΝΕΙΣ ΣΕ ΔΙΑΜΟΡΦΏΝΕΙ, ΕΣΈΝΑ ΚΑΙ ΤΟ ΜΈΛΛΟΝ ΣΟΥ. ΤΌΤΕ ΤΟ ΌΝΟΜΑ ΠΕΡΙΈΓΡΑΦΕ ΤΗΝ ΚΑΘΟΡΙΣΤΙΚΉ ΔΡΑΣΤΗΡΙΌΤΗΤΑ ΤΟΥ ΑΤΌΜΟΥ, ΤΗ ΘΝΗΤΉ ΚΑΤΑΓΩΓΉ ΤΟΥ, ΚΑΙ ΕΠΊΣΗΣ ΑΥΤΉ ΤΟΥ ΝΑ ΕΙΝΑΙ ΑΠΌΓΟΝΟΣ ΠΝΕΥΜΑΤΙΚΉΣ ΟΝΤΌΤΗΤΑΣ. ΧΩΡΊΣ ΑΥΤΉ ΤΗ ΠΝΕΥΜΑΤΙΚΉ ΚΑΤΕΎΘΥΝΣΗ ΛΕΊΠΕΙ Η ΘΕΪΚΉ ΦΎΣΗ ΠΟΥ ΑΠΑΙΤΕΊΤΑΙ ΓΙΑ ΝΑ ΥΠΕΡΒΟΎΜΕ ΤΑ ΣΗΜΕΡΙΝΆ ΌΡΙΑ.

ΠΊΣΩ ΑΠΌ ΚΆΘΕ ΜΎΘΟ Ή ΠΑΡΆΔΟΣΗ, ΥΠΆΡΧΕΙ ΜΙΑ ΧΡΗΣΙΜΌΤΗΤΑ. ΟΙ ΙΔΈΕΣ ΠΟΥ ΔΕΝ ΈΧΟΥΝ ΠΡΑΚΤΙΚΌ ΠΑΡΆΛΛΗΛΟ ΠΕΘΑΊΝΟΥΝ. ΚΆΠΟΙΟΙ ΛΈΝΕ ΠΩΣ Η ΑΛΚΜΉΝΗ ΓΈΝΝΗΣΕ ΤΟΝ ΗΡΑΚΛΉ ΧΩΡΊΣ ΆΝΤΡΑ; ΜΊΑ ΠΑΡΘΕΝΟΓΈΝΕΣΗ ΠΟΥ ΘΑ ΉΤΑΝ ΘΑΎΜΑ ΚΑΙ ΘΑ ΣΗΜΆΔΕΥΕ ΤΟ ΠΑΙΔΊ ΩΣ ΣΥΝΈΠΕΙΑ ΤΟΥ ΘΑΎΜΑΤΟΣ. ΑΥΤΉ Η ΑΝΆΜΝΗΣΗ ΘΑ ΜΠΟΡΟΎΣΕ ΜΕΤΆ ΝΑ ΧΡΗΣΙΜΟΠΟΙΗΘΕΊ ΈΤΣΙ ΏΣΤΕ Ο ΠΡΩΤΌΤΟΚΟΣ ΓΙΟΣ ΝΑ ΓΊΝΕΙ Ο ΝΌΜΙΜΟΣ ΚΛΗΡΟΝΌΜΟΣ ΠΟΥ ΘΑ ΑΠΟΚΤΉΣΕΙ ΜΊΑ ΗΓΕΤΙΚΉ ΘΈΣΗ ΣΤΗΝ ΚΟΙΝΩΝΊΑ. ΆΛΛΗ ΕΊΝΑΙ ΠΩΣ ΕΆΝ ΜΙΑ ΓΥΝΑΊΚΑ ΒΙΑΖΌΤΑΝ ΚΑΤΆ ΤΗΝ ΑΠΟΥΣΊΑ ΤΟΥ ΆΝΤΡΑ ΤΗΣ, ΠΡΟΚΕΙΜΈΝΟΥ ΤΟ ΠΑΙΔΊ ΝΑ ΠΡΟΣΤΑΤΕΥΘΕΊ, ΟΙ ΙΕΡΟΊ ΕΚΠΡΌΣΩΠΟΙ ΘΑ ΕΞΆΓΝΙΖΑΝ ΚΆΘΕ ΑΡΝΗΤΙΚΉ ΣΎΝΔΕΣΗ ΤΗΣ ΓΈΝΝΑΣ ΑΝΑΚΗΡΎΣΣΟΝΤΆΣ ΤΗΝ ΑΠΟΤΈΛΕΣΜΑ ΘΕΪΚΉΣ ΠΑΡΈΜΒΑΣΗΣ. ΟΙ ΓΟΝΕΊΣ ΜΠΟΡΟΎΣΑΝ ΕΠΊΣΗΣ ΝΑ ΠΑΡΑΧΩΡΉΣΟΥΝ ΜΊΑ ΤΈΤΟΙΑ ΚΛΗΡΟΝΟΜΙΆ ΩΣ ΕΠΙΘΥΜΊΑ ΓΙΑ ΤΟ ΠΑΙΔΊ ΝΑ ΑΝΑΠΤΎΞΕΙ ΤΗ ΚΟΙΝΩΝΙΚΉ ΤΟΥ ΘΈΣΗ. ΣΉΜΕΡΑ ΈΧΟΥΜΕ ΑΝΘΡΏΠΟΥΣ ΠΟΥ ΠΑΊΡΝΟΥΝ ΤΑ ΟΝΌΜΑΤΑ ΙΕΡΏΝ ΑΝΘΡΏΠΩΝ ΤΟΥ ΠΑΡΕΛΘΌΝΤΟΣ, ΑΛΛΆ ΑΠΌ ΌΤΙ ΈΧΟΥΜΕ ΔΕΙ ΕΔΏ ΟΙ ΧΑΡΑΚΤΉΡΕΣ ΣΤΙΣ ΑΡΧΑΙΟΕΛΛΗΝΙΚΈΣ ΙΣΤΟΡΊΕΣ ΈΧΟΥΝ ΟΝΌΜΑΤΑ ΠΟΥ ΠΡΟΈΡΧΟΝΤΑΙ ΑΠΌ ΑΤΟΜΙΚΆ ΧΑΡΑΚΤΗΡΙΣΤΙΚΆ.

ΈΤΣΙ, ΈΠΑΙΡΝΑΝ ΟΝΌΜΑΤΑ ΠΟΥ ΈΦΕΡΑΝ ΘΕΪΚΉ ΚΛΗΡΟΝΟΜΙΆ. ΣΤΗΝ ΠΕΡΊΠΤΩΣΗ ΤΟΥ ΗΡΑΚΛΉ ΑΥΤΉ ΉΤΑΝ ΤΟΥ ΔΊΑ. ΝΑ ΓΕΝΝΗΘΕΊ ΑΠΌ "ΤΟΝ ΤΡΌΠΟ" ΑΝΤΊ ΝΑ ΠΆΡΕΙ ΤΟ ΌΝΟΜΑ. ΓΙΑΤΊ "Ο ΤΡΌΠΟΣ" ΕΊΝΑΙ ΤΌΣΟ ΣΗΜΑΝΤΙΚΌΣ; ΕΠΕΙΔΉ ΚΑΘΏΣ ΟΙ ΚΑΙΡΟΊ ΑΛΛΆΖΟΥΝ ΠΟΛΛΆ ΕΡΕΘΊΣΜΑΤΑ ΜΠΟΡΕΊ ΝΑ ΔΕΊΧΝΟΥΝ ΠΡΟΣ ΔΙΑΦΟΡΕΤΙΚΈΣ ΚΑΤΕΥΘΎΝΣΕΙΣ. ΤΑ ΟΦΈΛΗ ΕΝΌΣ ΑΤΌΜΟΥ ΜΠΟΡΟΎΝ ΝΑ ΑΚΟΛΟΥΘΉΣΟΥΝ ΈΝΑ ΜΟΝΟΠΆΤΙ ΣΎΓΧΥΣΗΣ ΌΠΟΥ ΚΆΘΕ ΒΉΜΑ ΧΑΡΆΖΕΙ ΈΝΑΝ ΔΡΌΜΟ ΜΕ ΜΙΚΡΈΣ ΕΥΕΡΓΕΤΙΚΈΣ ΑΥΞΉΣΕΙΣ, ΑΛΛΆ ΣΥΝΟΛΙΚΆ ΟΔΗΓΕΊ ΣΕ ΜΊΑ ΠΑΓΊΔΑ. ΑΚΟΛΟΥΘΏΝΤΑΣ **ΤΟΝ ΗΡΩΙΚΌ ΔΡΌΜΟ ΚΑΤΕΥΘΎΝΕΤΑΙ ΈΞΩ ΑΠΌ ΤΟ ΜΟΝΟΠΆΤΙ ΤΗΣ ΣΥΓΧΥΣΗΣ ΠΩΣ ΜΊΑ ΣΥΛΛΟΓΗ ΑΠΌ ΜΙΚΡΆ ΚΈΡΔΗ ΤΕΛΙΚΆ ΑΠΟΔΊΔΕΙ.**

Ο ΧΕΊΡΩΝΑΣ ΉΤΑΝ Ο ΣΟΦΌΤΕΡΟΣ ΚΑΙ Ο ΠΙΟ ΚΑΛΌΒΟΥΛΟΣ ΑΠΌ ΌΛΟΥΣ ΤΟΥΣ ΚΕΝΤΑΎΡΟΥΣ. ΉΤΑΝ Ο ΣΟΦΌΣ ΣΎΜΒΟΥΛΟΣ ΌΛΩΝ ΤΩΝ ΣΠΟΥΔΑΙΌΤΕΡΩΝ ΑΡΧΑΊΩΝ ΕΛΛΉΝΩΝ ΗΡΏΩΝ. ΓΙΑ ΑΥΤΌ ΟΙ ΉΡΩΕΣ ΠΡΟΈΡΧΟΝΤΑΙ ΑΠΌ ΤΟΝ ΧΕΊΡΩΝΑ.
ΜΕ ΤΗΝ ΠΆΡΟΔΟ ΤΟΥ ΧΡΌΝΟΥ ΟΙ ΟΡΘΟΓΡΑΦΊΑ ΑΠΟΚΛΊΝΕΙ ΦΥΣΙΚΆ (Ή ΕΣΚΕΜΜΈΝΑ) ΑΠΌ ΤΗΝ ΟΜΟΙΌΤΗΤΑ ΜΕΤΑΞΎ ΤΩΝ ΗΡΏΩΝ ΚΑΙ ΤΟΥ ΟΝΌΜΑΤΟΣ ΤΟΥ ΜΈΝΤΟΡΑ. ΣΥΜΒΟΎΛΕΨΕ ΤΟΝ ΑΧΙΛΛΈΑ, ΤΟΝ ΑΊΑΝΤΑ, ΤΟΝ ΙΆΣΟΝΑ, ΤΟΝ ΠΕΡΣΈΑ, ΤΟΝ ΘΗΣΈΑ ΚΑΙ ΠΕΡΙΣΣΌΤΕΡΟΥΣ. ΓΙΑΤΊ ΉΤΑΝ ΤΌΣΟ ΕΠΙΤΥΧΗΜΈΝΟΣ ΜΈΝΤΟΡΑΣ; ΤΟ ΜΥΣΤΙΚΌ ΒΡΊΣΚΕΤΑΙ ΣΤΟ ΌΝΟΜΑ, ΩΣ *"ΟΝ ΤΗΣ ΧΕΙΡΌΣ"*, **ΈΠΛΑΘΕ** ΤΟΥΣ ΜΑΘΗΤΈΣ ΤΟΥ. ΕΚΕΊΝΟΙ **ΔΙΑΜΟΡΦΏΝΟΝΤΑΝ ΣΕ ΉΡΩΕΣ**. ΟΙ ΉΡΩΕΣ ΔΕΝ ΕΜΦΑΝΊΖΟΝΤΑΙ ΤΥΧΑΊΑ, ΠΡΈΠΕΙ ΝΑ ΤΟΥΣ ΠΛΆΣΟΥΝ.

Η ΚΑΤΑΓΩΓΉ ΤΟΥ ΧΕΊΡΩΝΑ ΩΣ ΚΈΝΤΑΥΡΟΣ ΉΤΑΝ ΔΙΑΦΟΡΕΤΙΚΉ. ΟΙ ΆΛΛΟΙ ΚΈΝΤΑΥΡΟΙ ΠΡΟΈΡΧΟΝΤΑΝ ΑΠΌ ΤΟΝ ΙΞΊΩΝ (ΈΝΑΝ ΕΓΓΟΝΌ ΤΟΥ ΆΡΗ) ΚΑΙ ΤΗ ΝΕΦΈΛΗ. ΠΑΤΈΡΑΣ ΤΟΥ ΉΤΑΝ Ο ΚΡΌΝΟΣ, Ο ΤΙΤΆΝΑΣ ΤΟΥ ΧΡΌΝΟΥ, ΚΑΙ ΜΗΤΈΡΑ ΤΟΥ Η ΦΙΛΎΡΑ. ΕΚΕΊΝΟΣ ΔΊΔΑΞΕ ΣΤΟΝ ΗΡΑΚΛΉ ΠΟΛΛΈΣ ΔΕΞΙΌΤΗΤΕΣ ΣΥΜΠΕΡΙΛΑΜΒΑΝΟΜΈΝΗΣ ΚΑΙ ΤΗΣ ΙΑΤΡΙΚΉΣ. Ο ΑΣΚΛΗΠΙΌΣ, ΘΕΌΣ ΤΗΣ ΙΑΤΡΙΚΉΣ, ΉΤΑΝ ΕΠΊΣΗΣ ΜΑΘΗΤΉΣ ΤΟΥ ΧΕΊΡΩΝΑ. ΠΑΡΆΛΛΗΛΑ ΜΕ ΤΗ ΜΕΛΈΤΗ ΤΩΝ ΤΕΧΝΏΝ ΤΟΥ ΠΟΛΈΜΟΥ ΚΑΙ ΤΗΣ ΙΑΤΡΙΚΉΣ, ΟΙ ΟΠΟΊΕΣ ΠΉΓΑΙΝΑΝ ΧΈΡΙ ΧΈΡΙ, ΕΚΕΊΝΟΙ ΜΕΛΕΤΟΎΣΑΝ ΕΠΊΣΗΣ ΜΟΥΣΙΚΉ ΚΑΙ ΆΡΠΑ ΜΕ ΤΟΝ ΛΊΝΟ. ΓΙΑΤΊ Η ΜΟΥΣΙΚΉ ΠΉΓΑΙΝΕ ΧΈΡΙ ΧΈΡΙ ΜΕ ΈΝΑ ΣΧΟΛΕΊΟ ΕΠΙΚΕΝΤΡΩΜΈΝΟ ΣΤΟΝ ΠΌΛΕΜΟ ΚΑΙ ΤΙΣ ΕΠΙΣΤΉΜΕΣ; ΌΛΟΙ ΧΡΕΙΆΖΟΝΤΑΙ ΝΑ ΝΙΏΣΟΥΝ ΤΗΝ ΑΝΆΣΑ ΤΗΣ ΑΡΜΟΝΊΑΣ ΣΕ ΠΕΡΙΌΔΟΥΣ ΌΠΟΥ ΜΌΝΟ ΧΆΟΣ ΚΑΙ ΟΡΓΉ ΥΠΆΡΧΟΥΝ ΣΤΟΝ ΑΈΡΑ.

Ο ΣΟΦΌΣ ΓΙΟΣ ΤΗΣ ΦΙΛΎΡΑΣ, ΧΕΊΡΩΝ, ΕΊΧΕ ΠΡΟΒΛΕΠΤΙΚΌΤΗΤΑ. ΣΕ ΜΊΑ ΣΚΗΝΉ ΤΟΥ ΈΡΓΟΥ "ΒΑΚΧΥΛΊΔΗΣ", Ο ΧΕΊΡΩΝΑΣ ΑΚΟΥΜΠΏΝΤΑΣ ΤΟ ΞΑΝΘΌ ΚΕΦΆΛΙ ΤΟΥ ΑΧΙΛΛΈΑ ΔΉΛΩΣΕ: "ΘΑ ΜΕΤΑΤΡΈΨΕΙ ΤΟΝ ΠΟΤΑΜΌ ΣΚΆΜΑΝΔΡΟ ΚΌΚΚΙΝΟ ΚΑΘΏΣ ΘΑ ΣΚΟΤΏΝΕΙ ΤΟΥΣ ΠΟΛΕΜΟΧΑΡΕΊΣ ΤΡΏΕΣ... ΚΑΙ ΘΑ ΘΑΦΤΕΊ ΣΕ ΞΈΝΗ ΓΗ." (Ο ΣΚΆΜΑΝΔΡΟΣ ΕΊΝΑΙ ΠΟΤΑΜΌΣ ΚΟΝΤΆ ΣΤΗ ΤΡΟΊΑ). ΣΕ ΣΧΈΣΗ ΜΕ ΤΗΝ ΗΘΙΚΉ ΑΚΕΡΑΙΌΤΗΤΑ ΤΩΝ ΜΑΘΗΤΏΝ ΤΟΥ ΧΕΊΡΩΝΑ, ΜΠΟΡΟΎΜΕ ΝΑ ΒΡΟΎΜΕ ΈΝΑ ΤΜΉΜΑ ΑΠΌ ΤΗ ΠΟΛΙΤΕΊΑ ΤΟΥ ΠΛΆΤΩΝΑ (9 3 1 C): "Ο ΑΧΙΛΛΈΑΣ, ΓΙΟΣ ΘΕΆΣ ΚΑΙ ΤΟΥ ΠΗΛΈΑ ΤΟΥ ΠΙΟ ΑΓΝΟΎ ΑΠΌ ΤΟΥΣ ΑΝΘΡΏΠΟΥΣ, ΕΓΓΟΝΌ ΤΟΥ ΔΊΑ, ΚΑΙ Ο ΊΔΙΟΣ ΜΕΓΑΛΩΜΈΝΟΣ ΥΠΌ ΤΗ ΦΡΟΝΤΊΔΑ ΤΟΥ ΠΙΟ ΣΟΦΟΎ, ΧΕΊΡΩΝΑ". ΈΤΣΙ ΞΕΚΊΝΗΣΕ Ο ΑΧΙΛΛΈΑΣ; ΌΧΙ, ΔΙΑΜΟΡΦΏΘΗΚΕ ΓΙΑ ΝΑ ΓΊΝΕΙ ΈΤΣΙ: STATIUS ACHILLEID (1.478FF); "ΠΟΙΟΝ ΆΛΛΟ ΕΚΤΌΣ ΑΠΌ ΤΟΝ ΑΧΙΛΛΈΑ ΠΉΡΕ ΣΤΑ ΧΈΡΙΑ ΤΟΥ Ο ΧΕΊΡΩΝ ΚΑΙ ΔΙΑΜΌΡΦΩΣΕ ΤΙΣ ΑΓΕΝΝΕΣΕΊΣ ΑΡΧΈΣ ΤΟΥ ΚΑΙ ΤΑ ΝΕΑΝΙΚΆ ΤΟΥ ΧΡΌΝΙΑ"

ΤΟ ΌΤΙ Ο ΗΡΑΚΛΉΣ ΣΚΌΤΩΣΕ ΤΟΝ ΜΈΝΤΟΡΆ ΤΟΥ ΉΤΑΝ ΑΤΥΧΈΣ, ΑΛΛΆ ΉΤΑΝ ΤΙΜΉ ΠΟΥ Ο ΜΑΘΗΤΉΣ ΤΟΥ ΤΟΝ ΞΕΠΈΡΑΣΕ. ΣΉΜΑΙΝΕ ΌΤΙ Ο ΗΡΑΚΛΉΣ ΉΤΑΝ ΤΟ ΜΈΛΛΟΝ.

ΑΦΟΎ ΔΙΑΒΆΣΑΤΕ ΤΟΥΣ ΚΌΠΟΥΣ ΤΟΥ ΜΕΓΑΛΎΤΕΡΟΥ ΉΡΩΑ ΤΩΝ ΑΡΧΑΊΩΝ ΧΡΌΝΩΝ, ΜΠΟΡΕΊ ΝΑ ΣΥΝΑΝΤΉΣΕΤΕ ΆΛΛΑ ΒΙΒΛΊΑ ΠΟΥ ΑΠΑΓΓΈΛΛΟΥΝ ΤΟΥΣ ΆΘΛΟΥΣ ΤΟΥ ΗΡΑΚΛΉ. ΜΠΟΡΕΊ ΑΚΌΜΗ ΚΑΙ ΝΑ ΠΑΡΈΧΟΥΝ ΆΛΛΕΣ ΠΤΥΧΈΣ ΤΗΣ ΖΩΉΣ ΤΟΥ Ή ΓΕΓΟΝΌΤΑ ΠΟΥ ΔΕΝ ΣΥΝΔΈΟΝΤΑΙ ΆΜΕΣΑ ΜΕ ΤΟΥΣ ΆΘΛΟΥΣ.

ΕΡΧΌΜΑΣΤΕ ΌΛΟΙ ΑΝΤΙΜΈΤΩΠΟΙ ΜΕ ΣΤΑΥΡΟΔΡΌΜΙΑ ΠΟΥ ΜΑΣ ΟΔΗΓΟΎΝ ΣΕ ΔΡΌΜΟΥΣ ΠΟΥ ΜΑΣ ΔΙΑΜΟΡΦΏΝΟΥΝ ΚΑΙ ΤΟ ΠΟΙΟΥ ΘΑ ΕΠΙΛΈΞΟΥΜΕ ΕΊΝΑΙ ΜΈΡΟΣ ΤΩΝ ΜΕΓΑΛΎΤΕΡΩΝ ΠΡΟΚΛΉΣΕΩΝ ΣΤΗ ΖΩΉ: Η ΜΕΓΑΛΎΤΕΡΗ ΕΊΝΑΙ Η ΕΠΙΛΟΓΉ ΜΕΤΑΞΎ ΑΡΕΤΉΣ ΚΑΙ ΚΑΚΊΑΣ. ΣΤΗΝ ΑΡΧΑΊΑ ΕΛΛΆΔΑ ΥΠΉΡΧΑΝ ΜΕ ΤΗ ΜΟΡΦΉ 2 ΓΥΝΑΙΚΏΝ: ΤΗΝ ΚΑΚΊΑ, ΚΑΙ ΤΗΝ ΑΡΕΤΉ. ΌΤΑΝ Ο ΗΡΑΚΛΉΣ ΟΛΟΚΛΉΡΩΣΕ ΤΗΝ ΕΚΠΑΊΔΕΥΣΉ ΤΟΥ ΣΤΟ ΣΧΟΛΕΊΟ ΤΟΥ ΧΕΊΡΩΝΑ, ΉΤΑΝ Η ΏΡΑ ΤΟΥ ΝΑ ΕΠΙΛΈΞΕΙ ΜΕΤΑΞΎ ΤΟΥ ΔΡΌΜΟΥ ΤΗΣ ΑΡΕΤΉΣ Ή ΤΗΣ ΚΑΚΊΑΣ. ΠΉΓΕ ΣΕ ΈΝΑ ΉΣΥΧΟ ΜΈΡΟΣ, ΚΑΙ ΚΆΘΙΣΕ ΑΝΑΛΟΓΙΖΌΜΕΝΟΣ ΠΟΙΟΝ ΔΡΌΜΟ ΝΑ ΕΠΙΛΈΞΕΙ. ΣΕ ΑΥΤΌ ΤΟ ΣΤΑΥΡΟΔΡΌΜΙ, ΕΜΦΑΝΊΣΤΗΚΑΝ ΔΎΟ ΓΥΝΑΊΚΕΣ ΜΕΓΆΛΟΥ ΑΝΑΣΤΉΜΑΤΟΣ ΠΟΥ ΤΟΝ ΠΛΗΣΊΑΣΑΝ. Η ΑΡΕΤΉ ΉΤΑΝ ΤΑΠΕΙΝΉ ΜΕ ΑΓΝΌΤΗΤΑ ΣΤΑ ΣΕΜΝΆ ΤΗΣ ΜΆΤΙΑ ΚΑΙ ΕΓΚΡΑΤΉΣ ΣΤΗ ΣΥΜΠΕΡΙΦΟΡΆ. Η ΚΑΚΊΑ, ΗΔΟΝΙΚΉ, ΚΑΙ ΜΕ ΠΡΌΣΩΠΟ ΦΤΙΑΓΜΈΝΟ ΏΣΤΕ ΝΑ ΤΟΝΊΖΕΙ ΤΟ ΆΣΠΡΟ ΚΑΙ ΤΟ ΡΟΖ, ΜΕ ΥΠΟΔΉΜΑΤΑ ΠΟΥ ΥΠΕΡΈΒΑΛΑΝ ΤΟ ΎΨΟΣ ΤΗΣ. ΝΤΥΜΈΝΗ ΏΣΤΕ ΝΑ ΔΕΊΧΝΕΙ ΌΛΗ ΤΗΣ ΤΗ ΓΟΗΤΕΊΑ ΚΟΙΤΟΎΣΕ ΝΑ ΔΕΙ ΠΟΙΟΣ ΘΑ ΤΗΝ ΠΡΌΣΕΧΕ ΚΑΙ ΚΟΊΤΑΖΕ ΜΈΧΡΙ ΚΑΙ ΤΗΝ ΊΔΙΑ ΤΗΣ ΤΗ ΣΚΙΆ. Η ΚΑΚΊΑ ΜΊΛΗΣΕ ΠΡΏΤΗ, "ΗΡΑΚΛΉ, ΒΛΈΠΩ ΠΩΣ ΈΧΕΙΣ ΕΝΔΟΙΑΣΜΟΎΣ ΓΙΑ ΤΟ ΠΟΙΟ ΜΟΝΟΠΆΤΙ ΝΑ ΠΆΡΕΙΣ ΣΤΗ ΖΩΉ. ΚΆΝΕ ΜΕ ΦΊΛΗ ΣΟΥ, ΑΚΟΛΟΎΘΗΣΈ ΜΕ, ΚΑΙ ΕΓΏ ΘΑ ΣΕ ΟΔΗΓΉΣΩ ΣΤΟΝ ΠΙΟ ΕΥΧΆΡΙΣΤΟ ΚΑΙ ΕΎΚΟΛΟ ΔΡΌΜΟ. ΘΑ ΓΕΥΤΕΊΣ ΌΛΗ ΤΗ ΓΛΎΚΑ ΤΗΣ ΖΩΉΣ, ΚΑΙ ΔΥΣΚΟΛΊΑ ΠΟΤΈ ΔΕ ΘΑ ΓΝΩΡΊΣΕΙΣ. ΠΡΏΤΑ, ΚΑΝΈΝΑΣ ΠΌΛΕΜΟΣ ΚΑΙ ΈΓΝΟΙΕΣ ΔΕ ΘΑ ΣΟΥ ΒΑΡΎΝΟΥΝ ΤΟΝ ΝΟΥ. ΜΌΝΟ ΣΚΈΨΕΙΣ ΣΧΕΤΙΚΈΣ ΜΕ ΤΗΝ ΕΠΙΛΟΓΉ ΤΟΥ ΦΑΓΗΤΟΎ Ή ΠΟΤΟΎ ΠΟΥ ΜΠΟΡΕΊΣ ΝΑ ΒΡΕΙΣ, ΤΟΥ ΘΕΆΜΑΤΟΣ Ή ΉΧΟΥ ΠΟΥ ΘΑ ΑΠΟΛΑΎΣΕΙΣ: ΠΟΙΑ ΤΡΥΦΕΡΉ ΑΓΆΠΗ ΘΑ ΣΟΥ ΔΏΣΕΙ ΤΗΝ ΠΕΡΙΣΣΌΤΕΡΗ ΧΑΡΆ, ΠΟΙΟ ΚΡΕΒΆΤΙ ΣΟΥ ΔΊΝΕΙ ΤΟΥΣ ΠΙΟ ΑΠΑΛΟΎΣ ΎΠΝΟΥΣ: ΌΛΕΣ ΑΥΤΈΣ ΟΙ ΗΔΟΝΈΣ ΜΕ ΤΗΝ ΛΙΓΌΤΕΡΗ ΤΑΛΑΙΠΩΡΊΑ. ΑΥΤΌ ΘΑ ΓΊΝΕΙ ΕΙΣ ΒΆΡΟΣ ΤΗΣ ΑΠΌΛΑΥΣΉΣ ΣΟΥ; ΌΧΙ, ΘΑ ΣΕ ΟΔΗΓΉΣΩ ΣΤΟ ΝΑ ΤΙΣ ΚΕΡΔΊΣΕΙΣ ΜΕ ΤΟΥΣ ΚΑΡΠΟΎΣ ΤΟΥ ΜΌΧΘΟΥ ΤΩΝ ΆΛΛΩΝ, ΚΑΙ ΔΕΝ ΘΑ ΑΠΟΦΎΓΕΙΣ ΤΊΠΟΤΑ ΠΟΥ ΜΠΟΡΕΊ ΝΑ ΣΟΥ ΦΈΡΕΙ ΚΈΡΔΟΣ. ΣΤΟΥΣ ΣΥΝΤΡΌΦΟΥΣ ΜΟΥ ΔΊΝΩ ΤΗΝ ΕΞΟΥΣΊΑ ΝΑ ΑΠΟΣΠΟΎΝ ΠΛΕΟΝΕΚΤΉΜΑΤΑ ΌΠΟΥ ΘΈΛΟΥΝ."

ΌΤΑΝ Ο ΗΡΑΚΛΉΣ ΆΚΟΥΣΕ ΌΛΑ ΑΥΤΆ, ΡΏΤΗΣΕ, "ΠΟΙΟ ΕΊΝΑΙ ΤΟ ΌΝΟΜΆ ΣΟΥ;", "ΟΙ ΦΊΛΟΙ ΜΟΥ ΜΕ ΦΩΝΆΖΟΥΝ ΕΥΤΥΧΊΑ Ή ΕΚΠΛΉΡΩΣΗ" ΕΊΠΕ ΕΚΕΊΝΗ, "ΑΛΛΆ ΜΕΤΑΞΎ ΑΥΤΏΝ ΠΟΥ ΜΕ ΜΙΣΟΎΝ ΕΊΜΑΙ Η ΚΑΚΊΑ."

Η ΑΡΕΤΉ ΎΣΤΕΡΑ ΠΛΗΣΊΑΣΕ ΚΟΝΤΆ ΚΑΙ ΕΊΠΕ "ΉΡΘΑ ΚΙ ΕΓΏ ΣΕ ΕΣΈΝΑ, ΗΡΑΚΛΉ. ΠΡΌΣΕΞΑ ΤΟΝ ΧΑΡΑΚΤΉΡΑ ΣΟΥ ΚΑΤΆ ΤΗ ΔΙΆΡΚΕΙΑ ΤΗΣ ΕΚΠΑΊΔΕΥΣΉΣ ΣΟΥ. ΕΠΟΜΈΝΩΣ ΕΛΠΊΖΩ ΠΩΣ ΕΆΝ ΠΆΡΕΙΣ ΤΟΝ ΔΡΌΜΟ ΠΟΥ ΟΔΗΓΕΊ ΣΕ ΕΜΈΝΑ, ΘΑ ΓΊΝΕΙΣ ΔΊΚΑΙΟΣ ΆΝΘΡΩΠΟΣ ΜΕ ΤΙΣ ΕΥΓΕΝΕΊΣ ΣΟΥ ΠΡΆΞΕΙΣ, ΚΑΙ ΩΣ ΑΝΤΆΛΛΑΓΜΑ ΘΑ ΜΕ ΤΙΜΉΣΟΥΝ ΓΙΑ ΤΙΣ ΕΥΛΟΓΊΕΣ ΠΟΥ ΠΡΟΣΦΈΡΩ. ΑΛΛΆ ΔΕ ΘΑ ΣΕ ΕΞΑΠΑΤΉΣΩ ΜΕ ΜΊΑ ΕΥΧΆΡΙΣΤΗ ΕΙΣΑΓΩΓΉ: ΘΑ ΣΟΥ ΠΩ ΤΙΣ ΑΛΉΘΕΙΕΣ ΤΟΥ ΔΡΌΜΟΥ ΤΗΣ ΑΡΕΤΉΣ ΌΠΩΣ ΟΙ ΘΕΟΊ ΤΙΣ ΌΡΙΣΑΝ. ΓΙΑ ΌΛΑ ΤΑ ΚΑΛΆ ΠΡΆΓΜΑΤΑ, ΟΙ ΘΕΟΊ ΔΕΝ ΔΊΝΟΥΝ ΤΊΠΟΤΑ ΣΤΟΝ ΆΝΘΡΩΠΟ ΧΩΡΊΣ ΚΌΠΟ ΚΑΙ ΠΡΟΣΠΆΘΕΙΑ. ΕΆΝ ΕΠΙΘΥΜΕΊΣ ΤΗΝ ΕΎΝΟΙΑ ΤΩΝ ΘΕΏΝ, ΠΡΈΠΕΙ ΝΑ ΔΟΞΆΖΕΙΣ ΤΟΥΣ ΘΕΟΎΣ, ΕΆΝ ΘΕΣ ΤΗΝ ΑΓΆΠΗ ΤΩΝ ΦΊΛΩΝ, ΠΡΈΠΕΙ ΝΑ ΚΆΝΕΙΣ ΤΟ ΚΑΛΌ ΣΤΟΥΣ ΦΊΛΟΥΣ ΣΟΥ, ΕΆΝ ΘΕΣ ΤΗΝ ΕΚΤΊΜΗΣΗ ΜΙΑΣ ΠΌΛΗΣ, ΠΡΈΠΕΙ ΝΑ ΒΟΗΘΉΣΕΙΣ ΑΥΤΉ ΤΗ ΠΌΛΗ, ΕΆΝ ΕΠΙΘΥΜΕΊΣ ΝΑ ΚΕΡΔΊΣΕΙΣ ΤΟΝ ΘΑΥΜΑΣΜΌ ΌΛΗΣ ΤΗΣ ΕΛΛΆΔΑΣ, ΠΡΈΠΕΙ ΝΑ ΠΡΟΣΠΑΘΕΊΣ ΝΑ ΚΆΝΕΙΣ ΤΟ ΚΑΛΌ ΓΙΑ ΤΗΝ ΕΛΛΆΔΑ, ΕΆΝ ΘΕΣ Η ΓΗ ΝΑ ΣΟΥ ΠΡΟΣΦΈΡΕΙ ΤΟΥΣ ΚΑΡΠΟΎΣ ΤΗΣ ΣΕ ΑΦΘΟΝΊΑ, ΠΡΈΠΕΙ ΝΑ ΚΑΛΛΙΕΡΓΉΣΕΙΣ ΤΗ ΓΗ, ΕΆΝ ΕΊΣΑΙ ΑΠΟΦΑΣΙΣΜΈΝΟΣ ΝΑ ΠΛΟΥΤΊΣΕΙΣ ΑΠΌ ΚΟΠΆΔΙΑ, ΠΡΈΠΕΙ ΝΑ ΦΡΟΝΤΊΖΕΙΣ ΑΥΤΆ ΤΑ ΚΟΠΆΔΙΑ, ΕΆΝ ΕΎΧΕΣΑΙ ΝΑ ΓΊΝΕΙΣ ΣΠΟΥΔΑΊΟΣ ΜΈΣΑ ΑΠΌ ΤΟΝ ΠΌΛΕΜΟ ΚΑΙ ΘΕΣ ΔΎΝΑΜΗ ΓΙΑ ΝΑ ΑΠΕΛΕΥΘΕΡΏΣΕΙΣ ΤΟΥΣ ΦΊΛΟΥΣ ΚΑΙ ΝΑ ΥΠΟΤΆΞΕΙΣ ΤΟΥΣ ΕΧΘΡΟΎΣ ΣΟΥ, ΠΡΈΠΕΙ ΝΑ ΜΆΘΕΙΣ ΤΙΣ ΤΈΧΝΕΣ ΤΟΥ ΠΟΛΈΜΟΥ ΑΠΌ ΕΚΕΊΝΟΥΣ ΠΟΥ ΤΙΣ ΓΝΩΡΊΖΟΥΝ ΚΑΙ ΝΑ ΕΞΑΣΚΉΣΕΙΣ ΤΗ ΣΩΣΤΉ ΤΟΥΣ ΧΡΉΣΗ, ΚΑΙ ΕΆΝ ΘΕΣ ΤΟ ΣΏΜΑ ΣΟΥ ΝΑ ΕΊΝΑΙ ΔΥΝΑΤΌ, ΘΑ ΠΡΈΠΕΙ ΝΑ ΣΥΝΗΘΊΣΕΙΣ ΤΟ ΣΏΜΑ ΣΟΥ ΝΑ ΕΊΝΑΙ ΥΠΗΡΈΤΗΣ ΤΟΥ ΜΥΑΛΟΎ ΣΟΥ, ΚΑΙ ΝΑ ΤΟ ΕΚΠΑΙΔΕΎΣΕΙΣ ΜΕ ΚΌΠΟ ΚΑΙ ΙΔΡΏΤΑ. ΣΊΓΟΥΡΑ ΘΑ ΥΠΟΣΤΕΊΣ ΑΠΏΛΕΙΕΣ ΚΑΙ ΘΑ ΚΑΤΑΔΙΩΧΘΕΊΣ ΑΠΌ ΕΧΘΡΟΎΣ. ΘΑ ΚΛΗΘΕΊΣ ΝΑ ΕΞΑΣΚΉΣΕΙΣ ΣΟΦΊΑ ΚΑΙ ΔΙΚΑΙΟΣΎΝΗ ΌΤΑΝ ΘΑ ΑΝΤΙΜΕΤΩΠΊΣΕΙΣ ΕΝΑΝΤΙΌΤΗΤΑ ΚΑΙ ΝΑ ΤΟ ΚΆΝΕΙΣ ΜΕ ΓΕΝΝΑΙΌΤΗΤΑ ΚΑΙ ΑΥΤΟΠΕΙΘΑΡΧΊΑ."

"Η ΥΠΈΡΒΑΣΗ ΜΕΓΆΛΩΝ ΕΜΠΟΔΊΩΝ ΜΈΣΩ ΘΑΡΡΑΛΈΩΝ ΚΑΙ ΈΝΤΙΜΩΝ ΠΡΆΞΕΩΝ ΕΊΝΑΙ Ο ΜΌΝΟΣ ΑΛΗΘΙΝΌΣ ΔΡΌΜΟΣ ΓΙΑ ΤΗΝ ΠΛΗΡΌΤΗΤΑ ΣΤΗ ΖΩΉ."

Η Κακία τότε είπε: "Ηρακλή, σημειώνεις πόσο δύσκολος και μακρύς είναι αυτός ο δρόμος της ευτυχίας για τον οποίο μιλάει αυτή η γυναίκα; Εγώ θα σε οδηγήσω στην χαρά από σύντομο και εύκολο δρόμο."

Και η Αρετή είπε: "Τι αξία έχουν οι απολαύσεις, εάν δεν έχεις κάνει τίποτα για να τις κερδίσεις; Αποφεύγεις όλα εκείνα που χτίζουν επιθυμία τρως πριν πεινάσεις, πίνεις πριν διψάσεις έχεις το πιο απαλό κρεβάτι και καλύμματα αλλά όχι για την μείωση κάποιας έντασης, αλλά το να αποφεύγεις την κουραστική ζωή του να μην έχεις τίποτα να κάνεις σε κάνει να λαχταράς τον ύπνο ως διαφυγή. Εσύ, Κακία, έσπειρες λαγνεία σε πολλούς με τεχνάσματα, όταν δεν υπήρχε λόγος, χρησιμοποιώντας ανθρώπους. Αθάνατη μπορεί να είσαι αλλά εξόριστη των Θεών, περιφρονημένη από τους καλούς ανθρώπους. Ποιος θα πιστέψει ότι λες; Ποιος στα λογικά του θα τολμήσει να σε ακολουθήσει; Όσο οι ακόλουθοί σου είναι νέοι τα σώματά τους είναι αδύναμα, όταν γερνούν, οι ψυχές τους είναι χωρίς νόημα αδρανείς στη νιότη, κουρασμένοι πορεύονται στα γηρατειά, και οι πράξεις του παρελθόντος τους φέρνουν ντροπή, του παρόντος οι πράξεις απελπισία. Η απόλαυση έτρεξε μέσα από τα νιάτα τους, οι δυσκολίες αφέθηκαν για τα γηρατειά τους. Αλλά είμαι σύντροφος με θεούς και καλούς ανθρώπους, και καμία δίκαιη πράξη θεού ή ανθρώπου δεν γίνεται χωρίς τη βοήθειά μου. Είμαι πρώτη σε τιμή ανάμεσα σε θεούς και ανθρώπους που είναι όμοιοι με εμένα στους τεχνίτες αγαπητή συνάδελφος, καλή βοηθός στους μόχθους της ειρήνης, πιστή σύμμαχος στις πράξεις του πολέμου και η καλύτερη συνεργάτης στη φιλία. Στους φίλους μου το κρέας και το ποτό φέρνουν γλυκιά και απλή ευχαρίστηση, γιατί περιμένουν μέχρι να τα λαχταρήσουν. Και τους παίρνει πιο γλυκός ύπνος, δεν παραμελούν τα καθήκοντά τους. Οι νέοι χαίρονται να κερδίζουν τον έπαινο των παλιών, οι μεγαλύτεροι αγάλλονται δεχόμενοι τις τιμές των νέων, με χαρά ανακαλούν παλιές τους πράξεις, και το παρόν τους είναι απόλαυση σε αυτούς, και μέσω εμένα είναι αγαπητοί στους θεούς, υπέροχοι στους φίλους τους, πολύτιμοι στη πατρίδα τους. Όσο για την τελευταία τους μέρα, δεν φεύγουν ξεχασμένοι και ατιμασμένοι, αλλά συνεχίζουν να ζουν, μέσα από τραγούδια και τους θυμούνται για πάντα."

Ο Ηρακλής διάλεξε την Αρετή, και με αυτό το τρόπο έδωσε το ιδανικό παράδειγμα αυτοπειθαρχίας και αντοχής, αποφεύγοντας την αποπλάνηση της Κακίας. Αυτή είναι μία μάχη στον πόλεμο του πνεύματος.

Η Αρετή ήταν ένα βασικό συστατικό για τη σχολική εκπαίδευση των αγοριών της αρχαίας Ελλάδας, που συνδύαζε τη φυσική αγωγή και τις επιστήμες, συμπεριλαμβανομένης της ρητορικής. Επίσης χρειάζονταν η πνευματική άσκηση και η μουσική.

Ο διδάσκαλος του Μεγάλου Αλεξάνδρου, ο Αριστοτέλης, δίδαξε αρετή στα "Ηθικά Νικομάχεια" που αποτελούνται από 10 βιβλία.

Όταν ο Ηρακλής ήταν στον Κάτω Κόσμο, συνάντησε τον Οινέα, πατέρα της Δηιάνειρας. Ο Οινέας ζήτησε από τον Ηρακλή να παντρευτεί την κόρη του όταν επιστρέψει και ο Ηρακλής συμφώνησε.

Ύστερα ο Ηρακλής συνάντησε τη Δηιάνειρα και παντρεύτηκε για δεύτερη φορά. Κέρδισε το χέρι της παλεύοντας με τον Θεό του ποταμού Αχελώο, ο οποίος επίσης ήθελε να παντρευτεί την Δηιάνειρα αλλά είχε ήδη πολλές γυναίκες και τέκνα. Ο Αχελώος πήρε τη μορφή κενταύρου για τη μάχη. Ενός περίεργου κενταύρου που είχε ένα κέρατο. Στη μάχη, ο Ηρακλής έσπασε το μοναδικό αυτό κέρατο του Αχελώου. Ονομαζόταν επίσης ταυροειδής κένταυρος ή ανθρωποκέφαλος ταύρος. Ο Αχελώος είχε επίσης μεταμορφωθεί σε φίδι προτού γίνει ταύρος. Ο Ηρακλής κατάφερε να υποτάξει και τις δύο μορφές. Έτσι ο Αχελώος τράπηκε σε φυγή εγκαταλείποντας το κέρας της Αμάλθειας, γνωστό και ως το κέρας της Αφθονίας. (Το ποτάμι εκτρεπόταν στις πεδιάδες δίνοντας σοδειές).

Η Δηιάνειρα και ο Ηρακλής ενώ ήταν σε αυτοεξορία, επειδή ο Ηρακλής είχε καταλάθος σκοτώσει τον νεαρό Εύνομο, γιο του Αρχιτέλη, συγγενή του Οινέα, πήγαν στον ποταμό Εύηνο, όπου περαματάρης εκεί ήταν ο Κένταυρος Νέσσος. Ο Νέσσος ισχυρίστηκε πως του επιτρεπόταν να κάνει αυτή τη δουλειά από τους Θεούς χάρη του ηθικού του αναστήματος. Ο Ηρακλής πλήρωσε για να μεταφερθεί η Δηιάνειρα στη ράχη του κενταύρου, και ο ίδιος πέρασε αργά αργά μόνος του. Ο Νέσσος έπειτα επιχείρησε να τη βιάσει στην άλλη μεριά καθώς πλημμυρίστηκε από πόθο. Ο Ηρακλής άκουσε τις κραυγές της Δηιάνειρας και έριξε αμέσως ένα βέλος με δηλητήριο προς τον κένταυρο.

ΠΡΙΝ ΠΕΘΆΝΕΙ Ο ΚΈΝΤΑΥΡΟΣ ΝΈΣΣΟΣ, ΈΣΤΗΣΕ ΤΗΝ ΕΚΔΊΚΗΣΗ ΤΟΥ ΛΈΓΟΝΤΑΣ ΣΤΗ ΔΗΙΆΝΕΙΡΑ ΠΩΣ ΤΟ ΑΊΜΑ ΠΟΥ ΑΝΑΒΛΎΖΕΙ ΑΠΌ ΤΗΝ ΠΛΗΓΉ ΜΠΟΡΕΊ ΝΑ ΧΡΗΣΙΜΟΠΟΙΗΘΕΊ ΣΑΝ ΦΊΛΤΡΟ ΑΓΆΠΗΣ ΓΙΑ ΝΑ ΚΡΑΤΉΣΕΙ ΤΟΝ ΗΡΑΚΛΉ ΠΙΣΤΌ. ΕΚΕΊΝΗ ΦΑΝΤΆΣΤΗΚΕ ΌΤΙ ΘΑ ΜΠΟΡΟΎΣΕ ΝΑ ΤΟ ΧΡΗΣΙΜΟΠΟΙΉΣΕΙ ΣΑΝ ΑΛΟΙΦΉ ΚΑΙ ΠΩΣ Ο ΣΎΖΥΓΟΣ ΤΗΣ ΔΕΝ ΘΑ ΤΗΝ ΠΡΌΔΙΔΕ ΠΟΤΈ ΕΦΌΣΟΝ ΑΥΤΌ ΑΚΟΥΜΠΟΎΣΕ ΤΟ ΔΈΡΜΑ ΤΟΥ.

ΣΤΟ ΜΈΛΛΟΝ Ο ΗΡΑΚΛΉΣ ΈΦΕΡΕ ΣΤΟ ΣΠΊΤΙ ΜΊΑ ΠΑΛΛΑΚΊΔΑ ΟΝΌΜΑΤΙ ΙΌΛΗ. ΤΗΝ ΚΈΡΔΙΣΕ ΣΕ ΈΝΑΝ ΔΙΑΓΩΝΙΣΜΌ ΤΟΞΟΒΟΛΊΑΣ ΑΛΛΆ Ο ΠΑΤΈΡΑΣ ΤΗΣ, ΕΎΡΥΤΟΣ, ΤΟΥ ΑΡΝΉΘΗΚΕ ΤΟ ΈΠΑΘΛΟ ΕΠΕΙΔΉ ΓΝΏΡΙΖΕ ΓΙΑ ΤΟ ΠΑΡΕΛΘΌΝ ΤΟΥ ΗΡΑΚΛΉ. ΑΡΓΌΤΕΡΑ Ο ΗΡΑΚΛΉΣ ΕΠΈΣΤΡΕΨΕ ΜΕ ΣΤΡΑΤΌ ΓΙΑ ΝΑ ΤΗ ΔΙΕΚΔΙΚΉΣΕΙ. Ο ΕΎΡΥΤΟΣ ΚΑΙ ΟΙ ΓΙΟΙ ΤΟΥ ΠΈΘΑΝΑΝ ΣΤΗ ΜΆΧΗ ΚΑΙ ΕΚΕΊΝΗ ΠΡΟΣΠΆΘΗΣΕ ΝΑ ΞΕΦΎΓΕΙ ΑΝΕΠΙΤΥΧΏΣ. Ο ΕΎΡΥΤΟΣ ΉΤΑΝ ΕΚΕΊΝΟΣ ΠΟΥ ΔΊΔΑΞΕ ΣΤΟΝ ΗΡΑΚΛΉ ΠΩΣ ΝΑ ΧΡΗΣΙΜΟΠΟΙΕΊ ΤΟ ΤΌΞΟ ΚΑΙ ΤΑ ΒΈΛΗ, ΚΑΙ ΕΊΝΑΙ ΑΥΤΈΣ ΟΙ ΔΕΞΙΌΤΗΤΕΣ ΠΟΥ ΧΡΗΣΙΜΟΠΟΊΗΣΕ Ο ΗΡΑΚΛΉΣ ΓΙΑ ΝΑ ΚΕΡΔΊΣΕΙ ΤΟΝ ΔΙΑΓΩΝΙΣΜΌ, ΞΕΠΕΡΝΏΝΤΑΣ ΤΟ ΔΆΣΚΑΛΟ ΚΑΙ ΤΟΥΣ ΓΙΟΥΣ ΤΟΥ..

Η ΔΗΙΆΝΕΙΡΑ ΑΝΗΣΥΧΟΎΣΕ ΓΙΑ ΤΟ ΜΈΛΛΟΝ ΤΩΝ ΠΑΙΔΙΏΝ ΤΗΣ ΚΑΙ ΤΗ ΘΈΣΗ ΤΗΣ ΑΠΈΝΑΝΤΙ ΣΤΗ ΝΕΑΡΌΤΕΡΗ ΙΌΛΗ.

Ο ΗΡΑΚΛΉΣ ΕΠΡΌΚΕΙΤΟ ΝΑ ΤΕΛΈΣΕΙ ΘΥΣΊΑ ΣΤΟΝ ΔΊΑ ΜΕ ΤΟΥΣ ΣΥΝΤΡΌΦΟΥΣ ΤΟΥΣ, ΚΑΙ Η ΔΗΙΆΝΕΙΡΑ ΈΔΩΣΕ ΣΤΟ ΣΎΝΤΡΟΦΟ ΤΟΥ ΗΡΑΚΛΉ, ΛΊΧΑ, ΤΟΝ ΜΑΝΔΎΑ ΜΕ ΤΟ ΑΊΜΑ ΤΟΥ ΚΕΝΤΑΎΡΟΥ, ΝΟΜΊΖΟΝΤΑΣ ΠΩΣ ΘΑ ΑΠΈΤΡΕΠΕ ΚΆΠΟΙΟΝ ΠΌΘΟ ΓΙΑ ΤΗΝ ΙΌΛΗ. ΕΊΧΕ ΠΙΣΤΈΨΕΙ ΠΩΣ ΤΟ ΑΊΜΑ ΤΟΥ ΕΤΟΙΜΟΘΆΝΑΤΟΥ ΚΕΝΤΑΎΡΟΥ ΉΤΑΝ ΦΊΛΤΡΟ ΑΓΆΠΗΣ. ΜΌΛΙΣ Ο ΗΡΑΚΛΉΣ ΦΌΡΕΣΕ ΤΟΝ ΜΑΝΔΎΑ, ΤΟ ΔΗΛΗΤΉΡΙΟ ΒΥΘΊΣΤΗΚΕ ΣΤΟ ΔΈΡΜΑ ΤΟΥ. ΤΟΝ ΈΚΑΙΓΕ ΚΑΘΏΣ ΕΙΣΧΩΡΟΎΣΕ ΒΑΘΎΤΕΡΑ ΜΈΣΑ ΣΤΗΝ ΠΛΆΤΗ ΤΟΥ. ΠΡΟΣΠΆΘΗΣΕ ΝΑ ΑΦΑΙΡΈΣΕΙ ΤΟΝ ΜΑΝΔΎΑ ΚΑΙ ΞΕΡΊΖΩΝΕ ΤΗ ΣΆΡΚΑ ΤΟΥ ΚΑΘΏΣ ΤΟΝ ΈΣΚΙΖΕ, ΑΔΥΝΑΤΏΝΤΑΣ ΝΑ ΑΦΑΙΡΈΣΕΙ ΤΟ ΔΗΛΗΤΉΡΙΟ. Ο ΜΑΝΔΎΑΣ ΚΟΛΛΟΎΣΕ ΚΑΙ ΕΙΣΧΩΡΟΎΣΕ ΜΈΣΑ ΣΤΗ ΠΛΆΤΗ ΤΟΥ ΕΝΙΣΧΎΟΝΤΑΣ ΤΟ ΚΆΨΙΜΟ. ΟΠΟΙΑΔΉΠΟΤΕ ΠΡΟΣΠΆΘΕΙΑ ΑΦΑΊΡΕΣΗΣ ΤΟΥ ΥΦΆΣΜΑΤΟΣ ΑΠΟΔΕΙΚΝΎΟΝΤΑΝ ΑΔΎΝΑΤΗ ΑΥΞΆΝΟΝΤΑΣ ΤΗΝ ΑΓΩΝΊΑ.

ΈΠΕΙΤΑ ΑΠΌ ΜΈΡΕΣ ΠΡΟΣΠΆΘΕΙΑΣ Ο ΗΡΑΚΛΉΣ ΑΠΟΔΈΧΘΗΚΕ ΤΗ ΜΟΊΡΑ ΤΟΥ ΚΑΙ ΕΊΠΕ ΣΤΟΥΣ ΦΊΛΟΥΣ ΤΟΥ ΠΩΣ ΑΥΤΉ ΉΤΑΝ ΤΟ ΤΈΛΟΣ ΤΟΥ. ΠΩΣ ΈΠΡΕΠΕ ΝΑ ΧΤΊΣΟΥΝ ΓΙΑ ΑΥΤΌΝ ΝΕΚΡΙΚΉ ΠΥΡΆ. ΕΚΕΊΝΟΙ ΈΣΤΗΣΑΝ ΈΝΑ ΤΕΡΆΣΤΙΟ ΣΩΡΌ ΑΠΌ ΞΎΛΑ ΣΤΟ ΌΡΟΣ ΟΊΤΗ. Ο ΗΡΑΚΛΉΣ ΤΟΠΟΘΕΤΉΘΗΚΕ ΣΤΗ ΣΟΡΌ ΠΡΟΣ ΚΆΨΙΝ ΚΑΙ ΕΊΠΕ ΣΤΟΥΣ ΦΊΛΟΥΣ ΤΟΥ ΝΑ ΤΗΝ ΑΝΆΨΟΥΝ.

ΤΟ ΤΈΧΝΑΣΜΑ ΤΟΥ ΚΕΝΤΑΎΡΟΥ ΚΑΙ Η ΖΉΛΙΑ/ΦΌΒΟΣ/ΑΝΑΣΦΆΛΕΙΑ ΤΗΣ ΔΗΙΆΝΕΙΡΑΣ ΈΒΑΛΑΝ ΤΟΝ ΗΡΑΚΛΉ ΣΤΟ ΜΟΝΟΠΆΤΙ ΤΟΥ ΘΑΝΆΤΟΥ. Η ΔΗΙΆΝΕΙΡΑ, ΣΥΝΕΙΔΗΤΟΠΟΙΏΝΤΑΣ ΤΙ ΕΊΧΕ ΚΆΝΕΙ, ΠΉΡΕ ΤΗΝ ΊΔΙΑ ΤΗΣ ΤΗ ΖΩΉ, ΑΛΛΆ Ο ΗΡΑΚΛΉΣ ΠΟΥ ΠΉΡΕ ΤΗΝ ΙΌΛΗ ΉΤΑΝ Η ΟΥΣΙΑΣΤΙΚΉ ΑΙΤΊΑ ΤΟΥ ΘΑΝΆΤΟΥ ΤΟΥ. ΑΠΌ ΤΑ ΆΦΘΟΝΑ ΠΑΡΑΔΕΊΓΜΑΤΑ ΠΟΥ ΠΑΡΈΧΕΙ Ο ΗΡΑΚΛΉΣ ΓΙΑ ΤΟ ΘΆΡΡΟΣ ΚΑΙ ΤΗΝ ΕΠΙΜΟΝΉ ΌΠΟΥ ΕΘΕΆΘΕΙ ΝΊΚΗ ΑΥΤΌ ΑΠΟΤΕΛΕΊ ΠΑΡΆΔΕΙΓΜΑ ΠΡΟΣ ΑΠΟΦΥΓΉ. ΑΥΤΌ ΕΊΝΑΙ ΈΝΑ ΒΑΣΙΚΌ ΜΆΘΗΜΑ. ΕΦΌΣΟΝ ΑΥΤΌ ΈΦΕΡΕ ΤΟ ΘΆΝΑΤΌ ΤΟΥ, ΜΠΟΡΕΊ ΝΑ ΕΙΠΩΘΕΊ ΠΩΣ Η ΑΠΌΦΑΣΉ ΤΟΥ ΝΑ ΦΈΡΕΙ ΣΠΊΤΙ ΜΊΑ ΠΑΛΛΑΚΊΔΑ... ΔΕΝ ΉΤΑΝ ΜΈΡΟΣ "ΤΟΥ ΤΡΌΠΟΥ". ΤΑ ΤΡΌΠΑΙΑ ΤΗΣ ΣΆΡΚΑΣ ΔΕΝ ΣΥΝΆΔΟΥΝ ΜΕ ΤΟΝ ΤΡΌΠΟ ΤΟΥ ΉΡΩΑ. ΊΣΩΣ ΜΕ ΤΟΝ ΤΡΌΠΟ ΤΟΥ ΜΑΧΗΤΉ Ή ΤΟΥ ΒΑΣΙΛΙΆ, ΑΛΛΆ ΌΧΙ ΤΟΥ ΉΡΩΑ...

ΚΑΘΏΣ Η ΦΩΤΙΆ ΆΡΧΙΣΕ ΝΑ ΚΑΊΕΙ ΤΟΝ ΗΡΑΚΛΉ ΖΩΝΤΑΝΌ, ΟΙ ΜΕΓΆΛΟΙ ΘΕΟΊ ΚΟΙΤΟΎΣΑΝ ΚΆΤΩ ΑΠΌ ΤΟΝ ΌΛΥΜΠΟ. Ο ΔΊΑΣ ΕΊΠΕ ΣΤΗΝ ΉΡΑ ΠΩΣ Ο ΗΡΑΚΛΉΣ ΕΊΧΕ ΥΠΟΦΈΡΕΙ ΑΡΚΕΤΆ. Η ΉΡΑ ΎΣΤΕΡΑ ΣΥΜΦΏΝΗΣΕ ΝΑ ΔΏΣΕΙ ΈΝΑ ΤΈΛΟΣ ΣΤΟ ΘΥΜΌ ΤΗΣ. ΟΙ ΠΡΟΣΠΆΘΕΙΕΣ ΤΟΥ ΗΡΑΚΛΉ ΝΑ ΠΟΛΕΜΉΣΕΙ ΤΟΥ ΓΊΓΑΝΤΕΣ ΠΟΥ ΑΠΕΊΛΗΣΑΝ ΤΟΥΣ ΘΕΟΎΣ ΚΑΙ ΤΟΝ ΌΛΥΜΠΟ ΤΟΥ ΈΔΩΣΑΝ ΤΟ ΔΙΚΑΊΩΜΑ ΝΑ ΕΊΝΑΙ ΕΚΕΊ ΚΑΙ ΑΠΌ ΤΟΝ ΧΕΊΡΩΝΑ ΉΡΘΕ Η ΑΘΑΝΑΣΊΑ ΤΟΥ.

ΈΝΑ ΣΎΝΝΕΦΟ ΚΑΠΝΟΎ ΚΆΛΥΨΕ ΤΟ ΦΛΕΓΌΜΕΝΟ ΣΏΜΑ ΚΑΙ Ο ΔΊΑΣ ΕΊΠΕ ΣΤΟ ΣΎΝΝΕΦΟ, ΤΗ ΝΕΦΈΛΗ, ΝΑ ΜΕΤΑΦΈΡΕΙ ΤΟΝ ΗΡΑΚΛΉ ΣΤΟΝ ΌΛΥΜΠΟ.

Ο ΗΡΑΚΛΉΣ ΜΠΑΊΝΕΙ ΣΤΟΝ ΌΛΥΜΠΟ ΜΕΤΆ ΑΠΌ 'ΈΝΑ ΤΑΞΊΔΙ ΕΝΆΡΕΤΗΣ ΔΌΞΑΣ' ΓΙΑ ΝΑ ΓΊΝΕΙ Ο ΠΡΏΤΟΣ ΓΕΝΝΗΜΈΝΟΣ ΆΝΘΡΩΠΟΣ ΠΟΥ ΘΑ ΑΝΈΛΘΕΙ ΣΤΗΝ ΑΘΑΝΑΣΊΑ.

Ο ΆΝΘΡΩΠΟΣ ΜΕ ΤΙΣ ΔΎΟ ΦΎΣΕΙΣ' ΑΥΤΉ ΤΟΥ ΘΕΟΎ ΚΑΙ ΑΥΤΉ ΤΟΥ ΑΝΘΡΏΠΟΥ ΕΞΑΣΦΑΛΊΖΕΙ ΤΗΝ ΑΘΑΝΑΣΊΑ ΤΟΥ ΚΑΘΑΡΊΖΟΝΤΑΣ ΤΟΝ ΕΑΥΤΌ ΤΟΥ ΑΠΌ ΤΗ ΜΌΛΥΝΣΗ ΕΝΑΝΤΊΟΝ ΤΗΣ ΟΠΟΊΑΣ ΠΟΛΕΜΟΎΣΕ' ΚΑΙ **ΓΊΝΕΤΑΙ Ο ΉΡΩΑΣ ΘΕΌΣ**.

Αναλογιζόμενοι την ιδέα ότι οι πράξεις αυτού του κόσμου μπορούν να εξασφαλίσουν αθάνατη δόξα μπορεί να επιλέξουμε να την ξαναδιαβάσουμε. Μπορεί ακόμα να επιλέξει κανείς να τη διαβάσει από άλλον συγγραφέα. Μπορεί να έχουν παραλειφθεί λεπτομέρειες κλειδιά προς ανακάλυψη. Η γυναίκα του βασιλιά της Θήβας είχε πειστεί από την Ήρα να δηλητηριάσει τον Ηρακλή. Το όνομά της ήταν Λύσσα. Οι τοξίνες στο σώμα του τον έκαναν να δει την οικογένειά του σαν τέρατα και σποραδικά την εικόνα του Ευρυσθέα.

Εάν είστε τυχεροί, μπορεί ακόμα και να βρείτε βιβλίο που να λέει το εξής απίστευτο: **Πως ο 11ος άθλος με τον Κήπο των Εσπερίδων είναι ο 12ος, και ο 12ος άθλος με τον Κέρβερο είναι ο 11ος**… Είναι αυτό κάποιο λάθος; Και ποια πηγή είναι η σωστή;

Εάν οι ιστορίες ήταν αυθαίρετες τότε η σειρά δεν έχει σημασία. Αλλά εάν **ο Ηρακλής είναι ο σπουδαιότερος ήρωας όλων των εποχών, τότε και αυτές οι ιστορίες είναι οι σπουδαιότερες ιστορίες όλων των εποχών**. Αυτό σημαίνει ότι όχι μόνο οι άθλοι θα έπρεπε να έχουν νόημα, αλλά και η σειρά τους. Και εάν επιχειρήσετε να φτιάξετε τραγούδι από τους άθλους του Ηρακλή… μπορεί να βρείτε μια εκπληκτική τάση. Ενστικτωδώς, θα βρεθείτε να εισάγετε ερμηνείες των νοημάτων που έχουν μέσα τους οι άθλοι του Ηρακλή.

Ας εξετάσουμε τους λόγους που η σειρά του 11ου και 12ου άθλου μπορεί να αντικατασταθεί. Στον 10ο άθλο με τον Γηρυόνη, ο Ηρακλής πολέμησε τον Όρθρο, το σκύλο με τα δύο κεφάλια, και βγάζει νόημα στον 11ο άθλο να αντιμετωπίσει το σκύλο με τα 3 κεφάλια (Κέρβερο). Ο άθλος με τον Κέρβερο είναι σύντομος και ολοκληρώνεται χωρίς κανένα εμπόδιο πέραν της ικανότητάς του, αλλά ο άθλος με τον Κήπο των Εσπερίδων είναι πολύ μακρύτερος και φαίνεται σαν μεγαλύτερη υπόθεση για να ολοκληρωθεί. Τα μήλα τρομάζουν απόλυτα τον Ευρυσθέα ο οποίος δεν θέλει να προκαλέσει την οργή της Ήρας ερχόμενος κοντά σε αυτά. Οι άθλοι και το μαρτύριο που υποφέρει ο Ηρακλής προήλθαν από την Ήρα, και χωρίς την Ήρα δεν θα υπήρχε κανένας λόγος να συζητάμε τον Ηρακλή. Επομένως από τη στιγμή που οι άθλοι αρχίζουν με την Ήρα, θα έπρεπε να τελειώνουν και με αυτή, καθώς όλες οι σπουδαίες ιστορίες τελειώνουν εκεί από όπου αρχίζουν.

Γιατί λοιπόν μπορεί να έγινε αυτό το λάθος στη σειρά και γιατί συνέχισε να γίνεται; Πιθανώς αυτό οφείλεται στο γεγονός ότι με την πάροδο των χρόνων έχουμε αναπτύξει έναν αυξημένο φόβο για τον φυσικό μας θάνατο παρά για τα ιδανικά για τα οποία ζούμε. Αυτό θα έστρεφε την προσοχή μας περισσότερο στον Άδη αντί στην πηγή της αναταραχής που διαταράσσει τον τρόπο ζωής. Ναι, μπορούμε να δούμε ότι υπάρχουν λόγοι στο γιατί ο άθλος του Κέρβερου είναι ο 11ος και του Κήπου των Εσπερίδων ο τελευταίος άθλος του Ηρακλή. Στις επόμενες σελίδες, η σειρά και άλλων άθλων θα αλλαχθεί. (Αντικατάσταση της σειράς του 3ου και 4ου άθλου)

Εάν υπάρχει βάθος στους λόγους που η σειρά είναι σημαντική, τότε **οι ίδιοι οι μεμονωμένοι άθλοι θα είναι γεμάτοι νόημα που έχει διατηρηθεί στην παράδοση, για τους ήρωες που θα έρθουν, όταν τους χρειαστούν περισσότερο.**

ΚΑΤΑΝΟΩΝΤΑΣ ΤΟΝ ΑΘΛΟ ΤΟΥ ΛΙΟΝΤΑΡΙΟΥ ΤΗΣ ΝΕΜΕΑΣ

Για τον πρώτο άθλο: Το Λιοντάρι συμβολίζει τον εγωισμό με το οποίο γεννιούνται όλοι και την δίψα του να κυριαρχήσει όλους όσους μπορούν να τον ακούσουν. Η κυριαρχία απαιτεί φωνή, όχι μόνο εικόνα. Ο «βρυχηθμός» του είναι το «persona(R)» (προσωπείο) του που κατακλύζει τις άλλες φωνές των άλλων γύρω του, ή ακόμα και τις δικές του μη εγωιστικές σκέψεις. Αυτό επηρεάζει ακόμα και το άτομο που βγάζει το βρυχηθμό. ο βρυχηθμός επίσης υπάρχει για να υποτάσσει εσωτερικά τις ανταγωνιστικές σκέψεις. Αυτό τους κάνει να ακολουθούν μόνο αυτό που παράγει αυτή η μοναδική φωνή που έχουν παρά αυτή της συλλογικότητας γύρω τους. Αυτός είναι ο λόγος για τον οποίο το λιοντάρι της Νεμέας αναστάτωνε τους νόμους με τους οποίους οργανώνονταν τα ζώα σε κοπάδια ακολουθώντας τους κανόνες της ομάδας. Οι άνθρωποι με "λιοντάρι" μέσα τους έχουν έναν εγωισμό που κατακλύζει την ικανότητά τους να αναλογίζονται διαφορετικές επιλογές, μονοπάτια ή προοπτικές. Η αρμονία του οικιακού βίου δεν μπορεί να υπερισχύσει, ούτε να φανεί, μέσα από αχαλίνωτους εγωισμούς.

Κοντά στη Νεμέα, ένας γέρος βοσκός, ο Μόλορχος, έχασε τον γιο του από το λιοντάρι και ήθελε να κάνει θυσία στον Δία Σωτήρ πριν ο Ηρακλής ξεκινήσει τον άθλο. Ο Ηρακλής του ζήτησε να αναβάλει τη θυσία μέχρι ο ίδιος να επιστρέψει ζωντανός ή να πεθάνει.

Ο Ηρακλής πήρε μαζί του 2 όπλα. το κλαδί ελιάς και το χάλκινο σπαθί. Η «Ελιά» συμβολίζει την ειρήνη. Όσοι ζητούσαν συγχώρεση από τους θεούς χρησιμοποιούσαν κλαδιά ελιάς αφού ήταν διαθέσιμα όλο το χρόνο και δεν αλλοιώνονταν σημαντικά με το πέρασμα του χρόνου. Στους αθλητές δίνονταν κλαδιά ελιάς γιατί κατά τη διάρκεια των Ολυμπιακών αγώνων υπήρχαν εκεχειρίες. Η χρήση του κλαδιού ελιάς στη μάχη σήμαινε ότι αυτός ήταν ένας πόλεμος για λύτρωση. Για να κερδηθεί η εύνοια των θεών που θα όριζαν τη μοίρα του Ηρακλή μετά το τέλος της θνητής του ζωής. Χρησιμοποιώντας το κλαδί ελιάς ενάντια στους αντιπάλους του εννοούσε ότι δεν θα υπήρχε πια ειρήνη.

Χρειάστηκε χρόνος για να βρει ο Ηρακλής το λιοντάρι, επειδή οι άνθρωποι συνήθως επιλέγουν να αγνοούν το εγώ τους, αλλά μπορεί πάντα να το βρει κανείς μόλις αποδείξει στον εαυτό του ότι είναι αποφασισμένος. Όταν ο Ηρακλής φώναξε στο λιοντάρι, του προκάλεσε πανικό γιατί τα εγώ δεν μπορούν να διαφωνήσουν ή να συζητήσουν. Οι εγωισμοί είναι ουσιαστικά ευαίσθητοι και δειλοί. Η αίσθηση της αυτοσυντήρησής τους βρίσκεται στην κορυφή όλων των άλλων προτεραιοτήτων. Ο Ηρακλής δεν μπόρεσε να αντιμετωπίσει το εγώ του μέχρι να αποφασίσει ότι ο στόχος του ήταν πιο σημαντικός από τη διατήρηση της ζωής του. Ένα "εγώ" θα σε πείσει ότι η ζωή σου εξαρτάται από αυτό.

Το λιοντάρι που τρέχει σε υποχώρηση στο βουνό δείχνει ότι το βουνό του μυαλού σου μπορεί να κρύψει τον εγωισμό σου. Ότι μπορεί να παραμείνει εκτός οπτικού πεδίου και χωρίς να ακούγεται παραμένοντας αδρανές για να επιστρέψει μόνο στο μέλλον. Το βουνό που έχει 2 εισόδους δείχνει ότι το εγώ μπορεί να βρει τρόπους να αποφύγει τις προσπάθειές σου να το πιάσεις (μπαίνει μέσω «**δικαιολογιών**» και επανεμφανίζεται μέσα από «**κενές υποσχέσεις**»). Ο Ηρακλής έπρεπε να προβλέψει αυτές τις οδούς διαφυγής καλύπτοντας την έξοδο και μπαίνοντας μέσα για να αντιμετωπίσει τον εγωισμό του. **Και στο βουνό του μυαλού σου είσαι μόνος σου.** Κανείς άλλος δεν μπορεί ποτέ να δει ή να καταλάβει τον εγωισμό σου με το οποίο πολεμάς. **Εσύ και μόνο εσύ είσαι υπεύθυνος σε αυτή τη μάχη για να κατακτήσεις το εγώ σου.**

ΚΑΤΑΝΟΏΝΤΑΣ ΤΟΝ ΑΘΛΟ ΤΟΥ ΛΙΟΝΤΑΡΙΟΥ ΤΗΣ ΝΕΜΕΑΣ

Το λιοντάρι επιτέθηκε στον Ηρακλή γιατί ο Ήρωας πρέπει να είναι πρόθυμος να πληγωθεί από το εγώ του για να το νικήσει. Το ρόπαλο της ελιάς χρησιμοποιήθηκε εναντίον του λιονταριού αλλά δεν είχε αποτέλεσμα γιατί **δεν υπάρχουν φυσικά μέσα που να σε απαλλάσουν από το εγώ σου.** Χρησιμοποιήθηκε και το χάλκινο σπαθί, αλλά λύγισε γιατί **κανένα τεχνολογικό μέσο δεν θα σε βοηθήσει στη μάχη κατά του εγωισμού σου** (λύγισε γιατί η τεχνολογία λυγίζει μπροστά στον εγωισμό). Πρέπει να είσαι έτοιμος να τα δώσεις όλα, έτοιμος να κάνεις οποιαδήποτε θυσία χρειάζεται για να κατακτήσεις το εγώ σου.

Ο Ηρακλής βάζοντας το χέρι του στο στόμα του λιονταριού, που ήταν και η δύναμή του, έφτασε πέρα από τα δόντια και είδε ότι «πέρα» από τις πηγές δύναμης και κινδύνου υπάρχουν τρωτά σημεία. Ξεπερνώντας τα όρια αυτών από τα οποία εξαρτάται ανακαλύπτεις τη ρίζα της ύπαρξής τους- τι είναι αυτά που θέλει πραγματικά που κρύβονται πίσω από όλα όσα ακούγονται και τι κάνει με αυτά όταν τα αποκτήσει; (πώς τα επεξεργάζεται;) Έβγαλε τα σωθικά του (πεπτικό σύστημα) για να δει στα ανοιχτά τι συντηρεί αυτή τη φωνή του τρόμου. Το εγώ κατακτήθηκε τελικά μόνο όταν μπόρεσε να δει την πηγή (τα εσωτερικά μέρη), που ουσιαστικά ήταν η ίδια όπως σε οποιοδήποτε άλλο ζώο που ενεργεί για να φάει και να επιβιώσει (έστω και μόνο στο μυαλό του).

Το κουφάρι ήταν πολύ βαρύ για να το μεταφέρει καθώς οι εγωισμοί έχουν μεγάλο βάρος από τις αναμνήσεις που κρατούν μέσα από πόνους και απολαύσεις. Το δέρμα ήταν πολύ σκληρό για να το κόψει και να πάρει το τομάρι του αφού το εγώ μπορεί να δημιουργήσει ένα περίτεχνο-αδιαπέραστο σύνολο επιχειρημάτων για την ύπαρξή του. Προκειμένου να αποδομήσει αυτές τις αντιλήψεις για τη δύναμή του, εκεί στο σκοτάδι, του δόθηκε θεία έμπνευση παρουσιάζοντάς του την ιδέα να χρησιμοποιήσει τα νύχια του ίδιου του λιονταριού ώστε να κόψει το δέρμα του, γιατί κανείς δεν είναι αρκετά σκληρός για να μην μπορεί να βλάψει τον εαυτό του. Αυτό υποστηρίζει επίσης τη γενική ιδέα του να χρησιμοποιείς τα όπλα του εχθρού σου εναντίον του.

Αντί να κουβαλάει το δέρμα στους ώμους του, το φόρεσε πάνω του ως πανοπλία για τους επερχόμενους άθλους. Έχοντας στον έλεγχό σου το δέρμα του λιονταριού (φορώντας το έτσι ώστε να ακολουθεί τις κινήσεις και τις αποφάσεις σου), φοράς πανοπλία και γίνεσαι αδιαπέραστος. **Τίποτα δεν μπορεί να σε βλάψει όταν τα έχεις βρει με τον εαυτό σου.** Ο Ηρακλής δεν πέταξε το εγώ του, είναι κομμάτι ακόμα και των πιο αλτρουϊστών Ηρώων. Οι ήρωες δεν πετάνε τα εγώ τους, τα ελέγχουν και τα κυριαρχούν.

Επέστρεψε στο Μόλορχο μετά από 40 ημέρες για να τιμήσει τη δέσμευσή του στον Δία Σωτήρ. Αυτός είναι και ο χρόνος που χρειάζεται για να αποκολληθεί το κρανίο ενός νεκρού από τη σπονδυλική στήλη, δείχνοντας ότι η ήττα του εγώ αποτελεί θάνατο ενός πρώην εαυτού. Χρειάζονται περίπου 40 ημέρες αφότου πεθάνει το εγώ σου για να επανεμφανιστείς ως νέος άνθρωπος. Ο Μόλορχος ήταν ο πρώτος που ευχαρίστησε τον Ηρακλή όπως τους θεούς. Μπορεί επίσης να γίνει κατανοητό πως ο γιος του Μόλορχου είχε καταληφθεί πλήρως από το εγώ, το οποίο είναι ένας τύπος θανάτου καθώς το εγώ τους οδηγεί όλους προς την ίδια κατεύθυνση απαλείφοντας κάθε ατομικότητα.

Όταν αντιμετωπίζεις προκλήσεις, το να έχεις ανοιχτά τα αυτιά σου και η ικανότητά σου να αντιλαμβάνεσαι τα πράγματα γύρω σου είναι πρωταρχικής σημασίας- ώστε να αξιολογείς όλες τις πτυχές μίας κατάστασης και να βλέπεις τι ισχύει και όχι τι θα ήθελες να ισχύει.

Δεν μπορείς να προχωρήσεις έχοντας έναν ανεξέλεγκτο εγωισμό, αλλά δεν μπορείς επίσης και να προχωρήσεις χωρίς να έχεις εγωισμό-
Πρέπει να ξεπεράσεις και να ελέγξεις το εγώ σου
Η αντιμετώπιση του εγωισμού είναι ο πρώτος άθλος κάθε Ήρωα.

ΚΑΤΑΝΟΏΝΤΑΣ ΤΟΝ ΑΘΛΟ ΤΗΣ ΛΕΡΝΑΙΑΣ ΥΔΡΑΣ

Ο Ηρακλής έπρεπε να πάρει μαζί του τον Ιόλαο και έφτασε με άρμα. Η λίμνη έβγαζε μια θανατηφόρα δυσωδία από μακριά **λόγω σήψης**. Το φίδι ήρθε να επιτεθεί μόνο αφού ο Ηρακλής έριξε «φλεγόμενα» βέλη στο νερό, η Ύδρα είχε θανατηφόρο δηλητήριο που έρεε μέσα της, όταν τα κεφάλια κόβωνταν, μεγάλωναν ξανά σε μεγαλύτερους αριθμούς και ο Ηρακλής χρειαζόταν εξωτερική υποστήριξη. Ο Ιόλαος βάζοντας φωτιά στους κομμένους λαιμούς τους εμπόδιζε να αναπτυχθούν ξανά. Το καβούρι Καρκίνος στάλθηκε για να αποσπάσει την προσοχή του Ηρακλή αλλά συνθλίφτηκε. Το κύριο κεφάλι ήταν αθάνατο, και αφού κόπηκε τοποθετήθηκε κατά μήκος του δρόμου και ο Ηρακλής μούσκεψε τα βέλη του με το δηλητήριο της Ύδρας. Αυτή η Ύδρα ήταν υπό τη προστασία της Ήρας.

Στη λίμνη αυτή, τη **Λέρνη**, τελούνταν μερικά από τα μυστήρια του Διονύσου, και τηρούνταν με μεγάλη εκτίμηση. Οι αρχαίες ελληνικές παραδόσεις από τις γραμμές της Ήρας/Εκάτης κλπ, είχαν δράκους συχνά ως φύλακες. Στο μύθο των Αργοναυτών, το Χρυσόμαλλο Δέρας το φύλαγε ένας δράκος (ή φίδι). Μία από τις μορφές που μπορούσε να μεταμορφωθεί ο Διόνυσος ήταν το φίδι, όπως και ο ταύρος. **Αυτή η παράδοση στη Λέρνη έλεγε ότι στον βυθό αυτής της κρύας ήρεμης λίμνης φαινόταν ο Κάτω Κόσμος.**

Η Ύδρα είναι η ενσάρκωση του ψέματος. Χωρίς τους ανθρώπους να ενεργοποιούνται και να συγκινούνται, τα ψέματα θα παραμείνουν και δεν θα αντικατασταθούν γιατί επιβιώνουν στο χρόνο λόγω της ευκολίας της επανάληψής τους. Το άρμα είναι ένα σύμβολο έλξης που μπορεί να συγκεντρώσει τους ανθρώπους καθώς το βλέπουν να περνάει και να το ακολουθήσουν από πίσω (παρέλαση) για να ενισχύσουν νέες συλλογικές κατευθύνσεις και αποφάσεις. Η λίμνη είχε μια δυσωδία σήψης και υπήρχε τοξικότητα στην περιοχή γιατί ακόμα κι αν δεν μπορείς να δεις ένα ψέμα, λόγω του έξυπνου σχεδιασμού του που το κάνει ανεπαίσθητο, δεν μπορεί να αποφύγει τις πιο βασικές αισθήσεις, παρόλο που είναι δύσκολο να περιγραφεί είναι το αντίθετο του εύφορου. Τα πράγματα δεν μπορούν να αναπτυχθούν και να ευδοκιμήσουν κάτω από καθεστώς ψεμάτων, αλλά το παράδειγμα της σήψης υποστηρίζει ότι η αποσύνθεση μπορεί να δημιουργήσει κάτι νέο: για παράδειγμα, η διαδικασία του σάπιου σταφυλιού στο σάκο δημιουργεί ένα ποτό που μεταφέρει ένα νέο πνεύμα. Τα βέλη, με τη φωτιά της αλήθειας, είναι μηνύματα ότι η αλήθεια φαίνεται, και ότι η δράση είναι αυτή που τράβηξε τη Λερναία Ύδρα έξω από τα βάθη. Η Ύδρα επιτέθηκε πρώτη γιατί **οι ψεύτες εξοργίζονται όταν τα ψέματά τους δεν γίνονται αποδεκτά από όλους τους γύρω τους.**

Το εγώ ενός ψεύτη αποφεύγει την καταπίεση και τρέφεται από την προσοχή. Είναι φτιαγμένο για να σου αποσπάει την προσοχή με ψέματα. Όταν ένα ψέμα κόβεται η ενέργεια που ξοδεύει κανείς για να το φέρει στο φως το τροφοδοτεί για να δημιουργήσει περισσότερα ψέματα έτσι ώστε εσύ, ο αντίπαλός του, να φτάσεις να ασχολείσαι μόνο με αυτά. Τα ψέματα κοστίζουν πολύ λίγο για να παραχθούν, αλλά υπάρχει τεράστιο κόστος για να τα περιορίσεις. Το να βλέπουν κάποιον απορροφημένο στις δημιουργίες τους, τους δίνει ικανοποίηση. Όταν ο Ηρακλής άρχισε να κόβει τα κεφάλια της Ύδρας, κατέρριπτε τα ψέματα ένα προς ένα αλλά ταυτόχρονα αυτό έδινε σε αυτά τα ψέματα ουσία καθώς έπρεπε να διερευνηθούν. Οι ρίζες των κεφαλιών από τις οποίες μεγαλώνουν περισσότερα κεφάλια δείχνουν ότι δεν υπάρχει τέλος στη λεπτομέρεια που μπορεί να παραχθεί από ένα αρχικό ψέμα, εφόσον αρχικά ήταν αυθαίρετο. Αφού έκοψε πολλά κεφάλια, ο Ηρακλής περικυκλώθηκε από αυτά τα ψέματα δημιουργώντας μια απελπιστική κατάσταση και ο Ιόλαος έπρεπε να επισημάνει ότι αυτό ήταν μάταιο, γιατί περικυκλωμένος από ψέματα δεν μπορείς να δεις πρόοδο. **Χρειάζεσαι οπωσδήποτε την οπτική γωνία ενός άλλου ατόμου για να αξιολογήσεις την αποτελεσματικότητα των πράξεών σου.**

ΚΑΤΑΝΟΏΝΤΑΣ ΤΟΝ ΑΘΛΟ ΤΗΣ ΛΕΡΝΑΙΑΣ ΥΔΡΑΣ

Αν και ο Ηρακλής συνέχισε να κόβει κεφάλια, καταρρίπτοντας ψέματα, ο Ιόλαος έπρεπε να τοποθετήσει τις φωτιές στις ρίζες. Μπορείς να αφαιρέσεις ένα ψέμα, αλλά μπορεί πάντα να επανεμφανιστεί. Οι άνθρωποι στους οποίους λένε τα ψέματα, πρέπει να είναι πρόθυμοι να σταματήσουν να ακούν αυτούς που τα διαδίδουν. Το κάψιμο εμποδίζει την ανάπτυξη ψεμάτων που εξαρτάται από την εμπιστοσύνη των ανθρώπων, οπότε εδώ ο Ηρακλής αφαίρεσε τα ψέματα και τους διαδότες τους και ο κόσμος έπρεπε να σταματήσει να ακούει αυτά τα ψέματα και τους ψεύτες. Για να συμβεί αυτό, **οι άνθρωποι πρέπει πρώτα να «ενεργοποιηθούν και να λάβουν δράση»** (η αφαίρεση των ψεμάτων και των ψευτών δεν είναι μια παθητική διαδικασία). Και κάτι πολύ σημαντικό- **τα ψέματα και οι ψεύτες κόπηκαν από το σπαθί.**

Είναι εύκολο να αγνοήσουμε τον ρόλο του καβουριού (Καρκίνου), αλλά είναι σημαντικός γιατί όσοι ζουν ένα ψέμα εγκλωβίζονται όπως και το καβούρι είναι εγκλωβισμένο σε εξωσκελετό. Ζουν σε μια φυλακή με περιορισμένες κινήσεις. Το καβούρι δεν μπορεί να προχωρήσει μπροστά, μόνο στο πλάι. Οι παραλογισμοί των ψεμάτων θα απαιτήσουν από τους υποστηρικτές τους να κινηθούν προς ανορθόδοξες κατευθύνσεις. Άνθρωποι χωρίς κατεύθυνση και με μια ανόητη επιθυμία να εξαπλωθούν απλά χωρίς λογική, είναι ουσιαστικά μια ασθένεια, ένας «καρκίνος». Αυτοί οι υποστηρικτές θα παλέψουν για να προστατεύσουν τα ψέματα μέσα στα οποία ζουν, αλλά μπορούν να συνθλιφτούν ανεξάρτητα από το «θωρακισμένο εξωτερικό» τους επειδή είναι εύθραυστο (μπορεί εύκολα να σπάσει υπό πίεση, αφού οι ίδιοι δεν μπορούν να παράξουν αρκετά ψέματα για να κρατήσουν μία λογική συνέχεια).

Υπήρχαν 9 θνητά και ένα αθάνατο κεφάλι που αντικατοπτρίζουν πολλά αρχαία κείμενα στα οποία 9 γεγονότα ακολουθούσαν ένα μνημειώδες 10ο όπως με τον Οδυσσέα, που ταξίδεψε για 9 ημέρες από το νησί των ανέμων στην Ιθάκη ενώ τη 10η ναυάγησε εκεί από όπου το ταξίδι του γυρισμού του θα ήταν μακρύ. Ο λόγος που το τελευταίο κεφάλι ήταν αθάνατο είναι ότι πάντα θα υπάρχει ένα κεφάλι πρόθυμο να παράγει ψέματα. Τοποθετήθηκε στο δρόμο αφού οι άνθρωποι που ταξιδεύουν θα είναι πάντα εκτεθειμένοι σε αυτά. Όταν τα πράγματα είναι καινούργια, η διάκριση της αλήθειας από το ψέμα δεν είναι αμέσως προφανής. Αυτός ο άθλος δεν συνυπολογίστηκε στους 10 άθλους που έπρεπε να ολοκληρώσει ο Ηρακλής, γιατί χρησιμοποίησε ως δικαιολογία από τον Ευρυσθέα πως ο Ηρακλής έλαβε βοήθεια, αλλά **η σημασία του αθάνατου κεφαλιού είναι ότι η μάχη ενάντια στα ψέματα δεν μπορεί ποτέ να ολοκληρωθεί, καθώς πάντα θα επανεμφανίζονται κάποια στιγμή στο μέλλον.** Τα ψέματα δεν μπορούν ποτέ να θεωρηθούν κατακτημένα.

Για τον υποψήφιο ήρωα, το τμήμα όπου ο Ηρακλής τοποθετεί το δηλητήριο της Ύδρας πάνω από τα βέλη του είναι κρίσιμης σημασίας. Όπως φαίνεται, αυτά τα δηλητηριασμένα βέλη έπαιξαν καθοριστικό ρόλο σε πολλούς άθλους. Αυτό το δηλητήριο/αίμα ήταν διαφανές αφού οι πηγές των ψεμάτων δεν μπορούν να φανούν στο φως. Αυτό το δηλητήριο ήταν τόσο θανατηφόρο αφού τα ψέματα μπορούν να διαταράξουν κάθε επίπεδο οργάνωσης και οι λάθος κατευθύνσεις μπορούν να καταρρίψουν οποιοδήποτε ον. Γιατί λοιπόν ο Ηρακλής αποφάσισε να χρησιμοποιήσει το στοιχείο του αντιπάλου του στους άθλους/μάχες του; Δεν είναι ατιμωτική η χρήση μιας τέτοιας προσέγγισης; Στην περίπτωση του ψαρέματος το ψέμα γίνεται αποδεκτό, καθώς η διαδικασία περιλαμβάνει άτομα που κρύβουν μια παγίδα (δίχτυ) στο νερό για να πιάσουν και στη συνέχεια να φάνε ψάρια που έχουν μπλεχτεί σε αυτήν. Εάν ένας αγκίστρι χρησιμοποιείται με δόλωμα, αυτή η συσκευή λέει ψέματα και κρύβει την αλήθεια πως αυτό το αντικείμενο που προσποιείται ότι είναι τροφή για ψάρια πρόκειται στην πραγματικότητα να το βγάλει από το νερό.
Στο δάσος κατά το κυνήγι, ο κυνηγός προσπαθεί να αναμειχθεί με τα δέντρα βάζοντας καμουφλάζ αντί να κρατήσει τη φυσική του εμφάνιση που τα ζώα θα μπορούν να ερμηνεύσουν ως απειλή. Μια προσπάθεια να κυνηγήσεις ένα ψάρι κολυμπώντας θα καταλήξει σε αποτυχία και μια προσπάθεια να πλησιάσεις ένα ελάφι στα ανοιχτά θα καταλήξει επίσης σε αποτυχία. Επομένως, χρησιμοποιείς τη νοημοσύνη σου και χρησιμοποιείς όλες τις προσεγγίσεις για τους άθλους σου.

ΚΑΤΑΝΟΏΝΤΑΣ ΤΟΝ ΑΘΛΟ ΤΗΣ ΛΕΡΝΑΙΑΣ ΥΔΡΑΣ

Το ψέμα θέλει εξυπνάδα. Πρέπει να μάθεις πώς σκέφτεται ο αντίπαλός σου και τους περιορισμούς του. Αυτή η μελέτη μπορεί να θεωρηθεί ως αγάπη για τον εχθρό καθώς μελετάς και μαθαίνεις περισσότερα για τον αντίπαλό σου. Βλέπεις τα πράγματα μέσα από τα μάτια του. Ακολουθείς και παρακολουθείς τα βήματά του μαθαίνοντας παράλληλα. Αυτός ο ανταγωνισμός σε κάνει πιο καλό και κάνεις και τον αντίπαλό σου πιο καλό αφήνοντας τον καλύτερο να επικρατήσει. Σε επόμενους άθλους ο Ηρακλής για να κερδίσει χρησιμοποίησε αυτά τα βέλη (ψέματα) ως όπλο. (Ακόμη και η πολεμική τέχνη του Σουν Τζου αναφέρει ότι ο πόλεμος είναι εξαπάτηση)

Σε γενικές γραμμές, αυτό πρέπει να το έχεις υπόψη σου. Ο εχθρός σου δεν θα εφαρμόσει περιορισμούς, αλλά ούτε και εσύ πρέπει. Κανόνες σύμφωνοι με τη δικαιοσύνη ισχύουν μεταξύ εκείνων που συμμορφώνονται κιόλας με αυτά τα πρότυπα. Μην σε πείσει κανείς για το αντίθετο. Ο ΣΚΟΠΟΣ ΑΓΙΑΖΕΙ ΤΑ ΜΕΣΑ.
Οποιαδήποτε ιδέα σε εμποδίζει να ακολουθήσεις μια νικηφόρα πορεία είναι εκτροπή τοποθετημένη στο δρόμο σου επίτηδες. Μην έχεις καμία αμφιβολία ότι το μόνο καθήκον σου είναι να: ΚΕΡΔΙΣΕΙΣ ΜΕ ΟΠΟΙΟΔΗΠΟΤΕ ΜΕΣΟ/ΚΟΣΤΟΣ.

Μερικοί εν δυνάμει ήρωες μπορεί να πιστεύουν ότι η κατανόηση του νοήματος πίσω από αυτόν τον άθλο είναι αρκετή, αλλά δεν είναι. Η πραγματική κατανόηση αυτού του άθλου θα πρέπει να παρακινήσει τον ήρωα να θέλει να μάθει περισσότερα για τη σημασία αυτής της λίμνης σε όσους τη λάτρευαν και για τις τελετουργίες που διεξάγονταν εκεί- τα Λερναία Μυστήρια.

Η λίμνη της Λέρνης θεωρούνταν ιερή από τους ακόλουθους του Διονύσου. Η λατρεία του Διονύσου είναι πολύ αρχαία. Ο Διόνυσος ονομαζόταν επίσης Ζαγρεύς, Βρόμιος, Ιακός και στη Ρώμη, Liber. Υπάρχουν βουνά στα σύνορα Ιράκ-Ιράν που ονομάζονται Zagrou, όπου έχουν βρεθεί οστά Νεάντερταλ που χρονολογούνται περίπου από το 45.000 π.Χ. όπου η πρώτη παραγωγή κρασιού μπορεί να εντοπιστεί το 9.000 π.Χ. και εκεί κατοικούν σήμερα οι Κούρδοι. Εκεί υπάρχει μια σπηλιά που πίστευαν ότι ήταν η είσοδος στον κόσμο των νεκρών που υπήρχε ως μακροχρόνια παράδοση. Διάφορες φυλές από τη περιοχή εκείνη μετανάστευσαν στη Δύση εκείνη την περίοδο. Για παράδειγμα, οι Κούρδοι έφτασαν τότε στη σημερινή «Τουρκία» και τη βορειοανατολική ελληνική περιοχή, τη Θράκη, γύρω στο 2.000π.Χ.
Παρόλο που οι Κούρδοι μπορεί να μην είναι η ακριβής φυλή που μετέφερε αυτές τις παραδόσεις, δείχνουν μια γενική μετακίνηση πληθυσμού εκείνο το καιρό από κάποια πιθανή αφετηρία. Αυτές οι παραδόσεις και οι τελετουργίες έχουν υπάρξει μέσω προσηλυτισμών για χιλιάδες χρόνια σε διαφορετικές εκτάσεις. Υπάρχουν οι υποτιθέμενες φυλές του 'Ελάμ' που έκαναν επίσης αυτή τη μετανάστευση.

Πολλοί από τους τόπους διονυσιακής λατρείας ήταν σε σπηλιές ή λίμνες όπου υπήρχε μια φημισμένη είσοδος στον κάτω κόσμο, για να γιορτάσουν τον ετοιμοθάνατο και αναστάντα θεό. Βαθιά μέσα σε σπηλιές μακριά από το φως ή κατά τη βύθιση σε μια κρύα λίμνη, η διακοπή των αισθήσεων μπορεί να προκαλέσει μια εμπειρία που μοιάζει με θάνατο. Οι τελετουργικοί στόχοι στην ουσία αποσκοπούσαν στο να αψηφήσουν ή να ελέγξουν τη διαδικασία του θανάτου. Στη λίμνη ή το σπήλαιο, στα οποία δεν υπάρχει αντιληπτή αλλαγή ή τέλος, θεωρείται ότι δεν μπορούσε να υπάρξει θάνατος και γέννηση όπως στη μεταθανάτια ζωή, δημιουργώντας ένα πέρασμα. Υποτίθεται ότι αυτές οι εμπειρίες φέρνουν αθανασία σε όσους επιζούν από τη διαδικασία. Ο Διόνυσος καλούνταν ως «Βουγενής» (ταυρογένεση, «γιος του Ταύρου») με μια αρχαϊκή τρομπέτα που ονομαζόταν σάλπιγγα, ενώ ένα αρνί πεταγόταν στα νερά ως προσφορά για τον «Φύλακα της Πύλης». Η Ύδρα κρατούσε τους απρόσκλητους έξω.

ΚΑΤΑΝΟΏΝΤΑΣ ΤΟΝ ΑΘΛΟ ΤΗΣ ΛΕΡΝΑΙΑΣ ΥΔΡΑΣ

Ο Παυσανίας (2ος αιώνας μ.Χ.), Έλληνας περιηγητής και γεωγράφος, περιέγραψε τη λίμνη: «Δεν υπάρχει όριο στο βάθος της λίμνης της Αλκυόνης, και δεν γνωρίζω κανέναν που να έχει καταφέρει να φτάσει με οποιαδήποτε τεχνική το κάτω μέρος της, αφού ούτε ο Νέρων, που είχε σχοινιά πολλών σταδίων (Ρωμαϊκή μονάδα μέτρησης) δεμένα μαζί, δένοντας μόλυβδο πάνω τους, και παραλείποντας τίποτα που θα μπορούσε να βοηθήσει το πείραμά του, δεν μπόρεσε να ανακαλύψει οποιοδήποτε όριο στο βάθος του. Το νερό της λίμνης είναι, απ' ό,τι φαίνεται, ήρεμο και ήσυχο, αλλά, αν και είναι έτσι όπως το βλέπεις, κάθε κολυμβητής που τολμά να το διασχίσει βυθίζεται, ρουφιέται στα βάθη της και παρασύρεται».

Οι τελετουργίες περιλάμβαναν τη χρήση μασκών, όχι θεατρικών, έτσι ώστε χωρίς ταυτότητα να μπορείς είσαι οτιδήποτε και να γιορτάζεις την αρσενική/γυναικεία φύση του Διονύσου και της μεταμόρφωσης. Έφταναν σε ένα είδος έκστασης με σπασμωδικές κινήσεις του κεφαλιού κρατώντας δόρατα από κουκουνάρια. Έμπαιναν στο νερό της λίμνης με τουαλέτες (νυφικά) θανάτου και ισχυρίζονταν ότι πέθαναν ενώ ήταν δεμένοι και κρατημένοι κάτω από το νερό. Αυτό ήταν το «εισάγεσαι στον κάτω κόσμο και μετά επιστρέφεις». Άλλες παρόμοιες λίμνες χρησιμοποιήθηκαν για την παραγωγή παρόμοιων ιστοριών σε όλη την αρχαία Ελλάδα.

Η επιλογή της τελετουργίας στη λίμνη: "Να πιστέψεις ότι έχεις ζήσει πολλές ζωές πριν, και θα ζήσεις πολλές άλλες. Ότι ακόμα κι αν πεθάνεις, πάλι, δεν φοβάσαι πια τον θάνατο που τον έχεις ήδη ζήσει. Ότι τώρα -αναγεννήθηκες- έχοντας δει τι είναι να είσαι σε αυτή την κυκλική ζωή». Κατευθυντήρια γραμμή για αυτή τη τελετή είναι ότι στον κάτω κόσμο θα διασχίσεις «3» ποτάμια για να φτάσεις στις πύλες του Άδη και μπορείς να επιστρέψεις μόνο εάν διασχίζοντας τον 3ο ποταμό δεν πιείς από τα νερά του που προκαλούν λήθη καθώς οι αναμνήσεις που έχεις σε κρατάνε σε αυτή τη τρέχουσα ζωή. Αυτές οι τελετές πραγματοποιούνταν συνήθως από έναν τύπο ιέρειας. Η διάρκεια της κράτησης ενός ατόμου κάτω από το νερό θα ήταν συνήθως αρκετή για να σκοτώσει κάποιον, οπότε η ανάνηψη θεωρείται ένα είδος επιστροφής από τον θάνατο. Εάν ο μυημένος δεν επέστρεφε, λέγεται ότι οφειλόταν στο ότι ήπιε από τον 3ο ποταμό ενώ ήταν κάτω και επέλεξε να μείνει στον κάτω κόσμο. Το κρύο τους βοηθούσε να παραμείνουν κάτω για περισσότερο χρόνο και απέτρεπε/συγκρατούσε τους σωματικούς σπασμούς. Το όνομα του 3ου ποταμού ήταν Λήθη, και προκαλούσε αμνησία.

Αυτές οι εκστάσεις προκαλούσαν μια αίσθηση ικανοποίησης στους μυημένους και είχαν ως αποτέλεσμα σε αυτούς να απεχθάνονται τον πραγματικό κόσμο μετά. Στη συνέχεια άρχιζαν να αγνοούν τις αλλαγές στο περιβάλλον που τους συντηρούσε. Καθώς οι άνθρωποι φαντασιώνονται πράγματα στο μυαλό τους, ανακουφίζονται από τις εγκόσμιες εντάσεις. Είναι ένα ναρκωτικό που είναι δύσκολο να το αρνηθείς. Οι μάσκες και η απελευθέρωση από την ευθύνη αποσυνδέουν αποτελεσματικά το παρελθόν από το μέλλον, δίνοντάς τους ελευθερίες που τροφοδοτούν ακόμη περισσότερο τη φρενίτιδα. Το χτύπημα των τυμπάνων και του μετάλλου δημιουργούσε μια πνευματική καταιγίδα στην οποία οι εσωτερικές κραυγές δεν ακούγονται πλέον. Ο πόνος φαίνεται να εξαφανίζεται, ώστε εκείνη τη στιγμή να μπορείς να εξερευνήσεις οποιαδήποτε σκέψη χωρίς συνέπειες. Η περιέργεια για να δοκιμάσεις νέα πράγματα βρίσκει τότε μεγαλύτερες εκπλήξεις στις ενέργειες των οποίων τα αποτελέσματα δεν μπορούν να αντιστραφούν. Ο περιορισμός τότε γίνεται κλοπή εμπειρίας και οι άλλοι δεν είναι τίποτα άλλο παρά άνθρωποι που φορούν μάσκες.

ΚΑΤΑΝΟΏΝΤΑΣ ΤΟΝ ΑΘΛΟ ΤΗΣ ΛΕΡΝΑΙΑΣ ΥΔΡΑΣ

Η έννοια της σήψης και της δυσοσμίας έχει βαθιές επιπτώσεις. Προέρχεται από το τον τρόπο με τον οποίο τα σταφύλια που αργοπεθαίνουν σε απομόνωση μακριά από το φως μεταμορφώνονται σε μια νέα κατάσταση που μπορεί να αλλάξει ένα άτομο μεταδίδοντάς του ένα νέο «πνεύμα». Αυτή η αλλαγή δεν είναι ορατή ή απτή, και στις σπηλιές όπου παράγονταν τα υδρόμελα και τα κρασιά, λέγεται ότι η σήψη προσέλκυε ένα νέο πνεύμα για να μπει στο «σάκο». Αυτός είναι ο λόγος για τον οποίο το ισχυρό αλκοόλ αναφέρεται ως «οινόπνευμα», καθώς δίνει ένα νέο προσωπείο που δεν μπορούν να το θυμηθούν ύστερα. Αυτή είναι η βάση και για τις τελετουργίες πίσω από τις μουμιοποιήσεις. Ο Οδυσσέας για να μπει στον κάτω κόσμο έπρεπε πρώτα να προσφέρει μια σπονδή με γάλα, υδρόμελο, κρασί και μετά καθαρό νερό για να φτάσει στα πνεύματα και να βρει τον Τειρεσία (τον φημισμένο, περισπούδαστο μάντη).

Ο Διόνυσος όταν άλλαζε όψη έπαιρνε συνήθως τη μορφή ταύρου, αλλά ήταν επίσης γνωστό ότι μεταμορφωνόταν και σε «πολυκέφαλο» φίδι. Όταν οι ακόλουθοί του έρχονταν σε επαφή με μια τοπική παράδοση, επέμεναν ότι οι νέες ιστορίες πρέπει να τον περιλαμβάνουν στις υψηλότερες θέσεις.

[Από το Dionysus του Carl Kerenyi] «Σύμφωνα με την παράδοση των Αργείων, όπως εκφράζεται στη στεγνή γλώσσα ενός σχολιαστή Όμηρου, ο Περσέας σκότωσε τον Διόνυσο τον εισβολέα και τον πέταξε στη βαθιά λίμνη της Λέρνης. Η συνέχεια αυτής της εκδοχής μιας υπεκφυγής, που φαινόταν σαν το θάνατο αλλά δεν ήταν το τέλος, παρέχεται από τον ιστορικό Σωκράτη από το Άργος που μας λέει ότι ο θεός που ήταν γνωστός στους Αργείους ως Διόνυσος Βουγενής (ο γιος του ταύρου) καλούνταν από τα ύδατα με τον ήχο των σαλπίγγων. [...]»

Κατά την εποχή της προχριστιανικής Ρώμης, ένα έγγραφο, το «Senatus Bacchanallis» περιγράφει την εντολή να εκτελεστούν με αποκεφαλισμό χιλιάδες μέλη του κινήματος του Διονυσίου Σωτήρ στην αυτοκρατορία μόλις η Σύγκλητος αντιλήφθηκε τις πρακτικές τους. Αυτό δεν εξαφάνισε τη παράδοση, καθώς πολλοί συνέχισαν, ακόμα και μετά τις εκτελέσεις αλλά μέσα στο πλαίσιο των νέων συμφωνιών που έπρεπε να ρυθμίζουν τις συναντήσεις με το πολύ 2-3 άτομα (εξακολουθούσαν και επέμεναν να συναντηθούν). Η Σύγκλητος είχε αποφασίσει ότι η φύση των τελετουργιών θα προκαλούσε σοβαρή ζημιά στην ακεραιότητα της αυτοκρατορίας. Λέγεται ότι οι τελετουργίες δεν ήταν μόνο παρακμιακές, ήταν συχνά βίαιες και μερικές φορές ακόμη και εφιαλτικές. Γενιές αργότερα ο Διόνυσος ως «Σωτήρ» άρχισε να ακμάζει και πάλι στην αρχαία Ρώμη.

Έτσι, **έχοντας κατακτήσει το εγώ σου, μπορείς να έχεις τη δύναμη του "γνώθι σαυτόν" και να είσαι έτοιμος να αντιμετωπίσεις ψέματα που στη συνέχεια δεν θα κλονίσουν την αποφασιστικότητά σου.** Ακόμα και τα ψέματα δεν μπορούν να διεισδύσουν σε κάποιον που φοράει τη "λεοντή", αλλά αν ο εγωισμός σου είναι «εκτός» ελέγχου, τότε είσαι ευάλωτος σε εμβόλιμα ψέματα. Για να προχωρήσεις πρέπει να είσαι σε θέση να αντισταθείς σε εσφαλμένες αλήθειες.

Πρέπει να κερδίσεις. Μην αφήνεις τίποτα να μπει ανάμεσα σε εσένα και την επιτυχία και μην έχεις κλονισμένες προτεραιότητες ή φιλοσοφικές προοπτικές πέρα από αυτό. Όλα τα όπλα και οι πόροι πρέπει να βρίσκονται στο οπλοστάσιό σου.

ΚΑΤΑΝΟΏΝΤΑΣ ΤΟΝ ΑΘΛΟ ΤΟΥ ΕΡΥΜΑΝΘΙΟΥ ΚΑΠΡΟΥ

Υπάρχουν εναλλακτικές αναδιηγήσεις αυτού του μύθου. Μία είναι ότι η Αφροδίτη τύφλωσε τον γιο του Απόλλωνα Ερύμανθο που την είδε να κάνει μπάνιο γυμνή. Όμως, η Αφροδίτη δεν ήταν από αυτές που έκρυβε τα σωματικά της χαρίσματα και δεν θα τιμωρούσε την εκτίμηση της ομορφιάς της. Οι περισσότερες απεικονίσεις της την έχουν με ελάχιστα έως καθόλου ρούχα. Η Άρτεμις από την άλλη που ήταν η προστάτιδα των αγνών και των κοριτσιών, που κυνηγούσε άφοβα τα άγρια ζώα χωρίς φόβο και τρόμο, θα αντιδρούσε διαφορετικά. Το να κοιτάξει κανείς την αγνότητά της θα ήταν παραβίαση της ιδιωτικότητας που επιθυμούσε να έχει. Σημειώνεται μάλιστα και από έναν σημαντικό ιστορικό· Ο Robert Graves (Graves 1955,126.1) πρότεινε ότι η Αφροδίτη είχε αντικατασταθεί με την Άρτεμις σε αυτή την επανάληψη του μύθου του επώνυμου Ερυμάνθιου Κάπρου. Η φήμη της Άρτεμις και η ανάγκη να τη σεβαστούν θα μπορούσαν να ήταν αποτρεπτικά στοιχεία, αναγκάζοντας τους ανθρώπους να αποφύγουν ακόμη και να υπόνοια ότι συνέβη μια τέτοια πράξη. Άλλες εκδοχές λένε ότι ο Ερύμανθος ήταν γιος του Λυκάονα (Λυκαίωνα) που είδε την Αφροδίτη να λούζεται γυμνή. Αυτό φέρνει στην ιστορία την επώνυμη γενιά του Λυκάωνα (μυθικού βασιλιά της Αρκαδίας) που ήταν εσφαλμένα γνωστή για ανθρωποθυσίες και που αργότερα υποτίθεται ότι μετατράπηκαν σε λύκους ως τιμωρία για αυτές τους τις πρακτικές.

Συγκεντρώνοντας όλες τις πληροφορίες μαζί- η Άρτεμις επέλεξε να κάνει μπάνιο στον ποταμό Ερύμανθο και κάποιος την είδε να το κάνει. Αυτό την έθεσε σε κατάσταση οργής και ετοίμασε εκδίκηση για τους ανθρώπους της Αρκαδίας και πιθανώς σε έναν γιο του Λυκάονα. Η εκδίκηση έγινε με την μορφή του τρομερού κάπρου που θα προσπαθούσε να σκοτώσει όσο το δυνατόν περισσότερους και να προκαλέσει όσο το δυνατόν περισσότερο όλεθρο για την πράξη και τη διάδοση ότι αυτό είχε συμβεί. Διακυβεύονταν υπόληψή της και η φήμη της απόλυτης αγνότητάς της. Οποιαδήποτε παραβίαση αυτής της αγνότητας ή η προοπτική για κάτι τέτοιο τιμωρείτο. Οι ντόπιοι έλεγαν την ιστορία αντικαθιστώντας την Άρτεμις με την Αφροδίτη, έτσι ώστε η οργή της θεάς να σταματήσει, πιστεύοντας ότι όλες οι αναμνήσεις του γεγονότος είχαν τελικά εξαλειφθεί. Αυτό που είναι σημαντικό να σημειωθεί είναι ότι ακόμα κι αν αλλάξει η ιστορία, η ορμή της εκδίκησης δεν σταματά από μόνη της. Οι κάπροι είναι αναίσθητοι και σκάβουν σε όλα, ακόμα και στη λάσπη (κάθε λεπτομέρεια τη σχηματίζει κατά τη διαδικασία), παρορμητικοί, θωρακισμένοι (η οργή μπορεί να κάνει κάποιον να ξεχάσει τον πόνο) για να μην νοιάζονται για τις συνέπειες. Είναι πιθανό ότι το άτομο που ήταν ο θεατής έφυγε τρέχοντας και δεν μπορούσε να βρεθεί- οι ένοχοι δεν βγήκαν να παραδεχτούν το λάθος τους, και δεν αποδόθηκε δικαιοσύνη. Εάν ο Ερύμανθος ήταν όντως ο ένοχος, τότε η ιστορία θα επικεντρωνόταν γύρω από την εύρεση αυτού. Αυτό σημαίνει ότι ήταν λανθασμένη η καταδίκη εκείνη για το γιο του Λυκάονα.

Επισκεπτόμενος έναν φίλο εκεί κοντά (Φόλος) πριν ξεκινήσει αυτόν τον άθλο ήταν καθοριστικής σημασίας, καθώς η εκδίκηση είναι μια πράξη δικαιοσύνης και ακόμα κι αν ένα συλλογικό χορηγούμενο συμβούλιο δεν αποδώσει τη δικαιοσύνη, **η συμβουλή από έναν αξιόπιστο φίλο είναι ένας τρόπος για να δικαιολογήσει κανείς τις πράξεις του.**

Ο Ηρακλής απαιτούσε το διονυσιακό κρασί από τον Φόλο γιατί μετά το 2ο άθλο δεν ήθελε να σεβαστεί τις διονυσιακές παραδόσεις (αποφασισμένος να τις απορρίψει). Η επήρεια του κρασιού στους Κένταυρους έδειξε τον όλεθρο που μπορούν να προκαλέσουν όλα όσα συνδέονται με την έκσταση/φρενίτιδα του Διόνυσου και των ακολούθων του. Η ρίζα της καταστροφής ήταν στην οργή που προκλήθηκε από τη στιγμή που ανοίχτηκε αυτό το μπουκάλι. Η αρχική χρήση μεγάλων αντικειμένων από τους Κένταυρους ήταν μια επίδειξη οργής όπου το άτομο που πετάει το αντικείμενο αισθάνεται ικανοποίηση κουράζοντας τον εαυτό του ταυτόχρονα με το ενδεχόμενο να βλάψει τον στόχο. Ο Ηρακλής χρησιμοποιώντας αναμμένα ραβδιά είναι μια προσπάθεια να τους φέρει λίγη αλήθεια και όταν αυτό δεν λειτούργησε κατέφυγε στη χρήση των βελών που είχαν βουτηχτεί στο δηλητήριο των ψεμάτων. Ήταν η πρώτη μάχη στην οποία εφαρμόστηκε η χρήση των όπλων των αντιπάλων. Η ίδια η φωτιά δεν λειτούργησε εφαρμοσμένη απευθείας σε ξύλα (κατευθυνόμενη αλήθεια) όπως πριν και ο Ηρακλής δεν επιχείρησε να τη ξαναχρησιμοποιήσει. Να θυμάστε ότι η αλήθεια καίει και πολλοί δεν θα δεχτούν αυτόν τον πόνο της αλλαγής και το κόστος της αλήθειας. Η φωτιά (αλήθεια) ήταν χρήσιμη στη πηγή, αλλά όχι παραπέρα.

Ο Ηρακλής δεν τους έδιωξε απλώς από τη σπηλιά για να βρει ηρεμία, όταν δεν υποχώρησαν λόγω της φωτιάς (αλήθειας), άρχισε να τους σκοτώνει όλους με τα βέλη, κυνηγώντας τους (**επίθεση κατά την υποχώρηση**) μέχρι που πέθαναν όλοι.

ΚΑΤΑΝΟΏΝΤΑΣ ΤΟΝ ΑΘΛΟ ΤΟΥ ΕΡΥΜΑΝΘΙΟΥ ΚΑΠΡΟΥ

Ο Φόλος που πεθαίνει κατά λάθος, όταν πέφτει μια κεφαλή βέλους με δηλητήριο από την Ύδρα στο πόδι του, δείχνει πόσο επικίνδυνα είναι τα ψέματα. Ένα απλό λάθος με δηλητηριώδεις πληροφορίες (ακόμη και σε μια μη ζωτική περιοχή, μακριά από βασικά όργανα) μπορεί να έχει απρόσμενες συνέπειες που ξεπερνούν κατά πολύ τις προσδοκίες. Δείχνει επίσης ότι σε αυτή τη σύγκρουση, η οποία έχει μια υποκείμενη πνευματική/θεολογική/θρησκευτική σύγκρουση, **δεν θα είναι δυνατός ο διαχωρισμός των φίλων από τους εχθρούς στην ομάδα του αντιπάλου.**

Ο Χείρωνας ουσιαστικά «αφαιρέθηκε» που σημαίνει ότι δεν έπαιζε πλέον ρόλο στην ανατροφή ηρώων, επειδή ο Ηρακλής θα ήταν αυτός που θα ολοκλήρωνε τις απαραίτητες εργασίες. Ότι νικώντας τον μέντορά του, ο Ηρακλής ήταν έτοιμος να δείξει πώς ένας θνητός θα μπορούσε να ζήσει όπως έπρεπε να ζει ένας ήρωας, αποτελώντας ζωντανό παράδειγμα. Ο Χείρων ήταν αθάνατος λόγω της κληρονομιάς που άφησε στους γύρω του.

Ο Φόλος έτρωγε το κρέας του ωμό κατά την παράδοση της «ωμοφαγίας» που ανήκε στους ακόλουθους του Διονύσου. Ο Φόλος ήταν κάποιος που καταλάβαινε βασικές αρχές και ωμά συναισθήματα όπως η οργή και η κινητήρια δύναμή της για εκδίκηση- οπότε η συμβουλή του για το πώς να αντιμετωπίσει τον κάπρο ήταν καθοριστικής σημασίας. Κατευθύνοντας τον κάπρο στο χιόνι ήταν ο μόνος τρόπος για να ηρεμήσει το ζώο. Στο χιόνι δεν υπάρχει κίνηση και όλα είναι ομοιόμορφα. Είναι δύσκολο ακόμα και να ακούσεις καλυμμένος με χιόνι. Από την κατάσταση όπου τα πάντα μπορούν να συνδεθούν με γεγονότα που προκάλεσαν την οργή, μπορεί να λανθασμένα να ειπωθεί ότι η οργή είναι τυφλή αφού αντιλαμβάνεται τα πάντα ως το στόχο . Αντίθετα, η οργή δεν είναι τυφλή, είναι αυξημένη «όραση» όπου ό,τι βλέπει συνδέεται με κάποιο τρόπο με την αρχική πηγή (συμπεριλαμβανομένων πλαστών όψεων, ήχων, οσμών, αγγιγμάτων κλπ. που φέρνουν στη μνήμη το έναυσμα). Το χιόνι θα το μετριάσει αυτό για να πιστέψουμε ότι τελικά η αποστολή ολοκληρώθηκε. με το να γίνει "μουδιασμένη" (κλείνει τις αισθήσεις). Τα αδικήματα που φέρνουν τα μεγαλύτερα και βαθύτερα κινήματα εκδίκησης είναι τα ιδεαλιστικά, όπου μια υλική μορφή δεν είναι η αποζημίωση που θα γίνει αποδεκτή.

Εκδίκηση αρχαιοελληνικού είδους μπορεί να βρεθεί όταν ο Οδυσσέας επέστρεψε στην Ιθάκη και σχεδίασε τη σφαγή των μνηστήρων που προσπαθούσαν να πάρουν το βασίλειό του και τους ντόπιους άνδρες και γυναίκες που τάχθηκαν στο πλευρό τους.

Ένα άλλο παράδειγμα εκδίκησης στην αρχαία ελληνική ψυχοσύνθεση, ήταν στην κρίσιμη μάχη κατά της Περσίας, ο Αλέξανδρος είπε στους στρατιώτες του ότι μετά τη νίκη έπρεπε να φέρονται δίκαια στους Πέρσες αιχμαλώτους πολέμου αλλά να μην δείχνουν κανένα έλεος στους Έλληνες μισθοφόρους που προσέλαβε η Περσική αυτοκρατορία για να πολεμήσουν εναντίον των Ελλήνων.

Αφού κατέκτησε την εκδίκηση, μπόρεσε να την ελέγξει, να την κρατήσει (όχι να τη σκοτώσει)- ο Ηρακλής ήταν έτοιμος να συνεχίσει. Αυτός που κουβαλάει την εκδίκηση την έχει σε δίχτυ ώστε να είναι περιορισμένη αλλά να μπορούν να τη δουν οι εχθροί. Οι εχθροί πρέπει να μπορούν να τη βλέπουν για να ξέρουν τι τους περιμένει αν κάνουν κακό. Έτσι οι ήρωες βοηθούν την αποτροπή κακών.

Ο Ευρυσθέας άρχισε να τρέμει τον Ηρακλή όταν τον είδε να κρατά τον Κάπρο (σκεπτόμενος την εκδίκηση και την οργή που μπορεί να του έρθει). Η κατοχή όπλων δεν σημαίνει τίποτα χωρίς τη θέληση να τα χρησιμοποιήσουμε. Ξέροντας ότι οι ενέργειες μπορούν να έχουν επιπτώσεις είναι το μόνο πράγμα που καταλαβαίνουν οι δόλιοι. **Η εκδίκηση θα είναι ένα συστατικό της κατεύθυνσής σου, αλλά πρέπει να την εγκαταλείψεις όταν θα είναι απαραίτητο.**

Αυτός ο άθλος έρχεται μετά τον άθλο της Ύδρας γιατί μετά την κατάκτηση του ψέματος είναι εύκολο να δεις τον εχθρό, όμως η οργή και η εκδίκηση πρέπει να είναι υπό έλεγχο. Δεν πρέπει να ξεχειλίζει στους αθώους και να καταλήγει να λεηλατεί τη γη. Είναι πιθανό και βλέπει κανείς τόσα πολλά πράγματα να επηρεάζονται από τα ψέματα, λόγω της ευκολίας με την οποία διαδίδονται. Αλλά πρέπει να θυμάσαι πότε να σταματάς.

Ο Ηρακλής ήταν βαθιά λυπημένος που έπρεπε να θάψει τον φίλο του Φόλο.

Δείχνει επίσης ότι πεποιθήσεις γύρω από τη λεπτότητα και την αγνότητα μπορεί να φαίνονται αδύναμες, αλλά είναι σε θέση να παρέχουν ατελείωτο καύσιμο σε όσους θίγονται ώστε να προσπαθούν να διορθώσουν αδικίες που είναι άφταστες.

Ένας από τους σημαντικότερους μύθους της αρχαίας Ελλάδας που στη σύγχρονη εποχή δεν του δίνεται η σοβαρότητα που του αρμόζει είναι η μάχη των Λαπιθών και των Κενταύρων. Η ακρόπολη των Αθηνών (Παρθενώνας) και η Ολυμπία έχουν μεγάλα αγάλματα για να θυμίζουν αυτόν τον μυθικό πόλεμο. Οι Κένταυροι ήταν ανάλογοι των Σατύρων, προερχόμενοι από τον Ιξίων και τη Νεφέλη με αρχηγό τον Ευρυτίωνα. Στον Λαπιθικό γάμο της Ιπποδάμειας οι Κένταυροι έπιναν κρασί γινόντας εκτός ελέγχου και στη συνέχεια ο Ευρυτίων επιχείρησε να κλέψει την Ιπποδάμεια ξεκινώντας τη μάχη πλήρους κλίμακας στην οποία ήρθε να συμμετάσχει ακόμη κι ο Θησέας στο πλευρό των Λαπιθών. Στην Ολυμπία υπάρχουν αγάλματα που δείχνουν τον ίδιο τον Απόλλωνα να κατευθύνει τον Πειρίθους να επιτεθεί.

ΚΑΤΑΝΟΏΝΤΑΣ ΤΟΝ ΑΘΛΟ ΤΟΥ ΕΡΥΜΑΝΘΙΟΥ ΚΑΠΡΟΥ

Υπάρχουν πολλοί μύθοι γύρω από αυτά τα βουνά όπου περιπλανήθηκε ο Ερυμάνθιος κάπρος. Αυτοί οι μύθοι δείχνουν αλλαγές στα ιδανικά που βασίλευαν από διαφορετικούς λαούς που έζησαν εκεί ανά τους αιώνες. Σε αυτά τα βουνά της Αρκαδίας έρεε ο ποταμός Ερύμανθος υποστηρίζοντας εύφορη χλωρίδα και πανίδα. Εκεί γεννήθηκαν οι μύθοι των λυκανθρώπων. Ο αρχαίος βασιλιάς Λυκάων, όπως τον αποκαλούσαν οι άνθρωποί του, είχε 50 γιους και μερικές κόρες ενώ ήταν παντρεμένος με μια γυναίκα. Πριν από την εποχή του οι Αρκάδες ζούσαν ως ξεχωριστές βασικές μονάδες και ο Λυκάων τους συγκέντρωσε κάνοντας την περιοχή πιο ευημερούσα και πολιτισμένη κάτω από το παράδειγμα του αληθινού ύπωχρου φωτός.

Λέγεται σε πολλές πηγές ότι ο Λυκάων της Αρκαδίας έκανε ανθρωποθυσίες και είχε καλέσει τον Δία να δειπνήσει μαζί του σε ένα τραπέζι. Πάνω στο τραπέζι τοποθέτησε τη μαγειρεμένη σάρκα του μικρότερου γιου του «Νύκτιμου» για να δει αν ο Δίας θα ήξερε ότι έτρωγε ανθρώπινη σάρκα (δοκίμασε τη φήμη του ότι είναι «πάντων γνώστης»). Ο Δίας το κατάλαβε αυτό αναποδογυρίζοντας το τραπέζι και μεταμορφώνοντας τον Λυκάων σε λυκάνθρωπο. **Αυτό είναι αντίθετο με το γεγονός ότι ο Λυκάων αναμόρφωσε την περιοχή για να γίνει φάρος των αρχαιότερων πολιτισμών και να γίνει σεβαστός ως ο αρχικός μυθικός βασιλιάς, καθώς οι απόγονοί του δεν έκαναν τέτοιες πράξεις.** Η πιο πρώιμη μορφή του Δία ήταν αυτή της Λύκαιας και του Λύκαιου Δία, επομένως αυτές οι ιστορίες ανθρωποθυσίας δεν είναι συμβατές με την κατανάλωση ανθρώπινης σάρκας. Αυτές οι ιστορίες έχουν διαδοθεί από εχθρούς από διαφορετικούς πολιτισμούς (όχι απαραίτητα άλλες χώρες) που πιθανότατα έκαναν ανθρωποθυσίες οι ίδιοι και πρόβαλαν τις δικές τους παραδόσεις ομαλοποίησης. Η κληρονομιά των Αρκάδων εκείνη την εποχή εξαπλώθηκε πολύ και αποτέλεσε παράδειγμα για πολλούς. Ο λύκος θεωρούνταν επίσης ιερός από τον Λυκάων εκείνη την εποχή, καθώς εκτιμούσε τον συμβολισμό του σεληνόφωτος. Οι εχθροί του Λυκάων αντέστρεψαν τον συσχετισμό με τους λύκους μετατρέποντας τον σε κουλτούρα «λατρείας» του λύκου. Γενικά **ένας εχθρός μπορεί να επιχειρήσει να διακόψει τις συνδέσεις μεταξύ των ανθρώπων και των κοινών θρησκευτικών συμβολικών πεποιθήσεων τους, που αντιπροσωπεύουν την ηθική τους πυξίδα, προκειμένου να διαταράξει την αρμονία του πολιτισμού ή να δεχθούν άλλες παραδόσεις.**

Ο Λυκούργος ήταν ο νομοθέτης της Σπάρτης που έβαλε την πόλη-κράτος στο δρόμο για τη δημιουργία ιστορίας που θα διαρκούσε χιλιάδες χρόνια. Από όλους τους νόμους που ψηφίστηκαν και ξεχωρίζουν, οι περισσότεροι θα κοιτάξουν σε αυτούς που έκαναν την πόλη να επικεντρωθεί στον στρατό, αλλά είναι ενδιαφέρον να μάθουμε για τις νομισματικές πολιτικές που εφαρμόζονται. Καταργήθηκε η χρήση του χρυσού και του αργύρου και επιβλήθηκε η χρήση ράβδων σιδήρου, που δεν είχαν εξωτερική αναγνώριση, μόνο για εσωτερικό εμπόριο. Εκείνοι που ήταν σε πλεονεκτική θέση και αρνήθηκαν να δεχτούν αυτή την αλλαγή όταν ανακλήθηκε όλο το ασήμι και ο χρυσός- εκτελέστηκαν. Για να σιγουρευτούν ότι αυτές οι ράβδοι σιδήρου δεν είχαν καμία απολύτως αξία, αρχικά θερμάνθηκαν και στη συνέχεια ρίχτηκαν σε ξύδι, με αποτέλεσμα να μην μπορούν να χρησιμοποιηθούν ούτε καν για μετεπεξεργασία. Το μεγάλο βάρος τους δυσκόλευε την κλοπή, την μυστική ανταλλαγή, τη δωροδοκία, οι κλοπές μειώθηκαν καθώς και άλλα κακά. Αποθάρρυνε επίσης το εμπόριο με ξένους που συχνά αποδυνάμωναν τις εγχώριες κουλτούρες, εκθέτοντάς τους σε πιθανούς πλούτους από όλο τον αρχαίο κόσμο, δημιουργώντας μια αγορά κακών που ευδοκιμούσαν στις παραθαλάσσιες πόλεις με λιμάνια, δημιουργώντας ηθικό χάος. Αυτό όμως περιόρισε την εφευρετικότητά τους σε σύγκριση με της Αθήνας.

Ομοίως στην Αθήνα, ο Σόλων (μετά τον Λυκούργο) συγκέντρωσε το αργυρό νόμισμα που μοιράστηκε από τη Βαβυλώνα κεντρικά και τους το έδωσε πίσω (το επέστρεψε). Ένα νέο νόμισμα διανεμήθηκε τοπικά και ορίστηκε ένα νέο σύνολο εμπορικών και εργατικών νόμων. Ο Σόλων ακύρωσε τα χρέη όλων για να επανεκκινήσει την οικονομία. Η εργατικοί νόμοι έκαναν τη μεσαία τάξη να αναπτυχθεί και έδωσαν κίνητρο για δημιουργικότητα με μια ευέλικτη δομή συμφωνιών όπου μερικοί οργανισμοί ενεργούσαν ως μεσάζοντες.

(Η κληρονομιά του Λυκάων αποτέλεσε έμπνευση για τον μεγαλύτερο Σπαρτιάτη σε βαθμό που υιοθέτησε παρόμοιο όνομα. Αυτές οι ιστορίες των ανδρών λύκων της Αρκαδίας που έκαναν ανθρωποθυσίες δεν μπορούν να ισχύουν. Είναι πιο πιθανό ότι η σχέση μεταξύ των Αρκάδων, του λύκου και η ακολούθηση του Δία θεωρήθηκε τερατώδης γι' αυτούς, για να καλλιεργηθεί αυτή η ένωση)

ΚΑΤΑΝΟΏΝΤΑΣ ΤΟΝ ΑΘΛΟ ΤΗΣ ΚΕΡΥΝΙΤΙΔΑΣ ΕΛΑΦΟΥ

Ο ΆΘΛΟΣ ΤΟΥ ΕΡΥΜΆΝΘΙΟΥ ΚΆΠΡΟΥ ΕΝΈΠΝΕΥΣΕ ΤΟΝ ΕΥΡΥΣΘΈΑ ΝΑ ΚΆΝΕΙ ΤΟΝ ΗΡΑΚΛΉ ΣΤΌΧΟ ΤΗΣ ΕΚΔΊΚΗΣΗΣ ΤΗΣ ΆΡΤΕΜΙΣ- Ο ΕΠΌΜΕΝΟΣ ΆΘΛΟΣ ΘΑ ΑΠΑΙΤΟΎΣΕ ΑΠΌ ΕΚΕΊΝΟΝ ΝΑ ΠΑΡΑΒΙΆΣΕΙ ΈΝΑΝ ΑΠΌ ΤΟΥΣ ΚΑΝΌΝΕΣ ΤΗΣ ΘΕΆΣ ΓΙΑ ΝΑ ΠΡΟΚΑΛΈΣΕΙ ΤΗΝ ΕΚΔΊΚΗΣΉ ΤΗΣ.

ΤΟ ΕΛΆΦΙ ΉΤΑΝ ΣΎΜΒΟΛΟ ΑΓΝΌΤΗΤΑΣ ΚΑΙ ΑΘΩΌΤΗΤΑΣ, ΠΟΥ ΜΠΟΡΟΎΣΕ ΝΑ ΔΙΑΣΧΊΣΕΙ ΤΑ ΕΔΆΦΗ ΧΩΡΊΣ ΝΑ ΔΗΜΙΟΥΡΓΕΊ ΑΝΑΤΑΡΑΧΈΣ, ΒΊΑ, ΑΓΩΝΊΑ Ή ΝΑ ΕΠΙΒΆΛΕΙ ΑΠΕΙΛΈΣ- ΉΤΑΝ ΤΟ ΑΝΤΊΘΕΤΟ ΤΟΥ ΚΆΠΡΟΥ. Η ΆΡΤΕΜΙΣ ΕΊΧΕ 4 ΑΠΌ ΑΥΤΆ ΝΑ ΤΡΑΒΆΝΕ ΤΟ ΆΡΜΑ ΤΗΣ ΚΑΘΏΣ ΑΠΟΤΕΛΟΎΣΕ ΠΡΟΣΤΆΤΙΔΑ ΤΈΤΟΙΩΝ ΙΕΡΏΝ ΑΡΕΤΏΝ- ΠΡΟΣΤΆΤΕΥΕ ΤΟ ΜΥΣΤΉΡΙΟ ΤΟΥ ΓΆΜΟΥ, ΤΑ ΤΟΠΙΚΆ ΈΘΙΜΑ, ΤΑ ΚΟΡΊΤΣΙΑ ΚΛΠ. ΚΑΙ ΤΑ ΆΓΡΙΑ ΘΗΡΊΑ ΘΑ ΚΥΝΗΓΟΎΝΤΑΝ ΓΙΑ ΤΙΣ ΠΑΡΑΒΙΆΣΕΙΣ ΤΟΥΣ. Η ΈΛΛΕΙΨΗ ΣΕΒΑΣΜΟΎ ΑΥΤΏΝ ΤΩΝ ΚΑΝΌΝΩΝ, ΚΑΙ Η ΠΑΡΆΒΛΕΨΗ ΑΥΤΏΝ ΤΩΝ ΝΌΜΩΝ ΘΑ ΉΤΑΝ ΈΓΚΛΗΜΑ ΚΑΤΆ ΤΗΣ ΆΡΤΕΜΙΣ. **ΟΙ ΑΓΝΟΊ ΜΠΟΡΟΎΝ ΝΑ ΥΠΆΡΞΟΥΝ ΜΌΝΟ ΌΤΑΝ ΥΠΆΡΧΕΙ ΈΝΑΣ ΑΠΊΣΤΕΥΤΟΣ ΚΊΝΔΥΝΟΣ ΠΟΥ ΠΡΟΣΤΑΤΕΎΕΙ ΤΗΝ ΑΚΕΡΑΙΌΤΗΤΆ ΤΟΥΣ ΚΑΙ ΌΤΑΝ Ο ΥΠΕΡΑΣΠΙΣΤΉΣ ΑΥΤΌΣ ΕΊΝΑΙ ΠΡΌΘΥΜΟΣ ΝΑ ΚΥΝΗΓΉΣΕΙ ΤΟΥΣ ΔΡΆΣΤΕΣ** (ΕΝΕΡΓΆ ΚΑΙ ΌΧΙ ΠΑΘΗΤΙΚΆ).

ΑΥΤΌ ΤΟ ΕΛΆΦΙ, ΤΗΣ ΚΕΡΎΝΕΙΑΣ, ΉΤΑΝ ΔΙΑΦΟΡΕΤΙΚΌ ΚΑΘΏΣ ΉΤΑΝ ΑΝΕΞΆΡΤΗΤΟ. ΉΤΑΝ ΘΗΛΥΚΌ, ΑΛΛΆ ΘΑ ΜΠΟΡΟΎΣΕ ΝΑ ΕΚΛΗΦΘΕΊ ΩΣ ΑΡΣΕΝΙΚΌ. ΤΑ ΚΈΡΑΤΑ ΈΔΕΙΧΝΑΝ ΜΙΑ ΙΚΑΝΌΤΗΤΑ ΓΙΑ ΝΑ ΆΜΥΝΑ ΚΑΙ ΟΙ ΟΠΛΈΣ ΤΟΥ ΉΤΑΝ ΑΠΌ ΑΝΘΕΚΤΙΚΌ ΜΈΤΑΛΛΟ ΓΙΑ ΝΑ ΜΗΝ ΦΘΕΊΡΟΝΤΑΙ ΜΕ ΤΑ ΤΑΞΊΔΙΑ. ΚΑΙ ΕΞΑΚΟΛΟΥΘΟΎΣΕ ΝΑ ΑΠΟΤΕΛΕΊ ΣΎΜΒΟΛΟ ΑΘΩΌΤΗΤΑΣ.

ΜΕΤΆ ΤΟ ΘΆΝΑΤΟ ΤΟΥ ΦΌΛΟΥ, Ο ΗΡΑΚΛΉΣ ΈΝΙΩΘΕ ΒΑΘΙΆ ΛΎΠΗ ΠΟΥ ΕΊΧΕ ΦΎΓΕΙ ΚΑΙ ΠΟΥ ΕΊΧΕ ΠΑΊΞΕΙ Ο ΊΔΙΟΣ ΡΌΛΟ ΣΕ ΑΥΤΌ. ΘΑ ΉΘΕΛΕ ΝΑ ΕΊΧΑΝ ΕΞΑΛΕΙΦΘΕΊ ΜΌΝΟ ΟΙ ΣΤΌΧΟΙ ΠΟΥ ΈΘΕΤΕ ΚΑΙ ΝΑ ΜΠΟΡΟΎΣΕ ΝΑ ΤΟΥΣ ΞΕΧΩΡΊΣΕΙ, ΚΑΙ ΈΝΙΩΘΕ ΈΝΟΧΟΣ ΠΟΥ ΑΠΈΤΥΧΕ ΝΑ ΤΟ ΚΑΤΑΦΈΡΕΙ. ΔΕΝ ΜΠΟΡΟΎΣΕ ΝΑ ΚΆΝΕΙ ΤΊΠΟΤΑ ΓΙΑ ΝΑ ΑΛΛΆΞΕΙ ΤΟ ΑΠΟΤΈΛΕΣΜΑ ΚΑΙ ΑΥΤΉ Η ΕΝΟΧΉ ΈΔΡΑΣΕ ΩΣ ΠΡΆΞΗ ΕΚΔΊΚΗΣΗΣ ΣΤΟΝ ΕΑΥΤΌ ΤΟΥ. ΈΠΕΙΤΑ ΑΝΑΖΉΤΗΣΕ ΑΘΩΌΤΗΤΑ ΚΑΙ ΑΓΝΌΤΗΤΑ ΓΙΑ ΝΑ ΕΊΝΑΙ ΚΑΘΑΡΌΣ. ΈΤΣΙ Ο ΗΡΑΚΛΉΣ ΠΉΓΕ ΒΌΡΕΙΑ ΓΙΑ ΝΑ ΗΡΕΜΉΣΕΙ ΣΤΟ ΚΡΎΟ ΠΕΡΙΚΥΚΛΩΜΈΝΟΣ ΑΠΌ ΧΙΌΝΙ, ΌΠΩΣ ΕΊΧΕ ΚΆΝΕΙ ΠΡΟΗΓΟΥΜΈΝΩΣ ΣΤΟΝ ΚΆΠΡΟ. ΥΠΉΡΞΕ ΠΆΛΙ ΈΝΑΣ ΘΕΜΕΛΙΏΔΗΣ ΘΥΜΌΣ ΠΟΥ ΠΡΟΚΛΉΘΗΚΕ ΑΠΌ ΈΝΑ ΓΕΓΟΝΌΣ ΤΟ ΟΠΟΊΟ ΔΕΝ ΜΠΟΡΟΎΣΕ ΝΑ ΑΝΤΙΣΤΡΑΦΕΊ Ή ΝΑ ΔΙΟΡΘΩΘΕΊ ΜΕ ΚΆΠΟΙΑ ΦΥΣΙΚΉ ΕΝΈΡΓΕΙΑ. ΤΟ ΚΛΕΊΣΙΜΟ ΑΠΌ ΤΟ ΧΙΌΝΙ ΚΑΙ ΤΟ ΚΡΎΟ ΘΑ ΜΕΊΩΝΕ ΤΗΝ ΑΠΌΣΠΑΣΗ ΤΗΣ ΠΡΟΣΟΧΉΣ ΚΑΙ ΘΑ ΕΠΈΤΡΕΠΕ ΜΙΑ ΠΙΟ ΚΑΘΑΡΉ ΣΥΓΚΈΝΤΡΩΣΗ ΌΝΤΑΣ ΣΩΜΑΤΙΚΆ ΜΟΥΔΙΑΣΜΈΝΟΣ. ΓΙ' ΑΥΤΌ ΤΟ ΛΌΓΟ ΠΈΡΑΣΕ ΈΝΑΝ ΟΛΌΚΛΗΡΟ ΧΡΌΝΟ ΣΤΑ ΥΠΕΡΒΌΡΕΙΑ ΚΥΝΗΓΏΝΤΑΣ ΑΥΤΌ ΤΟ ΕΛΆΦΙ, ΩΣ ΜΙΑ ΠΡΟΣΠΆΘΕΙΑ ΝΑ ΑΝΑΚΤΉΣΕΙ ΤΗΝ ΑΘΩΌΤΗΤΆ ΤΟΥ. ΉΛΠΙΖΕ ΌΤΙ ΘΑ ΜΠΟΡΟΎΣΕ ΝΑ ΠΙΆΣΕΙ ΤΗΝ ΑΘΩΌΤΗΤΆ ΤΟΥ ΜΕ ΤΟΝ ΊΔΙΟ ΤΡΌΠΟ ΠΟΥ ΈΠΙΑΣΕ ΚΑΙ ΤΟΝ ΚΆΠΡΟ (ΤΗΣ ΕΚΔΊΚΗΣΗΣ), ΑΛΛΆ... ΑΥΤΌ ΉΤΑΝ ΔΙΑΦΟΡΕΤΙΚΌ. **ΔΕΝ ΜΠΟΡΕΊΣ ΝΑ ΚΥΝΗΓΉΣΕΙΣ ΤΗΝ ΑΘΩΌΤΗΤΑ. ΠΟΛΛΟΊ ΠΗΓΑΊΝΟΥΝ ΣΕ ΜΑΚΡΙΝΟΎΣ ΤΌΠΟΥΣ ΣΕ ΑΠΊΣΤΕΥΤΑ ΤΑΞΊΔΙΑ ΓΙΑ ΝΑ ΑΝΑΖΗΤΉΣΟΥΝ ΕΣΩΤΕΡΙΚΉ ΓΑΛΉΝΗ ΚΑΙ ΔΕΝ ΤΗ ΒΡΊΣΚΟΥΝ.** ΑΥΤΌΣ Ο ΆΘΛΟΣ ΦΑΊΝΕΤΑΙ ΝΑ ΕΊΝΑΙ Ο ΠΙΟ ΟΜΑΛΌΣ, ΚΑΘΏΣ ΤΟ ΑΝΤΙΚΕΊΜΕΝΟ ΤΗΣ ΚΑΤΑΔΊΩΞΗΣ ΔΕΝ ΉΤΑΝ ΆΜΕΣΑ ΑΠΕΙΛΗΤΙΚΌ ΓΙΑ ΤΗ ΖΩΉ- ΚΑΙ ΧΡΕΙΆΣΤΗΚΕ Ο ΜΕΓΑΛΎΤΕΡΟΣ ΧΡΌΝΟΣ ΑΠΌ ΌΛΟΥΣ ΤΟΥΣ ΆΘΛΟΥΣ (ΈΝΑ ΠΛΉΡΕΣ ΈΤΟΣ, ΓΙΑ ΝΑ ΠΕΡΆΣΕΙ ΑΠΌ ΌΛΕΣ ΤΙΣ ΕΠΟΧΈΣ). **ΧΩΡΊΣ ΕΣΩΤΕΡΙΚΉ ΓΑΛΉΝΗ ΔΕΝ ΜΠΟΡΕΊΣ ΝΑ ΠΡΟΧΩΡΉΣΕΙΣ.**

ΚΥΝΗΓΏΝΤΑΣ ΤΟ ΠΊΣΩ ΣΤΗΝ ΑΡΚΑΔΊΑ ΤΗΣ ΠΕΛΟΠΟΝΝΉΣΟΥ, ΕΠΈΣΤΡΕΨΕ ΣΤΟΝ ΤΌΠΟ ΠΟΥ ΉΤΑΝ Η ΠΗΓΉ ΤΗΣ ΕΣΩΤΕΡΙΚΉΣ ΤΟΥ ΑΝΑΤΑΡΑΧΉΣ. ΕΚΕΊ ΈΓΙΝΕ Η ΑΛΛΑΓΉ. ΚΑΘΏΣ ΤΟ ΕΛΆΦΙ ΔΙΈΣΧΙΖΕ ΤΟΝ ΠΟΤΑΜΌ ΛΆΔΩΝΑ ΜΕ ΤΟΝ ΗΡΑΚΛΉ ΝΑ ΒΡΊΣΚΕΤΑΙ ΣΤΗ ΜΊΑ ΠΛΕΥΡΆ, ΚΑΙ ΤΟ ΕΛΆΦΙ ΣΤΗ ΜΈΣΗ ΤΟΥ ΠΟΤΑΜΟΎ, Ο ΗΡΑΚΛΉΣ ΔΙΑΦΩΤΊΣΤΗΚΕ ΑΠΌ ΤΟ ΣΚΗΝΙΚΌ. ΕΚΤΟΞΕΎΟΝΤΑΣ ΈΝΑ ΒΈΛΟΣ ΚΑΙ ΤΡΑΥΜΑΤΊΖΟΝΤΑΣ ΤΟ ΕΛΆΦΙ ΈΔΕΙΞΕ ΌΤΙ Η ΑΓΝΌΤΗΤΑ ΓΙΑ ΈΝΑΝ ΆΝΤΡΑ ΣΕ ΑΥΤΌΝ ΤΟΝ ΚΌΣΜΟ ΔΕΝ ΘΑ ΕΡΧΌΤΑΝ ΚΑΘΑΡΉ. ΠΩΣ ΜΕΤΑΞΎ ΕΚΕΊ ΠΟΥ ΣΤΕΚΌΤΑΝ ΜΕ ΑΊΜΑ ΣΤΑ ΧΈΡΙΑ ΤΟΥ (ΣΥΜΠΕΡΙΛΑΜΒΑΝΟΜΈΝΟΥ ΑΥΤΌ ΤΟΥ ΦΊΛΟΥ ΤΟΥ), ΕΝΏ ΣΤΗΝ ΆΛΛΗ ΠΛΕΥΡΆ ΒΡΙΣΚΌΤΑΝ Η ΑΠΌΛΥΤΗ ΑΘΩΌΤΗΤΑ, ΉΤΑΝ ΣΤΗ ΜΈΣΗ ΌΠΟΥ ΜΠΟΡΟΎΣΕ ΝΑ ΠΙΆΣΕΙ ΤΟ ΕΛΆΦΙ. ΔΕΝ ΘΑ ΜΠΟΡΟΎΣΕ ΠΟΤΈ ΝΑ ΔΙΑΣΧΊΣΕΙ ΕΚΕΊΝΟ ΤΟ ΠΟΤΆΜΙ ΓΙΑ ΝΑ ΤΟ ΠΙΆΣΕΙ ΕΓΚΑΊΡΩΣ. ΟΎΤΕ ΚΆΠΟΙΑ ΠΑΓΊΔΑ Ή ΑΥΞΗΜΈΝΗ ΠΡΟΣΠΆΘΕΙΑ ΣΤΗΝ ΤΑΧΎΤΗΤΑ ΘΑ ΕΊΧΕ ΑΠΟΤΈΛΕΣΜΑ. ΉΤΑΝ ΣΤΗΝ ΚΑΤΑΝΌΗΣΗ ΚΑΙ ΤΗΝ ΑΠΟΔΟΧΉ ΤΩΝ ΕΛΑΤΤΩΜΆΤΩΝ ΤΟΥ ΌΠΟΥ Ο ΗΡΑΚΛΉΣ ΒΡΉΚΕ ΤΗΝ ΙΣΟΡΡΟΠΊΑ. ΣΤΗΝ ΠΟΡΕΊΑ ΤΟΥ ΤΟ ΝΑ ΠΛΗΓΏΣΕΙ ΤΗΝ ΑΘΩΌΤΗΤΆ ΤΟΥ ΘΑ ΉΤΑΝ ΑΝΑΠΌΦΕΥΚΤΟ.

Η ΝΊΚΗ ΔΕΝ ΘΑ ΈΡΘΕΙ ΜΕ ΑΠΌΛΥΤΟΥΣ ΌΡΟΥΣ.

ΚΑΤΑΝΟΏΝΤΑΣ ΤΟΝ ΑΘΛΟ ΤΗΣ ΚΕΡΥΝΙΤΙΔΑΣ ΕΛΑΦΟΥ

Ο Ηρακλής κατάλαβε ότι είχε ξεπεράσει ένα θανάσιμο όριο πιάνοντας το ελάφι και τραυματίζοντάς το, αλλά ήξερε καλύτερα από το να προσπαθήσει να τρέξει. Ακόμα κι αν ξέφυγε από την εκδίκηση που προκλήθηκε, οι συνέπειες θα μπορούσαν και πάλι να ξεχυθούν από αυτό το ποτάμι σε αθώους στις γύρω περιοχές. Το να μείνει ήρεμος και ακίνητος σαν το χιόνι όταν έφτασε η Άρτεμις ήταν η καλύτερη επιλογή ώστε μετά να δοθεί η ξεκάθαρη ήρεμη εξήγηση. Έγινε αποδεκτή που δείχνει πως μπορούν να ηρεμήσουν οι καταστάσεις όταν η οργή ενός κάπρου είναι έτοιμη να αναδυθεί από αυτούς που σέβονται την αγνότητα και την αθωότητα. Ο ήρωας πρέπει να είναι αρκετά πειθαρχημένος ώστε να μπορεί να μείνει ακίνητος μπροστά στο θάνατο και να μιλήσει με ειλικρίνεια χωρίς να κυριεύεται από την αίσθηση της αυτοσυντήρησης.

Ο Ευρυσθέας προσπάθησε να πάρει το ελάφι κατά την άφιξη του Ηρακλή, αλλά στους δόλιους (όπως ο Ευρυσθέας) αυτή η εμπειρία της αγνότητας δεν θα δοθεί ούτε στιγμή. Για τον Ηρακλή που είχε κρατήσει την αγνότητα και την αθωότητα, η εσωτερικής ειρήνης δεν θα διαρκούσε για πάντα στη θνητή του ζωή. Πολλοί που βρίσκουν εσωτερική γαλήνη προσπαθούν να την εγκλωβίσουν ή να τη συγκρατήσουν, αλλά δεν είναι δική τους να την κρατήσουν. Είναι δανεική και πρέπει να αφεθεί όταν έρθει η ώρα της να γίνει ελεύθερη. Θα πρέπει να αφήσει τον ήρωα στην ησυχία του, έχοντας γνωρίσει ότι ήταν ένα μεγάλο δώρο που την έζησε έστω και για μια σύντομη στιγμή. Ο δρόμος του ήρωα είναι ταραχώδης, η αθωότητα και η αγνότητα τους περιμένει στο τέλος.

Ελάφι, γιατί η αθωότητα σε κάνει να νιώθεις ανάλαφρος ενώ η ενοχή σε βαραίνει.

Ο φιλόσοφος Ηράκλειτος είπε ότι «Κανένας άνθρωπος δεν πατά ποτέ στο ίδιο ποτάμι δύο φορές, γιατί δεν είναι το ίδιο ποτάμι και δεν είναι ο ίδιος άνθρωπος». Μία δεκτικότητα για αλλαγές που είναι θετικές αλλά και αρνητικές είναι αναμενόμενη.

Τα Υπερβόρεια για τους αρχαίους Έλληνες θα μπορούσαν να ήταν τα Ρίπαια Όρη - μια οροσειρά που βρισκόταν κάπου στα βόρεια της Ευρασίας. Αυτά τα όρη θεωρούνταν συχνά το βόρειο όριο του γνωστού κόσμου. Ως εκ τούτου, οι κλασικοί και μεσαιωνικοί συγγραφείς τα περιέγραφαν ως εξαιρετικά ψυχρά και καλυμμένα από αέναο χιόνι. Εναλλακτικά, ο Πίνδαρος, τοποθετούσε το σπίτι του Βορέα, τα Ρίπαια Όρη και τα Υπερβόρεια όλα κοντά στον Δούναβη. Το ελάφι πήγε στο βορρά κάνοντας τον Ηρακλή να το ακολουθήσει εκεί και αυτό μπορεί να θεωρηθεί αυθαίρετο γιατί έπρεπε να πάει κάπου, αλλά υπάρχει λόγος για αυτή την επιλογή. Η Άρτεμις ήταν η αδερφή του Απόλλωνα που ήταν ο θεός με τα χρυσά μαλλιά και επίσης ο θεός των Υπερβορείων. Σε μια γενετική μελέτη [Lazaridis, Iosif, et al. «Genetic Origins of the Minoans and Myceneans». Nature 218-214 :(2017) 548.7666.], δείχνει ότι οι Μυκηναίοι (λάτρεις του Απόλλωνα και του Ποσειδώνα) είχαν γενετικά (DNA) στοιχεία από τη Σιβηρία και την Ανατολική Ευρώπη. Οι Μινωίτες κυρίως με έδρα την Κρήτη, οι οποίοι εστίαζαν περισσότερο στον Διόνυσο και την Ήρα, δεν είχαν αυτά τα στοιχεία, αλλά εμφάνιζαν στοιχεία από τις περιοχές του Ιράν της Μέσης Ανατολής.

Είναι η δεκτικότητα για την αλλαγή που φέρνει στην προσοχή τη μετάλλαξη, τη μεταμόρφωση, τη συγχώρεση και πολλά άλλα. Αυτό είναι η πλήρης αντίθεση των πνευματικών αντιλήψεων για τις λίμνες που είναι μια «στατική κατάσταση», καθώς υπονοούν ότι τα πράγματα δεν μπορούν ποτέ να αλλάξουν και ούτε πρέπει να αλλάξουν, κάτι που δικαιολογεί τον έλεγχο, την καταστολή, τον υλισμό και τη διάβρωση της προσωπικότητας. Μια εναλλακτική προοπτική αυτού από αυτούς που το γιόρταζαν αυτό ήταν πως αυτή η στατική κατάσταση μπορεί να χρησιμοποιηθεί για να προσεγγίσει το αιώνιο και απαράλλακτο, παρέχοντας έτσι ένα βήμα πιο κοντά στην αθανασία.

Το απόλυτο αρχαίο ελληνικό ρητό ήταν το «μέτρον άριστον». Αυτός ο άθλος θίγει το ζήτημα του βιβλίου «Ο παντοτινός βασιλιάς (Τ.Η.White)- ότι ο ιππότης, Λάνσελοτ δεν μπορεί ποτέ να είναι πραγματικά «καλός» και αυτό τον στοιχειώνει ατελείωτα».

Η αθωότητα και η αγνότητα που αποκτάται δεν είναι ποτέ καθαρή στο μονοπάτι του ήρωα και ο δρόμος του ηρωισμού θα είναι ματωμένος.

ΕΡΜΗΝΕΙΑ ΤΟΥ ΑΘΛΟΥ ΤΩΝ ΣΤΥΜΦΑΛΙΔΩΝ ΟΡΝΙΘΩΝ

Μετά τον άθλο μ ετο ελάφι, ο Ηρακλής είχε κατανοήσει την αθωότητα και ήταν έτοιμος να αντιμετωπίσει τον άθλο των Στυμφαλίδων Ορνίθων (ανθρωποφάγων πουλιών). Κατά κάποιο τρόπο θα μπορούσαν να θεωρηθούν οι σειρήνες του δάσους όπου αντί να παρασύρουν τους άνδρες (ναυτικούς) στα βαθιά νερά τους επιτίθεντο μέχρι θανάτου και βασίζονταν στον τεράστιο αριθμό τους. Κάποιες μαρτυρίες υποστήριζαν ότι δεν ήταν πουλιά αλλά γυναίκες και κόρες του Στυμφάλου και της Όρνιθας. Η κληρονομιά των γυναικών και οι συμπεριφορές τους τις έκαναν να μείνουν μεταφορικά στο πέρασμα των χρόνων γνωστές ως πουλιά. Η λίμνη Στυμφαλία βρισκόταν στην Αρκαδία (τη περιοχή του Λυκάονα). Βρήκαν καταφύγιο εκεί από τους «λύκους» που τις κυνηγούσαν. Είναι επίσης αναμενόμενο πως η λίμνη απόκτησε τη φήμη πως ήταν στοιχειωμένη επειδή εκεί γίνονταν Διονυσιακές τελετές και οι φήμες κρατούσαν τους αμύητους μακριά (πολλές λίμνες είχαν παρόμοιες καταστάσεις, δεν είχαν ροή).

Τα πουλιά ήταν αρχικά αλλού και οδηγήθηκαν εκεί από τους «γιους του Λυκάονα». Κάτω από το πρόσχημα των «λύκων» οι ακόλουθοι/γιοι του Λυκάονα τους έδιωξαν και γι' αυτό ορισμένες παραδόσεις έχουν ιστορίες που τους βλέπουν με κακό μάτι. Αυτή η περιοχή, η Στύμφαλος, όπου έφτασαν για καταφύγιο ήταν υπό την προστασία της Ήρας. Έτσι, αυτό ήταν ένα ασφαλές καταφύγιο για τους ακόλουθούς της και λειτουργούσε σαν μια θύλακα-αυτόνομη ζώνη για εκείνους τους οποίους έλκυε. Κοντά στη λίμνη υπάρχει ένας αρχαιολογικός χώρος με έναν ναό που παρουσιάζει διαφορετικά στάδια κατασκευής για χιλιάδες χρόνια. Αυτό το δόμημα ξαναχτίστηκε στο ίδιο σημείο με τα προηγούμενα. Στους τοίχους του ναού υπάρχουν υπολείμματα αγαλμάτων από λευκό μάρμαρο που απεικονίζουν γυναίκες με πόδια πτηνών (από τη μέση και κάτω). Αυτές είναι ανάλογες με τις σειρήνες/γοργόνες που εμφανίζουν γυναικεία χαρακτηριστικά από τη μέση και πάνω, παίρνοντας μορφή ζώου από τη μέση και χαμηλότερα για να παρασύρουν τους άντρες σε μια ζώωδη κατάσταση κάνοντάς τους παρορμητικούς. Εδώ τα πουλιά θα «έτρωγαν» τους άντρες το οποίο μπορεί να σημαίνει ότι εξήγαγαν τους πόρους τους.

Τα πόδια που μοιάζουν με «πουλιού» προσελκύουν πολλή προσοχή επειδή είναι λεπτά και δυνατά ταυτόχρονα. Παρόλο που τα πουλιά ζούσαν στο δάσος, έπρεπε να υπάρχει ένας σκοπός για τον ναό/το κτίριο και ένα σοβαρό οικονομικό κίνητρο ώστε η κατασκευή να επανεμφανίζεται με την πάροδο των αιώνων που εκείνη την εποχή θα ήταν ουκ ευκαταφρόνητο. Αυτά τα πουλιά αντιπροσώπευαν τις γυναίκες που επέλεξαν να εγκαταλείψουν την οικογενειακή ζωή και να κερδίσουν τα προς το ζην τους «τρώγοντας» άντρες (αφαιρώντας τα χρήματα και τα υπάρχοντά τους). Αυτό ήταν «το σπίτι της κακής φήμης» και το δάσος όπου ζούσαν στα δέντρα μακριά από γειωμένες αρχές περικυκλωμένες από "λάσπη" (εύπλαστες ηθικές). Ήταν ένας περισπασμός και προκάλεσε οικονομική αναταραχή. Αυτή οικονομική δραστηριότητα εμπόδιζε την επένδυση σε θετική ανάπτυξη γι'αυτό τα περιττώματα ήταν δηλητηριώδη. Η ικανοποίηση συνήθως δεν υποστηρίζει συνεχόμενη υγιή ανάπτυξη (οι οικογένειες υποστηρίζουν την κοινωνία). Αυτά τα φυσικά δώρα αυτών των πουλιών παραχωρήθηκαν για να κρατάνε τα ζευγάρια ενωμένα σαν μονάδες τα οποία μπορούν μετά να παρέχουν υποστήριξη στο μελλοντικό γόνο. Η αντιστροφή του δεν είναι απλώς ένα σβήσιμο αυτής της μονάδας - η ενέργεια που θα μπορούσε να παραχθεί ως κληρονομιά εκπέμπεται ως ένα συνονθύλευμα δυνατών φώτων/χρωμάτων, χλιδής, και στιγμιαίας ευδαιμονίας. Αυτοί οι «λύκοι» της Αρκαδίας (γιοι του Λυκάονα, οι Λυκάνοι που είδαν το φως) τους οδηγούσαν σε αυτή τη γειτονική περιοχή αλλά δεν τολμούσαν να προχωρήσουν περαιτέρω καθώς ελεγχόταν από την Ήρα που υπαινίσσεται μια διαμάχη και υπάρχει μια συνεχιζόμενη σύγκρουση.

Οι λύκοι (ακόλουθοι του Λυκάωνος) δεν μπορούσαν να διαβούν στη λάσπη καθώς αυτή αντιπροσωπεύει τη περιοχή όπου οι άνθρωποι παίρνουν τη μορφή από οτιδήποτε τους ασκεί πίεση. Τα πουλιά στις κορυφές των δέντρων στέκονταν σε μεμονωμένα επιχειρήματα για τον τρόπο ζωής τους, αποκτώντας μία ανεξάρτητη ανώτερη ηθική και η λάσπη επιτρέπει στις αρχές να διαμορφώνονται με βάση τη προτίμηση/κίνητρο. Οι γιοι του Λυκάονα σχημάτισαν τη βάση των Μυκηναίων οι οποίοι επίσης θεωρούνταν "ταρακουνητές γης" ενωμένοι με τον Ποσειδώνα και σε αυτή τη περιοχή της λάσπης η γη δεν θα κουνιόταν καθώς εκεί οι αρχές ήταν χαλαρές.

ΕΡΜΗΝΕΙΑ ΤΟΥ ΑΘΛΟΥ ΤΩΝ ΣΤΥΜΦΑΛΙΔΩΝ ΟΡΝΙΘΩΝ

Για τους Λυκάνους, η προσέγγιση αυτής της περιοχής δεν ήταν δυνατή. Υπήρχαν πολλά από αυτά τα πουλιά σε μεγάλο συνωστισμό, καθώς φοβόντουσαν τη μοναξιά και θα κακάριζαν συνεχώς για να αποφύγουν αυτό το αίσθημα και να μπλοκάρουν τις εσωτερικές φωνές των τύψεων. Παρείχαν ηθική υποστήριξη το ένα στο άλλο για τον τρόπο ζωής τους και παρείχαν επίσης τη διαβεβαίωση ότι μια αποχώρηση θα ήταν κακή ιδέα. Η προσπάθεια του Ηρακλή να πλησιάσει το χώρο διαβίωσής τους με τα πόδια, αποδείχθηκε ότι ήταν ο λάθος τρόπος για να ολοκληρώσει τον άθλο, επειδή η μέθοδος της άμεσης προσέγγισης τον αποκάλυψε σε όλο το μεγάλο πλήθος. Ακόμα κι αν το καθένα ξεχωριστά δεν ήταν σοβαρός αντίπαλος, ήταν λάθος να υποθέσει ότι σε τεράστιους αριθμούς δεν θα μπορούσαν να τον διώξουν. Αυτό δείχνει ότι οι μελλοντικοί ήρωες πρέπει πάντα να αναγνωρίζουν τη σημασία του να είναι εναντίον υπεράριθμων αντιπάλων, ανεξάρτητα από τον τύπο του αντιπάλου. Είναι φυσικό να εμφανίζονται Στυμφαλίδες Όρνιθες μετά από έναν πόλεμο (Κινητικό/Οικονομικό/Ιδεολογικό/Ψυχολογικό).

Ο Ηρακλής συνειδητοποίησε ότι η κατάσταση ήταν περίπλοκη καθώς τα πουλιά έρχονταν από διαφορετικές γωνίες καθώς υπάρχουν πολλοί λόγοι που μπορούν να παράγουν αυτό το αποτέλεσμα. Συνειδητοποίησε πως δεν θα έφτανε σε μια λύση από μέσα αλλά χρειαζόταν μια απόσταση για να απευθυνθεί στη κατάσταση ολιστικά.

Έγινε εμφανές ότι αυτές οι γυναίκες πουλιά θα κρατούσαν πάντα ζωντανή μια σκέψη για μια ζωή που επέλεξαν να μην ακολουθήσουν. Ότι αυτές οι σκέψεις θα είναι εκεί στο παρασκήνιο, η δυνατή μουσική τις ελκύει, το συνεχές κακάρισμα (επικοινωνία) και οι κατασκευασμένοι πανηγυρισμοί υπάρχουν για να πνίγουν (βυθίζουν) αυτές τους τις σκέψεις. Ο Ηρακλής φαντάστηκε ότι ένα μεγάλο κρόταλο που μπορεί να κάνει ακόμα μεγαλύτερο θόρυβο, θα ήταν μια προφανής υπενθύμιση των ευθυνών που απέφευγαν και μπορεί να θεωρηθεί ένας τύπος ψυχολογικού όπλου του πολέμου. Πήγε δίπλα στο δάσος και το κούνησε και από την κορυφή του λόφου δεν μπορούσαν να αποφύγουν το θέαμα, και ο ήχος τα τρέλανε, κάνοντάς τα να αναζητήσουν ένα νέο καταφύγιο, όπου δεν θα ακουγόταν πια λόγω του πόνου της μετάνοιας. Αυτός ο πόνος είναι η σύγκριση μεταξύ του τι η φαντασία τους σύγκρινε από τη ζωή που ζούν με την εναλλακτική που θα μπορούσαν να έχουν. Από το λόφο μπορούσε να απευθυνθεί στον κοινό παρονομαστή στις πολλές καταστάσεις στη μικροκλίμακα. Κατέρριψε όσα μπορούσε και κάποια διέφυγαν. Τμήμα της ομάδας που έφυγε βρέθηκε από λύκους και σκοτώθηκε και τα υπόλοιπα κατέφυγαν στον «Εύξεινο Πόντο» (Μαύρη Θάλασσα) όπου ο αριθμός τους μεγάλωσε ξανά ταχύτατα. Αυτά τα βέλη δεν ήταν απαραίτητα εκείνα που είχαν πάνω του το δηλητήριο της Ύδρας αφού το μήνυμα της φυσικής αλήθειας ήταν αρκετό για να τα καταρρίψει. Οι σκέψεις ήταν αρκετές για να τα διώξει σε θανάσιμες περιοχές για αυτά καθώς ο εσωτερικός πόνος ήταν ακόμα πιο θανάσιμος.

Για τον ήρωα είναι πολύ σημαντικό να σημειωθεί ότι οι "Λύκοι" γιοι του Λυκάονα (οι φωτεινοί και αρχικοί ακόλουθοι του Δία) καταδίωξαν τα πουλιά σε μια αποστολή «κυνηγιού και θανάτωσης» αποφεύγοντας να υποκύψουν στους πειρασμούς και να επιδοθούν στις απολαύσεις που στεγάζονταν σε αυτές τις πολυτελείς κατασκευές του κόσμου των πουλιών. Επιδίωξαν να τα σκοτώσουν αντί να τα ληστέψουν ή απλώς να τα ενοχλήσουν. Η προσέγγιση τους ήταν να εξαλείψουν και να επιτεθούν μέχρι θανάτου σε αυτούς τους αρνητές καθηκόντων. Δεν υπαινίσσεται μια προσπάθεια επαναφοράς τους στις αναμενόμενες θέσεις τους. Ο Ηρακλής δεν τα σκότωσε όλα, και αναμένεται να υπάρξουν ξανά στο μέλλον, αλλά μπορούν να εξαλειφθούν / απομακρυνθούν ξανά από μια περιοχή, γνωρίζοντας πώς μπορούμε να τα αντιμετωπίσουμε. **Οι ήρωες θα πρέπει να σημειώσουν ότι η παρακμή τρέφεται από την αγνότητα μέχρι να μη μείνει τίποτα αξίας.**

Αυτές οι Στυμφαλίδες Όρνιθες δεν ήταν χωρίς ικανότητα ή ευφυΐα (τα πουλιά είναι έξυπνα). Ένα παράδειγμα Στυμφαλίδας Όρνιθας στην ιστορία είναι η Θεοφανώ. Γύρω στο δεύτερο μισό του δέκατου αιώνα μ.Χ. είχε γίνει ένα από τα μέλη με τη μεγαλύτερη επιρροή της Βυζαντινής Αυτοκρατορίας (η «Ανατολική Ρωμαϊκή Αυτοκρατορία») που ήταν η διάδοχος της Ρωμαϊκής Αυτοκρατορίας. Ήταν από την Πελοπόννησο, την περιοχή που περιέχει την Αρκαδία και την περιοχή της Στυμφαλίας και συγκεκριμένα ήταν από την Λακωνία. Ο πατέρας της φρόντιζε τα ζώα στον ιππόδρομο, ή τη ταβέρνα και εκείνη εργαζόταν ως ηθοποιός/καλλιτέχνης. Κατάφερε να παντρευτεί τον αυτοκράτορα Ρωμανό II, να τον πείσει να κλείσει τις αδερφές του σε μοναστήρια, να παίξει ρόλο στον θάνατό του (στα 26 της) και μετά να ξαναπαντρευτεί έναν από τους στρατηγούς του για να παίξει ρόλο και στο δικό του θάνατο.

Πολλοί κρατούσαν τη γλώσσα τους δεμένη γι' αυτήν καθώς φοβούνταν την εκδίκηση της, και ο γιος της, Βασίλειος II, κληρονόμησε τον θρόνο και έγινε ένας από τους πιο αγαπητούς αυτοκράτορες της ιστορίας, καθώς νίκησε πολλούς στρατούς (και ολόκληρα βασίλεια) βελτιώνοντας τη κατάσταση της αυτοκρατορίας. Δεν έκανε παιδιά, δεν παντρεύτηκε ποτέ και πέθανε χωρίς να αφήσει κληρονόμο του θρόνου. Αυτό ήταν ένα σημαντικό σημείο καμπής για τη Βυζαντινή αυτοκρατορία, καθώς μαρκάρησε την αρχή μιας περιόδου αστάθειας στη διαδοχή των ηγεμόνων.

ΚΑΤΑΝΟΏΝΤΑΣ ΤΟΝ ΑΘΛΟ ΤΩΝ ΣΤΑΒΛΩΝ ΤΟΥ ΑΥΓΕΙΑ

Αυτά τα ζώα ήταν εξημερωμένα, όχι αλεπούδες ή κάπροι κλπ που είναι άγρια (ή «ελεύθερα»). Τα ζώα φάρμας πρέπει να ακολουθούν τις ρουτίνες, και να ζουν σε περιορισμένους χώρους. Είναι αναπαραστάσεις των ανθρώπινων αστών- εκείνων που κατοικούν στις πόλεις. Η λέξη «city» προέρχεται από τη λέξη «σητεία» που είναι η σειρά των σιτηρών. Έτσι, η πόλη περιγράφηκε από τη σειρά των σιτηρών που πήγαινε να την ταΐσει, όπως οι περισσότερες φάρμες ζώων χρειάζονται σειρές σιτηρών για τη τακτική διατροφή. Οι άνθρωποι στις πόλεις έχουν συνήθως καθορισμένες περιοχές διαβίωσης, όπως και τα ζώα φάρμας έχουν τις κατοικίες τους σε στάβλους με τοίχους.

Ο βασικός παράγοντας που πρέπει να σημειωθεί εδώ είναι ο εξής: τίποτα συγκεκριμένο δεν δημιούργησε αυτή τη περίσσεια συσσώρευση περιττωμάτων, ήταν φυσική. Αν και ο Αυγείας εθελοτυφλούσε, ήταν ανεύθυνος, πονηρός, ασυμπαθής και κακόβουλος... το πρόβλημα δεν προέκυψε από τις πράξεις ή τις αποφάσεις του. Δεν υπάρχει ένδειξη για την αιτία, γιατί προκύπτει φυσικά από οποιονδήποτε πυκνό πληθυσμό. Το πρόβλημα μπορεί να θεωρηθεί ως ανταμοιβή για τα θετικά που είχαν παραχθεί από την εφευρετικότητα πριν τα περιττώματα φτάσουν σε υπερβολικές διαστάσεις. Μπορεί να είναι δελεαστικό να κατηγορήσουμε τον Αυγεία ως υπεύθυνο καθώς ήταν αρχηγός την εποχή που δημιουργήθηκαν τα προβλήματα, αλλά αυτοί οι αρχηγοί είναι συνήθως μια αντανάκλαση της κατάστασης του λαού. Ακόμα κι αν το κράτος των ανθρώπων δεν αξίζει φτωχούς αξιωματούχους, αυτές οι θέσεις μπορούν μόνο να αλλάξουν τον ρυθμό με τον οποίο η πόλη οδεύει προς την υποβάθμιση και την κατάρρευση. Όλες αυτές οι θέσεις απλώς αλλάζουν τον ρυθμό της φθίνουσας πορείας- είναι ουσιαστικά διαφορετικοί καταλύτες. Ο καλύτερος από όλους τους αρχηγούς που μπορεί κανείς να φανταστεί δεν μπορεί να αλλάξει τις ουσιαστικές αρχές με τις οποίες λειτουργούν αυτοί οι μεγάλοι πυκνοί οργανισμοί. Καθώς είναι γραμμένο στη φύση του συστήματος, πρόκειται να υποβαθμιστεί φυσικά και κανένας θνητός δεν μπορεί να κυνηγήσει αρκετά από τα προβλήματα για να τα διορθώσει. Ξεφυτρώνουν ακόμη και από τα εργαλεία που χρησιμοποιούνται για την καταπολέμηση του προβλήματος που χρειάζεται καθαρισμό.

Ποια είναι τα «περιττώματα» εδώ; Οι πυκνοκατοικημένες περιοχές δημιουργούν ένα περιβάλλον όπου οι κάτοικοι περιβάλλονται κυρίως από αγνώστους. Αυτό σημαίνει ότι πολλές από τις αλληλεπιδράσεις θα συμβούν για μία μόνο φορά. Έτσι μετά δημιουργείται μια κερδοφόρα στρατηγική που τρέφεται από τις θετικές προσδοκίες (χωρίς προκαταλήψεις) που έχουν οι άνθρωποι από κάποιον και γίνεται εκμετάλλευση χωρίς αντίποινα. Οι συναντήσεις με αυτούς τους ίδιους ανήθικους ανθρώπους είναι απίθανο να συμβούν τυχαία και για εκείνους που φιλοδοξούν να είναι προσεκτικοί, δεν μπορούν να λάβουν υπόψη όλους εκείνους που έχουν εκδηλώσει αυτές τις ψυχοπαθητικές συμπεριφορές (πάρα πολλές εμφανίζονται σε διαφορετικά μέρη). Υπάρχουν πάρα πολλοί στη λίστα. Ως ομάδα, οι ψυχοπαθείς τρέφονται αποτελεσματικά από την καλή θέληση μέχρι να εξαντληθεί. Οι αδικίες γίνονται περισσότερο μια συμφέρουσα στρατηγική όπως αυξάνεται το μέγεθος της πόλης, καθώς μειώνει την πιθανότητα αναγνώρισης ή εντοπισμού λόγω ανάμειξης με τη μάζα. Καθώς περνά ο καιρός, οι άνθρωποι πρέπει να υποθέτουν το χειρότερο στους άλλους για να προστατευτούν από την απώλεια. **Το να ζεις σε ένα περιβάλλον όπου οι άνθρωποι υποθέτουν το χειρότερο για σένα, είναι σαν να ζεις σε «περιττώματα».** Γίνεται ένας αγώνας προς τον πάτο όπου κερδίζουν οι χειρότεροι. Θυμήσου ότι δεν υπήρχε τίποτα κακό με τα ίδια τα ζώα - αυτό δεν έχει να κάνει με τους ίδιους τους ανθρώπους, αλλά έχει να κάνει με την ανικανότητά τους να μαθαίνουν ο ένας από τον άλλο με την πάροδο του χρόνου μέσω της επανάληψης και της φήμης.

Από τη στιγμή που κάθε μέλος έχει είτε κάποια ενοχή, είτε προηγούμενη εμπειρία που αδικήθηκε χωρίς να βρει δικαιοσύνη (ή και τα δύο), το σύστημα δεν μπορεί πλέον να αυτοκαθαριστεί. Λόγω της πυκνότητας, οι άνθρωποι αναγκαστικά αλληλοεξαρτώνται, οπότε δεν μπορούν να βρουν ούτε τρόπο να αποσπαστούν και να τραβήξουν χωριστούς δρόμους.

ΚΑΤΑΝΟΏΝΤΑΣ ΤΟΝ ΑΘΛΟ ΤΩΝ ΣΤΑΒΛΩΝ ΤΟΥ ΑΥΓΕΙΑ

Οι μάζες έπρεπε να καθαριστούν σε μια μέρα. Όχι μόνο επειδή θα έκανε τα πράγματα πιο δύσκολα, από την οπτική γωνία του Ευρυσθέα, αλλά στην πραγματικότητα οποιαδήποτε προσέγγιση σε αυτό το πρόβλημα διαρκούσε περισσότερο θα αποτύγχανε. Αυτό το πρόβλημα μπορούσε να λυθεί μόνο σε πολύ σύντομο χρονικό διάστημα. Για την αλλαγή σε μια νέα φάση ζωής, θα πρέπει να περάσει μια μεταβατική περίοδος κατά την οποία θα υπάρξει μείωση της ποιότητας του βίου μέχρι να προσεγγιστεί η νέα φάση. Εάν η μεταβατική περίοδος πάρει πολύ χρόνο, οι κάτοικοι θα αντισταθούν στην αλλαγή (τα ζώα σε αυτόν τον άθλο παρασύρθηκαν από την αλλαγή, δεν συμμετείχαν ενεργά και ως επί το πλείστον είχαν άγνοια). Από τη σκοπιά τους περιβάλλονται από ομάδες ανθρώπων που δεν τους εμπιστεύονται και πιστεύουν ότι και αυτοί δεν τους εμπιστεύονται. Γι' αυτό ο Ηρακλής έπρεπε να ανέβει σε ένα λόφο ώστε να δει τους στάβλους από ψηλά. Μόνο κοιτάζοντας τη μεγάλη εικόνα από απόσταση, όπου οι επιμέρους αλληλεπιδράσεις γίνονται εμφανείς, θα μπορούσε ο Ηρακλής να δει το πρόβλημα και τη λύση. **Δεν μπορούσε να το κάνει προσωπικό.**

Αφού σκέφτηκε μια λύση, ο Ηρακλής θέλησε να βγάλει κάποια χρήματα από την προγραμματισμένη εργασία του, γιατί αυτός είναι ο λόγος που οι άνθρωποι ζουν στις πόλεις. Οι ενέργειες που βελτιώνουν τη ζωή των άλλων θα πρέπει να ανταμείβονται όπως είναι αναμενόμενο. Έγινε συμφωνία για τις υπηρεσίες με τον βασιλιά/αξιωματούχο (Αυγεία).

Όπως και με τον προηγούμενο άθλο, η ουσία ήταν το πώς θα συνεχίσει κανείς μετά από μια κατάσταση όπου κάποιος έχει διαπράξει λάθη (ψέματα, εξαπάτηση κ.λπ.) και δεν μπορεί να βρει τρόπο να γίνει «καθαρός». Αλλά και για τους άλλους πώς να χτίσουν εμπιστοσύνη έχοντας περάσει από κακομεταχείριση. Το ποτάμι καθαρίζει αλλά με αιματοχυσία όπως φάνηκε προηγουμένως (η αλλαγή έχει κόστη). Το απόσπασμα από τον προ-Σωκρατικό αρχαίο φιλόσοφο Ηράκλειτο δηλώνει πώς το ποτάμι είναι σύμβολο αλλαγής όπως και ο άνθρωπος, μπορεί επίσης να σχετίζεται με το απόσπασμα επίσης από τον Ηράκλειτο «τα πάντα ρει» και αν τα πράγματα δεν ρέουν υπάρχει πρόβλημα. Ένα άλλο απόσπασμα από τον Ηράκλειτο είναι «Ο πόλεμος είναι πατέρας όλων και βασιλιάς όλων». Τοποθετώντας όλα αυτά μαζί, μπορούμε να δούμε ότι ο πόλεμος ήταν ο τρόπος για να καθαριστεί η κατάσταση- ο μόνος τρόπος για να δημιουργηθεί μια φρέσκια νέα αρχή. Αναγκάζει τους ανθρώπους σε έναν αγώνα επιβίωσης όπου σκέφτονται μόνο το παρόν και να ξεχνούν το παρελθόν. Οποιαδήποτε προσπάθεια σταδιακής αντιμετώπισης των ζητημάτων θα έχει ως αποτέλεσμα κάποιον να φοβάται πως ήταν ο πρώτος στόχος της αλλαγής και θα πρέπει να εγκαταλείψει τις τακτικές της προδοσίας και της εξαπάτησης, πιθανώς βάζοντάς τον σε ευάλωτη θέση. Όποιος το επιχειρήσει αυτό θα θεωρείται ένοχος πως εφαρμόζει ηθικούς περιορισμούς και υποχρεώσεις σε ένα υποσύνολο πριν τους εφαρμόσει στους άλλους. Είναι ο λόγος που ο Ευρυσθέας περίμενε τις προσπάθειες του Ηρακλή να τον καλύψουν με περιττώματα μειώνοντάς τον στα μάτια των ανθρώπων που τον θαύμαζαν, γιατί αν εφαρμόσεις ιδανικά σε ένα άτομο χωρίς να τα εφαρμόσεις σε όλους, έστω και προσωρινά, τότε καλύπτεσαι και εσύ από περιττώματα καθώς κανένας δε θα θέλει να επιλεχθεί και να αποφύγει έναν τέτοιο ήρωα.

Για να κάνεις πόλεμο χρειάζεσαι διαφορετικές οπτικές γωνίες (2 ποτάμια σε αυτή την περίπτωση) που αντιπροσωπεύονται από τα ποτάμια Αλφειό και Πηνειό που είχαν διαφορετικές κατευθύνσεις. Η φύση των ποταμών δεν είχε άλλη σημασία από το ότι πήγαιναν σε διαφορετικές κατευθύνσεις. Φέρνοντάς τους μαζί δημιουργούνται τα ορμητικά νερά των οποίων οι αλληλεπιδράσεις (δίνες) ακούγονται σαν επευφημίες προς στρατιώτες καθώς βαδίζουν σε σχηματισμούς. Οι στρατοί μάχονται για τον έλεγχο περιοχών πόλεων (ζώνες πυκνού πληθυσμού) ή γης που είναι σημαντικές για πόλεις με πόρους. Κανείς δεν αγωνίζεται για το τίποτα και οι ιδέες είναι πάντα ότι φέρνουν ένα καλύτερο μέλλον (για κάποιον τουλάχιστον). Κάθε ποτάμι έχει μια κατεύθυνση που περιγράφει μια κληρονομιά όπου μία συνένωση με τη ροή του θα αποφέρει έσοδα όπως φαίνεται στο όνομα των ποταμών. Όταν οι στρατοί φτάνουν στην πόλη, η επιλογή για υιοθέτηση διαφορετικών ιδεών πολώνει τη μάζα.

ΚΑΤΑΝΟΏΝΤΑΣ ΤΟΝ ΑΘΛΟ ΤΩΝ ΣΤΑΒΛΩΝ ΤΟΥ ΑΥΓΕΙΑ

Όλοι επιλέγουν μια πλευρά νομίζοντας ότι εξάγουν κάποιου είδους εκδίκηση από μια άλλη ομάδα, ενώ αγνοούν τις ενοχές της ίδιας της ομάδας που έχουν επιλέξει. Αυτό στη συνέχεια καταστρέφει τα πάντα- και καλά και κακά. Μετά οι άνθρωποι βλέπουν ότι η επίθεση σε διαφορετικές κατευθύνσεις δεν αποδίδει, προχωρούν σε μια προσπάθεια να αποδώσουν από τη δική τους ομάδα μέχρι να τα παρατήσουν και γίνεται εμφανές σε όλους το πρόσωπο της απόγνωσης από την ολική τους καταστροφή. Τα ποτάμια αρδεύτηκαν επειδή οι στρατοί χρειάζονται οδηγίες για να ακολουθήσουν.

Η συγχώρεση είναι μια κατάσταση του να αφήνεις το παρελθόν να φύγει, θέλοντας να φύγει. Μια κατάσταση όπου οι άνθρωποι μπορούν να εμπιστευτούν ξανά χωρίς προκαταλήψεις είναι ένα όμορφο καθαρό θέαμα. Αλλά πρέπει να θυμάσαι, ότι *κανένας που έχει αδικηθεί δεν θα δεχτεί οικειοθελώς να υιοθετήσει αυτή τη νοοτροπία χωρίς να περάσει μέσα από το χάος όπου θα χρειαστεί ο ένας τον άλλον για να επιβιώσει ανεξάρτητα από το παρελθόν.*

Έτσι το μάθημα του ποταμού δεν ισχύει μόνο για το άτομο αλλά και για τον πληθυσμό καθώς είναι κοινό για όλους. Να θυμάσαι ότι μετά από ένα ορισμένο σημείο δεν μπορείς να «σώσεις» τον τόπο. Όλες αυτές οι παρακινητικές ιστορίες όπου οι ήρωες ξεπερνούν τα θνητά τους όρια για να επαναφέρουν τον τόπο σε μια υγιή κατάσταση δεν είναι ρεαλιστικές (όχι νηφάλιες και έχουν μεγάλη δόση ενθουσιασμού). **Υπάρχουν σημεία χωρίς επιστροφή όπου μόνο μία επιλογή για μια καινούργια αρχή υπάρχει.** Αυτό μπορεί να κάνει τους ήρωες να χάσουν την ελπίδα αλλά υπάρχει πάντα ελπίδα για ένα καλύτερο αύριο, ακόμα και αν ξαναξεκινάς από την αρχή. Η μεταβατική εποχή γύρω από το σημείο χωρίς επιστροφή είναι όταν ηγέτες όπως ο Αυγείας θα προσπαθήσουν να επιταχύνουν τη κατάσταση καθώς ο πληθυσμός αποδέχεται περισσότερο τους νέους ήρωες πριν εισέλθει σε μια σταθερή κατάσταση εξατομίκευσης γύρω από την έλλειψη εμπιστοσύνης. Παράγει μια στατική κατάσταση (μη ροή) απάθειας/απομόνωσης αφού είναι πολύ αργά.

Στο τέλος ήθελε το συμφωνημένο δίκαιο μερίδιό του, αλλά φυσικά αυτό δεν επρόκειτο να συμβεί ποτέ. Η δικαιοσύνη εν τέλη είναι θέμα εξουσίας που μόνο μέχρι ένα ύψος μπορεί να φτάσει. Μετά από ένα ορισμένο επίπεδο, η δικαιοσύνη δεν μπορεί να την φτάσει και δεν εφαρμόζεται πλέον σε αυτές τις ιεραρχικές οργανώσεις που πρέπει να παράγουν οι πόλεις. Το δικαστήριο δεν είχε τη δυνατότητα να επιβάλει τη δικαιοσύνη γιατί δεν είναι εκεί για την άρχουσα τάξη, ακόμα κι αν οι βασικές αρχές της πόλης ξεκινούν με αυτούς τους κανόνες, δεν τελειώνουν κιόλας με αυτούς. Γιατί τελικά συμβαίνει αυτό; Όταν τα προβλήματα συσσωρεύονται οποιεσδήποτε διαταραχές μπορεί να θεωρηθούν ως το στοιχείο που μπορεί να ανατρέψει τα τελευταία νήματα της αρμονίας και δεδομένου ότι πολλοί εξαρτώνται από τις αποφάσεις της δύναμης που έχει συσσωρευτεί από τους λίγους με το πέρασμα του χρόνου, θεωρείται σοφό να τους αφήσεις να ενεργήσουν ασυνείδητα προκειμένου να αποφευχθούν απρόβλεπτες συνέπειες.

Είναι φυσικό, ότι μετά την ολοκλήρωση όλων των άθλων ο Ηρακλής θα «συγκέντρωνε στρατό για να πολεμήσει» εναντίον του Αυγεία και των υποστηρικτών του. Επειδή κάτω από τα παχιά στρώματα των περιττωμάτων που είχε υποστεί η πόλη, αυτό το υποσύνολο ζούσε χωρίς συνέπειες, και κατά την άφιξη του ποταμού δεν ήρθαν αντιμέτωποι με αυτή την καθαρτήρια δύναμη. Η ανώτερη βαθμίδα συνήθως αποφεύγει αυτές τις καταστάσεις και γι' αυτό χρειαζόταν ο Ηρακλής να διασφαλίσει ότι την ευθύνη για τα αποτελέσματα θα την νιώσουν όλοι για μια πλήρη κάθαρση. Ανεξάρτητα από τα λάθη του τελικά ο Ηρακλής δεν έλαβε την πληρωμή. Το να κερδίζει κανείς από τον πόλεμο δεν είναι μέρος του δρόμου του Δία, αν και η υποκίνησή ενός είναι.
Αίσωπος: "Ο πόλεμος είναι ο σύζυγος της ύβρεως και την ακολουθεί όπου αυτή βαδίζει"

Ο εσωτερικός πόλεμος είναι ο τρόπος για επαναφορά.

ΚΑΤΑΝΟΏΝΤΑΣ ΤΟΝ ΑΘΛΟ ΤΩΝ ΣΤΑΒΛΩΝ ΤΟΥ ΑΥΓΕΙΑ

Άνθρωποι σαν τον Αυγεία είναι καταλύτες. Απλώς επιταχύνουν τη διαδικασία. Εξακολουθούν να πρέπει να λογοδοτήσουν για τις πράξεις τους, αλλά το να πιστεύεις ότι είναι η πηγή είναι σφάλμα γιατί αν φαντάζεσαι ότι το πρόβλημα δεν θα προκύψει ερήμην τους κάνεις λάθος.

Αν και ο Αυγείας σκοτώθηκε, η επανεκλογή ενός βασιλιά/αξιωματούχου (που ήταν γιος του) είναι σημάδι ότι η οικογενειοκρατία είναι μια φυσική διαδικασία και συχνά αναπόφευκτη.

Μετά από κάποιο διάστημα, αυτές οι ιστορίες μπορεί να θεωρηθούν άσκοπες, καθώς είναι ξεκάθαρο ότι αυτό θα επαναληφθεί στο μέλλον, και αυτό είναι σωστό, αλλά... είναι γεγονός της ζωής. Αυτός είναι ο λόγος γιατί τον οποίο τόσο συχνά η ιστορία «ομοιοκαταληκτεί».

Υπάρχει πάντα κάτι καλό στο κακό, όπως έλεγαν οι αρχαίοι Έλληνες «ουδέν κακόν αμιγές καλού», και υπάρχουν κι άλλοι πολιτισμοί που λένε ότι το καλό έχει και κάτι κακό, δηλαδή τίποτα καλό δεν είναι απόλυτο αλλά βασικοί αρχαίοι Έλληνες ηρωικών παραδόσεων δεν το υποστήριζαν- υπήρχαν ενδείξεις για να φανερωθεί κάτι απόλυτα καλό. Η άποψή τους ήταν ότι ακόμη και το κακό δεν μπορεί να αποφύγει να παράξει κάτι καλό. Μπορούμε να εφαρμόσουμε αυτήν την άποψη ότι οι άνθρωποι που τρέφονται με τις αρνητικές πτυχές της πόλης επιταχύνουν την υποβάθμιση, ωθώντας την απαραίτητη επαναφορά να γίνει γρηγορότερα παρά αργότερα, έτσι ώστε οι μετασχηματισμοί να έρθουν νωρίτερα. Κατά κάποιον τρόπο, είναι καλό να μην υπάρχουν πάρα πολλές γενιές που ζουν μεταξύ επαναφορών, ώστε να υπάρχουν ακόμα προοπτικές πως οι αναμνήσεις από καλύτερες πιο υγιείς μέρες παραμένουν.

Μια άλλη λέξη για τις πόλεις είναι η αρχαία ελληνική λέξη «άστυ», από την οποία προέρχεται η λέξη «αστυνομία», καθώς στις λιγότερο πυκνοκατοικημένες περιοχές δεν απαιτούνταν η αστυνομία για την επιβολή του νόμου. Σε μικρές ομάδες, οι δεσμοί μεταξύ των μελών της κοινότητας επιτρέπουν ο ένας στον άλλον να γνωρίζει τις δραστηριότητες γύρω τους, ενώ στις πυκνές περιοχές χάνονται τα ίχνη.

Αναλογιζόμενοι γιατί η ατομική εμπειρία του ποταμού ισχύει τόσο πολύ για την πόλη ή τον πληθυσμό, είναι σημαντικό να καταλάβουμε ότι υπάρχουν επιπρόσθετα αποτελέσματα που προκύπτουν όταν οι άνθρωποι βλέπουν άλλους επίσης να αλλάζουν. Το μέγεθος της επίδρασης δεν είναι το άθροισμα όλων των μεμονωμένων εμπειριών, αλλά πολλά περισσότερα, καθώς μεγεθύνεται όταν οι άνθρωποι βλέπουν τις διαφορετικές αντανακλάσεις στους γύρω τους από αλλαγές- **μπορείς να αλλάξεις μόνο μέχρι έναν βαθμό όταν οι γύρω σου δεν αλλάζουν. Η αλλαγή μπορεί να προκαλέσει αλυσιδωτές αντιδράσεις.**

Αυτός ο άθλος δεν μέτρησε καθώς αυτό το πρόβλημα επίσης θα επανεμφανιστεί στο μέλλον, οι πόλεις πάντα θα υποβαθμίζονται και οι πόλεμοι (εσωτερικοί/εξωτερικοί) πάντα θα έρχονται.

Η επαναλαμβανόμενη φύση δεν πρέπει να αποθαρρύνει τον ήρωα από το να παίξει το ρόλο του σε αυτούς τους κύκλους. Το να έχουν οι αποστολές κυκλικό χαρακτήρα είναι η ουσία του μηδενισμού. Όταν αντιμετωπίζεις κυκλικές σκέψεις, η αδυναμία να βρεις κάτι που να διαρκεί ή να επιμένει μπορεί να γίνει καταθλιπτική. Γι' αυτό ***ο ήρωας πρέπει να υποστηρίζει αυτό που επιλέγει να πιστεύει*** (κανείς δεν μπορεί να το επιβάλει σε έναν ήρωα, πρέπει να το επιλέξει).

Ο Ηρακλής σκοτώνοντας τον Αυγεία οφέλησε τη γενεαλογία του Αυγεία καθώς αυτοί οι "καταλύτες" είχαν την τάση να πιάνουν επιτυχώς θέσεις εξουσίας για πολύ καιρό αποτρέποντας τα παιδιά τους να τους αντικαταστήσουν δημιουργώντας στασιμότητα. Οι τύποι σαν τον Αυγεία φοβούνται τα παιδιά τους όπως ο Τιτάνας Κρόνος, και γνωρίζουν πολύ καλά ότι οι περισσότεροι μονάρχες έχουν χάσει τη δύναμη από κοντινούς τους (όπως αδέρφια/παιδιά). **Χωρίς δυνατούς αντιπάλους δεν υπάρχει ανάγκη για ήρωες.**

ΚΑΤΑΝΟΏΝΤΑΣ ΤΟΝ ΑΘΛΟ ΤΩΝ ΣΤΑΒΛΩΝ ΤΟΥ ΑΥΓΕΙΑ

Πολλοί θα εξακολουθούν να αρνούνται να δεχτούν αυτή την επανεμφάνιση μιας τέτοιας καταστροφής και ειδικά καθώς υπάρχει ένα στοιχείο «εμφύλιου» πολέμου σε αυτή, καθώς οι στρατοί πολεμούν για την πόλη από το εσωτερικό. Κατά τη διάρκεια αυτής της διαδικασίας όμως θα υπάρξει μια αποκατάσταση της «αξιοκρατίας» αλλά και ενός στοιχείου τύχης, γι' αυτό ο Δίας σε καιρό πολέμου συχνά αποφασίζει τα αποτελέσματα χρησιμοποιώντας μια χρυσή ζυγαριά.

Οι προσπάθειες δεν μπορούν να υπερβούν τα φυσικά όρια που έχουν οι άνθρωποι όταν αντιμετωπίζουν πολύπλοκες καταστάσεις. Υπάρχει και ο «αριθμός Dunbar» που δείχνει ότι υπάρχει ένα όριο στην αντίληψη για τις ενεργές κοινωνικές σχέσεις που μπορεί να έχει ένα άτομο στο μυαλό του (5 στενές, 15 λιγότερο στενές, 45 οικείες και 150 χαλαρές συνδέσεις). Η λήψη περισσότερων πληροφοριών δεν μπορεί να άρσει αυτόν τον περιορισμό (επίσης είναι επιρρεπείς σε αλλοιώσεις που απλώς επιδεινώνουν το πρόβλημα). Οι λύσεις που βασίζονται στον νεποτισμό (κληρονομικότητα) και τους κληρονομικούς δεσμούς μπορούν να επωάσουν διαφορετικά προβλήματα υποβάθμισης, αλλά πνίγουν την αξιοκρατία που απαιτείται για την καινοτομία.

Οι ήρωες συχνά κάνουν το λάθος ότι μπορούν να ανατρέψουν την παλίρροια και να «διορθώσουν» την πόλη ή να διατηρήσουν κάποια πτυχή της. Δεν μπορείς να τη «σώσεις». Τα περιττώματα θα σε καταβροχθίσουν καθώς θα προσπαθείς. Η προσπάθεια φιλτραρίσματος σύμφωνα με ορισμένα κριτήρια θα αποδειχθεί επίσης πολύ δύσκολη για να είναι πρακτική και το καλύτερο είναι να γνωρίζεις ότι στην εκκαθάριση: οι δυνατοί και έξυπνοι θα επιβιώσουν. Θα καταλήξουν όλοι να κολυμπούν στα νερά αυτών των ποταμών: να πάρουν μέρος στον πόλεμο.

Ένα άλλο θέμα που συζητούν οι ήρωες είναι τα αποτελέσματα για τους ένοχους και φυσικά «κακούς», αυτούς που δεν κατέφυγαν σε προδοτικές πράξεις λόγω ανάγκης, αλλά από επιλογή. Η λέξη κλειδί εδώ είναι το «φυσικά» καθώς θα υπάρχουν πάντα φυσικοί εχθροί και αυξάνονται ανάλογα με την αφέλεια σε έναν πληθυσμό που θεωρείτο αμαρτία στην αρχαία Ελλάδα, αφού οι κακοί τρέφονται από αυτούς αυξάνοντας τον αριθμό τους. Εάν αφαιρεθούν τελείως, όταν επανεμφανιστούν στο μέλλον, η έλλειψη εξοικείωσης μαζί τους θα τους δώσει περισσότερο χώρο από πριν για την εισαγωγή περιττωμάτων (μικρότεροι κοντύτεροι κύκλοι με πιο συχνές ηρωικές απαντήσεις είναι προτιμότεροι). Είναι μια άλλη μεταβλητή που μεγαλώνει για να φέρει τον κύκλο, αλλά ο συντονισμός της δικαιοσύνης μπορεί να ρυθμιστεί σε όποιο επίπεδο αυστηρότητας επιθυμείται στην αρχή - Ο Ηρακλής έδωσε τη λύση ενώ είχε κολλήσει αλλά όχι την προσπάθεια της ανοικοδόμησης και της κατεύθυνσης.

Αν διαπιστώσεις ότι ο 5ος άθλος χτυπά ένα καμπανάκι με την *τραγωδία των κοινών*[Tragedy of the commons - Hardin 1968], έχεις δίκιο στο ότι σχετίζονται με ομάδες που δεν μπορούν να απομακρυνθούν από ορισμένα είδη καταστροφών. Εάν δεν το γνωρίζεις, οι ήρωες πρέπει να κατανοήσουν αυτήν την κοινωνική παγίδα των ατομικών λαθών που οδηγεί σε συλλογική καταστροφή. Περιγράφει ποιες συλλογικότητες (χαλαρές ή οργανωμένες) θα εξαντλήσουν τους πεπερασμένους πόρους που σε απεριόριστους αριθμούς δεν θα προέκυπτε πρόβλημα - πχ μια αγελάδα που τρώει το γρασίδι σε ένα χωράφι δεν είναι πρόβλημα, αλλά αν είναι πάρα πολλές ποδοπατούν πάρα πολύ γρασίδι που επιδίωκαν να φάνε και προχωρούν στο να το καταστρέψουν.

Πίνδαρος: «Ελάτε, ας επινοήσουμε ένα τραγούδι καλωσορίσματος για τον βασιλιά της Αίτνας, για τον οποίο ο Ιέρων ίδρυσε εκείνη την πόλη με θεόκτιστη ελευθερία, σύμφωνα με τα διατάγματα της εξουσίας του Ύλλου για τους απογονους του Πάμφυλου, και μάλιστα για τους γιους του Ηρακλή, που ζουν κάτω από τα ύψη του Ταΰγετου, επιθυμούν ως Δωριείς να τηρούν πάντα τους θεσμούς του Αιγιμίου».

Θα έρθει μια στιγμή που θα χρειαστεί να γίνει επανεκκίνηση ξανά, και ο πόλεμος είναι ο τρόπος για να ξεκινήσει αυτή η νέα μετάβαση.

Κατανόηση του Άθλου του Ταύρου της Κρήτης

Έχοντας καθαρίσει την πόλη, τώρα ο Ηρακλής ήταν έτοιμος να διορθώσει ένα διαρκές πρόβλημα του βασιλιά Μίνωα. Ορισμένες συμβάσεις μπορεί να επιμείνουν ακόμη και μετά από απίστευτες αναταράξεις επειδή, αν και φαίνονται σαν αυθαίρετες ή επιφανειακές επιλογές, μπορεί να έχουν μεγάλες επιπτώσεις. Η επιμονή τους στο χρόνο τους επιτρέπει να λειτουργούν σαν παράλληλο σύστημα συμπεριφοράς που διαμορφώνει την κοινότητα από τις ρίζες της σε όλα τα επίπεδα.

Ο Μίνωας, έγινε βασιλιάς της Κρήτης. Αυτό το νησί έχει αρχαία ιστορία και τα υπολείμματα του πολύπλοκου πολιτισμού του, δείχνουν ότι ένα σημαντικό στοιχείο του αφορούσε γιορτές / τελετούργιες που αφορούσαν ταύρους. Υπάρχουν τοιχογραφίες που απεικονίζουν εντυπωσιακά ακροβατικά όπου ένας αθλητής πιάνει τα κέρατα του ταύρου ώστε όταν ο ταύρος αντιδρά με σπασμωδική κίνηση του λαιμού του προς τα επάνω ο αθλητής να εκτινάσσεται στον αέρα στοχεύοντας με την κάθοδο να βρεθεί στην πλάτη του ταύρου. Αυτοί οι αθλητές ήταν άνδρες και γυναίκες. Οι γυναίκες ήταν γυμνές από την μέση και επάνω, φορώντας την ίδια ενδυμασία με τους άρρενες συναθλητές τους. Επίσης οι γυναίκες αυτές, για να μην διαφέρουν από τους άνδρες φορούσαν φαλλικό κάλυμμα. Οι άντρες μεγάλωναν τα μαλλιά τους και τα κρατούσαν με θηλυκό τρόπο. Παραδόσεις όπως αυτές δεν ήταν τμήμα της μυκηναϊκής κουλτούρας της εποχής εκείνης, αλλά προέρχονται από μια αρχαιότερη παράδοση του Μινωικού πολιτισμού. Πριν την πολιτισμική ενσωμάτωση με την συλλογικότητα των μεγάλων αρχαίων Ελληνικών πόλεων -κρατών ακολουθούσαν θεούς όπως ο Ποσειδώνας και αργότερα ο Δίας. Η κρητική κουλτούρα περιστρεφόταν γύρω από την Ήρα (συμβολιζόμενη από ένα δέντρο), την τριπλή θεά του φεγγαριού, και τον Διόνυσο φέρνοντας την τελετουργική ύπαρξη γύρω από τον ταύρο.

Η ετυμολογία του ονόματος του Μίνωα είναι αρχαιοελληνική (μυκηναϊκή-δωρική) δηλωτική της σθεναρής και αμετακίνητης στάσεως στις πεποιθήσεις και αποφάσεις του. Οι παραδόσεις που προϋπήρχαν της εποχής του Μίνωα πρέπει να είχαν τεράστια απήχηση ώστε να παράγουν αυτές τις θαυμαστές τοιχογραφίες/απεικονίσεις. Ο Μίνωας προφανώς τις κατέκρινε και δεν συνέχισε με την θυσία του λευκού ταύρου. Η ιδέα άντλησης οφέλους μέσω θανάτου δεν συνάδει με ένα όνομα σαν αυτό του Μίνωα. Διηγήσεις που αφορούσαν τέτοιες πρακτικές αποσκοπούσαν στο να πειστούν οπαδοί, που με την σειρά τους να πείσουν η να απαιτήσουν την θέσπισή τους ώστε να υπάρξει μεγαλύτερη διάδοση. Για να πιέσουν τον Μίνωα να κάνει την θυσία του Λευκού Ταύρου, ισχυρίζονταν ότι αυτό ήταν αίτημα του θεού του, του Ποσειδώνα. Έτσι, μετά την άρνηση του Μίνωα, η αντιπαράθεση εναντίον του δεν θα πήγαζε από τους προσβεβλημένους οπαδούς της παλαιάς παράδοσης, αλλά από τον ίδιο τον θεό που σεβόταν ο Μίνωας. Τυχόν παραβατική συμπεριφορά και εχθρικές πράξεις εναντίον του Μίνωα θα ήταν υπό την αιγίδα του Ποσειδώνα. Αν ειπωθεί αρκετά δυνατά η μεγαλύτερη κοινωνική δυναμική θα την απορροφούσε. Αυτή η στάση δείχνει ότι οι οπαδοί των παλαιών παραδόσεων δεν είχαν τόσο μεγάλο ενδιαφέρον για το όνομα και το τι πρέσβευε ο θεός προς τιμήν του οποίου εκτελείτο το τελετουργικό, αρκεί να συνέχιζε η παλαιά παράδοση. Ονόματα και εμφάνιση μπορούσαν να αλλάξουν αλλά όχι το κεντρικό θέμα της τελετής, κάτι που είναι σε αντιδιαστολή με πολλές άλλες θρησκευτικές παραδόσεις όπου η εξωτερική εμφάνιση παραμένει σχετικά σταθερή αλλά το κεντρικό τελετουργικό και η σχετική παράδοση εξελίσσεται και αλλάζει και μάλιστα συχνά.

Οι δυσκολίες που αντιμετώπισε ο Μίνως προέρχονταν από τους προβληματισμένους ακολούθους της παλαιότερης παράδοσης που έβλεπαν τις ιερές τελετές τους να απαξιώνονται και να φθίνουν. Προτάσσοντας την κατασκευασμένη εικόνα ενός θυμωμένου Ποσειδώνα πίεζαν ασφυκτικά τον Μίνωα να σταματήσει την πορεία της ανένδοτης μεταρρύθμισης που ξεκίνησε, για να την αναστρέψει, αλλά εκείνος επέμεινε, αμετακίνητος στις επιλογές του. Οι αντιπολιτευόμενοι έγιναν για τον Μίνωα μια εφιαλτική απειλή, με την υποστήριξη των πολλών οπαδών τους απαιτούσαν την αναγνώριση της υπεροχής των δικών τους παραδόσεων. Ένα αιφνίδιο τέλος των «καταραμένων» αλλαγών εναντίον του Μίνωα στις τελετές και δημόσιες οργανώσεις θα έστελνε το μήνυμα και την αναγνώριση για την αλήθεια και υπεροχή των πεποιθήσεων του τρόπου των οπαδών τους.

ΚΑΤΑΝΟΗΣΗ ΤΟΥ ΑΘΛΟΥ ΤΟΥ ΤΑΥΡΟΥ ΤΗΣ ΚΡΗΤΗΣ

Οι μύθοι γύρω από τον Μίνωα υποστηρίζουν ότι η γυναίκα του ερωτεύτηκε στη θέα του ταύρου, από το υποτιθέμενο αίτημα του Ποσειδώνα στην Αφροδίτη (να εγκατασταθεί αυτό το πάθος). Αυτό δείχνει ότι αυτός ο ταύρος θα μπορούσε πιθανότατα να ήταν ένα πρόσωπο που αντιπροσώπευε επίσης την ταυρική φύση του Διόνυσου και τη μεταμόρφωσή του. Ο Μίνωας τοποθετήθηκε εναντίον αυτής της προηγούμενης κουλτούρας. Όταν η γυναίκα του Μίνωα γέννησε, το παιδί ονομάστηκε Μινώταυρος (ταύρος του Μίνωα), που θα έλεγε για την εποχή ότι ο Μίνωας γέννησε παιδί ακολουθώντας την παράδοση που ο ίδιος αρνήθηκε και επέμενε να αλλάξει. **Όμως, αν και πολλά δεινά μπορεί να σας έρθουν υπερασπιζόμενοι το σωστό, πρέπει να επιμείνετε.** Υπήρχε μια Διονυσιακή τελετή που ονομαζόταν Ταυρογένεσις όπου φορούσαν κεφάλι ταύρου. Οι ακόλουθοι αυτής της τελετής επέτρεπαν στον "Ταύρο" να προβεί σε αλλοπρόσαλλες εκφράσεις βίας, γενικές αναστολές και παρείχε πληθώρα συναναστροφών. Αυτό το τελετουργικό είχε προσελκύσει πολλούς νέους που αναμένονταν να πάρουν έδρες εξουσίας προκειμένου τα ιδανικά του τελετουργικού να ακολουθήσουν τους κληρονόμους της εξουσίας για να εκφραστούν στη γη.

Ο Μίνωας επέμενε να στέκεται στη θέση του, αλλά όχι στο να αφαιρέσει την πηγή των κακών ο ίδιος, που ήταν καθήκον του Ηρακλή και δεδομένου ότι διήρκεσε για πολύ η βασιλεία του Μίνωα, είναι ένα μάθημα για τους μελλοντικούς βασιλιάδες ότι ορισμένα καθήκοντα ανατίθενται καλύτερα στους ήρωες και ότι ο δικός τους ρόλος είναι να κρατήσουν την γενική κατεύθυνση. Επίσης ότι ακόμη κι αν ο γιος ενός βασιλιά παρεκκλίνει, η κατεύθυνση του Δία διατηρείται.

Ο Ηρακλής αντιμετώπισε αυτό το θηρίο από το παρελθόν ανοιχτά, το έπιασε και το ανάγκασε να υποταχθεί. Αυτό που λέει στους μελλοντικούς ήρωες είναι ότι ο δρόμος του Ηρακλή είναι ο πιο δυνατός και ότι οι αντίπαλοι αντλούν τη δύναμή τους όταν υπάρχει αβεβαιότητα. Δίνει έμφαση στο ότι ο δρόμος του ήρωα Ηρακλή προορίζεται να είναι φανερός και όχι υπόγειος σε μυστικότητα όπως ο Μινώταυρος. **Ένας ήρωας πρέπει να θυμάται ότι ο δρόμος του είναι ο πιο δυνατός και ο πιο δίκαιος. Όλες οι άλλες προσεγγίσεις καταφεύγουν στην εξαπάτηση της οποίας η δύναμη εξαφανίζεται στο φως.**

Υπάρχουν σημερινά παραδείγματα για να εξετάσουμε. Υπάρχει το παιχνίδι/τελετή/παράδοση του "βαδίσματος σε αναμμένα κάρβουνα". Πολλές κουλτούρες το κάνουν μέχρι και σήμερα, και στην αρχαιότητα πολλές περισσότερες. Κάποιες ισχυρίζονται πως έχουν τον τίτλο ιδιοκτησίας αυτής της πρακτικής ως μέσο για να προβάλουν δημιουργικότητα και για να επηρεάσουν άλλους. Περιοχές της Ινδίας το ισχυρίζονται, αλλά ακόμα και στην αρχαία Ελλάδα το ισχυρίζονταν ορισμένες περιοχές, όπως στην Βόρεια Ελλάδα, και οι στρατιώτες του Μεγάλου Αλεξάνδρου την εφάρμοζαν. Μία ερώτηση είναι ποιος δημιούργησε/σε ποιον ανήκει αυτή η παράδοση; Η απάντηση είναι πως σε κανέναν από αυτούς που τη διεκδικούν. Ήρθε στην Ελλάδα μέσω των Διονυσιακών. Ανήκει στην παράδοση με την ιδεολογία πως μπορείς να ανακαλύψεις μια νέα ζωή μέσα από το θάνατο. Πως η καύση που αφήνει στάχτες που δεν έχουν ζωή μπορεί να παρέχει στην άλλη μεριά μία νέα επιστροφή για εκείνους που είναι πρόθυμοι να θυσιάσουν. Τότε ο ήρωας μπορεί να ρωτήσει γιατί δεν διεκδικούν την δημιουργικότητα; Η απάντηση είναι ότι τους αρέσει να ακούνε πως υπάρχει εκτίμηση για την κουλτούρα τους ακόμα κι αν αυτό συμβαίνει μέσω εθνικιστικών πλαισίων τα οποία σιχαίνονται. Κάποτε αυτές οι τελετές κάλυπταν τον κόσμο και περιμένουν με νοσταλγία την επιστροφή εκείνων των χρόνων. Θυσιάζουν την υπερηφάνεια τους για αυτόν τον στόχο. Κάθε τμήμα από θρησκευτικά δόγματα είναι σημαντικό. Κάθε λέξη, λειτουργικό στοιχείο, τελετή, και δομή πεποιθήσεων. Για παράδειγμα, κάποιες χώρες δείχνουν βαθύ ενδιαφέρον στον υπνωτισμό και κάποιες όχι. Στο Ηνωμένο Βασίλειο και στις Ηνωμένες Πολιτείες δείχνουν για παράδειγμα, αλλά στην Ελλάδα, την Ιταλία και τη Ρωσία όχι. Στη προτεσταντική παράδοση προσεύχονται με τα μάτια κλειστά ενώ στη καθολική και ορθόδοξη όχι.

Ο ταύρος του Μίνωα λέγεται επίσης ότι είναι ο ταύρος στον οποίο μεταμορφώθηκε ο Δίας όταν μετέφερε την Ευρώπη από την Ανατολή (περιοχή της Συρίας) στην Ελλάδα για να δώσει το όνομά της στην ήπειρο. Αυτό όμως δεν αναφέρεται στη Θεογονία του Ησίοδου που είναι το βασικό κείμενο για την αρχαία ελληνική μυθολογία. Υπάρχουν πολλές ιστορίες/ αναφορές για τη μεταμόρφωση του Δία σε ζώα και την ενασχόληση με ανθρώπινες γυναίκες με αυτές τις μορφές, αλλά προέρχονται από διάφορους συγγραφείς που συνέβαλαν επίσης στα τμήματα της μυθολογίας που δεν ταιριάζουν στο ήθος και το ύφος της παράδοσης για τον Δία. Για παράδειγμα, η πράξη του Δία που κουβαλούσε την Ευρώπη στην πλάτη του ενώ είχε τη μορφή ταύρου περιγράφεται από τον Νόννο της Αιγύπτου που έγραψε 48 βιβλία για τον Διόνυσο!

ΚΑΤΑΝΟΗΣΗ ΤΟΥ ΑΘΛΟΥ ΤΟΥ ΤΑΥΡΟΥ ΤΗΣ ΚΡΗΤΗΣ

Υπάρχουν διάφοροι «επιφανείς» αρχαίοι Έλληνες που παρουσιάζουν ένα μυθολογικό ύφος αντίθετο με την ηρωική εποχή, όπως ο Ευριπίδης που ήταν ηγέτης του παρακμιακού διανοουμενισμού. Για παράδειγμα, έγραψε τις «Βάκχες», ένα έργο που θεωρούνταν επιτυχία στα Διονυσιακά φεστιβάλ για πολλά χρόνια. Συνοπτικά η ιστορία είναι: Ο βασιλιάς της **Θήβας** Πενθέας και η μητέρα του Αγαύη τιμωρούνται από τον θεό Διόνυσο επειδή δεν αναγνώρισαν τη θεϊκή του κληρονομιά (ως νόμιμο κληρονόμο του Δία). Ο Διόνυσος εμφανίζεται στην πόλη για να εκδικηθεί αυτή την ασέβεια, επειδή απέρριψαν τον ισχυρισμό του. Ο Διόνυσος δηλώνει ότι σκοπεύει να εισαγάγει διονυσιακές τελετουργίες στην πόλη και η επιβεβαίωση του θριάμβου του επιτυγχάνεται με το αποτέλεσμα ότι στο τέλος ο βασιλιάς Πενθέας διαμελίζεται από τις γυναίκες της Θήβας σε μια διονυσιακή εκστατική φρενίτιδα. Η μητέρα του, Αγαύη, καρφώνει το κεφάλι του με το ακόντιό της. Έγραψε επίσης ένα έργο με τίτλο «Τα παιδιά του Ηρακλή» με κεντρικό ήρωα τον Ευρυσθέα, όπου για να αποτρέψει τα παιδιά του Ηρακλή από το να τον εκδικηθούν, προσπάθησε να τα σκοτώσει αλλά εκείνα τράπηκαν σε φυγή υπό την προστασία του Ιόλαου (ανιψιού του Ηρακλή). Αυτή η ιστορία προσπάθησε να καταρρίψει τη κληρονομιά των άθλων του Ηρακλή.

Υπάρχουν και άλλες συνδέσεις με τους ηρωικούς μύθους, όπου υπάρχει ένας άλλος περιφερειακός πολιτισμός που συνδέεται με τη μαγεία και τις τελετουργίες με τους ταύρους. Στην ιστορία του Ιάσονα και των Αργοναυτών, όταν έφτασαν στα εδάφη του Χρυσόμαλλου Δέρατος, ο Ιάσονας έπρεπε να σπείρει χωράφια χρησιμοποιώντας Χαλκόταυρους (χάλκινους ταύρους) που ανέπνεαν φωτιά και η μάγισσα Μήδεια έπρεπε να βοηθήσει τον Ιάσονα να πετύχει. Σε αντίθεση με τον Ηρακλή, ο Ιάσονας ήταν υπό την προστασία της Ήρας. Μια τέτοια ιστορία μπορεί να φανεί ως μία μίξη στοιχείων.

Ο Διόνυσος ως θεός του Άλλου, της Αμφιθυμίας, Απόδοσης και Παρουσίας "Σαν καλειδοσκόπιο ταλαντεύεται διαρκώς ανάμεσα σε πολλαπλές εκδηλώσεις. Επομένως ο άπιαστος θεός αντιστέκεται σε ξεκάθαρους και απλούς ορισμούς. Ως πολύπλευρη, διφορούμενη και παραβατική θεότητα, «αυτός που σε έχει βιώσει οδηγείται στην τρέλα, στη διονυσιακή μανία».
["The Bacchic-Chor(a)ic Chronotope: Dionysus, Chora and Chorality in the Fifth Stasimon of Sophocles' Antigone",
στο: A. Bierl, M. Christopoulos and A. Papachrysostomou (επιμ.), Time and Space in Ancient Myth, Religion and Culture (MythosEikonPoiesis vol. 10), Βερολίνο/Νέα Υόρκη: Walter de Gruyter, 2017 99–144"]

Η ιστορία του Μινώταυρου λέγεται συχνά σε σύνδεση με το λαβύρινθο. Η ρίζα της λέξης είναι «Λάβρυς» που σημαίνει το δίκοπο τσεκούρι και βρίσκεται στα ανάκτορα του νησιού. Ο Λαβύρινθος είναι το σπίτι του Λάβρυ. Ο Λάβρυς ήταν το σύμβολο της δύναμης των Μινωιτών. Έτσι το Παλάτι της Κνωσού ήταν η έδρα της εξουσίας (Λαβύρινθος) όπου ζούσε ο Άνθρωπος-Ταύρος (δύναμη). Επίσης, είναι πιθανό κάτω από το παλάτι να βρισκόταν το εργοστάσιο κατασκευής των όπλων / εργαλείων λειτουργώντας ως εργαστήριο. Η λέξη εργαστήριο, εργασία συνδέονται με τον λαβύρινθο, καθώς εκεί οι άνθρωποι δημιουργούσαν και πεδεύονταν με την εργασία τους.

Ως εργαλείο για την δημιουργία φόβου, ένας λαβύρινθος προκαλεί φόβο από την απελπισία κάποιου που δεν μπορεί να βρει πληροφορίες για να δει το φως. Χωρίς φως η επανάληψη για όσους αγωνίζονται είναι χαρακτηριστική, καθώς προβάλλουν στο μέλλον βλέποντας μόνον το μοτίβο του παρελθόντος / παρόντος, να επαναλαμβάνεται ατέρμονα, προκαλώντας περισσότερο πόνο καθώς αναζητούν στα τυφλά. Τους αναγκάζει να χάσουν την ελπίδα και την ουσία του εαυτού τους αφήνοντας ένα φοβερό άδειο φλοιό

Ο Ποσειδώνας αναφέρεται σε αυτό το έργο και το όνομά του ήταν αρχικά «**Ενεσιδαων**» (Εν-Εσι-Δα-Ων, Εν-Εσυ-Φως-Ων, η πηγή του φωτός και της ζωής είναι μέσα σου). Στο ναό των Δελφών, η αφιέρωση ήταν αρχικά για τον Ενεσιδαων. συνδεδεμένος με αυτούς τους μύθους είναι ο μεγάλος αρχαίος εφευρέτης Δαίδαλος του οποίου το όνομα έχει την αναφορά στο "Δα" (φως) σύμφωνα με τη μυκηναϊκή παράδοση. Έχτισε τον λαβύρινθο, την έδρα της εξουσίας για το νησί, και ένα μέρος της ιστορίας που δεν περιλαμβάνεται εδώ είναι ότι χρησιμοποίησε τις δεξιότητές του για να διευκολύνει τον δεσμό μεταξύ του ταύρου και της γυναίκας του Μίνωα. Είναι πιθανό ότι, καθώς ο Δαίδαλος δεν ήταν της παράδοσης του «ταύρου», αυτές οι ιστορίες έχουν στόχο να μολύνουν την κληρονομιά και να αφαιρέσουν τις αρχές που υποστήριζε.

ΚΑΤΑΝΟΗΣΗ ΤΟΥ ΑΘΛΟΥ ΤΩΝ ΑΛΟΓΩΝ ΤΟΥ ΔΙΟΜΗΔΗ

Μετά τον άθλο του ταύρου του Μίνωα (παρατεταμένη παράδοση), ο Ηρακλής έπρεπε να αντιμετωπίσει μια απειλή για τον πολιτισμό από μία "αυξανόμενη παράδοση". Έπρεπε να κλέψει τα άλογα του Διομήδη για να προστατεύσει το μέλλον.

Εάν γνωρίζετε την Αποκάλυψη του Αγίου Ιωάννη της Πάτμου, τότε διαβάζοντας αυτόν τον άθλο θα έχετε βρει έναν παραλληλισμό στο ότι υπάρχουν επίσης 4 άλογα, που είναι θανατηφόρα και έχουν συγκεκριμένα ονόματα. Αυτό το σκηνικό είναι πολύ αρχαίο και βασίζεται σε κάποιες αρχές που βρίσκονται επίσης και σε άλλους μύθους.

Αν και δεν είναι κοινό στους περισσότερους πολιτισμούς, υπάρχει ένα άλλο παράδειγμα όπου «οι κυνηγημένοι γίνονται κυνηγοί» και ότι αυτή η εποχή της αλλαγής/ανατροπής μπορεί να λατρεύεται θρησκευτικά. Προετοιμασίες γίνονται για να συμβεί αυτό με ενεργό τρόπο. Τα άλογα δεν είναι αρπακτικά, αλλά υπό ορισμένες συνθήκες θα μπορούσαν να θεωρηθούν ως πολύ επικίνδυνα. Είναι γρήγορα, δυνατά, μεγάλα, ανθεκτικά στις κρούσεις, η διατροφή τους είναι εύκολη στην παροχή και, το πιο σημαντικό, δεν έχουν δικό τους μυαλό ή δέχονται άλλους να παίρνουν αποφάσεις για τα ίδια. Για την πολεμική φυλή αυτής της παράδοσης, η αναμονή για έναν κόσμο όπου τα πράγματα θα ανατραπούν, το άλογο είναι η τέλεια επιλογή. Αυτή η παράδοση έχει εμφανιστεί σε άλλες εποχές και σε άλλα μέρη όπου τα ζώα στο κάτω μέρος της ιεραρχίας των αρπακτικών (ή εκείνα που χρησιμοποιούνται συχνά για εργασία) απεικονίζονται να σκοτώνουν ανθρώπους. Συνήθως τα αρπακτικά δεν είναι τόσο μεγάλα σε μέγεθος ή ισχυρά, ειδικά αν ληφθεί υπόψη ο παράγοντας αντοχής. Τα φυτοφάγα συνήθως στερούνται ευελιξίας ενώ πολλά σαρκοφάγα ευδοκιμούν χάρη στην ευελιξία τους (προσαρμοστικότητα). Οι αναπαραστάσεις αυτών των ζώων που αποτελούν την πρώτη γραμμή της καταστροφής συχνά προκαλούν γέλιο καθώς θεωρούνται χιουμοριστικές και αυτό είναι ακριβώς το σημείο όπου τοποθετείται ο σπόρος του πεπρωμένου.

Για να γίνουν τα άλογα δολοφόνοι ανθρώπων έπρεπε να εκπαιδευτούν / να προσαρμοστούν να ρυθμιστούν και ο Διομήδης να τα ταΐζει με ανθρώπινη σάρκα. **Εκείνος προσάρμοσε την φύση τους**. Μπορεί να μην ήταν φυσικό, αλλά η φύση μπορεί να προσαρμοστεί δημιουργώντας αξιοσημείωτες αλλαγές. Ανεξάρτητα από το μέγεθος της αλλαγής, δεν θα γινόταν ποτέ η αλήθεια. Αυτή η κακή ευθυγράμμιση είχε ως αποτέλεσμα να «αναπνέουν φωτιά», οι άνθρωποι δεν πλησίαζαν πλέον αυτά τα άλογα ενισχύοντας την αντίληψη ότι αυτά είναι πραγματικά επικίνδυνα αρπακτικά. Για να ολοκληρωθεί αυτή η πεποίθηση (για τα άλογα), ήταν αλυσοδεμένα σαν άγρια σκυλιά με ατσάλινες αλυσίδες. Τα άλογα συνήθως δεν απαιτούν αλυσίδες αλλά δερμάτινα ηνία, επομένως αυτό υποστήριξε περαιτέρω τη νέα άποψη ότι είναι σαρκοφάγα. **Έγιναν η ενσάρκωση του κατασκευασμένου τους περιβάλλοντος.**

Τα ονόματα αυτών των αλόγων; Πόδαργος (γρήγορος), Λάμπων (Λαμπρός), Ξανθός, και Δεινός (Τρομερός). Αυτό λέει την ιστορία ότι με αυτά τα άλογα ο πόλεμος θα έρθει πολύ 'γρήγορα', με μια 'λάμψη', με το χρώμα 'κίτρινο', φέρνοντας το Τρομερό. Ένας ήρωας μπορεί να αναρωτηθεί Γιατί πρώτα ο Πόδαργος; Επειδή όταν τα πράγματα αλλάζουν πολύ γρήγορα, αφαιρείται ο χρόνος που έχουν τα θύματα για να προετοιμαστούν (αγνόησαν τη διαδικασία ανάπτυξης). Το Λάμπων είναι δεύτερο γιατί οι άνθρωποι δεν μπορούν να δουν πέρα από μια λάμψη, τραβάει το μάτι και βλέπουν μόνο ένα λαμπερό φως που εμποδίζει την ικανότητα τους να παρατηρούν τις ατέλειες ή να εξετάζουν την πηγή. Το λαμπερό φως είναι το φως που τυφλώνει τα θύματα ώστε να μην μπορούν να κατευθυνθούν. Η λάμψη επίσης βοηθάει να κάνει το θύμα να υποθέσει ότι ο αντίπαλος είναι καλύτερος. Αυτός είναι ο λόγος που ο Λυκάων (και οι γιοι) συνδέονται με το φεγγάρι, αφού το φεγγάρι λάμπει φως χωρίς να κρύβει τις δικές του λεπτομέρειες. Μπορείς να κοιτάς την πανσέληνο και να μην τυφλώνεσαι. Η πανσέληνος βοηθά τους κυνηγούς να βρουν άγρια θηρία για να τα κυνηγήσουν υπό αυτό το φως.

ΚΑΤΑΝΟΗΣΗ ΤΟΥ ΑΘΛΟΥ ΤΩΝ ΑΛΟΓΩΝ ΤΟΥ ΔΙΟΜΗΔΗ

ΤΟ 3Ο ΆΛΟΓΟ ΈΧΟΝΤΑΣ ΣΤΑΘΕΊ ΣΤΟ ΚΊΤΡΙΝΟ ΦΩΣ ΓΙΑ ΝΑ ΒΑΦΤΕΊ ΞΑΝΘΌ, ΔΗΜΙΟΎΡΓΗΣΕ ΜΙΑ ΤΕΧΝΗΤΉ ΕΝΤΎΠΩΣΗ ΌΤΙ ΕΊΝΑΙ ΘΕΪΚΌ ΓΙΑ ΑΥΤΟΎΣ ΠΟΥ ΛΆΤΡΕΥΑΝ ΤΟΝ ΉΛΙΟ. ΑΥΤΆ ΤΑ 3 ΕΦΈ ΕΊΝΑΙ ΕΚΕΊ ΓΙΑ ΝΑ ΔΙΕΥΚΟΛΎΝΟΥΝ ΤΟ ΤΕΛΕΥΤΑΊΟ ΆΛΟΓΟ, ΤΟ ΤΡΟΜΕΡΌ. Ο ΡΌΛΟΣ ΤΩΝ ΑΛΌΓΩΝ ΣΤΗΝ ΑΠΟΚΆΛΥΨΗ ΕΊΝΑΙ ΔΙΑΦΟΡΕΤΙΚΌΣ ΓΙΑ ΤΟ ΠΏΣ ΑΥΤΉ Η ΠΡΟΦΗΤΕΊΑ ΣΠΈΡΝΕΤΑΙ, ΑΛΛΆ ΚΑΙ ΟΙ ΔΎΟ ΠΕΡΙΠΤΏΣΕΙΣ ΕΥΘΥΓΡΑΜΜΊΖΟΝΤΑΙ ΣΤΟΝ ΊΔΙΟ ΣΤΌΧΟ.

ΣΤΑ ΝΈΑ ΕΛΛΗΝΙΚΆ Η ΛΈΞΗ ΓΙΑ ΤΟ ΆΛΟΓΟ ΣΗΜΑΊΝΕΙ <ΧΩΡΊΣ ΛΟΓΙΚΉ> ΚΑΙ Ο ΚΑΒΑΛΆΡΗΣ ΤΟΥ ΠΑΡΈΧΕΙ ΕΠΟΜΈΝΩΣ ΤΗ ΛΟΓΙΚΉ ΣΕ ΑΥΤΌ ΤΟ ΖΏΟ. ΕΊΝΑΙ ΜΙΑ ΣΥΜΒΊΩΣΗ ΌΠΟΥ ΤΟ ΆΛΟΓΟ ΈΧΕΙ «ΕΚΤΕΤΑΜΈΝΟ ΜΥΑΛΌ» ΠΡΟΣΦΈΡΟΝΤΑΣ ΤΟ ΣΏΜΑ ΤΟΥ ΩΣ ΌΧΗΜΑ ΠΟΥ ΥΙΟΘΕΤΕΊ ΤΟ ΜΥΑΛΌ ΤΟΥ ΑΝΑΒΆΤΗ. ΑΥΤΌ ΕΊΝΑΙ ΤΈΛΕΙΟ ΓΙΑ ΚΆΠΟΙΟΝ ΠΟΥ ΕΠΙΔΙΏΚΕΙ ΝΑ ΑΣΚΉΣΕΙ ΚΥΡΙΑΡΧΊΑ ΣΤΟΥΣ ΆΛΛΟΥΣ ΚΑΙ ΔΕΝ ΘΈΛΕΙ ΝΑ ΕΚΤΕΘΕΊ ΆΜΕΣΑ ΣΕ ΚΊΝΔΥΝΟ Ή ΣΩΜΑΤΙΚΈΣ ΑΠΑΙΤΉΣΕΙΣ. ΜΠΟΡΟΎΝ ΝΑ ΟΔΗΓΉΣΟΥΝ ΤΑ «ΆΛΟΓΑ» ΠΡΟΣ ΟΠΟΙΑΔΉΠΟΤΕ ΚΑΤΕΎΘΥΝΣΗ ΧΩΡΊΣ ΑΝΤΙΡΡΉΣΕΙΣ. ΤΑ ΆΛΟΓΑ ΑΝΈΠΤΥΞΑΝ ΑΥΤΌ ΤΟ ΛΟΞΌ ΣΎΝΟΛΟ ΔΕΞΙΟΤΉΤΩΝ ΕΠΕΙΔΉ ΤΟ ΝΑ ΕΊΝΑΙ ΠΟΛΎ ΔΥΝΑΤΆ ΚΑΙ ΈΞΥΠΝΑ ΕΙΣΆΓΕΙ ΚΆΠΟΙΟ ΠΛΕΟΝΑΣΜΌ ΠΟΥ ΠΡΟΚΑΛΕΊ ΤΟΥΛΆΧΙΣΤΟΝ ΈΝΑ ΧΑΡΑΚΤΗΡΙΣΤΙΚΌ ΝΑ ΠΆΕΙ ΣΕ ΑΤΡΟΦΊΑ.

ΌΤΑΝ Ο ΗΡΑΚΛΉΣ ΈΚΛΕΨΕ ΑΥΤΆ ΤΑ ΆΛΟΓΑ ΜΠΌΡΕΣΕ ΝΑ ΤΑ ΠΆΡΕΙ ΧΩΡΊΣ ΝΑ ΠΆΘΕΙ ΖΗΜΙΆ ΑΦΟΎ ΚΑΤΆΛΑΒΕ ΌΤΙ ΉΤΑΝ ΕΠΙΚΊΝΔΥΝΑ. ΔΕΝ ΉΤΑΝ ΚΟΛΛΗΜΈΝΟΣ ΣΤΗΝ ΠΡΟΚΑΤΆΛΗΨΗ ΌΤΙ ΈΝΑ ΆΛΟΓΟ ΔΕΝ ΜΠΟΡΕΊ ΝΑ ΕΊΝΑΙ ΣΚΌΠΙΜΑ ΒΊΑΙΟ. Ο ΣΎΝΤΡΟΦΌΣ ΤΟΥ, Ο ΆΒΔΗΡΟΣ, ΔΕΝ ΉΤΑΝ ΤΌΣΟ ΣΟΦΌΣ. Η ΚΑΛΉ ΦΎΣΗ ΤΟΥ ΆΒΔΗΡΟΥ ΠΟΥ ΥΠΕΡΕΊΧΕ ΤΗΣ ΕΞΥΠΝΆΔΑΣ ΤΟΥ, ΣΉΜΑΙΝΕ ΌΤΙ ΔΕΝ ΜΠΟΡΟΎΣΕ ΝΑ ΑΛΛΆΞΕΙ ΤΗΝ ΠΡΟΣΈΓΓΙΣΉ ΤΟΥ ΣΤΙΣ ΦΟΡΆΔΕΣ ΓΙΑ ΝΑ ΤΟΥΣ ΣΥΜΠΕΡΙΦΕΡΘΕΊ ΌΠΩΣ ΉΤΑΝ ΑΠΑΡΑΊΤΗΤΟ, ΚΑΙ ΑΥΤΌ ΤΟΝ ΣΚΌΤΩΣΕ. ΕΊΝΑΙ ΚΡΊΜΑ ΓΙΑΤΊ ΟΙ ΠΡΟΘΈΣΕΙΣ ΤΟΥ ΉΤΑΝ ΚΑΛΈΣ ΚΑΙ Ο ΗΡΑΚΛΉΣ ΊΔΡΥΣΕ ΜΙΑ ΠΌΛΗ ΣΤΟ ΌΝΟΜΆ ΤΟΥ ΓΙΑ ΝΑ ΘΥΜΊΖΕΙ ΌΤΙ **ΕΊΝΑΙ ΛΆΘΟΣ ΝΑ ΕΦΑΡΜΌΖΕΙΣ ΠΡΟΚΑΤΑΛΉΨΕΙΣ ΣΕ ΈΝΑΝ ΕΜΦΑΝΉ ΚΊΝΔΥΝΟ.** ΟΙ ΉΡΩΕΣ ΠΡΈΠΕΙ ΝΑ ΓΝΩΡΊΖΟΥΝ ΠΩΣ Ο ΚΊΝΔΥΝΟΣ ΜΠΟΡΕΊ ΝΑ ΕΜΦΑΝΙΣΤΕΊ ΜΕ ΠΟΛΛΈΣ ΜΟΡΦΈΣ ΚΑΙ ΠΩΣ ΚΆΠΟΙΟΙ ΑΠΌ ΤΟΥΣ ΠΙΟ ΑΠΟΤΕΛΕΣΜΑΤΙΚΟΎΣ ΑΝΤΙΠΆΛΟΥΣ ΠΕΤΥΧΑΊΝΟΥΝ ΥΙΟΘΕΤΏΝΤΑΣ ΜΙΑ ΜΆΣΚΑ ΕΝΌΣ ΜΗ ΑΠΕΙΛΗΤΙΚΟΎ ΣΏΜΑΤΟΣ/ΟΜΆΔΑΣ ΚΑΙ ΑΥΤΌ ΔΙΑΚΌΠΤΕΙ ΤΙΣ ΠΡΟΣΔΟΚΊΕΣ ΤΩΝ ΆΛΛΩΝ.

ΜΕΤΆ ΤΟ ΤΈΛΟΣ ΤΗΣ ΜΆΧΗΣ, ΤΑ ΆΛΟΓΑ ΜΠΟΡΟΎΣΑΝ ΝΑ ΒΡΟΥΝ ΓΑΛΉΝΗ ΜΌΝΟ ΑΦΟΎ ΈΤΡΩΓΑΝ ΑΠΌ ΤΗ ΣΆΡΚΑ ΤΟΥ ΔΙΟΜΉΔΗ. ΝΑΙ, ΤΑ ΈΦΕΡΕ ΣΕ ΚΑΤΆΣΤΑΣΗ ΗΡΕΜΊΑΣ ΓΙΑΤΊ ΜΈΣΩ ΤΟΥ ΔΙΟΜΉΔΗ ΓΕΝΝΉΘΗΚΕ Ο ΠΌΘΟΣ ΓΙΑ ΑΝΘΡΏΠΙΝΗ ΣΆΡΚΑ. Η ΙΔΈΑ ΤΟΥ ΔΙΟΜΉΔΗ ΝΑ ΟΡΊΖΕΙ ΤΟ ΦΑΓΗΤΌ ΣΥΓΧΩΝΕΎΤΗΚΕ ΣΤΗΝ ΑΠΛΟΎΣΤΕΡΗ ΈΝΝΟΙΑ ΤΟΥ ΊΔΙΟΥ ΤΟΥ ΦΑΓΗΤΟΎ.

ΤΑ ΆΛΟΓΑ ΌΤΑΝ ΑΦΈΘΗΚΑΝ ΕΛΕΎΘΕΡΑ ΤΑΞΊΔΕΨΑΝ ΣΤΟΥΣ ΠΡΌΠΟΔΕΣ ΤΟΥ ΟΛΎΜΠΟΥ ΚΑΙ ΣΤΗ ΣΥΝΈΧΕΙΑ ΦΑΓΏΘΗΚΑΝ ΑΠΌ ΆΓΡΙΑ ΘΗΡΊΑ. ΑΥΤΆ ΤΑ ΆΛΟΓΑ ΑΝΑΖΉΤΗΣΑΝ ΈΝΑΝ ΝΈΟ ΑΦΈΝΤΗ ΝΟΜΊΖΟΝΤΑΣ ΌΤΙ Ο ΌΛΥΜΠΟΣ ΘΑ ΉΤΑΝ ΑΥΤΌΣ, ΑΛΛΆ Ο ΌΛΥΜΠΟΣ ΔΕΝ ΕΝΔΙΑΦΕΡΌΤΑΝ. ΑΥΤΆ ΤΑ ΆΛΟΓΑ ΜΠΟΡΟΎΣΑΝ ΝΑ ΑΛΛΆΞΟΥΝ ΤΗ ΣΥΝΉΘΕΙΑ ΤΟΥ ΝΑ ΤΡΏΝΕ ΑΝΘΡΏΠΙΝΗ ΣΆΡΚΑ ΑΛΛΆ ΌΧΙ ΕΚΕΊΝΗ ΤΟΥ ΝΑ ΧΡΕΙΆΖΟΝΤΑΙ ΜΙΑ ΕΞΟΥΣΊΑ ΓΙΑ ΝΑ ΖΉΣΟΥΝ. ΠΉΓΑΝ ΣΤΗΝ ΥΨΗΛΌΤΕΡΗ ΕΞΟΥΣΊΑ ΑΝΑΖΗΤΏΝΤΑΣ ΑΥΤΌ ΚΑΘΏΣ ΉΤΑΝ ΜΙΑ ΙΔΙΌΤΗΤΑ ΠΟΥ ΧΕΙΡΑΓΩΓΟΎΣΕ Ο ΔΙΟΜΉΔΗΣ.

ΑΥΤΉ Η ΧΡΉΣΗ ΤΟΥ ΟΝΌΜΑΤΟΣ ΤΟΥ ΔΙΟΜΉΔΗ ΥΠΆΡΧΕΙ ΕΠΊΣΗΣ ΓΙΑ ΝΑ ΜΠΛΟΚΆΡΕΙ ΤΗΝ ΑΝΆΜΝΗΣΗ ΕΝΌΣ ΉΡΩΑ. ΠΟΛΛΆ ΟΝΌΜΑΤΑ ΑΝΤΙΠΆΛΩΝ ΠΟΥ ΘΑ ΑΝΤΙΜΕΤΩΠΊΣΕΙ ΈΝΑΣ ΜΕΛΛΟΝΤΙΚΌΣ ΉΡΩΑΣ ΕΊΝΑΙ ΟΝΌΜΑΤΑ ΠΑΛΙΌΤΕΡΩΝ ΗΡΏΩΝ/ΟΜΆΔΩΝ ΠΟΥ ΠΑΡΉΓΑΓΕ Η ΗΡΩΙΚΉ ΠΑΡΆΔΟΣΗ ΚΑΙ ΤΑ ΟΠΟΊΑ ΎΣΤΕΡΑ ΦΟΡΙΟΎΝΤΑΙ ΩΣ ΜΆΣΚΕΣ ΑΠΌ ΚΑΚΟΎΣ. ΏΣ ΑΠΟΤΈΛΕΣΜΑ ΑΥΤΟΎ Ο ΔΙΟΜΉΔΗΣ ΔΕΝ ΑΝΑΓΝΩΡΊΣΤΗΚΕ ΕΚΤΕΝΏΣ ΩΣ ΈΝΑΣ ΑΠΌ ΤΟΥΣ ΣΠΟΥΔΑΙΌΤΕΡΟΥΣ ΉΡΩΕΣ ΤΟΥ ΤΡΩΙΚΟΎ ΠΟΛΈΜΟΥ, ΕΆΝ ΌΧΙ Ο ΣΠΟΥΔΑΙΌΤΕΡΟΣ. ΚΑΙ ΑΥΤΌ ΓΙΑΤΊ ΤΟ ΌΝΟΜΆ ΤΟΥ ΣΗΜΑΊΝΕΙ ΚΥΡΙΟΛΕΚΤΙΚΆ "ΝΑ ΦΈΡΕΙ ΣΕ ΎΠΑΡΞΗ ΤΟΝ ΔΊΑ ΚΑΙ ΣΤΗ ΜΆΧΗ ΠΟΛΈΜΗΣΕ ΣΑΝ ΘΕΌΣ ΜΕΙΏΝΟΝΤΑΣ ΤΟ ΑΝΆΣΤΗΜΑ ΤΟΥ ΚΑΤΏΤΕΡΟΥ ΘΕΟΎ ΆΡΗ, ΕΝΙΣΧΎΟΝΤΑΣ ΤΟΝ ΔΊΑ.

ΤΑ ΜΕΓΆΛΑ ΠΡΟΣΌΝΤΑ ΜΠΟΡΟΎΝ ΝΑ ΧΡΗΣΙΜΟΠΟΙΗΘΟΎΝ ΓΙΑ ΚΑΚΌ ΚΑΙ Ο ΉΡΩΑΣ ΠΡΈΠΕΙ ΝΑ ΈΧΕΙ ΚΑΘΑΡΉ ΕΙΚΌΝΑ ΓΙΑ ΤΟ ΤΙ ΑΝΤΙΜΕΤΩΠΙΖΕΙ, ΠΏΣ ΠΡΟΈΚΥΨΑΝ ΑΥΤΈΣ ΟΙ ΑΛΛΑΓΈΣ, ΠΟΙΕΣ ΕΊΝΑΙ ΟΙ ΠΙΘΑΝΈΣ ΤΟΥΣ ΑΠΕΙΛΈΣ, ΚΑΙ ΝΑ ΜΗΝ ΕΠΗΡΕΆΖΕΤΑΙ ΑΠΌ ΤΗΝ ΑΡΧΙΚΉ ΤΟΥΣ ΕΙΚΌΝΑ. ΟΙ ΉΡΩΕΣ ΠΡΈΠΕΙ ΝΑ ΕΊΝΑΙ ΈΤΟΙΜΟΙ ΝΑ ΠΡΟΣΑΡΜΟΣΤΟΎΝ.

ΚΑΤΑΝΟΗΣΗ ΤΟΥ ΑΘΛΟΥ ΤΩΝ ΑΛΟΓΩΝ ΤΟΥ ΔΙΟΜΗΔΗ

Η έννοια της αντιστροφής ρόλων φαίνεται και σε άλλους μύθους. Είδαμε πως ο Προμηθέας και ο αδερφός του Επιμηθέας είχαν ενδιαφέρουσες ιστορίες. Ένα που είναι σχετικό εδώ είναι το πώς ο Επιμηθέας «εφτιαξε» τον άνθρωπο. Του δόθηκε το καθήκον να δημιουργήσει ζώα από όλα τα διαθέσιμα συστατικά: ράμφη, φτερά, γούνα, δόντια, νύχια, δυνατά μάτια, φτερά κ.λπ. Επειδή δεν σκέφτηκε να τα μοιράσει ομοιόμορφα, όταν επρόκειτο για το τελευταίο ζώο, τον άνθρωπο, διαπίστωσε ότι είχε δώσει σε κάθε άλλο ζώο όλα τα ιδιαίτερα χαρακτηριστικά και είχε απομείνει μόνο ο εγκέφαλος για να διαθέσει, αφού δεν κατάλαβε τη χρήση του. Έτσι, έδωσε στους ανθρώπους όλο τον εγκέφαλο και τίποτα άλλο που τους επέτρεψε να γίνουν το κυρίαρχο είδος. Αυτό συνάδει με την ιδέα ότι οι απορριφθέντες θα πάρουν τις κορυφαίες θέσεις.

Στο κείμενο για την Αποκάλυψη του Αγίου Ιωάννη του Νησιού της Πάτμου, υπάρχουν μερικές κοινές λανθασμένες μεταφράσεις στα αγγλικά όπου το νόημα στη συνέχεια παραμορφώνεται. Η λέξη «θάλασσα» χρησιμοποιείται στο 13:1 «Ένα θηρίο βγαίνει από τη θάλασσα και λαμβάνει εξουσία από τον δράκο». Το «θάλασσα» μπορεί να χρησιμοποιηθεί για να σημαίνει κυριολεκτικά τον ωκεανό ή το «χάος» καθώς τα φουρτουνιασμένα νερά μπορούν να προκαλέσουν την εξαφάνιση πραγμάτων στο χάος. Αν αντικαταστήσουμε την κυριολεκτική σημασία με τη συχνά χρησιμοποιούμενη μεταφορά, λέει «**Ένα θηρίο αναδύεται από το χάος** και λαμβάνει εξουσία από τον δράκο». Αυτό είναι πιο λογικό για να τοποθετηθεί σε μια χρονική ακολουθία. Παρομοίως, για τη χρήση της λέξης «ακρίδες» στο βιβλίο της Αποκάλυψης 9 «Και βγήκαν από τον καπνό *ακρίδες* στη γη· και σ' αυτές δόθηκε δύναμη» και «Οι *ακρίδες* έμοιαζαν με άλογα προετοιμασμένα για μάχη. Στα κεφάλια τους φορούσαν κάτι σαν χρυσά στέφανα και τα πρόσωπά τους έμοιαζαν με ανθρώπινα πρόσωπα». Από μια ιστορική σημείωση, όταν η πολύ αρχαία πόλη της Σουμερίας λεηλατήθηκε από βάρβαρους που ζούσαν στα εξωτερικά όρια της δικαιοδοσίας της πόλης, περιγράφηκαν χρησιμοποιώντας τη λέξη «ακρίδες». Αναλύοντας τη λέξη ακρίδα το πρώτο συνθετικό «άκρι» ήταν η άκρη και το «δα» πιο κοντά στη γη (κατά την νεότερη Ινδοευρωπαϊκή της ερμηνεία). Εφόσον έχουμε αναφορά ότι φορούσαν χρυσά στέφανα και είχαν ανθρώπινα πρόσωπα και ήταν άλογα, είναι λογικό να πούμε «Και βγήκαν από τον καπνό *στην εξωτερική άκρη της γης* παράλογοι άνθρωποι που φορούσαν κορώνες: και τους δόθηκε δύναμη» και «Εκείνοι *από το εξωτερικό άκρο* φαίνονταν παράλογοι προετοιμασμένοι για μάχη». Με απλά λόγια, **θα έρθουν από τα περίχωρα χωρίς λογική, θα μοιάζουν μόνο με ανθρώπους και θα ισχυρίζονται ότι έχουν στεφθεί βασιλικά πριν από τη μάχη.**

Εάν σχεδιάσετε μια κατάσταση που είναι ακραία, οι παρατηρητές της θα είναι τυφλοί στη σημασία της επειδή η εμπειρία τους δεν περιλαμβάνει παρόμοιες καταστάσεις. Είναι μέσα στις ακραιότητες που κάποιος μπορεί να κρύψει κακόβουλες προθέσεις. Ως εκ τούτου, η φάση προετοιμασίας τέτοιας συφοράς θα γίνει χωρίς αντίσταση. Μόλις επιτευχθεί επιτέλους κατανόηση από άλλους, η αντιστροφή της διαδικασίας καθίσταται δύσκολη λόγω της ορμής που έχει δημιουργηθεί. Ως πείραμα σκέψης φανταστείτε ένα χαριτωμένο ζώο που συνεχίζει να μεγαλώνει σε μέγεθος και στη συνέχεια σε σύντομο χρονικό διάστημα αναπτύσσει γρήγορα ένα μεγάλο ζευγάρι δηλητηριώδεις κυνόδοντες μαζί με όρεξη για σάρκα.

Μόνο κάποιος άλλος που τρελάθηκε ζώντας ενάντια στη φύση του θα είχε τόσο βαρεθεί τον κόσμο που θα επέλεγε να ελευθερώσει τα σαρκοβόρα άλογα, και αυτός ο χαρακτηρισμός τέθηκε στα χέρια της βασίλισσας Ιππολύτης (όπως ορίζεται από το όνομά της «απελευθερωτής αλόγων»

Ως πόλη ο Άβδηρος έγινε ζωντανό μνημείο το οποίο αντέχει και πνέει το μήνυμα που μαθεύτηκε από τον θανατό του. Πως **εκείνοι που έχουν καλή φύση μπορούν να γίνουν αφελείς και να παρασυρθούν στο θάνατό τους αγνοώντας τον κίνδυνο που εγκυμονεί το παράλογο** (εκείνοι που δε φέρουν λογικό). Οι αφελείς αποτυγχάνουν να δουν τη θανάσιμη απειλή μέσα στη τρέλα και γίνονται θύματα. Με το να είναι αφελείς επιτρέπουν στον κίνδυνο να μεγαλώσει μέχρι να μπορεί να καταβροχθίσει όλα γύρω τους και αυτό τους κάνει έμμεσους συνεργούς στο κακό. Η πόλη ως ένα ζωντανό μνημείο ήταν η μόνη στο είδος της που ίδρυσε ποτέ ο Ηρακλής και δίνει έμφαση στη σημαντικότητα αυτού του μαθήματος για τους επόμενους αιώνες.

ΚΑΤΑΝΟΗΣΗ ΤΟΥ ΑΘΛΟΥ ΓΙΑ ΤΗΝ ΑΠΟΚΤΗΣΗ ΤΗΣ ΖΩΝΗΣ ΤΗΣ ΒΑΣΙΛΙΣΣΑΣ ΙΠΠΟΛΥΤΗΣ

Αφού κατάφερε να κατανοήσει την αλλαγή και τα στερεότυπα γύρω από αναμενόμενους ρόλους και πως στον ορίζοντα υπάρχει ένα κίνημα για αναστροφή: Ο Ηρακλής ήταν έτοιμος να αποκτήσει τη Ζώνη που ανήκε στη Βασίλισσα των Αμαζόνων που ονομαζόταν Ιππολύτη.

Ο Ηρακλής *έφερε μαζί του έναν στρατό*, έχοντας μάθει από τον προηγούμενο άθλο με τα «ανθρωποφάγα άλογα». Δεν είχε προηγούμενη ιδέα για το τι είναι αυτές οι γυναίκες που είχαν ρυθμίσει τον εαυτό τους να είναι κάτι πολύ διαφορετικό από το συνηθισμένο και αναμενόμενο. Αυτές οι γυναίκες έφτασαν στο σημείο να αφαιρέσουν ακόμη και ένα στήθος γιατί δεν τις βοηθούσε να βελτιώσουν την τοξοβολία τους. Μπορεί να θεωρήθηκε ότι μια ομάδα γυναικών δεν θα ταίριαζε με τον Ηρακλή, αλλά αυτό θα ήταν **αφελές**. Παρ'όλο που ήταν γυναίκες, ήταν αποφασισμένες να στηρίξουν τον τρόπο ζωής τους. **Οι ήρωες δεν υποτιμούν την αποφασιστικότητα εκείνων που υποστηρίζουν την ιδεολογία τους ανεξάρτητα από εμφάνιση ή προκαταλήψεις.**

Αυτή η Ζώνη ήταν ένας τρόπος για να προστατεύσει τον εαυτό της από το σεξ αλλά και να δείξει τα ελκυστικά χαρακτηριστικά της ταυτόχρονα. Αυτό θα έκανε τους άνδρες να μπουν σε μια κατάσταση σύγχυσης όταν την έβλεπαν και να διστάσουν να την αντιμετωπίσουν με βία έχοντας στο πίσω μέρος του μυαλού τους την ελπίδα να την αλλάξουν. Το να τη βλέπουν ως αντικείμενο του πόθου τους και όχι αυτό που είχε καταβάλει προσπάθεια για να γίνει ήταν το λάθος που έφερνε τον χαμό τους. **Ο Ηρακλής, φτάνοντας με στρατό, έδειξε μια δήλωση σεβασμού, ότι θεωρούσαν τις Αμαζόνες άξιο αντίπαλο.** Αν είχε φτάσει απροετοίμαστος, θα ήταν προσβολή για τις Αμαζόνες που αφιέρωσαν τη ζωή τους στον πόλεμο. Αυτός είναι ο λόγος για τον οποίο ο Ηρακλής έγινε δεκτός να ακουστεί, καθώς ο σεβασμός του επιστράφηκε σε αυτόν, δείχνοντας πως όσοι δεν είναι αφιερωμένοι στην εξαπάτηση αλλά στον *ανοιχτό πόλεμο*, έχουν δυνατότητα επικοινωνίας και συνδιαλλαγής.

Η Ιππολύτη βρήκε τον Ηρακλή ως «ενδιαφέρων» δείχνοντας ότι, όπως και με τα άλογα, η υποκείμενη φύση δεν μπορεί να χαθεί. Ο Ηρακλής έδειξε επιμονή. Η Ήρα διέδωσε δόλια φήμη για την πρόθεση του Ηρακλή που έγινε πιστευτή επειδή ο τρόπος ζωής των Αμαζόνων δεν υποστήριζε καν τις συζητήσεις μεταξύ των ανθρώπων του «ηρωικού δρόμου» και του «δρόμου των Αμαζόνων». **Παρ'όλο που η φήμη ήταν ψέμα, εξαπλώθηκε επειδή υπήρχε μια υποκείμενη αλήθεια, αυτοί οι δύο τρόποι δεν θα μπορούσαν ποτέ να συνυπάρξουν.**

Στη μάχη ο Ηρακλής και ο στρατός του κέρδισαν γιατί δεν υποτίμησαν τις Αμαζόνες. Θα μπορούσε να θεωρηθεί ότι ο Ηρακλής έλαβε βοήθεια σε αυτό τον άθλο, αλλά η βοήθεια που παρείχε ο στρατός του Ηρακλή ήταν περιφερειακή και δεν παρενέβη άμεσα στην απόκτηση της ζώνης. Γι' αυτό μέτρησε ο άθλος, αφού για τον ήρωα, η κατάκτηση αυτή είναι εφικτή, σε αντίθεση με την προσπάθεια εξάλειψης του ψεύδους και της κοινωνικής παρακμής.

Ο Ηρακλής δεν ήθελε να πεθάνει η Ιππολύτη, αλλά στη σύγκρουση φάνηκε η αληθινή της πίστη. Ο θάνατος της έδειξε ότι **οι Ήρωες μπορούν να δεχτούν αυτούς που δέχονται να αλλάξουν, αλλά μόνο αν αφήσουν πίσω τους το παρελθόν.**

ΚΑΤΑΝΟΗΣΗ ΤΟΥ ΑΘΛΟΥ ΓΙΑ ΤΗΝ ΑΠΟΚΤΗΣΗ ΤΗΣ ΖΩΝΗΣ ΤΗΣ ΒΑΣΙΛΙΣΣΑΣ ΙΠΠΟΛΥΤΗΣ

Είναι επίσης πολύ σημαντικό να σημειωθεί ότι αν και ένα άτομο μπορεί να πιστεύει ή να επιθυμεί μια κατεύθυνση, η ομαδική του ταυτότητα μπορεί να είναι ανεξάρτητη και μεγαλύτερη στο μυαλό του. Το να είναι μέλη μιας ομάδας αναπτύσσει την αίσθηση του ανήκειν και της αφοσίωσης καθώς βλέπουν την ευθύνη τους σε σχέση με αυτήν την ταυτότητα της ομάδας. Βλέπουν τον εαυτό τους στους άλλους της ομάδας και οι συνέπειες των πράξεών τους για την ομάδα δημιουργούν μια συνοχή που διατηρείται. Δραστηριότητες που μπορεί να βλάψουν αυτή την ομάδα παράγουν νοητές εικόνες των μελών να βλάπτονται και προσομοιώνουν αυτό το συναίσθημα ως δικό τους και αυτό τους αναγκάζει να μην δρουν με τέτοιο τρόπο. Όταν ένα άτομο σκέφτεται μια ενέργεια που πιστεύει ότι μπορεί να προκαλέσει πόνο, το μυαλό του υποσυνείδητα τον τραβάει πίσω. Μεμονωμένα το μυαλό ενός μέλους μιας πραγματικής ομάδας έχει «επεκταθεί» σε όλα τα άλλα μέλη της ομάδας.

Ακόμα κι αν η φύση τους ξεκίνησε διαφορετικά και διατηρείται ανέπαφη μέσα στην ομάρα. Μετά από σημαντικό χρονικό διάστημα οι συχνές αλληλεπιδράσεις μεταξύ τους τροποποιούν τα ανώτερα στρώματα των χαρακτήρων τους, έτσι ώστε τελικά να πιστεύουν ότι είναι όλοι ίδιοι μέσα στην ομάδα όπου αυτές οι αλλαγές πηγαίνουν βαθιά μέσα στη ψυχή τους.

Ο Ευρυσθέας ήθελε τη ζώνη για την κόρη του, αφού οι τρόποι και μέθοδοι για να εξασφαλίσουν τη κυριαρχία τους τέτοιοι άνθρωποι βασίζονται σε ψυχολογικούς χειρισμούς. Αν και η Ιππολύτη πέθανε, η ζώνη συνέχισε να δείχνει ότι οι άντρες θα συνεχίσουν να πέφτουν στην παγίδα της οπτικής εξαπάτησης προδίδοντας τις όποιες αρχές τους.

Αυτοί οι τύποι κοινωνιών υπήρξαν σε διάφορους φύλακες της ιστορίας. Ωστόσο, κοινωνίες όπως αυτές δεν άντεξαν στην δοκιμασία του χρόνου. Ο μύθος δεν επικεντρώνεται στο ότι υπήρχαν γυναίκες που ηγούνταν τέτοιων κοινωνιών ή ότι πληθυσμιακές ομάδες θεωρήθηκαν περιττές και θανατώθηκαν, ή στο ότι αποφάσισαν να ελέγξουν / προσαρμόσουν την φύση τους, αλλά στο ότι έπρεπε να επιβάλουν αυστηρούς κανονισμούς σε ενέργειες που αντιβαίνουν στη συλλογική φιλοσοφία οι οποίες μπορούσαν να προκύψουν φυσικά. Με αυστηρές τιμωρίες οι παρεκτροπές αυτές καταστέλλονται και **δεν φιλτράρονται από τον φυσικό νόμο**, με αποτέλεσμα να συσσωρεύονται κατάλοιπα με την πάροδο του χρόνου μέχρι να καταρρεύσει η οργάνωση. Αν δεν είχαν αυτούς τους περιορισμούς, θα είχαν δει την εμφάνιση διαφορετικών τρόπων για να φανεί ποιος τρόπος είναι καλύτερος, αλλά ήξεραν ότι αυτό θα κατέστρεφε το όνειρό τους για ένα μέλλον μόνο για γυναίκες. Αυτό είναι κοινό μεταξύ όλων των κοινοτήτων που προσπαθούν με επιμονή να δημιουργήσουν μια κοινωνία από την εικόνα ενός θέρετρου διακοπών. Αυτά τα οράματα είναι πολύ ελκυστικά για τους αφελείς. Αυτά τα παραδείγματα είναι όλα μέρος του τρόπου που προσπαθούν ορισμένοι να κατευθύνουν την κοινωνία σαν ένα «κοπάδι», με τον ισχυρισμό του «απελευθερωτή». Ο σχεδιασμός τέτοιων προσπαθειών είναι ουσιαστικά προμηθεϊκός.

Στην αρχαία Ελλάδα το να είσαι αφελής θεωρούνταν αμαρτία. Αυτό συμβαίνει γιατί η αφέλεια μπορεί να αποτελέσει λιμάνι για το κακό, να δημιουργηθεί και να επεκταθεί. Οι αφελείς καθυστερούν τις κοινωνικές αντιδράσεις ενάντια στο κακό, πείθονται εύκολα και, ακόμα κι αν δεν είναι ένοχοι, αποτυγχάνουν να συμμετάσχουν ενεργά στην απομάκρυνση όσων έχουν την ενοχή που είναι απαραίτητο. Μπορεί να φαίνεται ότι είναι απλά θύματα και δεν αξίζουν τιμωρίας, αλλά αυτό δεν είναι αλήθεια, αφού **οι αφελείς ανταλλάζουν την ανάγκη να εξετάζουν άβολες σκέψεις, με την ευδαιμονία, πράγμα που τους καθιστά ενόχους.**

Πολλοί ήρωες του παρελθόντος έκαναν το λάθος να μην εξετάσουν τις προηγούμενες ήττες και δυστυχώς πολύ συχνά αυτά τα ελαττώματα παραβλέπονται για να μελετηθούν οι νίκες που παρέχουν μόνο καύσιμο για τον εγωισμό και όχι παραδείγματα για το πώς να υπάρξει βελτίωση. Δεδομένου ότι ο αντίπαλός σου θα ξέρει πώς κέρδισες στο παρελθόν και βεβαιωθεί ότι η ίδια στρατηγική δεν λειτουργεί, **πρέπει να μάθεις να μην επαναλαμβάνεις λάθη**. Πολλοί άντρες έπεσαν θύματα των Αμαζόνων.

Μπορούμε να πούμε ότι χαρακτήρες όπως η Ιππολύτη και οι ακόλουθοί της, υπό την προστασία της Ήρας, είναι το συστατικό στην κοινωνία που απελευθερώνει τα 4 άλογα του Διομήδη από τις αλυσίδες τους (που σχετίζεται και με την Αποκάλυψη), που ταιριάζει στο γενικό παράδειγμα αντιστροφής ρόλων που συμβαίνει σε μια μεγάλη ανατροπή.

ΚΑΤΑΝΟΩΝΤΑΣ ΤΟΝ ΑΘΛΟ ΤΩΝ ΚΟΚΚΙΝΩΝ ΒΟΔΙΩΝ ΤΟΥ ΓΗΡΥΟΝΗ

Ο Ηρακλής έριξε ένα βέλος προς τον Ήλιο. Θυμήσου ότι στην αρχαία ελληνική μυθολογική παράδοση τα αντικείμενα που επηρέαζαν τους χαρακτήρες είχαν προσωπικότητες μέσα τους. Πολλά βασικά στοιχειώδη στοιχεία ενσωματώνονταν στους Τιτάνες πριν από την άνοδο των θεών και ιδιαίτερα του Δία. Αυτό φαίνεται και από την παράδοση από τον Όμηρο όπου «τα βέλη έτρεχαν προς τους στόχους τους». Όταν βρίσκεσαι απευθείας στο μονοπάτι του Ήλιου η έκθεση είναι, αρχικά, μια θετική αίσθηση ζεστασιάς από τις ακτίνες φωτός μέχρι το στάδιο της καύσης. Ο Ήλιος θα έχει δει αμέτρητους ανθρώπους να εκλιπαρούν για τη ζωή τους για να γλιτώσουν από τις ακτίνες που τους χτυπούν. Διάφοροι «πνευματικοί» ηγέτες στην αρχαία εποχή, το εκμεταλλεύτηκαν αυτό για να πουν στους ανθρώπους ότι αυτό το βάσανο ήταν επειδή τους είδε ο Ήλιος και τους αποδοκίμασε, απαιτώντας την τιμωρία και την υποταγή τους. Η εκτόξευση ενός βέλους είναι μια συμβολική χειρονομία που σπάει αυτό το παράδειγμα. Μια άλλη είναι πως προκειμένου να λάβεις τα θετικά πλεονεκτήματα του Ήλιου, πρέπει να δοθεί σαν αντάλλαγμα πόνος για να ισορροπηθεί το αρχικό δώρο και ένα τέτοιο παράδειγμα αποτελεί βάση για περαιτέρω απαιτήσεις σε αντάλλαγμα πραγμάτων που έρχονται χωρίς κόστος. Η δράση αυτή του Ηρακλή δείχνει ότι ο ακλόνητος Ήλιος ενέκρινε να πηγαίνεις ενάντια σε τέτοια ιδεολογικά θεμέλια. Ο ήρωας πρέπει να θυμάται πώς απέτυχαν οι προηγούμενοι συνάδελφοί του, να μην επαναλάβει πλήρως τις μεθόδους τους και μια αποτυχημένη προσπάθεια είναι καλύτερη από καμία. Ο Ήλιος έδωσε στον Ηρακλή το χρυσό κύπελλο για να ταξιδέψει από τη θάλασσα, γιατί; Γιατί σε ποιον άλλον θα δινόταν εκτός από κάποιον που θα μπορούσε να παράγει αλλαγή. Ήταν φτιαγμένο από χρυσό γιατί δεν φθείρεται με τον καιρό, όπως και ο Ήλιος. Αυτό το κύπελλο ακολούθησε τον Ήλιο προς τα δυτικά φέρνοντας τον Ηρακλή στο νησί του Γηρυόνη, τον δικέφαλο σκύλο του Όρθο, τον βοσκό Ευρυτίωνα και τα βόδια του. Το νησί βρισκόταν στα δυτικά όρια του γνωστού τότε κόσμου. Εάν ο Ήλιος είναι ένα σύμβολο επιμονής, αυτοί που θα τεθούν υπό τους κύκλους του φωτός και του σκοταδιού θα δουν την ακολουθία του Ήλιου ως ένα κυνήγι για αθανασία/επιμονής και τη κλεφτή ματιά του κόκκινου ορίζοντα, πριν εξαφανιστεί, ως σύμβολο του προορισμού τους να ενωθούν με τον Ήλιο/αθανασία.

Υπάρχει η γνωστική έννοια των τριών σταδίων της πληρότητας που μπορεί να επιτευχθεί περνώντας μέσα από τις ενσαρκώσεις του «χθόνιου» (κάτω κόσμου), του θνητού βασιλείου (μέση) και της ανόδου (ανώτερο βασίλειο). Αυτή η τριπλότητα γιορτάζονταν και για τον Διόνυσο που πέρασε μέσω του θανάτου και των αναγεννήσεων από τον Ζαγρέα -> Βρόμιο -> Ίακχο. Ο Ζαγρέας ήταν το αρχικό «ήμερο» πρόσωπο, η αναγέννηση στο Βρόμιο έφερε τον «βρυχηθμό» (μυστικές νυχτερινές τελετές) και το τρίτο πρόσωπο του Ίακχου την άνοδο/ανάληψη στους ουρανούς. Από τους ουρανούς ο κύκλος έκλεισε με την επιστροφή στον Κάτω κόσμο. Οι κεραμικές απεικονίσεις του Γηρυόνη δείχνουν στις ασπίδες ποιο σώμα ανήκει σε ποια ενσάρκωση. Υπάρχει το τρίποδο για τον κάτω κόσμο (Ζαγρέας), το πρόσωπο της Γοργόνας για το θνητό βασίλειο (Βρόμιος) και το περιστέρι για την ανάληψη (Ίακχος). Ο Γηρυώνης είχε λοιπόν περάσει και από τα τρία στάδια.

Όσον αφορά τα κόκκινα βόδια, η συμβολική και σχετική μεταφυσική έννοια που συνδέεται με αυτά είναι μεγάλη. Πρώτα από όλα γιατί αγελάδες; Η Ήρα αναφερόταν μερικές φορές ως η θεά της έναστρης νύχτας. Από όλα τα ζώα που επιλέγονταν για να αγιάσουν μια μητέρα θεά, η αγελάδα επιλέχθηκε διότι αναλαμβάνει την πλήρη ευθύνη της ανατροφής των νέων, εμφανή επίδειξη των μαστικών αδένων, δεν έχει πολλούς μηχανισμούς αυτοάμυνας ή ακόμη και στη φυγή, εξαρτώμενη από έναν εδαφικό άλφα αρσενικό που μοιράζονται τα θηλυκά για προστασία και γονιμοποίηση και τρέφονται από μόνο τα πιο βασικά είδη φυτών. Υπάρχουν περισσότερα στο γιατί το κόκκινο χρώμα; Μεταξύ της ημέρας που περνάει στη νύχτα, υπάρχει μια σύντομη στιγμή «κόκκινου» στον ορίζοντα που προέρχεται από τον Κήπο των Εσπερίδων (ακριβώς δυτικά). Το φως από το ηλιοβασίλεμα καθώς σκάει στον ορίζοντα είναι ένα διαφορετικό φως. Αυτός είναι ο λόγος που ο Γηρυόνης κράτησε τα βόδια του σε ένα νησί στην πιο δυτική γη που ήταν γνωστή εκείνη την εποχή, ώστε να είναι πιο κοντά σε αυτό το φως. Μπορεί να υποτεθεί ότι αυτό το νησί βρισκόταν στα ανοικτά των ακτών του Μαρόκου.

Κρατώντας τις αγελάδες σε αυτό το πιο δυτικό σημείο κάτω από αυτές τις ακτίνες θα είχαν τη μεγαλύτερη έκθεση σε αυτές τις στιγμές όπου το φως ήταν ιδιαίτερο και μπορούσαν να δουν μέσα από τα ιδεαλιστικά τους μάτια (όντας απόλυτα θηλυκά) τις άυλες και ανείπωτες αλήθειες. Μπορεί να φανεί ότι η αναζήτηση της αλήθειας απαιτεί φιλτράρισμα διάφορων φωτισμών στον κόσμο μας και ότι ορισμένες παρατηρήσεις θα αποκαλύψουν κρυφές διαδρομές για να ξεφύγουμε από τους κινδύνους του κύκλου γέννησης-θανάτου και να πετύχουμε αυτό που έκανε ο Διόνυσος περνώντας και από τις 3 ενσαρκώσεις. Είναι αυτό το «κόκκινο» φως, που προσφέρει μια μοναδική αλήθεια και κάποιος μπορεί και πρέπει να βασίζεται σε αυτό. Όλες οι ενδυμασίες ταυτότητας με κόκκινο χρώμα, από επαναστάσεις (ουσιαστικά μια «επαναλαμβανόμενη» κυκλική φύση) μέχρι το τρίπτυχο βρυχηθμού-ανάληψης-χθόνιου μεταξύ των εταίρων, συμπίπτουν μια σαφή κοινή άποψη του ίδιου ουσιαστικού κύκλου.

ΚΑΤΑΝΟΩΝΤΑΣ ΤΟΝ ΑΘΛΟ ΤΩΝ ΚΟΚΚΙΝΩΝ ΒΟΔΙΩΝ ΤΟΥ ΓΗΡΥΟΝΗ

Αν μπορείς να δημιουργήσεις (ελέγξεις) αυτούς τους κύκλους, να τους ξεκινήσεις / σταματήσεις αλλά να μην παγιδευτείς στην ροή τους, είναι μια ένδειξη ότι μπορείς να έχεις «υπερβεί» αυτή τη διαδικασία και μπορείς να περάσεις σε άλλο επίπεδο. Χωρίς το κόκκινο (ή άλλα χρώματα της δύσης ηλίου), που παροδικά και σύντομα παρέχει μια ματιά κατεύθυνσης για όσους προσέχουν, ταλαντεύεσαι μεταξύ νύχτας και ημέρας ενώ σταδιακά επέρχεται η αποσύνθεση. Σκεπτόμενοι προς αυτή τη κατεύθυνση υποστηρίζεται ότι οι κανόνες του σύμπαντος έχουν θεσπιστεί για να διατηρηθούν εκείνοι που αναζητούν συμβολικές ενδείξεις που μπορούν να οδηγήσουν σε κάποια μορφή αθανασίας. Το κόκκινο του δυτικού ορίζοντα παρέχει μια σύντομη στιγμή και το ιδανικό γυναικείο ένστικτο που δεν βλέπει τα πράγματα από την άποψη των σποραδικών φυσικών στόχων μπορεί να είναι ικανότερο να απορροφήσει αυτό το νόημα. Ενώ οι αγελάδες απολαμβάνουν αυτό το κόκκινο φως του ορίζοντα, το απορροφούν (γίνονται κόκκινες ή λευκές / κόκκινες στο ηλιοβασίλεμα, ένα γένος κυρίως κόκκινου). Τελικά γιατί να προσφέρεις αυτές τις αγελάδες ως θυσία; Μπορεί να φαίνεται σαν σπατάλη, αλλά υπάρχουν διαφορετικές απόψεις για αυτό. Αν σιγουρευτείτε ότι τα πράγματα δεν μπορούν να καταστραφούν και ότι απλώς "ανακυκλώνονται" σε διαφορετική μορφή σε κάποιο σημείο στο μέλλον ή σε κάποια άλλη μορφή ζωής, τότε αυτό μοιάζει περισσότερο με ένα είδος «μεταφοράς». Αυτό μπορεί να φανεί εφόσον υπάρχει μια φυσική μετάβαση στον θάνατο μετά την γέννηση, αλλά περιστασιακά μπορούμε να σκεφτούμε πώς αυτό αντιστρέφεται όταν κάτι σημαντικό στους διασυνδεδεμένους κύκλους «καίγεται» (με κόκκινο). Γίνεται δύσκολο να δει κανείς πώς εδραιώνεται η μεταφορά μέσα στο θνητό βασίλειο, αλλά τότε μπορείς να θεωρήσεις ότι αυτό σημαίνει πως η μεταφορά πρέπει να έχει συμβεί σε άλλο βασίλειο, παράγοντας μια ανάσταση. Θυσιάζοντας κάτι πολύτιμο, είναι μια αφαίρεση από τον κόσμο σου, με την ελπίδα ότι υπάρχει ισοδύναμη ανταλλαγή. Στη συνέχεια, οι στάχτες αντιπροσωπεύουν την απόλυτη χθόνια κατάσταση της θυσίας από την οποία η ζωή που βγήκε μπορεί να επανεμφανιστεί / αναδυθεί από τη βασική πηγή που μπορεί αργότερα να καταποθεί ή να χρησιμοποιηθεί ως κάλυμμα έτσι ώστε οι φόρμες να συγχωνευθούν (κενή πλάκα, που λειτουργεί σαν μια γενική πύλη, από την οποία μπορεί να ξεκινήσει νέα ζωή). Το άτομο που συμμετέχει σε αυτό υιοθετεί τη μεταμορφωτική ύπαρξη που περικλείεται στην ουσία που τρέφεται στην κόκκινη αγελάδα.

Ο Όρθος, ο σκύλος φύλακας του Γηρυόνη και των βοδιών, ήταν ο αδερφός του Κέρβερου που στεκόταν στις πύλες του κάτω κόσμου. Μητέρα του ήταν η Έχιδνα και πατέρας του ο Τυφών. Ο Ηρακλής σκότωσε τον Όρθο αλλά όχι τον Κέρβερο. Έχοντας δύο κεφάλια να φυλάσσουν αυτά τα βοοειδή σημαίνει ότι θα μπορούσε να χωριστεί σε καλό και κακό, φως και ημέρα και σε άλλες δυϊστικές πτυχές σε ένα σώμα προκειμένου να εδραιωθεί η παρουσία του τόπου όπου βρίσκεται ένα μονοπάτι προς μια διαφορετική φώτιση.

Γιατί ο Ηρακλής έκλεψε αυτό το κοπάδι; Δεν ήταν μέρος του «ηρωικού δρόμου». Το φως (από ό,τι καταλαβαίνουν οι ακόλουθοι του Λυκάονα από τον Δία) δεν θα το έβρισκε από αυτή τη λεωφόρο. Μία ερώτηση είναι δεν θα μπορούσαν να «συνυπάρχουν»; Μπορείς να πεις ότι το όλον θα μπορούσε να διαιρεθεί, αλλά τότε αυτό για το οποίο ζεις και πιστεύεις ως μέρος του όλου, δεν εμφανίζει ενιαία δομή. Ακόμα κι αν αποδεχτείς ότι μετέχεις σε ένα περιορισμένο μέρος του όλου, θα είναι θέμα χρόνου το σύστημα πεποιθήσεων των αντιπάλων να αποφασίσει ότι πρέπει να πάρει το χώρο σου και να εξαλείψει τις πεποιθήσεις σου. Πολλή απογοήτευση δημιουργείται γύρω από τη διαδικασία της παρατήρησης αυτών των συγκρούσεων, αλλά εκείνοι που πραγματικά επιθυμούν το καλύτερο για όλους γύρω τους, πρέπει να αποδεχτούν το γεγονός ότι στη φύση αυτού του συστήματος **τέτοιες μορφές ειρήνης είναι εγγενώς πολύ εύθραυστες, μη ρεαλιστικές, ασταθείς και απατηλές.** Τις περισσότερες φορές, όταν μια πλευρά υψώνει το σημάδι για την ειρήνη, μια άλλη πλευρά θα το δει ως μια ευκαιρία προς εκμετάλλευση. Ναι, μπορεί να είναι μια θλιβερή αλήθεια, αλλά είναι μέρος των αρχών της φύσης στην οποία όλα υπάρχουν. Με έναν πολύ χοντρό τρόπο είναι δυνατό να δούμε **τον κόσμο μας ως ένα πεδίο μάχης ρητών ή άρρητων εσχατολογικών συστημάτων πεποιθήσεων** που αντιμάχονται την προσπάθεια για επιβίωση. Ηράκλειτος: "Πόλεμος πάντων πατήρ".

ΚΑΤΑΝΟΩΝΤΑΣ ΤΟΝ ΑΘΛΟ ΤΩΝ ΚΟΚΚΙΝΩΝ ΒΟΔΙΩΝ ΤΟΥ ΓΗΡΥΟΝΗ

Όταν ο Ηρακλής πολέμησε τον Γηρυόνη, δεν χρησιμοποίησε την αλήθεια, αλλά τα βέλη του ψέματος. Εφόσον υποστήριζε τον "ηρωικό δρόμο" (του Δία), και αν η πίστη του ήταν αρκετά ισχυρή, δεν θα έπρεπε να αντιμετωπιστεί με τη δοκιμασία της αξίας; Ίσως μια πολύωρη ξιφομαχία; Το πιο σημαντικό, να θυμάσαι πάντα, **ο σκοπός του ήρωα είναι να κερδίσει**, και ό,τι εξασφαλίζει αυτή τη νίκη με τον μεγαλύτερο βαθμό αυτοπεποίθησης είναι ο τρόπος που πρέπει να ακολουθηθεί. Γιατί τα ψέματα θα έριχναν τον Γηρυόνη, δεν αρκούσε η αλήθεια για τα ψέματά του; **Ο Ηρακλής μπόρεσε να νικήσει την Ύδρα μόνο αφού είχε νικήσει το εγώ του, έτσι τα δηλητηριώδη ψέματα δεν μπορούσαν πλέον να τον διαπεράσουν**. Ο Γηρυόνης που γκρεμιζόταν από τα ψέματα σήμαινε ότι ζούσε ένα ψέμα επειδή δεν είχε τον εγωισμό του υπό έλεγχο. Θα μπορούσαμε να πούμε ότι όλοι όσοι γκρεμίζονται από τα ψέματα είναι εκείνοι που δεν έχουν κατακτήσει το αντίστοιχο λιοντάρι που αντιπροσωπεύει το εγώ τους. Με ένα τέτοιο εγώ, όλες οι ενέργειες που γίνονται είναι ενσάρκωση ψεμάτων. Ο Γηρυόνης που ζούσε από ψέματα σήμαινε ότι κάποια ψέματα θα τον κατέστρεφαν και ο Ηρακλής απλώς διάλεξε τα πιο βολικά. (**Το να λες ψέματα για έναν ψεύτη δεν είναι ψέμα** και γενικά ο περιορισμός της ευγένειας ισχύει μόνο για άλλους της ίδιας παράδοσης)

Εάν κάποιος θέλει να μην γκρεμιστεί από τα ψέματα, τότε θα πρέπει πρώτα να αντιμετωπίσει τον εγωισμό του. Δεν είναι δυνατόν για κάποιον που φτάνει ψηλά στην ζωή εκμεταλλευόμενος ότι μπορεί, να διατηρήσει το στοιχείο της σεμνότητας. **Ένας τέτοιος εχθρός όσο δυνατός και να φαίνεται, όσο σημαντικοί και να είναι οι σύμμαχοί του και όσο τρομακτικά και να φαίνονται τα όπλα του, θα καταρρεύσει αν πληγεί το εγώ του.**

Αφηρημένες ιδέες που χρησιμοποιούνται από τους εχθρούς του ηρωικού δρόμου για να προωθήσουν τους σκοπούς τους, φαίνονται ως επί το πλείστον άχρηστες. Αυτό όμως δεν αληθεύει αλλά η αποφυγή περαιτέρω διερεύνησης εξυπηρετεί από την άποψη ότι δεν επιβαρύνει επί πλέον τις ήδη γεμάτες ημέρες του ήρωα. Ας φανταστούμε έναν κυνηγό που έχει στήσει ενέδρα για άγρια ζώα στο δάσος. Ένα πράγμα που ψάχνει, είναι τα κόπρανα των ζώων. Από την επιθεώρηση των περιττωμάτων μαθαίνει από ποιο ζώο προήλθαν και αν είναι πρόσφατα οπότε και το ζώο είναι κοντά. Η πληροφορίες αυτές είναι σημαντικές και έμμεσες, θα ήταν λάθος να αγνοηθούν. Κάθε άνθρωπος έχει κάποιο εσχατολογικό στοιχείο μέσα του (θεολογικό, πνευματικό, υπαρξιακό) ανεξάρτητα αν το αντιλαμβάνεται ή όχι. Διαπερνά το υποσυνείδητό του και επηρεάζει επιλογές και πράξεις που με τον καιρό δημιουργούν μια πολύ καθαρή εικόνα για την δομή των υποκείμενων αντιλήψεων και πεποιθήσεών του. Άνθρωποι με παρόμοια δομή ενώνονται σε ομάδες που αναπτύσσουν μια νέα νοοτροπία απαραίτητη για την συντήρηση μιας ομαδικής ταυτότητας, και νέα μέλη απορροφούνται στην συλλογικότητα και αλλάζουν πολύ περισσότερο ατομικά από την όποια επιρροή και αλλαγή προκαλούν στην ομάδα. Ο μηχανισμός είναι ασύμμετρος, η επιρροή της ομάδας στο άτομο είναι αποτελεσματικότερη από το αντίστροφο. Συλλογικές πρακτικές που συνδέονται με την υποκείμενη συλλογική δομή είναι απαραίτητες για να επικαιροποιούν την ταυτότητα ως κοινή και ιερά. Ένας ήρωας του σωστού δρόμου πάντα θα μπορεί να αναγνωρίσει τα συμβολικά στοιχεία που είναι ασύμβατα με αυτόν, πριν εκδηλωθούν στους οπαδούς. Η διαπίστωση ότι θρησκευτικές πρακτικές στην ουσία εξυπηρετούν την διαχείριση απορριμμάτων μιας κοινωνίας ίσως δημιουργεί προβληματισμό. Μόνον ένας πολύ οξυδερκής και ευφυής ήρωας μπορεί να κατανοήσει ότι αν και πολύτιμες, οι θρησκείες υπάρχουν κυρίως για να διαχειρίζονται την ατυχή αρνητική συμπεριφορά των πιστών και ακολούθων, οι αρνητικές τάσεις τυπικά έχουν εμφανή σημάδια που τις προδίδουν. Φαινομενικά οι οργανισμοί μπορούν να επιτύχουν μια μορφή κάθαρσης μεταφέροντας την εσωτερική τους μόλυνση σε άλλες ομάδες. Η ανάγκη κάθαρσης ενός οργανισμού από μεγάλη συσσώρευση προβλημάτων γίνεται κατανοητή στον 5ο και 6ο άθλο αλλά και σε αυτόν τον άθλο επίσης. Με αυτή την γνώση, ένας ήρωας μπορεί να καταλάβει από ονόματα που χρησιμοποιούνται, λεξιλόγιο και τις καλές προθέσεις, ώστε να εστιάσει στον αποτελεσματικό χειρισμό των εσχατολογικών αρχών με τις οποίες οι οπαδοί πορεύονται.

ΚΑΤΑΝΟΩΝΤΑΣ ΤΟΝ ΑΘΛΟ ΤΩΝ ΚΟΚΚΙΝΩΝ ΒΟΔΙΩΝ ΤΟΥ ΓΗΡΥΟΝΗ

ΕΊΝΑΙ ΔΥΝΑΤΌΝ ΝΑ ΑΡΝΗΘΟΎΜΕ ΑΥΤΉΝ ΤΗΝ ΚΑΤΑΝΌΗΣΗ ΜΕ ΒΆΣΗ ΌΤΙ ΑΥΤΆ ΤΑ ΣΤΟΙΧΕΊΑ ΠΟΥ ΕΚΚΡΊΝΟΝΤΑΙ ΑΠΌ ΤΗΝ ΕΣΧΑΤΟΛΟΓΙΚΉ ΟΜΑΔΙΚΉ ΠΡΑΚΤΙΚΉ ΕΝΌΣ ΕΧΘΡΟΎ ΜΠΟΡΕΊ ΝΑ ΕΠΗΡΕΆΣΟΥΝ ΤΗΝ ΆΠΟΨΗ ΕΝΌΣ ΉΡΩΑ (ΔΗΜΙΟΥΡΓΏΝ ΑΜΦΙΒΟΛΊΕΣ). ΔΕΝ ΥΠΆΡΧΕΙ ΤΊΠΟΤΑ ΚΑΚΟ ΜΕ ΤΗΝ ΑΜΦΙΒΟΛΊΑ ΚΑΙ ΟΙ ΕΡΩΤΉΣΕΙΣ ΠΡΈΠΕΙ ΝΑ ΛΗΦΘΟΎΝ ΥΠΌΨΗ. ΑΛΛΆ ΘΥΜΉΣΟΥ ΠΟΙΟΣ ΚΆΝΕΙ ΤΙΣ ΕΡΩΤΉΣΕΙΣ ΚΑΙ ΑΝ ΑΥΤΈΣ ΟΙ ΕΡΩΤΉΣΕΙΣ ΕΙΝΑΙ ΔΙΚΕΣ ΣΟΥ. Ο ΑΝΤΊΠΑΛΟΣ ΣΟΥ ΜΠΟΡΕΊ ΣΚΟΠΙΜΑ ΝΑ ΣΕ ΠΕΡΙΒΆΛΛΕΙ ΜΕ ΜΙΑ ΣΕΙΡΆ ΑΠΌ ΠΑΡΆΔΟΞΑ ΓΙΑ ΝΑ ΣΕ ΑΠΟΣΠΆΣΕΙ ΑΠΌ ΤΟΥΣ ΣΤΌΧΟΥΣ / ΆΘΛΟΥΣ ΣΟΥ. ΜΙΑ ΆΛΛΗ ΤΑΚΤΙΚΉ ΠΟΥ ΧΡΗΣΙΜΟΠΟΙΟΎΝ ΕΚΕΙΝΟΙ ΠΟΥ ΕΠΙΔΙΏΚΟΥΝ ΝΑ ΥΠΟΝΟΜΕΎΣΟΥΝ ΤΟΝ ΗΡΩΙΚΟ ΔΡΌΜΟ ΕΊΝΑΙ ΝΑ ΕΠΙΣΗΜΑΊΝΟΥΝ ΤΙΣ ΑΡΝΗΤΙΚΕΣ ΣΥΝΈΠΕΙΕΣ ΑΠΌ ΤΙΣ ΠΡΟΣΠΆΘΕΙΈΣ ΣΟΥ ΚΑΙ ΣΕ ΑΥΤΌ ΤΟ ΣΗΜΕΙΟ ΠΡΈΠΕΙ ΝΑ ΘΥΜΆΣΑΙ ΤΟΝ ΆΘΛΟ ΜΕ ΤΟ ΕΛΆΦΙ, ΌΠΟΥ ΈΓΙΝΕ Η ΚΑΤΑΝΌΗΣΗ ΌΤΙ ΣΤΗ ΜΈΣΗ ΤΟΥ ΠΟΤΑΜΟΎ ΤΟΥ ΦΩΤΌΣ, Η ΑΓΝΌΤΗΤΑ ΔΕΝ ΘΑ ΕΙΝΑΙ ΑΡΚΕΤΉ ΚΑΙ ΠΆΝΩ ΣΕ Ό,ΤΙ ΕΙΝΑΙ ΠΟΛΎΤΙΜΟ, ΑΝΑΠΟΦΕΥΚΤΑ ΘΑ ΔΗΜΙΟΥΡΓΗΘΟΎΝ ΠΛΗΓΈΣ.

ΤΟ ΠΙΟ ΣΗΜΑΝΤΙΚΌ ΌΜΩΣ, ΈΝΑΣ ΑΝΤΊΠΑΛΟΣ ΝΑ ΈΧΕΙ ΔΕΊΞΕΙ ΠΩΣ ΑΞΊΖΕΙ ΤΗΝ ΠΡΟΣΟΧΉ ΕΝΌΣ ΉΡΩΑ ΚΑΙ ΝΑ ΈΧΕΙ ΘΈΣΕΙ ΕΣΈΝΑ, ΜΈΛΗ ΤΗΣ ΟΙΚΟΓΈΝΕΙΆΣ ΣΟΥ / ΤΟΥΣ ΦΊΛΟΥΣ / ΤΗΝ ΚΟΙΝΌΤΗΤΆ ΣΟΥ, ΣΕ ΚΊΝΔΥΝΟ. ΕΊΝΑΙ ΕΎΚΟΛΟ ΝΑ ΔΕΙΣ ΤΗΝ ΕΠΊΤΕΥΞΗ ΤΗΣ ΑΣΦΆΛΕΙΑΣ ΩΣ ΤΟΝ ΜΟΝΑΔΙΚΌ ΣΤΌΧΟ, ΧΩΡΊΣ ΝΑ ΔΕΙΣ ΚΑΙ ΝΑ ΚΑΤΑΛΆΒΕΙΣ ΠΟΙΕΣ ΕΊΝΑΙ ΟΙ ΔΙΚΈΣ ΣΟΥ ΕΛΛΕΊΨΕΙΣ ΣΕ ΣΧΈΣΗ ΜΕ ΤΟΥΣ ΑΝΤΙΠΆΛΟΥΣ ΣΟΥ, ΠΟΙΕΣ ΑΔΥΝΑΜΊΕΣ ΒΡΉΚΑΝ ΣΕ ΕΣΈΝΑ Ή ΣΤΗΝ ΚΟΙΝΩΝΊΑ / ΠΟΛΙΤΙΣΜΌ ΣΟΥ ΚΑΙ ΠΟΙΑ ΔΥΝΑΤΆ ΣΗΜΕΊΑ ΈΧΟΥΝ ΑΝΑΚΑΛΎΨΕΙ ΓΙΑ ΝΑ ΒΑΣΊΖΟΝΤΑΙ ΣΕ ΑΥΤΆ. ΥΠΆΡΧΟΥΝ ΠΟΛΛΆ ΠΑΡΑΔΕΙΓΜΑΤΑ ΑΠΌ ΤΗΝ ΙΣΤΟΡΊΑ ΓΙΑ ΜΑΘΉΜΑΤΑ ΠΟΥ ΔΙΔΆΧΤΗΚΑΝ ΑΠΌ ΤΟΥΣ ΑΝΤΙΠΆΛΟΥΣ. ΈΝΑ ΑΠΌ ΑΥΤΆ ΤΑ ΜΑΘΉΜΑΤΑ ΔΕΝ ΠΡΈΠΕΙ ΝΑ ΧΑΘΕΊ ΚΑΙ ΒΟΗΘΆ ΣΕ ΠΕΡΙΌΔΟΥΣ ΣΥΓΧΥΣΗΣ Ή ΌΤΑΝ ΕΠΗΡΕΆΖΕΣΑΙ ΑΠΌ ΤΗΝ ΟΜΟΡΦΙΆ ΤΗΣ ΕΜΦΆΝΙΣΗΣ, ΌΤΑΝ ΑΝΤΙΜΕΤΩΠΊΖΕΙΣ ΤΗΝ ΠΟΛΥΠΛΟΚΟΤΗΤΑ, ΕΠΊΣΗΣ ΑΠΌ ΆΛΟΓΕΣ ΚΡΙΣΕΙΣ ΛΌΓΩ ΥΠΕΡΒΟΛΙΚΆ ΓΕΝΙΚΉΣ ΘΕΏΡΗΣΗΣ ΓΙΑ ΠΟΙΟΝ ΘΈΛΟΥΝ ΟΙ ΉΡΩΕΣ ΝΑ ΑΓΩΝΙΣΤΟΎΝ. ΑΥΤΌ ΤΟ ΜΆΘΗΜΑ ΕΊΝΑΙ: ΜΠΟΡΕΊΣ ΝΑ ΡΩΤΉΣΕΙΣ ΤΟΝ ΕΑΥΤΌ ΣΟΥ ΓΙΑ ΑΠΑΝΤΉΣΕΙΣ ΜΈΣΩ: **ΕΑΝ ΉΣΟΥΝ ΤΥΦΛΌΣ ΚΑΙ ΣΟΥ ΈΛΕΓΑΝ ΌΛΕΣ ΤΙΣ ΠΛΗΡΟΦΟΡΊΕΣ ΠΟΥ ΑΠΑΙΤΟΎΝΤΑΙ ΓΙΑ ΝΑ ΛΆΒΕΙΣ ΜΙΑ ΑΠΟΦΑΣΗ, ΧΩΡΊΣ ΝΑ ΑΝΑΣΎΡΕΙΣ ΕΙΚΌΝΕΣ ΑΠΟ ΤΗ ΜΝΉΜΗ, ΠΟΙΑ ΣΥΣΤΑΣΗ ΘΑ ΈΔΙΝΕΣ;**

DAN ATTRELL : "SHAMANISM AND THE MYSTERIES: A BRIEF HISTORY OF THE CULT OF ECSTASY", ΣΤΟ ΒΙΒΛΊΟ ΜΕΤΑΦΈΡΕΤΑΙ ΠΟΛΎ ΚΑΛΆ ΓΙΑΤΊ ΌΛΕΣ ΑΥΤΈΣ ΟΙ ΠΤΥΧΕΣ ΤΟΥ ΔΙΟΝΎΣΟΥ ΕΙΝΑΙ ΆΓΝΩΣΤΕΣ «ΕΙΔΩΛΟΛΆΤΡΕΣ Ή ΧΡΙΣΤΙΑΝΟΊ, ΩΣΤΌΣΟ, ΟΙ ΣΥΓΓΡΑΦΕΙΣ ΤΗΣ ΑΡΧΑΙΌΤΗΤΑΣ ΓΝΏΡΙΖΑΝ ΌΛΟΙ ΤΟΝ ΚΊΝΔΥΝΟ ΑΠΟΚΆΛΥΨΗΣ ΜΈΣΩ ΤΗΣ ΔΗΜΟΣΊΕΥΣΗΣ ΤΩΝ ΜΥΣΤΗΡΊΩΝ ΕΝΌΣ ΘΕΟΎ ΤΌΣΟ ΕΚΔΙΚΗΤΙΚΟΎ ΌΠΩΣ Ο ΔΙΌΝΥΣΟΣ ΚΑΙ ΙΔΙΑΙΤΕΡΑ ΤΗΣ ΤΕΛΕΤΉΣ ΜΈΣΩ ΤΗΣ ΟΠΟΊΑΣ ΕΠΙΤΥΓΧΆΝΕΤΑΙ Η ΈΝΩΣΗ ΜΕ ΤΟΝ ΘΕΌ. Π.Χ. ΘΑΝΑΤΙΚΈΣ ΠΟΙΝΈΣ ΓΙΑ ΔΗΜΌΣΙΕΣ ΑΠΟΚΑΛΎΨΕΙΣ». ΌΛΟΙ ΟΙ ΙΣΤΟΡΙΚΟΊ ΤΩΝ ΘΡΗΣΚΕΙΏΝ ΓΝΩΡΊΖΟΥΝ ΌΤΙ Ο ΜΎΘΟΣ ΚΑΙ ΤΟ ΤΕΛΕΤΟΥΡΓΙΚΌ ΣΕ ΌΛΕΣ ΤΙΣ ΛΑΤΡΕΊΕΣ (ΘΡΗΣΚΕΥΤΙΚΆ ΚΙΝΉΜΑΤΑ) ΕΙΝΑΙ ΠΑΡΆΛΛΗΛΑ ΚΑΙ ΕΊΝΑΙ ΑΠΛΆ ΜΙΑ ΣΥΖΉΤΗΣΗ ΓΙΑ ΤΟ ΠΟΙΟ ΠΡΟΗΓΕΙΤΑΙ ΤΟΥ ΆΛΛΟΥ. ΌΛΟΙ ΑΥΤΟΊ ΟΙ ΜΎΘΟΙ ΜΙΛΟΎΝ ΓΙΑ ΤΕΡΆΣΤΙΕΣ ΧΥΔΑΙΌΤΗΤΕΣ ΚΑΙ ΒΑΡΒΑΡΟΤΗΤΑ ΚΆΤΩ ΑΠΌ ΜΙΑ ΠΕΡΙΠΛΟΚΗ ΆΚΑΜΠΤΗ ΙΕΡΑΡΧΊΑ ΜΥΗΜΈΝΩΝ. ΟΙ ΜΎΘΟΙ ΑΠΌ ΤΟ ΘΈΑΤΡΟ ΤΟΥ ΕΥΡΙΠΊΔΗ ΘΕΩΡΟΎΝΤΑΙ ΜΙΑ ΕΛΑΦΡΙΆ ΔΗΜΌΣΙΑ ΑΝΑΓΓΕΛΊΑ ΤΗΣ ΜΟΊΡΑΣ ΌΣΩΝ ΑΡΝΟΎΝΤΑΙ ΤΟΝ ΘΕΌ ΠΟΥ ΠΕΘΑΊΝΕΙ ΚΑΙ ΑΝΑΣΤΑΊΝΕΤΑΙ. ΥΠΆΡΧΟΥΝ ΠΑΡΑΠΟΜΠΈΣ ΔΙΑΦΟΡΕΤΙΚΏΝ ΟΝΟΜΆΤΩΝ ΠΟΥ ΑΠΟΤΕΛΟΎΝ ΣΥΧΝΆ ΈΚΠΛΗΞΗ ΚΑΘΏΣ ΤΑ ΠΕΡΙΣΣΌΤΕΡΑ ΒΑΣΊΖΟΝΤΑΙ ΣΕ ΣΥΓΚΕΚΡΙΜΈΝΕΣ ΟΝΟΜΑΣΤΙΚΈΣ ΣΥΝΉΘΕΙΕΣ ΚΑΙ ΜΊΑ ΣΧΕΣΗ ΜΕ ΆΛΛΟ ΜΎΘΟ ΜΠΟΡΕΊ ΝΑ ΒΡΕΘΕΊ ΣΕ ΑΥΤΌΝ ΤΩΝ ΒΡΙΚΟΛΆΚΩΝ. ΑΥΤΉ Η ΣΎΝΔΕΣΗ ΑΡΧΙΚΆ ΜΠΟΡΕΊ ΝΑ ΦΑΊΝΕΤΑΙ ΧΑΛΑΡΉ ΚΑΙ ΦΑΝΤΑΣΤΙΚΉ. ΘΑ ΕΠΙΣΗΜΑΝΘΕΊ ΜΌΝΟ ΜΙΑ ΠΤΥΧΉ. ΈΝΑΣ ΒΑΣΙΚΌΣ ΜΎΘΟΣ ΓΙΑ ΤΟΝ ΘΆΝΑΤΟ ΤΟΥ ΔΙΌΝΥΣΟΥ ΚΑΙ ΤΗΝ ΑΝΑΓΈΝΝΗΣΗ ΩΣ ΒΡΌΜΙΟ ΕΊΝΑΙ ΌΤΑΝ Ο ΔΙΌΝΥΣΟΣ ΠΈΘΑΝΕ ΣΤΑ ΧΈΡΙΑ ΤΩΝ ΓΙΓΆΝΤΩΝ, ΌΤΙ Ο ΔΙΑΣ ΈΔΩΣΕ ΣΤΗ ΣΕΜΈΛΗ / ΣΙΒΥΛΛΑ ΤΗΝ ΚΑΡΔΙΆ ΤΟΥ ΝΑ ΤΗΝ ΦΆΕΙ ΜΕ ΤΗΝ ΟΠΟΊΑ ΕΚΕΊΝΗ ΈΜΕΙΝΕ ΈΓΚΥΟΣ ΓΙΑ ΑΥΤΉ ΤΗΝ ΑΝΑΓΈΝΝΗΣΗ. ΌΣΟΙ ΉΤΑΝ ΑΝΤΊΘΕΤΟΙ ΜΕ ΤΟΥΣ «ΒΑΜΠΊΡ» ΜΠΟΡΟΎΣΑΝ ΝΑ ΤΑ ΣΚΟΤΏΣΟΥΝ ΜΌΝΟ ΜΕ ΈΝΑΝ ΠΆΣΣΑΛΟ ΣΤΗΝ ΚΑΡΔΙΆ (ΚΑΤΑΣΤΡΈΦΟΝΤΆΣ ΤΗ) ΚΆΤΙ ΠΟΥ ΘΑ ΔΙΈΚΟΠΤΕ ΤΗΝ ΙΚΑΝΌΤΗΤΑ ΓΙΑ ΑΝΑΓΈΝΝΗΣΗ ΣΎΜΦΩΝΑ ΜΕ ΑΥΤΉΝ ΤΗΝ ΑΛΛΗΛΟΚΑΛΥΠΤΌΜΕΝΗ ΔΟΜΉ ΠΕΠΟΙΘΉΣΕΩΝ. ΠΑΡΌΜΟΙΕΣ ΈΝΝΟΙΕΣ ΥΠΉΡΧΑΝ ΚΑΙ ΣΕ ΕΝΤΕΛΏΣ ΔΙΑΦΟΡΕΤΙΚΟΎΣ ΠΟΛΙΤΙΣΜΟΎΣ ΑΦΟΎ ΣΤΗΝ ΑΡΧΑΊΑ ΕΛΛΆΔΑ ΑΚΌΜΗ ΚΑΙ ΜΕΤΑΞΎ ΤΩΝ ΔΩΡΙΈΩΝ, ΤΟ ΙΕΡΑΤΕΊΟ ΜΠΟΡΟΎΣΕ ΝΑ ΕΚΤΕΛΈΣΕΙ ΤΙΣ ΤΑΦΙΚΈΣ ΤΕΛΕΤΈΣ ΓΙΑ ΤΗ ΜΕΤΆΒΑΣΗ ΣΤΗ ΝΈΑ ΜΕΤΆ ΘΆΝΑΤΟΝ ΖΩΉ ΜΌΝΟ ΑΝ ΤΟ ΠΡΌΣΩΠΟ ΉΤΑΝ ΆΘΙΚΤΟ. ΌΤΑΝ Ο ΒΑΣΙΛΙΆΣ ΛΕΩΝΊΔΑΣ ΤΗΣ ΣΠΆΡΤΗΣ ΈΠΕΣΕ ΣΤΙΣ ΘΕΡΜΟΠΎΛΕΣ ΕΝΆΝΤΙΑ ΣΤΟΝ ΠΕΡΣΙΚΌ ΣΤΡΑΤΌ, ΟΙ ΈΛΛΗΝΕΣ ΚΑΙ ΟΙ ΠΈΡΣΕΣ ΠΟΛΈΜΗΣΑΝ ΓΙΑ ΤΟ ΣΏΜΑ, ΜΕ ΤΟΥΣ ΠΈΡΣΕΣ ΝΑ ΠΡΟΣΠΑΘΟΎΝ ΑΠΕΓΝΩΣΜΈΝΑ ΝΑ ΚΑΤΑΣΤΡΈΨΟΥΝ ΤΟ ΠΡΌΣΩΠΟ ΤΟΥ ΒΑΣΙΛΙΆ ΓΙΑ ΛΌΓΟΥΣ ΑΠΟΘΆΡΡΥΝΣΗΣ, ΚΑΘΏΣ ΘΑ ΈΚΛΕΒΑΝ ΑΠΌ ΤΟΝ ΛΕΩΝΊΔΑ ΤΗΝ ΚΕΡΔΙΣΜΈΝΗ ΘΈΣΗ ΤΟΥ ΣΤΗΝ ΜΕΤΆ ΘΆΝΑΤΟΝ ΖΩΉ . ΆΛΛΟΙ ΣΤΡΑΤΙΏΤΕΣ ΘΑ ΜΠΟΡΟΎΣΑΝ ΝΑ ΦΟΒΟΎΝΤΑΙ ΌΤΙ ΟΙ ΠΡΟΣΠΆΘΕΙΈΣ ΤΟΥΣ ΘΑ ΈΜΕΝΑΝ ΧΩΡΊΣ ΑΝΤΑΜΟΙΒΉ ΜΕ ΠΑΡΌΜΟΙΟ ΤΡΌΠΟ, ΚΑΘΏΣ ΟΙ ΠΕΡΙΣΣΌΤΕΡΟΙ ΚΩΔΙΚΟΊ ΠΟΛΕΜΙΣΤΏΝ ΈΧΟΥΝ ΜΙΑ ΔΟΜΉ ΑΝΤΑΜΟΙΒΉΣ ΓΙΑ ΘΥΣΊΕΣ ΣΕ ΑΥΤΌΝ ΤΟΝ ΚΌΣΜΟ ΠΟΥ ΑΠΟΖΗΜΙΏΝΟΝΤΑΙ ΣΤΟΝ ΕΠΌΜΕΝΟ. ΓΙΑ ΤΟΥΣ ΔΙΟΝΥΣΙΑΚΟΎΣ, ΚΑΙ ΤΙΣ ΣΥΝΔΈΣΕΙΣ ΜΕ ΆΛΛΟΥΣ ΜΎΘΟΥΣ ΌΠΩΣ ΑΥΤΌΝ ΤΩΝ «ΒΑΜΠΊΡ», ΜΙΑ ΚΑΤΑΣΤΡΟΦΉ ΤΗΣ ΚΑΡΔΙΆΣ ΘΑ ΣΉΜΑΙΝΕ ΌΤΙ ΤΟ ΆΤΟΜΟ ΠΟΥ ΑΓΑΠΟΎΣΑΝ ΉΤΑΝ ΤΏΡΑ ΠΡΑΓΜΑΤΙΚΆ ΧΑΜΈΝΟ ΑΝΤΊ ΝΑ ΥΠΆΡΧΕΙ ΠΙΘΑΝΌΤΗΤΑ ΑΝΑΓΈΝΝΗΣΗΣ ΜΈΣΩ ΤΕΛΕΤΟΥΡΓΊΑΣ.

ΤΑ ΔΙΟΝΥΣΙΑΚΆ ΜΥΣΤΉΡΙΑ ΕΊΝΑΙ ΓΙΑ ΤΟΥΣ ΕΚΛΕΚΤΙΚΟΎΣ ΜΥΗΜΈΝΟΥΣ ΏΣΤΕ ΝΑ ΑΝΕΛΙΧΘΟΎΝ ΣΕ ΈΝΑ ΥΨΗΛΌ ΕΠΊΠΕΔΟ, ΚΑΙ ΑΥΤΟΊ ΠΟΥ ΔΕΝ ΠΕΡΙΛΑΜΒΆΝΟΝΤΑΙ ΘΕΩΡΟΎΝΤΑΙ ΌΤΙ ΕΊΝΑΙ ΚΑΤΏΤΕΡΗΣ ΎΠΑΡΞΗΣ. ΘΑ ΜΠΟΡΟΎΣΕ ΚΆΠΟΙΟΣ ΝΑ ΠΕΙ «ΑΣ ΚΆΝΟΥΜΕ ΜΙΑ ΤΕΛΕΤΉ ΜΎΗΣΗΣ ΓΙΑ ΌΛΟΥΣ». ΑΛΛΆ ΑΥΤΌΣ ΕΊΝΑΙ Ο ΛΌΓΟΣ ΠΟΥ ΈΧΟΥΝ ΣΧΕΔΙΑΣΤΕΊ ΈΤΣΙ ΏΣΤΕ ΝΑ ΕΊΝΑΙ ΌΛΑ ΤΌΣΟ ΠΕΡΙΠΛΟΚΑ, ΔΑΠΑΝΗΡΆ ΚΑΙ ΑΠΑΙΤΗΤΙΚΆ ΜΕ ΜΕΓΆΛΕΣ ΘΥΣΊΕΣ ΠΟΥ ΑΠΑΙΤΟΎΝΤΑΙ, ΏΣΤΕ ΜΌΝΟ ΛΊΓΟΙ ΕΊΝΑΙ ΝΑ ΙΚΑΝΟΊ ΚΑΙ ΠΡΌΘΥΜΟΙ ΝΑ ΠΕΡΆΣΟΥΝ. ΔΗΜΙΟΥΡΓΕΊ ΆΜΕΣΑ ΚΑΙ ΈΜΜΕΣΑ ΈΝΑ ΣΎΣΤΗΜΑ ΤΆΞΕΩΝ / ΚΑΣΤΏΝ ΌΠΟΥ ΟΙ ΑΠΌ ΚΆΤΩ ΘΕΩΡΟΎΝΤΑΙ «ΚΑΤΏΤΕΡΟΙ» ΚΑΙ ΥΠΆΡΧΟΥΝ ΜΌΝΟ ΓΙΑ ΝΑ ΥΠΗΡΕΤΟΎΝ ΤΟΥΣ ΥΠΕΡΥΨΩΜΈΝΟΥΣ.

ΚΑΤΑΝΟΗΣΗ ΤΟΥ ΑΘΛΟΥ ΓΙΑ ΤΗΝ ΛΗΨΗ ΤΟΥ ΚΕΡΒΕΡΟΥ, ΤΟΥ ΣΚΥΛΟΥ ΤΟΥ ΚΑΤΩ ΚΟΣΜΟΥ

Διάφορες πηγές τοποθετούν αυτόν τον άθλο ως τον τελευταίο και όχι τον δεύτερο πριν το τέλος. Υπάρχουν 2 βασικοί λόγοι για αυτό. Κάποιοι συγγραφείς πριν από χρόνια το έκαναν σκόπιμα αφού δεν ήταν οπαδοί του ηρωικού δρόμου αλλά στην πραγματικότητα οπαδοί που υιοθέτησαν παραδόσεις που κληρονόμησαν από τις πρακτικές που συνδέονται με την Ήρα και αυτές που διεξήγαγε ο Ευρυσθέας. Ήθελαν να μειώσουν τον αντίκτυπο του άθλου της απόκτησης των μήλων από τον κήπο των Εσπερίδων. Ο δεύτερος λόγος οφείλεται σε εσκεμμένη δράση από τους αντιπάλους και μια αντανάκλαση του εκφυλισμού των συνδέσεων με τον ηρωικό δρόμο αφήνοντας έναν φόβο να μεγαλώσει. Ο Κέρβερος θεωρείται λανθασμένα ως στοιχείο φόβου γιατί στην κουλτούρα των Ηρώων δεν πρέπει να υπάρχει αφύσικος φόβος του θανάτου, καθώς το στάδιο του περάσματος από αυτόν τον κόσμο στον άλλο είναι φυσικό. **Η ηρωική εποχή δεν έθετε φόβο στον θάνατο. Ο φόβος του θανάτου είναι στην πραγματικότητα ένα ιδεολογικό όπλο που μπορεί να χρησιμοποιηθεί από όσους θέλουν να σταματήσουν έναν ήρωα.**

Όπως και να έχει, υπάρχουν σημαντικά μαθήματα για τον ήρωα σε αυτόν τον άθλο. Το πιο χαρακτηριστικό είναι ότι δεν υπάρχει τίποτα να φοβηθείς από το θάνατο. Εάν ένας ήρωας δεν τον κατακτήσει αυτόν, μπορούν ακόμα να επιτευχθούν πολλοί άθλοι. Είναι δυνατό για έναν ήρωα με ισορροπημένο φόβο θανάτου, κάτω από ένα ελεγχόμενο εγώ, να προχωρήσει στην ολοκλήρωση πολλών άθλων, αλλά όχι του τελευταίου.

Ο Ηρακλής πήρε μια από τις διαδρομές για να μπει στον κάτω κόσμο σύμφωνα με παραδόσεις εκτός του ηρωικού δρόμου. Αυτή ήταν μια άλλη άποψη της μετά θάνατον ζωής, και όχι αυτή που προοριζόταν για τον Ηρακλή και εκείνους μετά από αυτόν που στα χνάρια του Ηρωισμού προορίζονται για μεγαλύτερα δώρα. Η διαδρομή προς τον Άδη δεν είναι η ίδια με τη διαδρομή της εξόδου από αυτόν, όπως συμβαίνει με όλες τις προσπάθειες για έξοδο από τον εκφυλισμό (οι έξοδοι θέτουν μεγαλύτερες προκλήσεις). Ο θάνατος (Άδης) θα σε υποδεχθεί ανοιχτά. Ο Άδης είχε ένα περιστέρι στο σκήπτρο του και αυτό μπορεί να φαίνεται παράξενο αλλά αυτό δείχνει μία σύνδεση με αυτούς που ζουν στα σύννεφα. Αυτή η λανθασμένη αντίληψη ότι ο Άδης είναι μια εικόνα τρόμου ενισχύει ότι από την ηρωική εποχή και τους θριάμβους αυτών των ηρώων, οι ανατροπές στις αντιλήψεις έχουν τροποποιήσει ακόμη και τις πιο βασικές έννοιες. Θα έχεις ακούσει για τη φράση «αναπαύσου εν ειρήνη». Όταν το βασίλειο μοιράστηκε μεταξύ των αδελφών Δία, Ποσειδώνα και Άδη, το κράνος της αορατότητας δόθηκε στον Άδη. Ο κεραυνός που δημιουργεί φως και μπορεί να εκφοβίσει τους εχθρούς χρησιμοποιήθηκε από τον Δία σύμφωνα με τον Ησίοδο. Το να μην μπορείς να δεις την προσέγγιση του Άδη καθιστά αδύνατη την άμυνα, ανεξάρτητα από το ότι ο φόβος μπορεί να απουσιάζει. Η πρόκληση φόβου στα πιθανά θύματα προκαλεί αδυναμία στην αποτελεσματικότητα των αμυνών. Επίσης η επίδειξη ειρήνης είναι ένας άλλος τρόπος για να προσεγγίσεις έναν στόχο και να μην χρειαστεί να αντιμετωπίσεις άμυνες. Αυτό επιτρέπει την ανάγκη λιγότερων πόρων οργάνωσης για επίθεση σε ένα θύμα. Ο θυμός (όχι άγχος) μπορεί να αναγκάσει κάποιον όχι μόνο να αμυνθεί αλλά και να επιτεθεί και ο Άδης προσπαθεί να το παρακάμψει με μυστικότητα και ειρήνη (περιστέρι).

Πριν ο Άδης κατέβει στον κάτω κόσμο, ήταν γεμάτος με την ομίχλη του Ερέβους που υπήρχε στα όρια της ανθρωπότητας. Πολλοί θα φοβόντουσαν αυτό το θηρίο, τον Κέρβερο, που στεκόταν στην οροφή του Ερέβους. Είναι ο σκύλος της οροφής του Ερέβους γιατί φύλαγε μια πύλη που «κατέβαινε» πιο βαθιά και όχι προς την κατεύθυνση της οριζόντιας απόστασης. Δεν ήταν στο ίδιο επίπεδο αλλά ακριβώς από πάνω, ως φρουρός. Η θέα του σκύλου με τρία κεφάλια θα προκαλούσε μεγάλο φόβο σε κάθε επίδοξο εξερευνητή.

Γιατί ο Κέρβερος είχε 3 κεφάλια; Εάν ήταν ένας αριθμός για να προκαλέσει απλώς φόβο, θα μπορούσε να ήταν 5 ή 20 και οποιοσδήποτε αυθαίρετος αριθμός θα αρκούσε, αλλά ο αριθμός είναι 3. Υπάρχει η ιδέα ότι ήταν για να κρατάει τους νεκρούς μέσα ώστε να μην μπορούν να βγουν έξω μετά την είσοδό τους. Πως ο Κέρβερος ήταν εκεί για να τους κρατάει μέσα. Εάν ίσχυε αυτό, **ο Κέρβερος θα χρειαζόταν μόνο 1 κεφάλι να κοιτάει προς την είσοδο για να κρατήσει τους νεκρούς μέσα, αλλά είχε 3 κεφάλια που κοιτούσαν προς τις αντίθετες κατευθύνσεις, κυρίως για να κρατήσει τους ανθρώπους που ήταν ζωντανοί έξω. Δεν υπήρχε κεφάλι που να κοιτάει προς την είσοδο. Συνεπώς από αυτή την άποψη, οι νεκροί δεν επιθυμούσαν να βγουν έξω από τον κάτω κόσμο. Ήταν είτε απρόθυμοι, είτε χαρούμενοι, ή είχαν ξεχάσει τα πάντα.**

ΚΑΤΑΝΟΗΣΗ ΤΟΥ ΑΘΛΟΥ ΓΙΑ ΤΗΝ ΛΗΨΗ ΤΟΥ ΚΕΡΒΕΡΟΥ, ΤΟΥ ΣΚΥΛΟΥ ΤΟΥ ΚΑΤΩ ΚΟΣΜΟΥ

Η ΠΡΟΫΠΌΘΕΣΗ ΤΟΥ ΆΔΗ ΓΙΑ ΝΑ ΜΠΟΡΈΣΕΙ Ο ΗΡΑΚΛΉΣ ΝΑ ΠΆΡΕΙ ΤΟΝ ΚΈΡΒΕΡΟ ΜΑΖΊ ΤΟΥ ΉΤΑΝ ΌΤΙ ΘΑ ΕΠΙΤΡΈΠΟΝΤΑΝ ΝΑ ΧΡΗΣΙΜΟΠΟΙΉΣΕΙ ΜΌΝΟ ΦΥΣΙΚΆ ΜΈΣΑ. ΑΥΤΌ ΣΗΜΑΊΝΕΙ ΌΤΙ ΟΙ ΑΦΎΣΙΚΕΣ ΠΡΟΣΕΓΓΊΣΕΙΣ ΜΠΟΡΟΎΝ ΝΑ ΒΟΗΘΉΣΟΥΝ ΣΤΗ ΜΕΊΩΣΗ ΤΟΥ ΦΌΒΟΥ ΤΟΥ ΘΑΝΆΤΟΥ, ΑΛΛΆ ΈΝΑΣ ΉΡΩΑΣ ΤΟΥ ΗΡΩΙΚΟΎ ΔΡΌΜΟΥ ΜΠΟΡΕΊ ΝΑ ΤΟ ΚΆΝΕΙ ΜΕ ΦΥΣΙΚΆ ΜΈΣΑ. ΧΡΗΣΙΜΟΠΟΙΏΝΤΑΣ ΤΟ ΔΈΡΜΑ ΤΟΥ ΛΙΟΝΤΑΡΙΟΎ ΓΙΑ ΝΑ ΤΥΛΊΞΕΙ ΤΟΝ ΦΎΛΑΚΑ ΤΗΣ ΠΎΛΗΣ ΣΗΜΑΊΝΕΙ **ΌΤΙ Ο ΦΌΒΟΣ ΤΟΥ ΘΑΝΆΤΟΥ ΕΙΝΑΙ ΤΥΛΙΓΜΈΝΟΣ ΜΈΣΑ ΣΤΟ ΕΓΩ** ΚΑΙ Ο ΈΛΕΓΧΟΣ ΤΟΥ ΕΓΩ ΕΠΙΤΡΈΠΕΙ ΣΤΟΝ ΦΌΒΟ ΝΑ ΞΕΠΕΡΑΣΤΕΊ.

Ο ΗΡΑΚΛΉΣ ΑΠΟΜΑΚΡΎΝΟΝΤΑΣ ΤΟΝ ΚΈΡΒΕΡΟ ΑΠΌ ΑΥΤΉ ΤΗ ΘΈΣΗ ΣΗΜΑΊΝΕΙ ΌΤΙ ΧΩΡΊΣ ΤΟ ΦΌΒΟ ΓΙΑ ΑΥΤΌ ΠΟΥ ΒΡΊΣΚΕΤΑΙ ΠΈΡΑ ΑΠΌ ΤΗΝ ΠΎΛΗ, ΜΠΟΡΕΊ ΝΑ ΑΠΕΛΕΥΘΕΡΩΘΕΊΣ ΑΠΌ ΤΟΝ ΦΌΒΟ ΠΟΥ ΥΠΆΡΧΕΙ ΣΕ ΑΥΤΌΝ ΤΟΝ ΚΌΣΜΟ. Ο ΗΡΑΚΛΉΣ ΔΕΝ ΜΠΉΚΕ ΣΤΗΝ ΠΎΛΗ, ΠΑΡΌΛΟ ΠΟΥ ΜΠΟΡΟΎΣΕ. ΕΊΝΑΙ Η ΑΠΑΓΌΡΕΥΣΗ ΤΗΣ ΕΙΣΌΔΟΥ ΠΟΥ ΠΡΟΚΑΛΕΊ ΣΎΓΧΥΣΗ ΚΑΙ ΦΌΒΟ. ΓΝΩΡΊΖΟΝΤΑΣ ΌΤΙ ΤΟ ΜΟΝΟΠΆΤΙ ΕΊΝΑΙ ΕΛΕΎΘΕΡΟ ΚΑΙ ΑΝΟΙΧΤΌ, ΕΛΑΧΙΣΤΟΠΟΙΕΊΤΑΙ ΤΟ ΆΓΧΟΣ ΠΟΥ ΔΗΜΙΟΥΡΓΕΊΤΑΙ ΓΎΡΩ ΤΟΥ.

Ο ΗΡΩΙΚΌΣ ΒΑΣΙΛΙΆΣ ΘΗΣΈΑΣ ΉΤΑΝ ΘΡΥΛΙΚΌΣ ΓΙΑ ΠΟΛΛΟΎΣ ΛΌΓΟΥΣ ΚΑΙ Ο ΠΕΙΡΊΘΟΟΣ (ΒΑΣΙΛΙΆΣ ΤΩΝ ΛΑΠΙΘΏΝ ΑΚΌΛΟΥΘΩΝ ΤΟΥ ΔΙΑ) ΕΊΧΕ ΕΠΊΣΗΣ ΑΞΙΟΣΗΜΕΊΩΤΗ ΙΣΤΟΡΊΑ. ΉΤΑΝ ΓΝΩΣΤΌ ΠΩΣ ΜΑΖΊ ΣΥΜΜΕΤΕΊΧΑΝ ΣΤΟΝ ΠΌΛΕΜΟ ΕΝΑΝΤΊΟΝ ΤΩΝ ΚΕΝΤΑΎΡΩΝ. ΣΤΟ ΓΆΜΟ ΤΟΥ ΠΕΙΡΊΘΟΟΥ ΜΕ ΤΗΝ ΙΠΠΟΔΆΜΕΙΑ ΕΊΧΕ ΚΑΛΈΣΕΙ ΤΟΝ ΘΗΣΈΑ ΚΑΙ ΤΟΥΣ ΚΕΝΤΑΎΡΟΥΣ ΠΟΥ ΖΟΎΣΑΝ ΕΚΕΊ ΚΟΝΤΆ ΓΙΑ ΝΑ ΕΔΡΑΙΏΣΕΙ ΕΙΡΉΝΗ. ΤΟ ΚΡΑΣΊ ΈΚΑΝΕ ΆΤΑΚΤΟΥΣ ΤΟΥΣ ΚΕΝΤΑΎΡΟΥΣ ΚΑΙ Ο ΚΈΝΤΑΥΡΟΣ ΕΥΡΥΤΊΩΝΑΣ ΕΡΩΤΕΎΤΗΚΕ ΤΗΝ ΙΠΠΟΔΆΜΕΙΑ ΚΑΙ ΠΡΟΣΠΆΘΗΣΕ ΝΑ ΤΗΝ ΚΛΈΨΕΙ ΞΕΚΙΝΏΝΤΑΣ ΤΗ ΒΊΑ, ΚΑΙ ΜΕΤΆ ΆΛΛΟΙ ΚΈΝΤΑΡΟΙ ΕΠΙΧΕΊΡΗΣΑΝ ΝΑ ΠΆΡΟΥΝ ΆΛΛΕΣ ΓΥΝΑΊΚΕΣ ΑΚΌΜΑ ΚΑΙ ΆΝΤΡΕΣ ΠΡΆΓΜΑ ΠΟΥ ΚΛΙΜΆΚΩΣΕ ΤΗΝ ΚΑΤΆΣΤΑΣΗ ΠΟΥ ΟΔΉΓΗΣΕ ΣΕ ΠΌΛΕΜΟ. Ο ΠΕΙΡΊΘΟΟΣ ΚΑΙ Ο ΦΊΛΟΣ ΤΟΥ ΘΗΣΈΑΣ, ΗΓΉΘΗΚΑΝ ΤΗΣ ΑΝΤΕΠΊΘΕΣΗΣ. ΟΙ ΛΑΠΊΘΕΣ ΝΊΚΗΣΑΝ ΣΤΟ ΤΈΛΟΣ ΟΔΗΓΏΝΤΑΣ ΤΟΥΣ ΚΕΝΤΑΎΡΟΥΣ ΕΚΤΌΣ ΠΕΡΙΟΧΉΣ ΣΤΑ ΒΟΥΝΆ. ΣΤΟΝ ΠΑΡΘΕΝΏΝΑ ΣΤΗΝ ΑΘΉΝΑ ΥΠΆΡΧΟΥΝ ΠΟΛΛΆ ΑΓΆΛΜΑΤΑ ΠΟΥ ΤΟ ΣΥΜΒΟΛΊΖΟΥΝ ΑΥΤΌ, ΚΑΙ ΣΤΗΝ ΟΛΥΜΠΊΑ ΌΠΟΥ ΕΊΝΑΙ ΈΝΑ ΥΠΈΡΟΧΟ ΆΓΑΛΜΑ ΤΟΥ ΑΠΌΛΛΩΝΑ ΠΟΥ ΚΑΤΕΥΘΎΝΕΤΑΙ ΠΡΟΣ ΤΟΥΣ ΚΈΝΤΑΥΡΟΥΣ, ΤΟ ΟΠΟΊΟ ΟΙ ΉΡΩΕΣ ΜΠΟΡΟΎΝ ΝΑ ΕΡΜΗΝΕΎΣΟΥΝ ΩΣ ΈΚΦΡΑΣΗ ΑΡΙΣΤΕΊΑΣ ΓΙΑ ΤΗΝ ΥΠΕΡΆΣΠΙΣΗ ΤΩΝ ΤΕΛΕΤΏΝ ΤΟΥ ΓΆΜΟΥ. ΠΡΈΠΕΙ ΝΑ ΣΗΜΕΙΩΘΕΊ ΠΩΣ ΑΥΤΟΊ ΟΙ ΚΈΝΤΑΥΡΟΙ ΔΕΝ ΉΤΑΝ ΑΚΡΙΒΏΣ ΤΗΣ ΊΔΙΑΣ ΓΕΝΙΆΣ ΤΟΥ ΧΕΊΡΩΝΑ.

Ο ΘΗΣΈΑΣ ΠΟΥ ΕΊΧΕ ΚΟΛΛΉΣΕΙ ΠΡΟΣΠΑΘΏΝΤΑΣ ΝΑ ΚΡΑΤΉΣΕΙ ΤΙΣ ΑΝΑΜΝΉΣΕΙΣ ΤΟΥ, ΔΕΝ ΜΠΟΡΟΎΣΕ ΝΑ ΠΆΡΕΙ ΤΟ ΧΈΡΙ ΤΟΥ ΑΠΌ ΤΗΝ ΠΗΓΉ ΠΟΥ ΤΙΣ ΚΡΑΤΟΎΣΕ ΜΑΚΡΙΆ ΤΟΥ. ΑΥΤΌ ΔΕΊΧΝΕΙ ΌΤΙ ΑΥΤΌ ΜΠΟΡΕΊ ΝΑ ΣΥΜΒΕΊ ΕΎΚΟΛΑ ΣΕ ΚΆΠΟΙΟΥΣ ΑΠΌ ΤΟΥΣ ΚΑΛΎΤΕΡΟΥΣ. ΧΩΡΊΣ ΤΙΣ ΑΝΑΜΝΉΣΕΙΣ ΜΑΣ ΔΕΝ ΕΊΜΑΣΤΕ ΖΩΝΤΑΝΟΊ ΑΦΟΎ ΟΙ ΑΝΑΜΝΉΣΕΙΣ ΜΑΣ ΠΡΈΠΕΙ ΝΑ ΖΟΥΝ ΜΈΣΑ ΜΑΣ. ΑΥΤΌΣ ΕΊΝΑΙ ΕΠΊΣΗΣ Ο ΛΌΓΟΣ ΠΟΥ ΕΊΝΑΙ ΣΗΜΑΝΤΙΚΌ ΝΑ ΕΊΣΑΙ ΠΡΟΕΤΟΙΜΑΣΜΈΝΟΣ ΝΑ ΠΕΘΆΝΕΙΣ ΓΙΑ ΤΗΝ ΠΡΟΣΤΑΣΊΑ ΤΩΝ ΑΓΑΠΗΜΈΝΩΝ ΣΤΟΙΧΕΊΩΝ ΤΩΝ ΑΝΑΜΝΉΣΕΩΝ ΣΟΥ. **ΕΆΝ ΤΑ ΑΓΑΠΗΜΈΝΑ ΣΤΟΙΧΕΊΑ ΤΩΝ ΑΝΑΜΝΉΣΕΏΝ ΣΟΥ ΠΕΘΆΝΟΥΝ Ή Ο ΚΌΣΜΟΣ ΠΟΥ ΑΓΑΠΆΣ ΠΕΘΆΝΕΙ ΚΑΙ ΓΊΝΕΙΣ ΜΆΡΤΥΡΑΣ, ΤΌΤΕ ΘΑ ΚΡΑΤΉΣΕΙΣ ΤΟΝ ΠΌΝΟ ΑΥΤΉΣ ΤΗΣ ΑΠΏΛΕΙΑΣ ΓΙΑ ΠΆΝΤΑ, ΔΕΝ ΘΑ ΒΡΕΙΣ ΠΟΤΈ ΓΑΛΉΝΗ ΚΑΙ ΘΑ ΖΉΣΕΙΣ ΜΕ ΑΥΤΗΝ ΤΗΝ ΕΣΩΤΕΡΙΚΉ ΔΥΣΤΥΧΊΑ. ΤΟ ΝΑ ΠΕΘΆΝΕΙΣ ΣΤΗΝ ΠΡΟΣΠΆΘΕΙΑ ΝΑ ΣΏΣΕΙΣ ΑΥΤΌ ΠΟΥ ΥΠΟΣΤΗΡΊΖΕΙ ΤΙΣ ΑΝΑΜΝΉΣΕΙΣ ΣΟΥ: ΑΝ ΚΑΙ ΔΕΝ ΖΕΙΣ ΠΙΑ, ΟΙ ΑΝΑΜΝΉΣΕΙΣ ΑΠΌ ΑΥΤΆ ΠΟΥ ΑΓΑΠΆΣ ΘΑ ΠΑΡΑΜΕΊΝΟΥΝ ΑΝΈΠΑΦΕΣ ΚΑΙ ΌΣΟΙ ΣΕ ΑΓΑΠΟΎΝ, ΑΝ ΚΑΙ ΘΡΗΝΟΎΝ ΓΙΑ ΣΕΝΑ, ΘΑ ΘΥΜΟΎΝΤΑΙ ΌΤΙ ΕΠΈΛΕΞΕΣ ΝΑ ΠΕΘΆΝΕΙΣ ΓΙΑ ΑΥΤΟΎΣ ΚΑΙ ΓΙΑ ΤΗ ΜΝΉΜΗ ΤΟΥΣ.** ΕΆΝ ΔΕΙΣ ΝΑ ΠΕΘΑΊΝΟΥΝ ΑΥΤΆ ΠΟΥ ΑΓΑΠΆΣ ΚΑΙ ΑΠΟΤΎΧΕΙΣ ΝΑ ΕΝΕΡΓΉΣΕΙΣ ΓΙΑ ΝΑ ΤΑ ΣΏΣΕΙΣ (ΑΝ ΜΠΟΡΕΊΣ), ΤΌΤΕ ΘΑ ΕΝΣΩΜΑΤΏΣΕΙΣ ΤΗΝ ΑΝΆΜΝΗΣΗ ΤΗΣ ΑΠΟΔΟΧΉΣ ΜΙΑΣ ΖΩΉΣ ΧΩΡΊΣ ΑΥΤΆ ΑΦΑΙΡΏΝΤΑΣ ΤΗ ΣΗΜΑΣΊΑ ΤΟΥΣ. Η ΑΝΆΜΝΗΣΗ ΑΥΤΉ ΘΑ ΠΑΡΑΜΕΊΝΕΙ ΜΑΖΊ ΣΟΥ ΣΤΗΝ ΑΙΩΝΙΌΤΗΤΑ.

ΑΥΤΟΊ ΟΙ ΉΡΩΕΣ ΠΟΥ ΠΈΡΑΣΕ Ο ΗΡΑΚΛΉΣ ΔΕΝ ΜΠΟΡΟΎΣΑΝ ΝΑ ΑΠΑΓΚΙΣΤΡΩΘΟΎΝ ΓΙΑΤΊ ΕΊΝΑΙ ΣΎΝΗΘΕΣ ΟΙ ΆΝΘΡΩΠΟΙ ΝΑ ΚΆΝΟΥΝ ΤΟ ΛΆΘΟΣ ΌΤΙ Η ΔΙΑΔΡΟΜΉ ΣΤΗΝ ΟΠΟΊΑ ΈΧΑΣΕΣ ΚΆΤΙ ΕΊΝΑΙ Η ΊΔΙΑ ΔΙΑΔΡΟΜΉ ΑΝΤΊΣΤΡΟΦΑ ΌΠΟΥ ΘΑ ΤΟ ΠΆΡΕΙΣ ΠΊΣΩ. Η ΑΠΑΓΚΙΣΤΡΩΣΗ ΕΊΝΑΙ ΠΟΛΎ ΟΔΥΝΗΡΉ ΓΙΑ ΝΑ ΤΗΝ ΑΝΤΈΞΟΥΝ ΟΙ ΠΕΡΙΣΣΌΤΕΡΟΙ. ΤΟ ΆΓΓΙΓΜΑ ΤΟΥ ΗΡΑΚΛΉ ΉΤΑΝ ΈΝΑΣ ΤΡΌΠΟΣ ΝΑ ΣΥΝΔΕΘΕΊΣ ΜΕ ΜΙΑ ΑΝΆΜΝΗΣΗ, ΑΦΟΎ ΔΕΝ ΖΟΎΣΕ ΓΙΑ ΤΟΝ ΕΑΥΤΌ ΤΟΥ ΚΑΙ, ΚΆΝΟΝΤΆΣ ΤΟ ΑΥΤΌ, ΟΙ ΆΛΛΟΙ ΜΠΟΡΟΎΣΑΝ ΝΑ ΔΟΥΝ ΤΟΝ ΕΑΥΤΌ ΤΟΥΣ ΜΈΣΑ ΤΟΥ ΩΣ ΑΝΤΑΝΆΚΛΑΣΗ. ΜΌΝΟ Ο ΘΗΣΈΑΣ ΉΤΑΝ ΠΡΌΘΥΜΟΣ ΝΑ ΑΠΑΓΚΙΣΤΡΩΘΕΊ ΕΠΕΙΔΉ ΕΊΧΕ ΠΊΣΤΗ ΣΕ ΈΝΑΝ ΆΛΛΟ ΉΡΩΑ ΌΤΑΝ ΧΑΝΌΤΑΝ.

Ο ΠΑΡΆΔΕΙΣΟΣ ΥΠΟΝΟΕΊ ΌΤΙ Η ΜΕΤΆ ΘΆΝΑΤΟΝ ΖΩΉ ΕΊΝΑΙ ΠΑΡΆΛΛΗΛΗ ΜΕ ΑΥΤΉΝ ΠΟΥ ΖΟΎΜΕ ΑΥΤΉ ΤΗ ΣΤΙΓΜΉ.

Ο ΆΔΗΣ ΕΊΝΑΙ Η ΠΡΟΣΩΠΟΠΟΊΗΣΗ ΤΟΥ «ΑΌΡΑΤΟΥ» ΚΑΙ Ο ΠΊΝΔΑΡΟΣ ΣΤΙΣ ΩΔΈΣ ΤΟΥ ΛΈΕΙ ΠΌΣΟ ΕΥΓΝΏΜΩΝ ΠΡΈΠΕΙ ΝΑ ΕΊΝΑΙ Ο ΆΝΘΡΩΠΟΣ ΓΙΑ ΑΥΤΌ, ΤΟ ΌΤΙ ΥΠΆΡΧΟΥΝ ΠΡΆΓΜΑΤΑ ΠΟΥ ΔΕΝ ΜΠΟΡΟΎΝ ΝΑ ΦΑΝΟΎΝ, ΓΙΑΤΊ ΔΕΝ ΕΊΝΑΙ ΣΟΦΌ ΝΑ ΤΑ ΒΛΈΠΕΙΣ ΌΛΑ. ΕΊΝΑΙ Η ΑΝΤΊΘΕΤΗ ΚΑΤΕΎΘΥΝΣΗ ΜΙΑΣ «ΑΠΟΚΆΛΥΨΗΣ». Ο ΘΕΌΣ ΠΟΥ ΒΛΈΠΕΙ ΤΙΣ ΚΑΛΈΣ ΣΟΥ ΠΡΆΞΕΙΣ ΠΟΥ ΔΕΝ ΠΛΗΡΏΝΟΝΤΑΙ, ΤΙΣ ΑΛΤΡΟΥΙΣΤΙΚΈΣ ΠΡΆΞΕΙΣ ΜΠΟΡΕΙ ΝΑ ΤΙΣ ΜΕΤΡΉΣΕΙ. ΌΤΙ ΑΥΤΌ ΤΟ ΑΠΛΉΡΩΤΟ ΧΡΈΟΣ ΑΠΌ ΤΟΝ ΚΌΣΜΟ ΠΟΥ ΑΦΗΝΕΙΣ, ΣΟΥ ΕΠΙΣΤΡΈΦΕΤΑΙ ΌΤΑΝ ΦΤΆΣΕΙΣ ΣΤΟ ΝΈΟ ΣΤΆΔΙΟ. ΓΙ' ΑΥΤΌ Ο ΆΓΝΩΣΤΟΣ ΣΤΡΑΤΙΏΤΗΣ, Ο ΣΤΡΑΤΙΏΤΗΣ ΠΟΥ ΔΕΝ ΘΑ ΒΡΕΙ ΣΕ ΑΥΤΌΝ ΤΟΝ ΚΌΣΜΟ ΚΑΜΊΑ ΑΝΑΓΝΏΡΙΣΗ, ΠΡΌΚΕΙΤΑΙ ΝΑ ΒΡΕΙ ΌΛΑ ΤΑ ΒΡΑΒΕΊΑ ΑΠΌ ΤΗ ΜΕΤΑΘΆΝΤΟΝ ΖΩΉ. ΑΥΤΉ Η ΚΛΗΡΟΝΟΜΙΆ ΖΕΙ ΣΕ ΟΡΙΣΜΈΝΕΣ ΘΡΗΣΚΕΊΕΣ ΣΉΜΕΡΑ, ΟΙ ΟΠΟΊΕΣ ΛΈΝΕ ΝΑ ΔΊΝΕΙΣ ΕΛΕΗΜΟΣΎΝΗ ΧΩΡΊΣ ΝΑ ΑΠΟΚΑΛΎΠΤΕΙΣ ΤΗΝ ΤΑΥΤΌΤΗΤΆ ΣΟΥ, ΕΠΕΙΔΉ ΑΥΤΈΣ ΟΙ ΘΡΗΣΚΕΊΕΣ ΤΗΡΟΎΝ ΑΥΤΉΝ ΤΗΝ ΑΡΧΉ ΌΤΙ ΥΠΆΡΧΕΙ ΈΝΑΣ ΑΌΡΑΤΟΣ ΠΑΡΑΤΗΡΗΤΉΣ ΠΟΥ ΚΡΑΤΆ ΤΟΥΣ ΛΟΓΑΡΙΑΣΜΟΎΣ. ΤΟ ΤΡΊΠΟΔΟ ΚΡΑΤΟΎΝ ΟΙ ΔΊΑΣ (Ο ΗΡΩΙΚΌΣ ΔΡΌΜΟΣ), ΕΝΕΣΊΔΑΩΝ (ΤΟ ΦΩΣ ΜΈΣΑ ΣΟΥ), ΆΔΗΣ (ΑΌΡΑΤΟΣ, ΠΟΥ ΌΜΩΣ ΒΛΈΠΕΙ).

ΚΑΤΑΝΟΗΣΗ ΤΟΥ ΑΘΛΟΥ ΤΗΣ ΑΦΑΙΡΕΣΗΣ ΤΩΝ ΧΡΥΣΩΝ ΜΗΛΩΝ ΑΠΌ ΤΟΝ ΚΗΠΟ ΤΩΝ ΕΣΠΕΡΙΔΩΝ

Για να κατανοήσουμε αυτό τον άθλο, απαιτείται κάποιο ιστορικό όπου επίσης εμφανίζονται αυτά τα μήλα.

Στο γάμο της θεάς Θέτιδας (μητέρας του Αχιλλέα) και του θνητού βασιλιά Πηλέα, γινόταν γιορτή των θεών εκτός της θεάς Έριδος (διαμάχη και διχόνοια), η οποία στη συνέχεια εμφανίστηκε απρόσκλητη. Έπειτα πέταξε ένα χρυσό μήλο ανάμεσα στους θεούς που έγραφε «τη καλλίστη», δηλαδή στην ομορφότερη. Η Αφροδίτη, η Αθηνά και η Ήρα άρχισαν να ανταγωνίζονται για το ποιά το άξιζε. Στη συνέχεια ο Δίας έδωσε το μήλο στον Πάρη (αδελφό του Έκτορα και γιο του Πριάμου, βασιλιά της Τροίας) ο οποίος θα ενεργούσε ως κριτής στο να δώσει το μήλο αφού είχε δείξει δίκαιη κρίση στο παρελθόν. Εκείνη την εποχή ζούσε ως βοσκός στο όρος Ίδη. Αυτές οι 3 θεές διαγωνίστηκαν στη συνέχεια ασυγκράτητα για να κερδίσουν την εύνοια του Πάρη. Όχι μόνο χωρίς μείωσαν τη σεμνότητά τους, ειδικά στην περίπτωση της Ήρας και της Αθηνάς που ήταν ασυνήθιστο, πρόσφεραν τις καλύτερες ανταμοιβές τους στον Πάρη ως δωροδοκίες αφού δεν μπορούσε να αποφασίσει με βάση μόνο την εμφάνιση. Η Ήρα είπε στον Πάρη ότι θα γινόταν βασιλιάς της Ευρώπης και της Ανατολίας αν την επέλεγε και η Αθηνά του είπε ότι θα γινόταν ένας σοφός νικηφόρος στρατηγός που θα κέρδιζε επικούς πολέμους. Η Αφροδίτη του είπε ότι θα είχε την πιο όμορφη γυναίκα σε όλη την Ελλάδα. Ο Πάρης διάλεξε την Αφροδίτη και τότε η Αφροδίτη αποκάλυψε ότι η πιο όμορφη γυναίκα ήταν η Ελένη, σύζυγος του Μενέλαου, βασιλιά της Σπάρτης. Την εποχή εκείνη ο Πάρης δεν γνώριζε ότι ήταν πρίγκιπας, και μόλις έγινε πρίγκιπας, έπλευσε στη Σπάρτη φτάνοντας στο παλάτι του Μενέλαου με δώρα, και με τη βοήθεια της Αφροδίτης έπεισε την Ελένη να δραπετεύσει μαζί του στην Τροία. Από αυτό το σημείο ξεκίνησε ο Τρωικός πόλεμος. Ήταν μια ευκαιρία να φανεί η ανδρεία πολλών που την είχαν μέσα τους, αλλά αυτό σήμαινε πως θα "έκαψαν" αυτόν τον πόρο αφήνοντας ένα κενό στον τόπο τους. Μετά από αυτόν τον πόλεμο η Ελλάδα πέρασε έναν τύπο σκοτεινής εποχής όπου τα αρχαιολογικά ευρήματα γραπτών έγιναν σπάνια όταν ήταν πολυάριθμα πριν. Χρειάστηκαν περίπου 600-400 χρόνια για να ανθίσει ξανά η γραφή. Ο καρπός της Έριδος (της διχόνοιας / διαμάχης) θα μπορούσε να θεωρηθεί παράδειγμα του φαινομένου της πεταλούδας, όπου μια φαινομενικά ασήμαντη διαφωνία σε μια καίρια στιγμή και θέση δημιουργεί μια ρωγμή σαν αυτή σε έναν καθρέφτη που απλώνεται για να τον κάνει κομμάτια. **Η διχόνοια είναι ένα εκπληκτικό όπλο και πρέπει να το δούμε ως τέτοιο.** Δεν υπάρχει άλλο όπλο που να είναι τόσο «αποτελεσματικό», αλλά για να το χρησιμοποιήσεις στην πραγματικότητα απαιτεί τις «πιο ωφέλιμες πολεμικές τέχνες», που είναι ότι **πρέπει να κατανοήσεις πλήρως τις συναισθηματικές ευαισθησίες του αντιπάλου σου και τις σχέσεις του με τους γύρω του** και οι «καταστρεπτικές ενέργειες» , η κινητική βία, εκτελούνται στην συνέχεια από αυτούς που έχουν επηρεαστεί.

Μια άλλη ιστορία όπου εμφανίζονται τα χρυσά μήλα είναι ο μύθος της Αταλάντης. Την είχε εγκαταλείψει ο πατέρας της στο δάσος και την μεγάλωσαν οι κυνηγοί που την βρήκαν. Μεγάλωσε διατηρώντας την παρθενία της υποσχόμενη να μην παντρευτεί και ήταν αφοσιωμένη οπαδός της Άρτεμης. Συμμετείχε γενναία στο κυνήγι του Καλυδώνιου κάπρου και ανακαλύφθηκε από τον πατέρα της που την πήρε πίσω. Άρχισε να της κανονίζει έναν γάμο και επειδή δεν μπορούσε να αρνηθεί ευθέως, έθεσε όρο ότι μόνο ένας άντρας που θα μπορούσε να τη νικήσει σε έναν αγώνα τρεξίματος θα ήταν κατάλληλος και αν αποτύγχανε να τον εκτελούσαν. Ήρθαν πολλοί μνηστήρες και βρήκαν τον θάνατό τους. Δεν επέτρεπε σε κανέναν άντρα να κερδίσει. Ο Ιππομένης ήρθε ένα βράδυ πριν τον αγώνα, δεν ζήτησε χάρη από τους θεούς που επέλεξαν οι περισσότεροι αγωνιζόμενοι, όπως ο Δίας, ο Ποσειδώνας, η Αθηνά κ.λπ., αλλά κάλεσε την Αφροδίτη να μιλήσει για την αγάπη του για την Αταλάντη. Του έδωσε 3 χρυσά μήλα τα οποία μπορούσε να χρησιμοποιήσει στον αγώνα για να της αποσπάσει την προσοχή. Αφού ξεκίνησε ο αγώνας, όποτε ήταν μπροστά η Αταλάντη, πετούσε ένα χρυσό μήλο μπροστά της και εκείνη σταματούσε να το μαζέψει. Αυτό το έκανε 3 φορές, με αποτέλεσμα να κερδίσει τον αγώνα και το χέρι της.

ΚΑΤΑΝΟΗΣΗ ΤΟΥ ΑΘΛΟΥ ΤΗΣ ΑΦΑΙΡΕΣΗΣ ΤΩΝ ΧΡΥΣΩΝ ΜΗΛΩΝ ΑΠΌ ΤΟΝ ΚΗΠΟ ΤΩΝ ΕΣΠΕΡΙΔΩΝ

ΜΠΟΡΕΊ ΝΑ ΦΑΝΕΊ ΌΤΙ ΑΥΤΆ ΤΑ ΧΡΥΣΆ ΜΉΛΑ ΈΚΑΝΑΝ ΈΚΚΛΗΣΗ ΣΤΗ ΜΑΤΑΙΟΔΟΞΊΑ ΤΩΝ ΘΕΏΝ ΚΑΙ ΑΠΟΣΠΟΎΣΑΝ ΤΗΝ ΠΡΟΣΟΧΉ ΓΙΑ ΤΗΝ ΑΤΑΛΆΝΤΗ. Η ΑΡΧΑΊΑ ΕΛΛΗΝΙΚΉ ΛΈΞΗ «ΜΉΛΑ» ΠΟΥ ΧΡΗΣΙΜΟΠΟΙΕΊΤΑΙ ΕΔΏ ΜΠΟΡΕΊ ΝΑ ΑΝΑΦΈΡΕΤΑΙ ΣΕ ΦΡΟΎΤΑ ΓΕΝΙΚΆ ΕΚΤΌΣ ΑΠΌ ΤΑ ΜΟΎΡΑ, ΑΛΛΆ ΤΙΣ ΠΕΡΙΣΣΌΤΕΡΕΣ ΦΟΡΈΣ Η ΚΕΡΑΜΙΚΉ ΔΕΊΧΝΕΙ ΜΉΛΑ Ή ΡΟΔΆΚΙΝΑ. Η ΜΕΤΑΦΟΡΙΚΉ ΑΞΊΑ ΤΩΝ ΦΡΟΎΤΩΝ ΕΊΝΑΙ ΌΤΙ ΕΊΝΑΙ ΑΠΟΛΑΎΣΕΙΣ ΠΟΥ ΌΤΑΝ ΤΙΣ ΒΙΏΝΕΙ ΚΆΠΟΙΟΣ ΜΠΟΡΕΊ ΝΑ ΦΑΝΟΎΝ ΑΠΟΚΡΟΥΣΤΙΚΈΣ ΓΙΑ ΤΟΥΣ ΉΧΟΥΣ ΠΟΥ ΒΓΆΖΟΥΝ, ΑΝ ΚΑΙ Η ΑΊΣΘΗΣΗ ΕΊΝΑΙ ΦΑΝΤΑΣΤΙΚΉ ΓΙΑ ΤΟΝ ΚΆΤΟΧΟ ΤΟΥΣ. ΤΑ ΜΉΛΑ ΔΗΜΙΟΥΡΓΟΎΝ ΈΝΑΝ ΣΧΕΤΙΚΆ ΔΥΝΑΤΌ ΉΧΟ ΤΣΑΚΙΣΜΑΤΟΣ ΠΟΥ ΕΊΝΑΙ ΣΥΧΝΆ ΕΝΟΧΛΗΤΙΚΌΣ ΓΙΑ ΤΟΥΣ ΆΛΛΟΥΣ, ΚΑΙ Ο ΧΥΜΌΣ ΠΟΥ ΠΡΟΈΡΧΕΤΑΙ ΑΠΌ ΤΑ ΡΟΔΆΚΙΝΑ ΜΠΟΡΕΊ ΝΑ ΑΠΑΙΤΉΣΕΙ ΡΟΎΦΗΓΜΑ ΓΙΑ ΝΑ ΜΗΝ ΣΤΆΖΕΙ ΣΤΑ ΡΟΎΧΑ, ΚΆΤΙ ΠΟΥ ΕΊΝΑΙ ΣΥΧΝΆ ΈΝΑΣ «ΠΡΟΣΒΛΗΤΙΚΌΣ» ΉΧΟΣ. ΤΟ ΝΑ ΑΠΟΛΑΜΒΆΝΕΙ ΚΆΠΟΙΟΣ ΚΆΤΙ ΕΠΙΔΕΙΚΤΙΚΆ ΚΑΙ ΜΕ ΠΙΘΑΝΉ ΜΑΤΑΙΟΔΟΞΊΑ ΕΊΝΑΙ ΑΠΟΚΡΟΥΣΤΙΚΌ ΣΕ ΤΡΊΤΟΥΣ, ΑΝ ΚΑΙ Ο ΊΔΙΟΣ ΒΡΊΣΚΕΙ ΑΥΤΈΣ ΤΙΣ ΣΚΈΨΕΙΣ ΓΛΥΚΈΣ. Ο ΧΡΥΣΌΣ ΧΡΗΣΙΜΟΠΟΙΕΊΤΑΙ ΕΔΏ ΓΙΑ ΝΑ ΔΕΊΞΕΙ ΌΤΙ ΕΊΝΑΙ ΈΝΑ ΤΕΧΝΟΎΡΓΗΜΑ ΠΟΥ ΔΕΝ ΘΑ ΑΠΟΣΥΝΤΕΘΕΊ ΜΕ ΤΟ ΧΡΌΝΟ ΚΑΙ ΌΤΙ ΜΠΟΡΕΊ ΝΑ ΔΙΑΤΗΡΉΣΕΙ ΤΗΝ ΕΛΚΥΣΤΙΚΌΤΗΤΆ ΤΟΥ ΜΕ ΣΥΝΈΠΕΙΑ. ΜΑΖΊ ΑΥΤΆ ΤΑ ΣΤΟΙΧΕΊΑ ΠΑΡΆΓΟΥΝ ΈΝΑ ΑΝΤΙΚΕΊΜΕΝΟ ΠΟΥ ΠΑΡΟΥΣΙΆΖΕΙ ΈΝΑΝ **ΔΙΑΧΡΟΝΙΚΌ ΠΌΡΟ ΑΠΟΛΑΥΣΗΣ.** ΔΕΝ ΘΑ ΧΆΣΕΙ ΠΟΤΈ ΤΗΝ ΕΛΚΥΣΤΙΚΌΤΗΤΆ ΤΟΥ ΚΑΙ ΘΑ ΠΡΟΣΦΈΡΕΙ ΑΥΤΌ ΠΟΥ ΕΊΝΑΙ ΓΙΑ ΟΡΙΣΜΈΝΟΥΣ Ο ΑΠΏΤΕΡΟΣ ΣΤΌΧΟΣ. Ο ΙΠΠΟΜΈΝΗΣ ΔΕΝ ΝΟΙΑΖΌΤΑΝ ΓΙΑ ΑΥΤΆ ΑΦΟΎ ΤΟ ΑΝΤΙΚΕΊΜΕΝΟ ΤΩΝ ΠΡΟΣΠΑΘΕΙΏΝ ΤΟΥ ΉΤΑΝ ΕΞΩΤΕΡΙΚΌ ΠΡΟΣ ΑΥΤΌΝ, ΉΘΕΛΕ ΤΗΝ ΑΤΑΛΆΝΤΗ ΠΟΥ ΠΆΛΕΥΕ ΓΙΑ ΤΟ ΚΑΘΕΣΤΏΣ ΤΗΣ ΤΑΥΤΌΤΗΤΆΣ ΤΗΣ ΠΟΥ ΉΤΑΝ ΓΙΑ ΕΚΕΊΝΗ ΑΝΕΚΤΊΜΗΤΗ ΚΑΙ ΕΣΩΤΕΡΙΚΉ. **ΤΈΤΟΙΕΣ ΠΡΟΣΠΆΘΕΙΕΣ ΓΙΑ ΤΗΝ ΑΠΟΚΤΗΣΗ ΤΈΡΨΗΣ ΤΟΥ ΕΑΥΤΟΎ ΜΠΟΡΟΎΝ ΝΑ ΟΔΗΓΗΣΟΥΝ ΜΕΡΙΚΟΎΣ ΑΝΘΡΏΠΟΥΣ, ΚΑΙ ΕΚΕΙΝΟΥΣ ΠΟΥ ΕΞΑΡΤΏΝΤΑΙ ΑΠΌ ΑΥΤΟΎΣ, ΜΈΧΡΙ ΚΑΙ ΣΕ ΥΣΤΕΡΙΚΉ ΦΡΕΝΙΤΙΔΑ ΚΑΙ ΝΑ ΞΕΧΆΣΟΥΝ ΤΗΝ ΜΕΓΑΛΎΤΕΡΗ ΕΙΚΌΝΑ.**

ΑΥΤΆ ΤΑ ΜΉΛΑ ΤΩΝ ΕΣΠΕΡΊΔΩΝ ΉΤΑΝ ΈΝΑ ΓΑΜΉΛΙΟ ΔΏΡΟ ΣΤΟΝ ΔΊΑ ΚΑΙ ΤΗΝ ΉΡΑ ΑΠΌ ΤΗ ΓΑΊΑ (ΜΗΤΈΡΑ ΓΗ) ΚΑΙ Η ΉΡΑ ΤΑ ΤΟΠΟΘΈΤΗΣΕ ΣΕ ΑΥΤΌΝ ΤΟΝ ΚΉΠΟ. ΕΚΕΊ ΙΈΡΕΙΕΣ ΉΤΑΝ Η ΣΎΖΥΓΟΣ ΚΑΙ 3 ΚΌΡΕΣ ΤΟΥ ΆΤΛΑΝΤΑ. ΥΠΆΡΧΟΥΝ ΔΙΑΦΟΡΈΣ ΣΤΑ ΟΝΌΜΑΤΑ ΤΩΝ ΙΕΡΕΙΏΝ, ΑΛΛΆ ΒΑΣΙΚΈΣ ΕΊΝΑΙ Η ΑΊΓΛΗ ΚΑΙ Η ΕΡΥΘΕΊΑ ΠΟΥ ΔΗΜΙΟΥΡΓΟΎΣΑΝ ΤΟ ΚΌΚΚΙΝΟ ΦΩΣ ΣΤΟΝ ΟΡΙΖΟΝΤΑ ΜΕΤΑΞΎ ΗΜΈΡΑΣ ΚΑΙ ΝΎΧΤΑΣ. ΕΠΊΣΗΣ ΠΑΡΉΓΑΓΕ ΤΟ ΚΌΚΚΙΝΟ ΑΠΌ ΤΟ ΟΠΟΊΟ ΤΑ ΚΌΚΚΙΝΑ ΒΌΔΙΑ ΤΟΥ ΓΗΡΥΌΝΗ ΕΙΧΑΝ ΠΆΡΕΙ ΤΟ ΧΡΏΜΑ ΤΟΥΣ (Η ΕΡΎΘΕΙΑ ΉΤΑΝ ΜΗΤΈΡΑ ΤΟΥ ΒΟΣΚΟΎ ΤΩΝ ΚΌΚΚΙΝΩΝ ΒΟΔΙΏΝ, ΕΥΡΥΤΊΟΝΟΣ). ΤΟ ΆΛΛΟ ΌΝΟΜΑ ΠΟΥ ΣΥΝΉΘΩΣ ΠΕΡΙΛΑΜΒΆΝΕΤΑΙ ΕΊΝΑΙ Η ΑΡΈΘΟΥΣΑ ΠΟΥ ΣΗΜΑΊΝΕΙ ΡΈΟΥΣΑ ΠΗΓΉ ΓΛΥΚΟΎ ΝΕΡΟΎ, ΓΙΑ ΤΗ ΔΙΑΤΉΡΗΣΗ ΤΟΥ ΔΈΝΤΡΟΥ ΠΟΥ ΜΕΓΑΛΏΝΕΙ ΤΟΝ ΚΑΡΠΌ. Η ΣΎΖΥΓΟΣ ΤΟΥ ΆΤΛΑΝΤΑ ΚΑΙ ΜΗΤΈΡΑ ΑΥΤΏΝ ΤΩΝ ΝΥΜΦΩΝ ΉΤΑΝ Η ΕΣΠΕΡΊΑ. ΥΠΆΡΧΟΥΝ ΜΑΡΤΥΡΊΕΣ ΑΠΌ ΤΟΝ ΗΣΊΟΔΟ ΠΟΥ ΤΙΣ ΑΠΟΚΑΛΟΎΝ ΚΌΡΕΣ ΤΗΣ ΝΎΧΤΑΣ, ΑΛΛΆ ΑΥΤΌ ΣΥΜΒΑΊΝΕΙ ΓΙΑΤΊ ΔΕΝ ΕΜΦΑΝΊΖΟΝΤΑΙ ΤΗΝ ΑΥΓΉ. ΑΥΤΌ ΤΟ ΕΚΑΤΟΝΤΑΚΈΦΑΛΟ ΦΊΔΙ / ΔΡΆΚΟΣ, Ο ΛΆΔΩΝ, ΦΎΛΑΓΕ ΤΟ ΔΈΝΤΡΟ ΑΠΌ ΚΛΈΦΤΕΣ, ΑΛΛΆ ΔΕΝ ΜΠΟΡΟΎΣΕ ΝΑ ΦΡΟΝΤΊΣΕΙ ΓΙΑ ΤΟ ΔΈΝΤΡΟ, ΌΠΩΣ ΈΚΑΝΑΝ ΟΙ ΙΈΡΕΙΕΣ. Ο ΛΆΔΩΝ ΜΕ ΤΙΣ ΠΟΛΛΈΣ ΦΩΝΈΣ ΚΡΑΤΟΎΣΕ ΤΙΣ ΙΈΡΕΙΕΣ ΚΟΝΤΆ ΧΡΗΣΙΜΟΠΟΙΏΝΤΑΣ ΤΑ ΠΙΟ ΓΛΥΚΆ ΤΡΑΓΟΎΔΙΑ ΠΟΥ ΉΤΑΝ ΠΆΡΑ ΠΟΛΛΆ ΓΙΑ ΝΑ ΑΠΟΜΝΗΜΟΝΕΥΤΟΎΝ ΚΑΙ ΝΑ ΓΙΝΟΥΝ ΚΟΥΡΑΣΤΙΚΆ ΜΕ ΤΗΝ ΕΠΑΝΆΛΗΨΗ. ΠΑΡΕΙΧΕ ΆΝΕΣΗ, ΣΥΝΤΡΟΦΙΆ ΚΑΙ ΑΝΑΓΝΏΡΙΣΗ ΑΠΌ ΈΝΑ ΥΠΟΘΕΤΙΚΌ ΚΟΙΝΌ. ΈΤΣΙ ΤΟ ΔΈΝΤΡΟ ΉΤΑΝ ΠΡΟΣΤΑΤΕΥΜΈΝΟ ΑΠΌ ΚΆΘΕ ΆΠΟΨΗ. ΚΆΠΟΙΕΣ ΜΑΡΤΥΡΊΕΣ ΛΈΝΕ ΌΤΙ Ο ΗΡΑΚΛΉΣ ΣΚΌΤΩΣΕ ΤΟΝ ΛΆΔΩΝΑ ΜΕ ΤΑ ΔΗΛΗΤΗΡΙΏΔΗ ΒΈΛΗ, ΑΛΛΆ ΤΑ ΦΊΔΙΑ ΔΕΝ ΠΈΦΤΟΥΝ ΘΎΜΑΤΑ ΤΟΥ ΨΈΜΑΤΟΣ. ΤΟ ΔΗΛΗΤΉΡΙΟ ΤΗΣ ΎΔΡΑΣ ΔΕΝ ΘΑ ΤΟΝ ΕΙΧΕ ΕΠΗΡΕΆΣΕΙ. **ΓΙΑ ΤΑ ΦΊΔΙΑ, ΤΑ ΨΈΜΑΤΑ ΕΙΝΑΙ ΑΠΛΏΣ ΙΣΤΟΡΊΕΣ, ΚΑΙ Η ΑΛΉΘΕΙΑ ΕΙΝΑΙ Η ΙΣΤΟΡΊΑ ΠΟΥ ΒΡΊΣΚΕΤΑΙ ΣΤΟ ΚΈΝΤΡΟ ΤΩΝ ΠΟΛΛΏΝ ΙΣΤΟΡΙΏΝ ΠΟΥ ΛΈΓΟΝΤΑΙ.**

ΓΙΑΤΊ ΉΤΑΝ ΑΥΤΌ «ΕΠΙΚΊΝΔΥΝΟ»; ΓΙΑΤΊ ΝΑ ΑΠΑΓΟΡΕΥΌΤΑΝ; ΓΙΑΤΊ ΑΚΌΜΗ ΚΑΙ ΟΙ ΛΩΡΊΔΕΣ ΦΩΤΌΣ ΠΟΥ ΑΝΤΑΝΑΚΛΟΎΝ ΑΥΤΆ ΤΑ ΜΉΛΑ ΝΑ ΘΕΩΡΟΎΝΤΑΙ ΠΗΓΉ ΕΝΈΡΓΕΙΑΣ/ΔΎΝΑΜΗΣ; Η ΕΠΙΔΊΩΞΗ ΤΗΣ ΚΥΡΙΑΡΧΊΑΣ, ΤΗΣ ΜΕΓΑΛΟΠΡΈΠΕΙΑΣ, ΤΗΣ ΑΘΑΝΑΣΊΑΣ ΚΑΙ ΌΛΕΣ ΑΥΤΈΣ ΟΙ ΣΧΕΤΙΚΈΣ ΈΝΝΟΙΕΣ ΑΠΑΙΤΟΎΝ ΈΝΑ ΚΊΝΗΤΡΟ ΤΈΡΨΗΣ ΤΟΥ ΕΑΥΤΟΎ. ΑΥΤΌ ΜΠΟΡΕΊ ΝΑ ΜΗΝ ΕΊΝΑΙ ΚΆΤΙ ΠΟΥ ΠΡΈΠΕΙ ΝΑ ΦΟΒΆΣΑΙ ΌΤΑΝ ΤΟ ΛΆΒΕΙΣ ΥΠΌΨΗ ΣΟΥ, ΑΛΛΆ, ΦΑΝΤΆΣΟΥ ΤΙ ΕΝΈΡΓΕΙΕΣ ΘΑ ΓΙΝΌΝΤΑΝ ΑΠΌ ΤΟΥΣ ΓΎΡΩ ΣΟΥ ΓΕΜΆΤΟΥΣ ΜΕ ΤΈΤΟΙΕΣ ΠΕΠΟΙΘΉΣΕΙΣ ΚΑΙ ΝΑ ΕΝΕΡΓΟΎΝ ΣΎΜΦΩΝΑ ΜΕ ΑΥΤΈΣ ΓΙΑ ΝΑ ΤΙΣ ΠΡΑΓΜΑΤΟΠΟΙΉΣΟΥΝ. ΕΆΝ ΥΠΆΡΧΕΙ ΔΙΑΝΟΜΉ ΣΎΜΦΩΝΑ ΜΕ ΤΗ ΣΕΙΡΆ ΠΟΥ ΛΕΙΤΟΥΡΓΕΊ Η ΚΟΙΝΩΝΊΑ, ΤΌΤΕ ΑΥΤΌ ΔΕΝ ΑΛΛΆΖΕΙ ΤΊΠΟΤΑ, ΑΛΛΆ ΕΆΝ ΕΦΑΡΜΟΣΤΕΊ ΕΚΤΌΣ ΓΡΑΜΜΉΣ ΘΑ ΑΝΑΤΡΈΨΕΙ ΤΑ ΠΆΝΤΑ ΚΑΘΏΣ ΤΑ ΠΡΆΓΜΑΤΑ ΑΝΑΔΙΟΡΓΑΝΏΝΟΝΤΑΙ ΚΑΙ ΚΆΠΟΙΟΙ ΚΕΡΔΊΖΟΥΝ ΕΝΏ ΆΛΛΟΙ ΧΆΝΟΥΝ. Η ΠΡΟΣΠΆΘΕΙΑ ΓΙΑ ΕΞΟΥΣΊΑ ΑΠΑΙΤΕΊ ΠΟΛΛΉ ΕΝΈΡΓΕΙΑ ΚΑΙ ΑΦΟΣΊΩΣΗ, ΚΑΙ Η ΚΟΙΝΩΝΙΚΉ ΔΑΠΆΝΗ ΕΙΝΑΙ ΑΠΑΓΟΡΕΥΤΙΚΉ ΓΙΑ ΈΝΑ ΜΑΚΡΎ ΤΑΞΊΔΙ. **Η ΛΆΜΨΗ ΑΥΤΏΝ ΤΩΝ ΜΉΛΩΝ ΤΡΑΒΆΕΙ ΤΑ ΒΛΈΜΜΑΤΑ ΚΑΙ ΑΠΟΠΡΟΣΑΝΑΤΟΛΊΖΕΙ ΑΠΌ ΤΗΝ ΔΗΜΙΟΥΡΓΙΚΉ ΠΡΟΣΠΆΘΕΙΑ ΤΗΣ ΔΙΑΡΚΟΎΣ ΑΤΟΜΙΚΉΣ ΚΑΙ ΚΟΙΝΩΝΙΚΉΣ ΒΕΛΤΊΩΣΗΣ.**

ΚΑΤΑΝΟΗΣΗ ΤΟΥ ΑΘΛΟΥ ΤΗΣ ΑΦΑΙΡΕΣΗΣ ΤΩΝ ΧΡΥΣΩΝ ΜΗΛΩΝ ΑΠΌ ΤΟΝ ΚΗΠΟ ΤΩΝ ΕΣΠΕΡΙΔΩΝ

Δημιουργεί υπερβολική δίψα για ικανοποίηση επισκιάζοντας κάθε μορφή ταλαιπωρίας για τον στόχο της. **Η αίσθηση της τέρψης του εαυτού δεν μπορεί να ελεγχθεί όταν παγιωθεί, και όσοι έχουν παγιδευτεί δεν μπορούν να λογικευτούν. Οι Ήρωες που έρχονται αντιμέτωποι με αυτούς θα πρέπει να καταλάβουν ότι οι ενέργειές τους δεν στηρίζονται στην συναλλαγή, την ανταλλαγή και το τίμημα και η πηγή της επιθυμίας τους είναι πέρα από τον από ορίζοντα που σημαίνει ότι δεν τελειώνει ποτέ. Αυτός ο άθλος δείχνει ότι μία άμεση διαμάχη με αυτούς τους μεθυσμένους δεν έλαβε χώρα αλλά μόνο με τον γόνο της Γαίας, Ανταίο.**

Μπορεί να ειπωθεί ότι η Ήρα (ως κακή) ξεκίνησε όταν απέκτησε τα χρυσά μήλα και ότι ο θυμός της διαλύθηκε όταν τα απέκτησε ο Ηρακλής. Δεν μπορούσε να μπει ο ίδιος στον κήπο, όπως του συνέστησε να μην το κάνει ο Προμηθέας. Υπήρχε ένα φίδι για να τον μπερδέψει, θα μπορούσε ενδεχομένως να τον πείσει εύλογα, ότι το να πάρει από τις ιέρειες αυτό που θεωρούσαν πολύτιμο θα ήταν λάθος, καθώς θα έβγαζε δάκρυα / θλίψη. Αυτός είναι ο λόγος που ο Άτλας ως πατέρας / σύζυγος τους θα ήταν καταλληλότερος να το κάνει, έχοντας δει αυτά τα δάκρυα από όταν ήταν νεαρές και σε κακουχίες. Ο Ηρακλής μπορούσε να διαχειριστεί την κατοχή αυτών των μήλων μόνο αφού είχε νικήσει το φόβο του θανάτου που τον κράταγε στις απολαύσεις αυτού του κόσμου και αφού είχε κρατήσει τον ουρανό στους ώμους του και ουσιαστικά ήταν βασιλιάς του κόσμου, βλέποντας πόσο μίζερος ρόλος ήταν αυτός. Ως βασιλιάς του κόσμου, όλο το βάρος του στηρίζεται πάνω στους ώμους του βασιλιά που δεν είναι ελεύθερος αλλά περιορισμένος στις ανάγκες που απαιτούν την έγκρισή του για να τα διατηρήσει όλα σε ισορροπία. Ο Ηρακλής ξεγελώντας τον Άτλαντα αντάλλαξε τον ουρανό για τα μήλα κάνοντας την επιλογή να είναι ελεύθερος άνθρωπος παρά στην κορυφή του κόσμου με τον ουρανό στους ώμους του. Ο Άτλας ήθελε ακόμη και να τα παραδώσει ο ίδιος και να απαλλαγεί από το βάρος, αλλά το να τον ξεγελάσουν τόσο εύκολα σήμαινε ότι η θέση της εξουσίας ήταν κάτι που μπορούσε ακόμα να τον δελεάσει. Δεν ήταν τυχαίο που είχε αυτή τη θέση.

Για να επιστρέψει ο Ηρακλής έπρεπε να πολεμήσει τον Ανταίο. Αυτό ήταν ουσιαστικά το τελευταίο του εμπόδιο. Ο Ανταίος αντλούσε τη δύναμή του από τη μητέρα γη, Γαία, και τη χρησιμοποιούσε για να προκαλέσει όσους περνούσαν, σε έναν αγώνα πάλης όπου αν έχαναν θα πέθαιναν. **Είναι συχνό λάθος να υποθέσουμε ότι εκείνοι που υποστηρίζονται από μια θηλυκή ενέργεια θα είναι «αδύναμοι».** Αυτό είναι τεράστιο λάθος και συμβάλλει σε απώλειες. Δυστυχώς, είναι ένα λάθος που συμβαίνει πολύ συχνά, επειδή οι άνθρωποι υποθέτουν ότι η ανδρική ενέργεια είναι η μόνη πηγή δύναμης, αλλά αυτό δεν είναι αλήθεια. Η ανδρική ενέργεια μπορεί να παράγει μια ισχυρή ανεξαρτησία και ανθεκτικότητα ενάντια στις κοινωνικές ορμές, και στην πραγματικότητα η γυναικεία υποστήριξη μπορεί να προσφέρει μνημειώδη δύναμη όταν παρέχεται με τη μορφή μητρικής αφοσίωσης. Το αδύναμο σημείο για εκείνους που έχουν τέτοιες πηγές δύναμης είναι ότι ένα διάλειμμα από αυτή τη γυναικεία σύνδεση αποκαλύπτει πόσο εξαρτημένοι ήταν. Δεν μπορούν να λειτουργήσουν ως άτομα. Δεν έχουν καν την ατομική δύναμη της θέλησης για να βρουν άλλον λόγο να πολεμήσουν. Ένα άλλο λάθος είναι να υποθέσουμε ότι αυτά που προέρχονται από μια γυναικεία εξάρτηση θα είναι ελεήμονα ή συγχωρητικά. Μπορεί πραγματικά να μεταδοθεί μια ανελέητη νοοτροπία, από τον καταπιεσμένο θυμό, σε ένα δυνατό σκάφος και αυτό διεγείρει τη γυναικεία ενέργεια. Μόλις γίνει η αποσύνδεση ο Ήρωας θα βρει τη νίκη, αλλά αν η σύνδεση διατηρηθεί πιθανώς θα χάσει. Οι Ήρωες μπορούν να νικήσουν τους εχθρούς που τροφοδοτούνται από ένα είδος υποστήριξης της «μητέρας θεάς γης» μόλις τους αποσυνδέσουν από αυτήν την πηγή. Δείχνει επίσης ότι η νίκη του δρόμου του Δία (ηρωικού δρόμου) δεν υποστηρίζεται από τη Γαία και ότι αυτά τα μονοπάτια έρχονται σε σύγκρουση. Ο Δρόμος του Δία υποστηρίζει μια έξοδο από αυτόν τον κόσμο σε έναν ιδανικό, έξω από τον κύκλο της ζωής, κλειδί της φύσης της Γαίας. Η φιλοδοξία του χρυσού ορίζοντα κρατά τον κόσμο σε κατάσταση ροής από τον μαινόμενο πόλεμο μιας προσπάθειας να κερδίσει περισσότερη από τη Γαία (κατάληψη περισσότερης γης). Ο χρυσός ορίζοντας εμποδίζει τους ανθρώπους να είναι ικανοποιημένοι με τη ζωή τους.

ΚΑΤΑΝΟΗΣΗ ΤΟΥ ΑΘΛΟΥ ΤΗΣ ΑΦΑΙΡΕΣΗΣ ΤΩΝ ΧΡΥΣΩΝ ΜΗΛΩΝ ΑΠΌ ΤΟΝ ΚΗΠΟ ΤΩΝ ΕΣΠΕΡΙΔΩΝ

Στο τέλος όμως, **τα μήλα επεστράφησαν στον κήπο**. Ένας ήρωας μπορεί να ξεπεράσει τα προβλήματα που προκαλούνται από τα χρυσά μήλα, αλλά μόνο προσωρινά, αυτό το πρόβλημα θα παραμείνει και θα επανεμφανιστεί.

Από την ανάγνωση αυτού του άθλου ένας ήρωας θα έχει κάνει σωστά μια σύνδεση με τον Κήπο της Εδέμ (παράγωγο του Εσπερίδες) όπου υπήρχε ένα φίδι, φίδι που έπεισε την Εύα να φάει τον απαγορευμένο καρπό. Ο πειρασμός νίκησε και έφερε την συνεχή δυσκολία επιβίωσης που ζει η ανθρωπότητα μέχρι σήμερα. Υπάρχουν άλλες 2 ιστορίες από την Αρχαία Ελλάδα που μπορούν να χρησιμοποιηθούν για να κατανοήσουμε τον Κήπο της Εδέμ σε μεγαλύτερο βάθος. Το κουτί της Πανδώρας και το «Έργα και Ημέραι» του Ησίοδου. Η ιστορία του Ησίοδου, «Έργα και Ημέραι», είναι λιγότερο γνωστή και περιγράφει την κατάσταση μιας χρυσής εποχής όπου οι άνθρωποι ζούσαν σαν θεοί, απελευθερωμένοι από θλίψη και δεινά. Δεν γερνούσαν, και μόλις πέθαιναν ήταν σαν να έπεφταν για ύπνο. Ζούσαν σε ειρήνη και αρμονία, και η γη τους παρείχε τα πάντα χωρίς να χρειάζεται δουλειά στα χωράφια. Ο Προμηθέας (στη Θεογονία του Ησίοδου) έκλεψε τη φωτιά και την έδωσε στους ανθρώπους, και όταν ο Δίας παρουσίασε την Πανδώρα (πρώτη θνητή γυναίκα) στον Επιμηθέα, εκείνος τη δέχτηκε. Κρατούσε το βάζο με όλα τα δώρα, συμπεριλαμβανομένων όλων των κακών, και η περιέργειά της νίκησε κάνοντάς τη να το ανοίξει. Πολλά κακά βγήκαν αλλά το τελευταίο πράγμα που έμεινε στο βάζο πριν καταφέρει να το κλείσει, ήταν η ελπίδα. Η ανθρώπινη ζωή γέμισε με κακουχίες και οδύνες ενώ ήταν πολύ πιο εύκολη πριν: αρρώστιες, γεράματα, σύγκρουση, φτώχεια, απελπισία και έπρεπε να δουλέψουν για να παράγουν φαγητό και καταφύγιο. Αυτοί οι 3 μύθοι (Χρυσά Μήλα των Εσπερίδων, Εργα και Ημέραι του Ησίοδου, Κουτί της Πανδώρας) αποτελούν τη βάση του κήπου της Εδέμ.

Μια άλλη αναφορά στα χρυσά μήλα προέρχεται από τη Διονυσιακή αφήγηση των μύθων. Σύμφωνα με αυτούς, ο Δίας ζευγάρωσε με την Περσεφόνη με τη μορφή φιδιού για να γεννήσει τον Διόνυσο και η ζήλια της Ήρας την ώθησε να κάνει τους Τιτάνες να σκοτώσουν τον Διόνυσο ως παιδί. Οι Τιτάνες αποσπούν την προσοχή του Διόνυσου ως παιδί με διάφορα παιχνίδια όπως κώνο, σβούρα, ρόδα, κούκλες, καθρέφτη και χρυσά μήλα (φρούτα). Οι Τιτάνες αργότερα τον έφαγαν όλο εκτός από την καρδιά του που έσωσε ο Δίας. Ο Δίας χτύπησε τους Τιτάνες με κεραυνό μετατρέποντάς τους σε στάχτη και αυτές οι στάχτες ήταν η βάση από την οποία εμφανίστηκαν οι πρώτοι άνθρωποι, και έδωσε την καρδιά του Διονύσου στη Σεμέλη για να την καταπιεί, αφήνοντάς την έγκυο σε αυτόν, ο οποίος μόλις γεννήθηκε ξανά έγινε Βρόμιος αυτή τη φορά, ο θεός που πεθαίνει και ανασταίνεται. Αυτές οι μαρτυρίες διαφέρουν από άλλες παραδόσεις, καθώς οι οπαδοί του Διόνυσου τοποθετούν χαρακτήρες από άλλες γενεαλογίες στους δικούς τους μύθους σε μια προσπάθεια να τον ενσωματώσουν ως θεό και να δημιουργήσουν μια αποδοχή του Διόνυσου για να τον εντάξουν σταδιακά στα υψηλότερα μυθολογικά αρχέτυπα που συναντούν ή κοινωνίες που αντιμετωπίζουν.

Όσοι λαχταρούν τον κόκκινο ορίζοντα, τα χρυσά μήλα, θα χρειαστούν τα πάντα και τους πάντες για να ολοκληρώσουν τον εαυτό τους. Εάν αποδεχτείς αυτή την κατάσταση σε άλλους γύρω σου, τότε θα γίνεις μια συνεχής και άσκοπη θυσία. Κάποιος μπορεί να το φανταστεί σαν μια διαδικασία παροχής αίματος έως ότου να μην υπάρχει άλλο.

ΓΙΓΑΝΤΟΜΑΧΙΑ

Μια σημείωση για τη Γιγαντομαχία, τα μαθήματα από αυτόν τον πόλεμο μεταξύ των αρχαίων Ελλήνων και τους Γίγαντες μέσα στην Ελλάδα δεν μπορούν να υπερτονιστούν γιατί ξεχνιούνται με συνέπεια. Οι Γίγαντες δεν ήταν ευγενικής καταγωγής παραδοσιακού τύπου, ήταν επιθετικοί ολιγάρχες και προέκυψαν από το εσωτερικό της επικράτειας του Δία (φύλακες και αυτόνομες ζώνες όπως έδειξε ο Ηρακλής). Υποστηρίχθηκαν από την πολεμική κραυγή μιας Μητέρας Γης και **ένα βότανο που τους έκανε αθάνατους ή να πιστεύουν ότι ήταν αθάνατοι**, όπως και να ήταν, αυτό τους έκανε έναν πιο άγριο και επικίνδυνο εχθρό. Είναι πολύ συνηθισμένο θέμα για τους ευγενείς να παραβλέπουν την ανάπτυξη κινημάτων εναντίον τους μέχρι που να γίνουν μεγάλα και να έχουν εξαπλωθεί σχεδόν παντού. **Είναι σαν ένα θηρίο του οποίου τα δόντια μεγαλώνουν αφού το σώμα του μεγαλώσει πλήρως** και αυτή η ακολουθία ανάπτυξης που καθυστερεί τα όπλα του γίνεται μια εκπληκτική επιθετική στρατηγική. Οι ευγενείς (ανεξαρτήτως πλούτου) συχνά βλέπουν αυτούς που οδηγούνται από τη γυναικεία πολεμική κραυγή ως αδύναμους, αλλά αυτό είναι λάθος. Η μεταγενέστερη αρχαία ελληνική πολεμική κραυγή ήταν θεά, όχι θεός. Το όνομά της ήταν Αλαλή. **Η χειρότερη κατάσταση είναι όταν οι σύμμαχοί σου γελούν με τον πιθανό αντίπαλο** που δεν είναι το ίδιο με την κοροϊδία. Αυτό δημιουργεί μια κατάσταση ασυνειδησίας. Ο Αριστοτέλης περιέγραψε τους «ανθρώπους» ως τα μόνα ζώα με αίσθηση «χιούμορ» και γι'αυτό οι μελετητές της Αναγέννησης που αναζητούσαν μια ακριβή διαφοροποίηση μεταξύ «ανθρώπων» και ζώων εξέτασαν τα γραπτά του Αριστοτέλη επιλέγοντας το χιούμορ ως καθοριστικό χαρακτηριστικό. Στα αρχαία ελληνικά η λέξη χιούμορ (χυμός) είναι υγρό, που κατά το γέλιο χύνεται. Ναι, υπάρχει πολλή ευχαρίστηση εκείνη τη στιγμή του γέλιου, αλλά η ψυχραιμία είναι το κλειδί (θυμήσου τους Κέρκωπες, που δείχνει ότι μπορείς να προσθέσεις χιούμορ/γέλιο ως απόθεμα στο οπλοστάσιό σου).

Οι άντρες που γίνονται εμπροσθοφυλακή παρακινούμενοι από τις προτροπές/ κλήσεις/κραυγές των γυναικών ή υιοθετώντας την εικόνα που έχουν οι γυναίκες για αυτούς, γίνονται πράγματι τρομεροί εχθροί. Αποκτούν ηθικό ενθουσιασμό όπως κανένας άλλος, υπακούοντας στις κραυγές χωρίς έλεγχο. Υπάρχει ένας χαραγμένος όρκος πίστης που γεννιέται στους περισσότερους άνδρες προς τη γυναικεία φύση και εκείνους που έχουν αποκτήσει το μονοπώλιο στην εκπομπή της. Το γενικό πρότυπο της πολεμικής κραυγής είναι γνωστό. «Αυτοί οι άνθρωποι εκεί μας έχουν αδικήσει με πολλούς τρόπους, και αυτό μας δικαιολογεί να εξαπολύσουμε την οργή μας εναντίον τους». Αυτό τραγουδιέται καλά από γυναίκες και μην το υποτιμάς. Η κατάσταση με τους Γίγαντες όμως ήταν πέρα από αυτό.

Οι θεοί στην Τιτανομαχία (πόλεμος εναντίον των Τιτάνων) είχαν νικήσει τον Κρόνο, τον Υπερίωνα, τον Ίλιον, τον Μύλινο, τον Κριό, τον Πόλο, τον Πάλλα και άλλους μεγάλους Τιτάνες αντιπάλους. Αυτοί οι Γίγαντες, γεννημένοι από το διεσπαρμένο σπέρμα του Ουρανού δημιούργησαν μια κομβική κρίση στην ιστορία. Μερικοί από τους θεούς φοβήθηκαν ότι θα χάσουν και έφυγαν στους ελληνικούς τομείς εντός της Αιγύπτου για να κρυφτούν, ελπίζοντας οι απόγονοί τους να παραμείνουν στην εξορία και να επιστρέψουν αργότερα για να πάρουν πίσω τους θρόνους τους. Τι ήταν αυτό που έκανε τους Γίγαντες τους πλέον επικίνδυνους εχθρούς που είχαν αντιμετωπίσει ποτέ οι θεοί; Απεικονίζονται να φορούν προηγμένες πανοπλίες για την εποχή τους και δεν είχαν γιγαντιαίο μέγεθος. Φαινόντουσαν να έχουν ανθρώπινη μορφή. Παράδειγμα ο Πολυβώτης που αντιμετώπιζε στα ίσια τον Ποσειδώνα μέχρι που ήρθε ο Ηρακλής να βοηθήσει.

Η επιτυχία του Δία στηρίχθηκε στην εξάλειψη του βοτάνου. Ο κόσμος θυμάται και ασχολείται περισσότερο με την Τιτανομαχία γιατί τότε έγιναν αλλαγές σε αυτούς που έλεγχαν τη περιοχή τη μεταμόρφωση των ιδανικών, αλλά οι θεοί κινδύνεψαν να χάσουν από τους Γίγαντες, οι μνήμες των οποίων περιφέρονται ως δορυφόροι γύρω από τον πλανήτη Κρόνο.

Όταν οι ρίζες του πολιτισμού αντιμετωπίζουν τη μεγαλύτερη απειλή, η νίκη θα χρειαστεί ήρωες.

ΕΠΙΠΛΕΟΝ ΣΗΜΕΙΩΣΕΙΣ ΓΙΑ ΤΟΝ ΕΠΑΓΡΥΠΝΩΝ ΗΡΩΑ

Μια λάθος εικόνα για την μετά θάνατον ζωή μπορεί να δημιουργήσει μια πληθώρα από άλλα ψέματα. Είναι εύλογο να ειπωθεί ότι τα περισσότερα ψέματα, αν όχι όλα, πηγάζουν από στόχους που δεν ταιριάζουν με την αληθινή μετά θάνατον ζωή.

Μεγάλο μέρος του άγχους που οδηγεί τους ανθρώπους να πράξουν ενάντια στη συνείδησή τους. Οι αρχές συχνά προκύπτουν από έναν φόβο που συνδέεται με μια διαστρεβλωμένη άποψη για τη μετά θάνατον ζωή. Η ιδέα ότι ο θάνατος είναι μια αφαίρεση όλων αυτών που παρέχει η ζωή μπορεί να ωθήσει τους ανθρώπους να αποζητούν την ευχαρίστηση, και/η να υιοθετούν θρησκευτικές τελετουργίες που υπόσχονται τη δυνατότητα να παρακάμψουν την άφαιση αυτής της ζωής. Πριν από τον Δία, υπήρχε μια κάστα ιερέων που λειτουργούσε παρόμοια με τον τρόπο των Ορφικών / Διονυσιακών, με πολλά μυστήρια και πολύπλοκες ερμηνείες. Η γλώσσα που χρησιμοποιούσαν ήταν τόσο περίπλοκη που επέτρεπε στους ιερείς να κρατήσουν τη γνώση μυστική. Τα σύμβολα γραφής ήταν δύσκολα στην χρήση και η χρήση τους ήταν προνόμιο των λίγων. Η ακόλουθοι της θρησκείας του Δία τα άλλαξε όλα αυτά με τρόπο εκπληκτικά γρήγορο και ακολούθησε μια έκρηξη προόδου, συμπεριλαμβανομένης της εξέλιξης της αλφαβητικής γραφής (Γραμμική Α και Β), πολύ ευκολότερης με την απλούστευση των συμβόλων και την αντιστοίχιση με τον προφορικό λόγο. Ο Λυκάων μάλλον ήταν ο πρωτοστάτης αυτής της αλλαγής και οι ιερείς δυσανασχέτησαν για τη μείωση της εξουσίας σους.

Η λεοντή (το δέρμα του λιονταριού) προστάτευε τον Ηρακλή από τα δηλητήρια (τα ψέματα της Ύδρας) στον 2ο άθλο στην λίμνη Λέρνα γιατί όταν ελέγχεις τον εγωισμό σου τα ψέματα δεν μπορούν να σε επηρεάσουν (περπατάς ανάμεσα σε χίλια ψέματα αλώβητος). Γιατί όμως ο Ηρακλής πέθανε από το δηλητήριο της Ύδρας εμποτισμένο στον χιτώνα του στο τέλος; Ας θυμηθούμε ότι ο εγωισμός του υπερίσχυσε όταν πήρε την Ιόλη ενάντια στην θέλησή της και παρά τις υποσχέσεις και δεσμεύσεις που είχε. Ο ηρωικός δρόμος επιτρέπει να παραβιάζονται συμφωνίες όπως έγινε με τον Αυγεία όταν έκανε πόλεμο και τον σκότωσε γιατί εκείνος αθέτησε την υπόσχεσή του να τον πληρώσει για τον καθαρισμό των στάβλων. Παίρνοντας την Ιόλη όμως σαν παλλακίδα (όχι σύζυγο) ενάντια στην θέλησή της και την θέληση της οικογένειάς της, σκοτώνοντας τον πατέρα και τα αδέρφια της και κάνοντας την σύζυγό του να αισθάνεται ανασφαλής ενώ είχαν 4 παιδιά, δεν ήταν σύμφωνο με τον ηρωικό δρόμο. Αυτό ήταν μια πράξη εγωκεντρικής βαρβαρότητας. Δεν φορούσε επίσης την λεοντή που του υπενθύμιζε τα κακά που φέρνει το θηρίο του εγωισμού. Ζήτησε άλλο ένδυμα για τη θυσία, αντί της υπενθύμισής του να έχει τον εγωισμό του υπό έλεγχο, και αυτός είναι ο λόγος που υπέκυψε στα ψέματα. Εάν είχε τον έλεγχο τα ψέματα δεν θα τον άγγιζαν. Αυτό συνέβη καθώς προετοίμαζε θυσία στον Δία και το μήνυμα του Δία ήταν ότι είχε ξεφύγει και η τιμωρία που του άξιζε ήταν ίδια με εκείνη που ο ίδιος επέβαλε στους εχθρούς του. Για την Δηιάνειρα η προδοσία είναι επίσης μια μορφή αυτοκτονίας και το ότι κρεμάστηκε μετά από αυτό είναι ξεκάθαρος συμβολισμός.

Ο Λυκάων ξεκίνησε τους αγώνες, τους Ολυμπιακούς αγώνες, γιατί πίστευε ότι μέσω του ανταγωνισμού και της αξιοκρατίας οι άνθρωποι βελτιώνουν ο ένας τον άλλον και ότι η αριστεία ανατροφοδοτείται /διαποτίζει. Μέσω των αγώνων η προσπάθεια να είσαι πρώτος των ανταγωνιστών, εκδηλώνοντας το «πρώτος των ίσων» είναι που δείχνει το φως για όσους κάνουν προσπάθειες να βελτιώσουν τη κατάστασή τους εάν τους επιτραπεί για να μοιραστούν μια μεταγενέστερη λάμψη από το αληθινό φως του Λυκόφωτος. Ο Λυκάων υπολογίζεται ότι έζησε περίπου το 4000 π.Χ. και από τότε άρχισε η λατρεία του Δία, γενιές πριν από τον Τρωικό πόλεμο στην αρχή της εποχής του χαλκού.

Οι Αρχαίοι ήταν προσηλωμένοι στις ουράνιες κινήσεις, στα άστρα και ειδικά στον κύκλο του Σείριου (το φωτεινότερο αστέρι του νυχτερινού ουρανού), και η μεσουράνησή του το καλοκαίρι ήταν η αρχή του νέου χρόνου. Ο Κρόνος τους έβλεπε με το μεγάλο μάτι του. Ιστορίες με μονόφθαλμους που έδιναν το ένα τους μάτι για να βλέπουν με το άλλο καλύτερα (όπως ο Κρόνος) έχουν τέτοιες ρίζες εκτός από την περίπτωση των Κυκλώπων. Οι Κύκλωπες ήταν στην ουσία οι εργάτες των ορυχείων. Αυτοί κουβαλούσαν ένα φως μπροστά τους, δηλαδή ένα μάτι. **Ο Λυκάων και οι οπαδοί του υιοθέτησαν ένα ημερολόγιο βασισμένο στις φάσεις της Σελήνης** που ήταν βλασφημία και αίρεση για τους ακόλουθους του αστρικού ημερολογίου που ακολουθούσαν τα άστρα / θεούς. Όταν οι ακόλουθοι του Λυκάονα κοιτούσαν τη Σελήνη προσδιόριζαν καλύτερα και ευκολότερα τον χρόνο που διευκόλυνε τον προγραμματισμό για την παραγωγή κ.λπ. Η σεληνιακή οργάνωση έγινε θρησκευτική απειλή για τη λατρεία, προκαλώντας σύγκρουση μεταξύ των θρησκευτικών πεποιθήσεων.

ΕΠΙΠΛΕΟΝ ΣΗΜΕΙΩΣΕΙΣ ΓΙΑ ΤΟΝ ΕΠΑΓΡΥΠΝΩΝ ΗΡΩΑ

Οι εορτασμοί γύρω από αυτές τις φάσεις της Σελήνης αντί των ουράνιων κινήσεων, χώριζαν μόνο περισσότερο τις ομάδες. Από τη στιγμή που η Σελήνη έκανε τους λύκους να ουρλιάζουν γεννήθηκε μια αρνητική συσχέτιση με τους λύκους από αυτούς που επίσης επικεντρώνονταν στη Σελήνη. Η Σελήνη επίσης κρύβει τα αστέρια. Για να εξασφαλιστεί ότι η ομάδα που βασίζεται σε ουράνιους χρόνους δεν θα αναμειγνύονται με αυτούς του ημερολογίου της Σελήνης, έπρεπε να εφευρεθεί φόβος και να διαδοθεί ότι οι συμμετέχοντες θα γίνουν «λυκάνθρωποι» (ειδικά κατά τη διάρκεια τελετουργικών κύκλων Σελήνης). Το φεγγάρι ήταν ένα νέο φως, ένα χλωμό φως. Ο Λυκάων ήταν ένας μεταρρυθμιστής που έφερε πολιτισμό σε μικρές και ανόμοιες κοινωνίες. Αυτοί που καταδίκασαν τους ακόλουθούς του, εκτός από το να τους αναφέρουν ως λυκάνθρωπους και να τους προβάλλουν στις δικές τους τελετουργικές πρακτικές με μη κολακευτικό τρόπο, μιλούν για αυτούς ως **ομάδες που σπάνια δημιουργούν και συντονίζονται μεταξύ τους για σημαντικές και μεγάλες προσπάθειες λόγω συχνών διαφωνιών μεταξύ τους**. Σημειώνουν επίσης ότι οι ακόλουθοι του Λυκάονα αποκαλούσαν αυτούς που ήταν εναντίον τους «παράσιτα» (παρά-σίτος, τρώγοντας χωρίς να έχουν παράξει). Αυτό σημαίνει ότι ορισμένοι που είχαν διαφορετικά έθιμα σχετικά με το φαγητό ήταν παράσιτα, όπως ήταν ο Κένταυρος Φόλος σε σχέση με τον Ηρακλή (Ωμοφαγία).

Υπάρχουν επίσης και άλλοι λόγοι για τους οποίους όσοι δεν ανήκουν στις Διονυσιακές ομάδες (και παράγωγα) θα χαρακτήριζαν τους Διονυσιακούς ως παράσιτα. Σε πολλές από τις τελετές τους απαιτούσαν μεγάλες ποσότητες αίματος που δεν μπορούσαν να συμπληρώσουν από τους εαυτούς τους και χρειαζόταν να βρουν το από εξωτερικές πηγές, μερικές φορές το αποκτούσαν με την βία ή θα το αγόραζαν μυστικά. Πρέπει να σημειωθεί ότι ο τρόπος που προτιμούσαν να προμηθεύονται τα απαραίτητα των τελετουργιών τους ήταν η πληρωμή, για ότι δεν ήταν απαγορευμένο από τους νόμους. Αυτός είναι ένας άλλος λόγος για τον οποίο προσπάθησαν να κάνουν τον Διόνυσο γενικά αποδεκτό στα εδάφη στα οποία μετακόμισαν και επεκτάθηκαν, προκειμένου αυτές οι πρακτικές να είναι νόμιμες, θέμα οικονομικής και κοινωνικής θέσης. Στις τελευταίες ημέρες της Ρωμαϊκής Αυτοκρατορίας, πολύ μετά το Senatus Bacchanalia, το αίμα των πεσόντων μονομάχων πωλούνταν, το οποίο ας σημειωθεί ότι ήταν το πιο ακριβό αίμα που μπορούσε να βρεθεί εκείνη την εποχή. Η Ρωμαϊκή Αυτοκρατορία δεν βασίστηκε σε τέτοιες παραδόσεις και δραστηριότητες. Υπάρχει και άλλος λόγος για τον χαρακτηρισμό ως παράσιτα, διότι ως ομάδα, οι Διονυσιακοί χρησιμοποιούσαν περισσότερους πόρους από ό,τι παρήγαγαν.

Κοινό στους Διονυσιακούς πολιτισμούς και παράγωγα είναι ότι εκείνοι που θα θελήσουν να δουν τον Δία ως αρχηγό των ουρανών θα πεθάνουν τυλιγμένοι στις φλόγες. Ενώ από την παράδοση του Δία που πηγάζει από την Αρκαδία, το φως από το φεγγάρι είναι καθαρό καθώς δεν έχει λάμψη που καίει, και μέσω αυτού του φωτός είναι ο τρόπος που ο Δίας αποκαλύπτει τον εαυτό του και τη σοφία του σε αυτούς που είναι αληθινοί. Δεν υπάρχει πληρωμή ή θεία ανταπόδοση.

Η λέξη «Liberal - Φιλελεύθερος» προέρχεται από τη ρωμαϊκή ρίζα της λέξης «Liber» που ήταν θεός που σήμαινε «ελεύθερος» και ήταν ένα άλλο όνομα του προσωπείου του Διονύσου όπου η λέξη «ελεύθερος» υποδηλώνει ότι είναι απελευθερωμένος από τους κανόνες της κοινωνίας. Οι οπαδοί έλεγαν «οι μεγαλύτερες ευλογίες μας έρχονται από τον δρόμο της τρέλας», το οποίο θεωρούσαν ως θείο δώρο. Αυτό ισχύει για το άτομο και για την ομάδα.

Το Παλλάδιο είναι μία από τις πιο αρχαίες πόλεις της Αρκαδίας, και ιδρύθηκε από τον Πάλλα, ένα γιο του Λυκάονα. Από αυτή την πόλη ο Evander οδήγησε αποίκους στον ποταμό Τίβερη στην Ιταλία. Από αυτή ο λόφος Palatino στη Ρώμη πήρε το όνομά της.

ΕΠΙΠΛΕΟΝ ΣΗΜΕΙΩΣΕΙΣ ΓΙΑ ΤΟΝ ΕΠΑΓΡΥΠΝΩΝ ΗΡΩΑ

Η ΜΥΘΟΛΟΓΊΑ ΤΗΣ ΡΏΜΗΣ ΑΝΑΦΈΡΕΙ ΌΤΙ ΤΑ ΔΊΔΥΜΑ ΑΔΈΡΦΙΑ ΡΩΜΎΛΟΣ ΚΑΙ ΡΈΜΟΣ ΠΟΥ ΊΔΡΥΣΑΝ ΤΗΝ ΠΌΛΗ ΤΗΣ ΡΏΜΗΣ, ΜΕΓΆΛΩΣΑΝ ΜΕ ΓΆΛΑ ΛΎΚΟΥ ΚΑΙ Η ΜΗΤΈΡΑ ΤΟΥΣ ΉΤΑΝ Η ΠΑΡΘΈΝΑ ΡΈΑ ΣΊΛΒΙΑ. Ο ΠΡΟΣΤΆΤΗΣ ΘΕΌΣ ΤΟΥΣ ΉΤΑΝ Ο JUPITER, ΜΕ ΠΡΌΤΥΠΟ ΤΟΝ ΔΊΑ.

ΣΕ ΚΟΙΝΩΝΊΕΣ ΌΠΟΥ ΖΟΎΝ / ΚΑΤΟΙΚΟΎΝ ΔΙΟΝΥΣΙΑΚΟΊ ΚΑΙ ΜΗ ΜΥΗΜΈΝΟΙ ΣΤΟ ΔΙΌΝΥΣΟ, ΠΑΡΑΤΗΡΕΊΤΑΙ ΣΥΝΉΘΩΣ ΜΙΑ ΔΙΑΜΆΧΗ / ΤΡΙΒΉ ΣΤΙΣ ΙΔΕΟΛΟΓΊΕΣ ΠΟΥ ΠΕΡΙΣΤΡΈΦΟΝΤΑΙ ΓΎΡΩ ΑΠΌ ΤΗΝ ΙΔΙΌΤΗΤΑ ΤΟΥ ΠΟΛΊΤΗ. ΟΙ ΜΗ ΔΙΟΝΥΣΙΑΚΟΊ ΕΚΦΡΆΖΟΥΝ ΤΥΠΙΚΆ ΜΙΑ ΦΙΛΟΣΟΦΊΑ ΠΟΥ ΒΑΣΊΖΕΤΑΙ ΣΤΗΝ ΤΟΠΙΚΌΤΗΤΑ. ΑΥΤΌ ΣΗΜΑΊΝΕΙ ΌΤΙ ΜΙΑ ΟΜΆΔΑ ΑΝΘΡΏΠΩΝ ΜΠΟΡΕΊ ΝΑ ΖΉΣΕΙ ΜΙΑ ΑΠΟΜΟΝΩΜΈΝΗ ΖΩΉ ΧΩΡΊΣ ΝΑ ΕΠΗΡΕΆΖΟΝΤΑΙ ΟΙ ΠΑΡΑΔΌΣΕΙΣ / ΠΟΛΙΤΙΣΜΟΊ / ΟΙ ΓΕΝΕΑΛΟΓΊΕΣ ΚΑΙ ΤΑΥΤΌΤΗΤΈΣ ΤΟΥΣ ΑΠΌ ΜΑΚΡΙΝΈΣ ΠΕΡΙΟΧΈΣ. ΌΤΙ Ο ΚΌΣΜΟΣ ΕΊΝΑΙ ΣΑΝ ΈΝΑ ΠΛΈΓΜΑ ΌΠΟΥ ΟΙ ΑΛΛΗΛΕΠΙΔΡΆΣΕΙΣ ΣΥΜΒΑΊΝΟΥΝ ΑΠΟΚΛΕΙΣΤΙΚΆ ΜΕΤΑΞΎ ΓΕΙΤΟΝΙΚΏΝ ΠΕΡΙΟΧΏΝ. ΟΙ ΔΙΟΝΥΣΙΑΚΟΊ ΚΟΡΟΪΔΕΎΟΥΝ ΑΥΤΉ ΤΗΝ ΆΠΟΨΗ ΕΠΙΣΗΜΑΊΝΟΝΤΑΣ ΌΤΙ ΑΥΤΆ ΤΑ ΌΡΙΑ ΕΊΝΑΙ ΑΥΘΑΊΡΕΤΑ, ΑΝ ΚΑΙ Η ΜΟΝΑΔΙΚΌΤΗΤΑ ΤΟΥ ΑΤΌΜΟΥ ΔΕΝ ΕΊΝΑΙ, ΑΦΟΎ ΜΈΣΩ ΤΗΣ ΤΕΛΕΤΟΥΡΓΊΑΣ ΤΟΥΣ ΜΠΟΡΕΊ ΝΑ ΑΛΛΆΞΕΙ, ΝΑ ΒΙΏΣΕΙ ΜΙΑ ΣΥΝΕΧΉ ΆΝΟΔΟ ΚΑΙ ΠΤΏΣΗ. ΤΟ ΝΑ ΠΕΡΙΟΡΙΣΤΕΊ ΑΥΤΉ Η ΔΙΚΉ ΤΟΥΣ ΠΑΡΆΔΟΣΗ ΣΕ ΜΙΑ ΣΥΓΚΕΚΡΙΜΈΝΗ ΠΕΡΙΟΧΉ ΣΕ ΜΙΑ ΣΤΑΤΙΚΉ ΚΑΤΆΣΤΑΣΗ, ΕΊΝΑΙ ΦΥΛΑΚΉ. ΑΥΤΉ Η ΈΛΛΕΙΨΗ ΘΈΛΗΣΗΣ ΝΑ ΑΣΧΟΛΗΘΟΎΜΕ ΜΕ ΔΙΑΦΟΡΕΤΙΚΈΣ ΠΕΡΙΟΧΈΣ ΕΊΝΑΙ ΜΙΑ ΎΒΡΙΣ ΓΙΑ ΤΙΣ ΑΣΤΡΙΚΈΣ ΟΝΤΌΤΗΤΕΣ ΠΟΥ ΒΛΈΠΟΥΝ ΤΗ ΓΗ ΩΣ ΈΝΑ ΕΝΙΑΊΟ ΣΏΜΑ ΚΑΙ ΌΤΙ ΘΑ ΠΡΈΠΕΙ ΝΑ ΜΟΙΡΑΖΌΜΑΣΤΕ ΚΑΙ ΝΑ ΝΟΙΑΖΌΜΑΣΤΕ ΓΙΑ ΌΛΟΥΣ ΟΜΟΙΌΜΟΡΦΑ. ΑΥΤΆ ΤΑ ΕΥΓΕΝΙΚΆ ΠΡΟΣΕΚΤΙΚΆ ΛΌΓΙΑ ΔΕΝ ΑΠΟΚΑΛΎΠΤΟΥΝ ΤΟ ΖΉΛΟ ΠΟΥ ΈΧΟΥΝ ΑΥΤΟΊ ΟΙ ΟΠΑΔΟΊ ΓΙΑ ΑΥΤΉ ΤΗ ΦΙΛΟΣΟΦΊΑ. ΒΛΈΠΟΥΝ ΚΥΡΙΟΛΕΚΤΙΚΆ ΌΣΟΥΣ ΑΡΝΟΎΝΤΑΙ ΑΥΤΉ ΤΗΝ «ΠΡΟΟΠΤΙΚΉ» ΩΣ ΤΈΡΑΤΑ ΤΩΝ ΟΠΟΊΩΝ ΚΑΜΊΑ ΕΝΈΡΓΕΙΑ ΕΝΑΝΤΊΟΝ ΤΟΥΣ ΔΕΝ ΜΠΟΡΕΊ ΝΑ ΘΕΩΡΗΘΕΊ ΈΓΚΛΗΜΑ. Η ΠΑΡΑΔΕΙΓΜΑΤΙΚΉ ΤΙΜΩΡΊΑ ΤΟΥΣ, ΜΕ ΤΗ ΣΥΜΜΕΤΟΧΉ ΌΛΩΝ ΤΩΝ ΚΟΝΤΙΝΏΝ ΤΟΥΣ ΑΤΌΜΩΝ ΕΊΝΑΙ ΕΠΊΣΗΣ ΜΈΡΟΣ ΑΥΤΉΣ ΤΗΣ ΠΑΡΆΔΟΣΗΣ.

Ο ΑΡΙΣΤΟΤΈΛΗΣ ΟΝΌΜΑΣΕ ΤΗ ΣΧΟΛΉ ΤΟΥ «ΛΎΚΕΙΟ»

ΌΤΑΝ ΟΙ ΘΡΎΛΟΙ ΛΈΝΕ ΌΤΙ Ο ΔΊΑΣ ΚΑΙ Ο ΛΥΚΆΩΝ ΉΡΘΑΝ ΠΡΙΝ ΑΠΌ ΤΟ ΦΕΓΓΆΡΙ, ΕΝΝΟΟΎΝ ΌΤΙ ΉΡΘΑΝ ΠΡΙΝ ΑΠΌ ΤΗΝ ΑΡΧΉ ΜΈΤΡΗΣΗΣ ΤΟΥ ΧΡΌΝΟΥ ΧΡΗΣΙΜΟΠΟΙΏΝΤΑΣ ΤΟ ΦΕΓΓΆΡΙ.

Ο ΣΌΛΩΝ ΠΟΥ ΉΤΑΝ ΑΡΧΑΊΟΣ ΑΘΗΝΑΊΟΣ ΗΓΈΤΗΣ ΚΑΙ ΜΕΤΑΡΡΥΘΜΙΣΤΉΣ ΕΊΧΕ ΠΕΙ ΌΤΑΝ ΕΊΔΕ ΤΗΝ **ΠΡΏΤΗ ΦΑΝΤΑΣΤΙΚΉ ΘΕΑΤΡΙΚΉ ΠΑΡΆΣΤΑΣΗ** ΌΤΙ «ΑΥΤΌ ΠΟΥ ΠΑΡΟΥΣΙΆΣΤΗΚΕ ΉΤΑΝ ΨΈΜΑΤΑ» ΚΑΙ ΡΏΤΗΣΕ ΤΟΝ ΣΚΗΝΟΘΈΤΗ ΓΙΑΤΊ ΕΠΈΛΕΞΕ ΝΑ ΔΙΑΔΏΣΕΙ ΑΥΤΆ ΤΑ ΨΈΜΑΤΑ ΚΑΙ Η ΑΠΆΝΤΗΣΗ ΑΠΌ ΤΟΝ ΣΚΗΝΟΘΈΤΗ ΉΤΑΝ ΌΤΙ ΉΤΑΝ ΑΠΛΏΣ ΘΈΑΤΡΟ. **Ο ΣΌΛΩΝ ΑΠΆΝΤΗΣΕ ΣΤΟΝ ΣΚΗΝΟΘΈΤΗ ΌΤΙ ΉΤΑΝ ΤΌΤΕ ΠΙΘΑΝΌ ΑΥΤΆ ΤΑ ΨΈΜΑΤΑ ΝΑ ΓΊΝΟΥΝ ΠΡΑΓΜΑΤΙΚΌΤΗΤΑ ΣΤΟ ΜΈΛΛΟΝ ΩΣ ΑΠΟΤΈΛΕΣΜΑ ΑΥΤΉΣ ΤΗΣ ΘΕΑΤΡΙΚΉΣ ΠΑΡΆΣΤΑΣΗΣ.** Η ΆΜΜΟΣ ΤΟΥ ΘΕΆΤΡΟΥ ΕΊΝΑΙ ΓΝΩΣΤΌ ΌΤΙ ΣΥΝΈΧΙΖΕ ΣΤΟ ΠΈΡΑΣΜΑ ΤΟΥ ΧΡΌΝΟΥ ΠΡΟΣ ΤΟ ΜΈΛΛΟΝ.

ΣΥΧΝΆ ΥΠΆΡΧΕΙ ΣΎΓΧΥΣΗ ΣΧΕΤΙΚΆ ΜΕ ΤΟΝ «ΥΠΟΚΡΙΤΉ», ΤΙ ΠΡΑΓΜΑΤΙΚΆ ΣΗΜΑΊΝΕΙ ΚΑΙ ΠΏΣ ΣΥΝΔΈΕΤΑΙ ΜΕ ΗΘΟΠΟΙΟΎΣ / ΥΠΟΚΡΙΤΙΚΉ / ΘΈΑΤΡΟ ΚΑΙ ΨΈΜΑΤΑ. ΕΞ ΟΡΙΣΜΟΎ ΣΗΜΑΊΝΕΙ <ΥΠΟΚΡΙΤΙΚΌΣ, ΚΆΤΩ ΑΠΌ ΚΡΙΤΙΚΉ> . ΥΠΟΚΡΙΤΉΣ ΛΟΙΠΌΝ ΕΊΝΑΙ ΑΥΤΌΣ ΠΟΥ ΥΦΊΣΤΑΤΑΙ ΤΗΝ ΚΡΙΤΙΚΉ ΤΩΝ ΆΛΛΩΝ. ΓΙΑΤΊ ΑΥΤΌ ΣΥΝΔΈΕΤΑΙ ΜΕ ΤΟΥΣ ΗΘΟΠΟΙΟΎΣ; ΣΤΟ ΑΡΧΑΊΟ ΕΛΛΗΝΙΚΌ ΘΈΑΤΡΟ ΉΤΑΝ ΤΟ ΒΑΣΙΚΌ ΣΤΟΙΧΕΊΟ ΤΗΣ «ΧΟΡΩΔΊΑΣ, Η ΟΠΟΊΑ ΉΤΑΝ ΜΙΑ ΟΜΆΔΑ ΑΝΘΡΏΠΩΝ ΠΟΥ ΕΞΈΦΡΑΖΑΝ ΤΙΣ ΔΙΑΦΟΡΕΤΙΚΈΣ ΣΚΈΨΕΙΣ ΤΟΥ ΜΥΑΛΟΎ ΣΕ ΣΤΙΓΜΈΣ ΚΡΊΣΗΣ Ή ΕΣΩΤΕΡΙΚΉΣ ΣΎΓΚΡΟΥΣΗΣ (ΈΚΦΡΑΣΗ ΤΟΥ ΕΣΩΤΕΡΙΚΟΎ ΚΌΣΜΟΥ ΚΑΤΆ ΤΗΝ ΨΥΧΟΛΟΓΊΑ). ΈΝΑΣ ΗΘΟΠΟΙΌΣ ΕΠΗΡΕΑΖΌΤΑΝ ΑΠΌ ΑΥΤΈΣ ΤΙΣ ΦΩΝΈΣ, ΠΟΥ ΉΤΑΝ Ο ΥΠΟΚΡΙΤΉΣ ΣΤΗ ΣΚΗΝΉ, ΚΑΙ ΘΑ ΑΠΑΝΤΟΎΣΕ ΣΕ ΑΥΤΈΣ. ΉΤΑΝ ΈΝΑΣ ΑΡΚΕΤΆ ΠΕΡΊΠΛΟΚΟΣ Ο ΥΠΟΚΡΙΤΙΚΌΣ ΡΌΛΟΣ ΓΙΑ ΤΟΝ ΥΠΟΚΡΙΤΉ ΚΑΙ ΓΙΑ ΤΑ ΜΈΛΗ ΤΗΣ ΧΟΡΩΔΊΑΣ. ΤΟ ΝΑ ΕΊΣΑΙ ΜΈΡΟΣ ΑΥΤΉΣ ΤΗΣ ΧΟΡΩΔΊΑΣ ΧΡΕΙΑΖΌΤΑΝ ΕΚΤΕΤΑΜΈΝΗ ΕΚΠΑΊΔΕΥΣΗ ΓΙΑ ΝΑ ΤΑ ΚΑΤΑΦΈΡΕΙΣ (ΜΕΤΑΚΙΝΟΎΝΤΑΝ ΚΑΤΆ ΤΗ ΔΙΆΡΚΕΙΑ ΤΩΝ ΣΚΗΝΏΝ). Ο ΗΘΟΠΟΙΌΣ ΜΠΟΡΟΎΣΕ ΝΑ ΑΛΛΆΞΕΙ ΠΡΌΣΩΠΑ ΠΟΥ ΉΤΑΝ «ΔΙΟΝΥΣΙΑΚΈΣ» ΜΆΣΚΕΣ ΓΙΑ ΝΑ ΠΑΊΞΕΙ ΚΑΙ ΤΟ ΡΌΛΟ ΤΟΥ ΑΝΤΊΘΕΤΟΥ ΦΎΛΟΥ. **ΤΟ ΝΑ ΑΝΑΦΈΡΕΤΑΙ ΚΆΠΟΙΟΣ ΩΣ ΥΠΟΚΡΙΤΉΣ ΈΞΩ ΑΠΌ ΤΟ ΘΈΑΤΡΟ, ΣΗΜΑΊΝΕΙ ΌΤΙ ΔΕΝ ΕΝΕΡΓΕΊ ΩΣ ΆΤΟΜΟ ΑΛΛΆ ΣΎΜΦΩΝΑ ΜΕ ΤΙΣ ΓΝΏΜΕΣ ΤΩΝ ΆΛΛΩΝ ΓΙΑ ΝΑ ΤΟΥΣ ΕΥΧΑΡΙΣΤΉΣΕΙ.**

ΕΠΙΠΛΕΟΝ ΣΗΜΕΙΩΣΕΙΣ ΓΙΑ ΤΟΝ ΕΠΑΓΡΥΠΝΩΝ ΗΡΩΑ

Μια βαθύτερη ιδέα για τις μάσκες είναι ότι μπορούν να επιτρέψουν σε έναν ηθοποιό να «φορέσει το πρόσωπό σου» και να παίξει μια θεατρική σκηνή όπου οι χαρακτήρες που σε θαυμάζουν παύουν να σε υποστηρίζουν και ως αποτέλεσμα η ομάδα στην οποία ανήκεις παύει να υπάρχει. **Οι εκφράσεις θαυμασμού μπορούν να υπονομευτούν από ιστορίες.**

Υπάρχουν διάφοροι τρόποι να εξετάσουμε ένα ψέμα, εκτός εσχατολογικών πλαισίων. Το πετυχημένο ψέμα είναι η ανταμοιβή για εκείνους που μπορούν να δουν μια ανεπάρκεια στην κατανόηση ή τη γνώση του άλλου. Η πιθανότητα πτώσης στις παγίδες του ψέματος και ο κίνδυνος που μπορεί να προκαλέσει, είναι το κίνητρο για τους άλλους να μάθουν περισσότερα για να το αποφύγουν. Οι κανόνες του παιχνιδιού, πιέζουν για την απόκτηση γνώσης και οι ποινές για την αγνόηση αυτού δεν είναι πάντα φιλικές, αλλά με την βία αντί απλώς μέσω κινήτρων. **Τιμωρούν αυστηρά τους αφελείς.**

Κάποια κείμενα για τον Ηρακλή περιλαμβάνουν αυτό που αναφέρεται ως «Πρόσθετο Άθλο», αλλά είναι ψευδή. Αυτός ο υποτιθέμενος άθλος είναι ότι ο βασιλιάς Θέσπιος είχε 50 κόρες και ότι ο Θέσπιος ήθελε εγγόνια από τον Ηρακλή αφού δεν έβρισκε συζύγους για τις κόρες του. Αφού ανέθεσε στον Ηρακλή να ολοκληρώσει μια κυνηγετική αποστολή που διήρκεσε 50 ημέρες, το 'βραβείο' του, μετά από κάθε βράδυ ήταν να κοιμάται με μια από τις κόρες. Μια άλλη εκδοχή είναι ότι έπρεπε να κοιμηθεί και με τις 50 μετά την ολοκλήρωση της αποστολής. Αυτή η ιστορία δεν αναφέρεται στα κείμενα του Πίνδαρου, του Ησίοδου κ.λπ. Κανένα από τα κείμενα που αναφέρονται στους άθλους του Ηρακλή δεν το σημειώνει. Δεν συνάδει καν με το γενικό ήθος του Ηρακλή.

Μπορούμε μάλιστα να δούμε ότι είναι μια σκόπιμη προσπάθεια να υπονομευτεί η ηθική πυξίδα της παράδοσης. Θυμήσου ότι ο Λυκάων είχε 50 παιδιά από έναν γάμο. Είναι λοιπόν προφανές ότι αυτή η υποτιθέμενη ιστορία που επιχειρούν να ενσωματώσουν ορισμένοι συγγραφείς είναι μια προσπάθεια να παρεκκλίνει από την ηθική άποψη των παραδόσεων του Λυκάονα που παρήγαγαν μια κληρονομιά για σταθερές και ευγενείς κοινωνίες.

Πριν από το Λυκάονα στις περιοχές που κατοικούσε υπήρχε η παράδοση της τελετής της Ταυρογενεσίας από Διονυσιακούς όπου ένας ταύρος θυσιαζόταν για να μεταμορφωθεί ένας νεαρός έτσι ώστε να μπορέσει να τεκνοποιήσει με 50 γυναίκες σε μια νύχτα, ως τελετουργία γονιμότητας. Μετά από εκείνη τη νύχτα θα θυσιαζόταν κι αυτός. Τέτοιες πράξεις δεν αποτελούν κομμάτι του ηρωικού δρόμου.

Υπάρχει και άλλη εξήγηση για τον Τρωικό πόλεμο πέρα από τη διαμάχη που προκλήθηκε από τον Πάρη που πήρε την ωραία Ελένη. Η θέση της Τροίας ήταν πάντα έδρα εξουσίας για τις μεγάλες πόλεις. Βρίσκεται σε ένα μέρος με εύκολη πρόσβαση στη Μέση Ανατολή, τη βορειοανατολική Αφρική, τη Μεσόγειο Θάλασσα, την Ευρώπη και σε αυτή την περίπτωση στους φύλακες της Μαύρης Θάλασσας. Εκείνη την εποχή, υπήρχαν σημαντικοί εμπορικοί δρόμοι σιτηρών μεταξύ της Ελλάδας και των εδαφών γύρω από τη Μαύρη Θάλασσα που είχαν πολύ μεγάλα χωράφια. Αυτοί οι θαλάσσιοι δρόμοι εξαρτιόνταν από το πέρασμα μέσα από το στενό του Βοσπόρου. Οι πόλεις σε αυτήν την περιοχή ελέγχουν ιστορικά το στενό και εφαρμόζουν δασμούς. Το κέρδος από αυτόν τον έλεγχο οδηγεί τελικά σε έναν αγώνα εξουσίας που αναφέρεται κυρίως ως η παγίδα του Θουκυδίδη.

Μερικές πολύ σημαντικές δοξασίες έχουν σε μεγάλο βαθμό ξεχαστεί. Μία από αυτές είναι για τον **Ναό του Άμωνος Ρα** στην Αίγυπτο. Ο Μέγας Αλέξανδρος ακολούθησε την πεποίθηση ότι ήταν γιος του Δία Άμωνα και όταν έφτασε στην Αίγυπτο, έγινε δεκτός ως ήρωας επειδή νίκησε και απομάκρυνε τους Πέρσες σατράπες (κυβερνήτες) από εκεί. Μερικά από τα ιδανικά του Άμωνος ήταν η προσωπική ευσέβεια, η αλήθεια, η δικαιοσύνη και η καλοσύνη. Η τελετουργική προσευχή στον Άμωνα απαιτούσε να δείξουν πρώτα ότι είναι άξιοι να την κάνουν και να ομολογήσουν τις αμαρτίες τους. Οι φτωχοί και όσοι βρίσκονται σε στενοχώρια μπορούσαν να τον καλέσουν. **Ο Άμων, ήταν επίσης ένας συγχωρητικός θεός του οποίου η οργή εξαφανιζόταν στη στιγμή.** Θεωρείτο ο άρχοντας της αλήθειας, ο δημιουργός των ανθρώπων και όλων των ζώων. Το όνομα «Τουταγχαμών» σημαίνει «η ζωντανή εικόνα του Άμωνος». Υπάρχει επίσης μια έννοια της τριάδας στον Άμωνα όπου είναι: Άμων, Ρα και Πτάχ. Δημιουργήθηκε από τα νερά του χάους στην αρχή της Πλάσης. Ο Άμων ήταν μια μορφή μονοθεϊστικής αφοσίωσης και ήταν η καθιερωμένη θρησκεία στην Αίγυπτο τον 14ο αιώνα π.Χ.

Στην αρχαία Ελλάδα, είχαν ένα άγαλμα του Άμωνα στη Σπάρτη και τη Θήβα (τη πόλη που γεννήθηκε ο Ηρακλής), όπου ο Άμων θεωρούνταν μορφή του Δία. Στο Χριστιανισμό η χρήση του "Αμήν" λέγεται ότι υιοθετήθηκε από αυτή την παράδοση από Αιγύπτιους Χριστιανούς.

ΕΠΙΠΛΕΟΝ ΣΗΜΕΙΩΣΕΙΣ ΓΙΑ ΤΟΝ ΕΠΑΓΡΥΠΝΩΝ ΗΡΩΑ

Πυθιόνικοι 9 των ωδών του Πινδάρου, για τον Τηλεσικράτη της Κυρήνης, νικητή του αγώνα με πανοπλία «... ο Αμφιτρύων ο ηνίοχος, ο οποίος ήταν φιλοξενούμενος-φίλος των Σπαρμένων Ανδρών αφού έφυγε από το σπίτι για τους δρόμους των Καδμείων, το σπίτι των λευκών αλόγων... Με αυτόν και με τον Δία μαζί η γνωστική σαν έσμιξε Αλκμήνη..."
Οι ιστορίες που περιγράφουν τον Δία να έρχεται με τη μορφή κάποιου είδους ζώου για την ένωση με την Αλκμήνη, ενώ ο σύζυγος της Αμφιτρύων έλειπε, είναι όλες ψεύτικες. Κατασκευάστηκαν σύμφωνα με διαφορετικές παραδόσεις και τοποθετήθηκαν πολύ μετά τους αρχικούς μύθους.

Ένας αρχαίος μύθος λέει ότι ο Δίας (πιθανώς της διονυσιακής παράδοσης) τότε είχε καταλήξει στο συμπέρασμα ότι η ανθρωπότητα είχε διαφθαρεί υπερβολικά και αποφάσισε να «καταστρέψει» τον πολιτισμό της. Αποφάσισε να τα «ξεπλύνει» όλα με μια μεγάλη πλημμύρα. Ο Προμηθέας με την Κλυμένη (Ωκεανίδα) απέκτησε έναν γιο, τον Δευκαλίωνα, και ο Επιμηθέας με την Πανδώρα μια κόρη την Πύρρα. Ο Δευκαλίων προειδοποιήθηκε από τον Προμηθέα και έχτισε μια «κιβωτό» για να επιβιώσει από τον κατακλυσμό με την Πύρρα και απέκτησε έναν γιο που ονομάστηκε Έλληνας. Μετά τον κατακλυσμό, το ζευγάρι συμβουλεύτηκε το μαντείο της Θέμιδος για το πώς να επαναπληθύνουν τη γη και του είπαν «σκέπασε το κεφάλι σου και ρίξε τα οστά της μητέρας σου πίσω από τον ώμο σου». Ερμήνευσαν τη μητέρα ως «Γαία» και τα «κόκαλα» της ως βράχους. Ο καθένας πέταξε πέτρες και αυτές του Δευκαλίωνα έγιναν οι νέοι άνδρες και της Πύρρας έγιναν οι νέες γυναίκες.

Ο Πίνδαρος στην ωδή 1 των Πυθιονικών για τον Ιέρωνα των Συρακουσών νικητή της αρματοδρομίας με έναν ίππο. **«Οι δειλοί δεν αναζητούν μεγάλους κινδύνους· οι άνθρωποι πρέπει να πεθάνουν, οπότε γιατί κάποιος να σκύψει στο σκοτάδι, θηλάζοντας άσκοπα και αδιάκριτα γηρατειά, χωρίς μερίδιο στις ένδοξες πράξεις;»**

Στράβων, στ. 221: Ότι αυτή η φυλή (οι Πελασγοί) ήταν από την Αρκαδία, ο Έφορος αναφέρεται στην αυθεντία του Ησιόδου λέγοντας: «Γιοί γεννήθηκαν στον **θεόμορφο** Λυκάονα που κάποτε γέννησε ο Πελασγός». (Ο Πελασγός, είχε έναν γιο, τον Λυκαονα και εκείνος απέκτησε πολλούς γιους. Αυτό δηλώνει με αυθεντία ο Ησίοδος)

Ο γιος του Λυκάονα Νύκτιμος ήταν ο κληρονόμος του.

Ο Διόνυσος συνδέεται με το αμπέλι. Το αμπέλι είναι αναγκαστικά παρασιτικό φυτό.

Στις ωδές του Πινδάρου για το μωρό Ηρακλή όταν δεχτηκε επίθεση από τα δύο φίδια που έστειλε η Ήρα, "Όρθιος και ξεκίνησε την πρώτη του μάχη, έπιασε τα δύο φίδια από το λαιμό στα δύο ακαταμάχητα χέρια του, στραγγαλίζοντάς τα. Ο χρόνος πέρασε και έδιωξε την ανάσα από τα τρομερά σώματά τους. Αβάσταχτος φόβος έπληξε τις γυναίκες που παρευρέθηκαν. Το κρεβάτι της Αλκμήνης-γιατί είχε πηδήξει γυμνή όρθια από τον καναπέ της, και όμως προσπαθούσε να αποκρούσει την επίθεση των τεράτων. Γρήγορα οι Κάδμιοι οπλαρχηγοί έτρεξαν ομαδικά με μπρούτζινα όπλα, και έφτασε και ο Αμφιτρύων, καθηλωμένος από διαπεραστικό πόνο, κουνώντας το ξίφος του στο χέρι - γιατί η αγωνία στο σπίτι βαραίνει όλους εξίσου, ενώ η καρδιά δεν ταράζεται εύκολα από τη στενοχώρια του άλλου. Στεκόταν εκεί με έκπληξη ταυτόχρονα αγωνιώδης και γεμάτος χαρά, καθώς είδε το μοναδικό πνεύμα και τη δύναμη του γιου του -γιατί οι αθάνατοι θεοί είχαν αντικρούσει την αναφορά του αγγελιοφόρου. Κάλεσε τον Τειρεσία τον αξιόπιστο μάντη που ζούσε εκεί κοντά και πλέον επιφανούς προφήτη του Δία που είπε σε όλους τους ανθρώπους ποια θα είναι η τύχη του Ηρακλή, τι θα συναντούσε ο Ηρακλής, πόσα θηρία θα σκότωνε στη στεριά και πόσα στη θάλασσα, για να ικανοποιηθεί η δικαιοσύνη. Περαιτέρω, είπε ότι θα επέφερε τρομερή καταστροφή σε όποιον ακολουθούσε το στρεβλό μονοπάτι της υπερβολής.

Όχι για μαχητές αλλά για πολεμιστές/βασιλιάδες/ήρωες ο ορίζοντάς τους είναι γεμάτος ανησυχίες.

ΕΠΙΠΛΕΟΝ ΣΗΜΕΙΩΣΕΙΣ ΓΙΑ ΤΟΝ ΕΠΑΓΡΥΠΝΩΝ ΗΡΩΑ

Όσον αφορά τον άθλο του Αμφιτρίωνα, μια επανεμφανιζόμενη αλλά επιτυχημένη ιδεολογική παγίδα που έχουν δημιουργήσει οι αντιήρωες για τους ήρωες είναι να τους πουν ότι οι ενέργειες της φυσικής τους βούλησης θα δημιουργήσουν έναν φαύλο κύκλο και δεν οδηγούν πουθενά αφού η βία γεννά βία. Πρώτον, η βία οδηγεί στην ειρήνη αναπόφευκτα, αφού αυτό το σύμπαν ταλαντεύεται. Η αντιμετώπιση της βίας (σε όποια μορφή κι αν φτάσει) με ειρήνη, κρατά μια στάση γύρω από αυτήν την αρχική επιθετικότητα που θα συνεχίσει στη συνέχεια να επιμένει. Μην αμφιβάλλεις τη φύση σου.

Ο μονοθεϊστικός τόνος του Δία είναι εμφανής από τον Όμηρο στην Ιλιάδα που έδειξε πώς ο Δίας ήταν απίστευτα πιο ισχυρός από τους υπόλοιπους «θεούς» όταν τους τοποθέτησε όλους κάτω από αυτόν και τους τράβηξε όλους από ένα μόνο σχοινί. Ο Διομήδης, στον Τρωικό πόλεμο, ήταν πιο ισχυρός ακόμη και από τον Αχιλλέα έχοντας τραυματίσει μέχρι και τον Άρη (υποτιθέμενο «θεό» του πολέμου). Ο Άρης έπρεπε να προειδοποιήσει τον Διομήδη να κάνει πίσω αντί να εκδικηθεί απευθείας. Αυτό δείχνει ότι αυτοί που πήραν το όνομα και την προσωποποίηση του Δία στάθηκαν δυνατά απέναντι στους κατώτερους του Δίος.

Ο τρόπος για επαναφορά είναι μέσω του εσωτερικού πολέμου... Δεδομένου ότι οι διαδοχικοί πόλεμοι έχουν ως αποτέλεσμα μια επακόλουθη «συγχώνευση», ακόμα κι αν η χρονική γραμμή είναι πολύ στο μέλλον. Για παράδειγμα, όταν έπεσε η Τροία, ο «Αινείας» πήγε στην Ιταλία όπου η γενεαλογική γραμμή του έχτισε τη Ρώμη πάνω στο αρχέτυπο του λύκου (Λύκανος) (αρχικά είχε τις ρίζες του στην Αρκαδία), έτσι αυτή η νέα μεγαλούπολη που αναδύθηκε σε μια αυτοκρατορία μπορεί να θεωρηθεί ως Τροία 2.0 που απορρόφησε την μυκηναϊκή καρδιά του Λυκάων/Αρκαδίας (συγχώνευση) στην οποία ανήκαν ο Αγαμέμνονας, ο Μενέλαος, ο Οδυσσέας κ.λπ. Η Ρώμη απορρόφησε τότε όλη την Ελλάδα ακόμη και ολόκληρη την περιοχή που ήταν η Τρωική Αυτοκρατορία. κερδίζοντας ουσιαστικά. Όχι μόνο αυτό, αλλά η ρωμαϊκή αυτοκρατορία μετέφερε στη συνέχεια την πρωτεύουσά της εκεί που ήταν κάποτε η Τροία, δημιουργώντας τη Χριστιανική Αγία Ρωμαϊκή Αυτοκρατορία (επίσης γνωστή ως Βυζάντιο Τροία 3.0) που έλεγχε ξανά την Ελλάδα. Έτσι, η «Ελλάδα» (Μυκηναίοι) κέρδισε τον άμεσο πόλεμο αλλά έχασε τον μακρύ και η καθυστέρηση στην ανταλλαγή θέσεων νίκης τροφοδότησε μόνο τη διάρκεια της κατάληψης της ανατροπής. Όσο υπέροχη κι αν ήταν η Ιλιάδα, η ενέργεια αποθηκεύτηκε για να αντιστραφεί το αποτέλεσμα. Επίσης, θυμηθείτε ότι τα λαμπρά όπλα και οι ιδιοφυείς στρατηγικές που ανέπτυξαν οι Έλληνες δεν προέκυψαν από τη μάχη με ξένους αλλά μεταξύ άλλων Ελλήνων.

Το τρίποδο συμβόλιζε την τριάδα "Λυκ-Ενεσίδαον-Άδης". Το λάμδα είναι η πρόοδος προς το φως καθώς κάποιος τοποθετεί αυτές τις πτυχές σε αρμονία.

Από τα βιβλία της Νάρνια του C.S. Lewis. "Ένας νεαρός ντυμένος με δέρμα ελαφιού με φύλλα κρασιού στριμωγμένα στα σγουρά μαλλιά του. Το πρόσωπό του πολύ όμορφο για αγοριού εάν όχι τόσο άγριο. Ο Έντμουντ εξέφρασε το συναίσθημα άλλων ότι 'υπάρχει ένα παιδί που μπορεί να κάνει απολύτως τα πάντα'. Φαινόταν να έχει πολλά ονόματα, Βρώμιος, Βασσαρεύς και το Κριάρι είναι 3 από αυτά. Υπήρχαν πολλά άγρια κορίτσια μαζί του, άγρια όπως αυτός. Υπήρχε επίσης κάποιος πάνω σε ένα γαϊδούρι. Και όλοι γέλαγαν φωνάζοντας 'Εύαν, Έβαν, Ευ-Ευ-οι-οι. Όλοι συμπεριφέρονταν σαν α τους έχουν κλείσει τα μάτια. Η Λούσι σήκωσε τα χέρια της για να σπρώξει πίσω τα μαλλιά της και ανακάλυψε ότι έσπρωχνε πίσω κλαδιά κρασιού. Το γέλιο δεν σταματούσε ποτέ ή οι λαρυγγισμοί Εύαν, Έβαν, Ευ-Ευ-οι-οι. Η Λούσι λέει στη Σούζαν 'το αγόρι με το άγριο πρόσωπο είναι ο Bacchusand.' Η βασίλισσα Σούζαν λέει μετά στη βασίλισσα Λούσι, "Δεν θα ένιωθα ασφαλής με τον Βάκχο και όλα τα άγρια κορίτσια του εάν τους γνωρίζαμε χωρίς τον Άσλαν" και η Λούσι απαντάει "Θα έπρεπε να πιστεύω ότι όχι". Αυτό το απόσπασμα στον Πρίγκιπα Κάσπιαν είναι μια καλή προειδοποίηση για την πρώτη εστίαση του Διονυσιακού/Βάκχου//Λίμπερ. Οι άντρες δεν βλέπουν έναν αντίπαλο εκεί καθώς δεν είναι ένα φυσικό στοιχείο για να κατακυριευτεί. Οι ακόλουθοι του Διόνυσου/Βάκχου που στην πλειοψηφία τους είναι γυναίκες αποτρέπουν ήρωες να αναλάβουν δράση εναντίον του Βάκχου/Διόνυσου/Ζαγρέυ που είναι η υπέρτατη ασπίδα. Ως αποτέλεσμα αυτός είναι ο υπέρτατος τεμαχιστής κοινωνιών. Δεν σπάει τοίχους, η απογοήτευση που πυροδοτεί τους ανοίγει για εκείνον, ξεκινώντας με τους διανοούμενους και πηγαίνοντας μετά προς τα κάτω. Είναι η απόλυτη μονάδα μάχης. Η ομορφιά της Αφροδίτης είναι μια μεταφορική ασπίδα καθώς τη προστατεύει από το κακό και τα όπλα την αποφεύγουν, αλλά τραυματίστηκε μια φορά; από τον Διομήδη στην Ιλιάδα όταν εκείνη προσπάθησε να σώσει τον γιο της Αινεία.

ΗΡΑΚΛΗΣ:
«Η ΑΙΤΙΑ ΤΗΣ ΤΡΕΛΑΣ ΤΟΥ ΠΟΥ ΕΙΧΕ ΩΣ ΑΠΟΤΕΛΕΣΜΑ ΝΑ ΣΚΟΤΩΣΕΙ ΤΗΝ ΟΙΚΟΓΕΝΕΙΑ ΤΟΥ»

Ο Ηρακλής, έπεσε θύμα της δύναμης της αρρώστιας που μεταβάλλει το μυαλό, της Λύσσας. Η Λύσσα τον δηλητηρίασε κατόπιν εντολής της Ήρας ώστε το ίδιο βράδυ να σκοτώσει την οικογένειά του βλέποντάς τους σαν τέρατα. Από τις Ωδές του Πινδάρου:
«**Ακόμα και ο σοφός άνθρωπος μπορεί να παραπλανηθεί από διαταραχή του νου**»

Αφού ο Ηρακλής πέθανε, έγινε θεός και ανήλθε στον Όλυμπο, παντρεύτηκε ξανά τη θεά Ήβη, που ήταν κόρη του Δία και της Ήρας. Αυτό δείχνει ότι οι μάχες του ηρωισμού, σύμφωνα με αυτή τη παράδοση του Ηρακλή, θα οδηγήσουν αναπόφευκτα σε μια σύγκλιση και για τα δύο μέρη, μόλις αφαιρεθούν τα εμπόδια (π.χ. τα χρυσά μήλα).

Η Ήβη λατρευόταν ως θεά της χάρης ή της συγχώρεσης: ουσιαστικά ο Ηρακλής όντας ο πρώτος που μπήκε στον Όλυμπο έσμιξε με τη Συγχώρεση. Οι κατατρεγμένοι και οι αιχμάλωτοι θα ζητούσαν τη χάρη της συζύγου του Ηρακλή.

«Και ο πανίσχυρος Ηρακλής, ο γενναίος γιος της Αλκμήνης με τους ωραίους αστραγάλους, όταν τελείωσε τους σκληρούς του άθλους, έκανε την Ήβη, παιδί του μεγάλου Δία και της χρυσόμαλλης Ήρας, τη ντροπαλή σύζυγό του στον χιονισμένο Όλυμπο. Ευτυχισμένος αυτός! Διότι τελείωσε το μεγάλο του έργο και ζει ανάμεσα στους αθάνατους θεούς, ατάραχος και χωρίς να γερνά για όλες τις μέρες του.» (Ησίοδος)

Μια σημαντική σημείωση για τους ήρωες προς το δρόμο για να «υπηρετήσουν τον λαό». Είναι σύνηθες φαινόμενο οι άνθρωποι να απογοητεύουν τους ήρωες και υπάρχει πραγματικός κίνδυνος ο ήρωας να στραφεί προς αυτούς με θυμό. Ο κόσμος βοηθήθηκε ζώντας στο καθαρό μονοπάτι που παρείχε. Ο Ηρακλής πάλεψε για την εύνοια του Δία για να διορθώσει το δικό του πνευματικό χρέος και ως συνέπεια βοηθήθηκαν άλλοι που σημαίνει ότι η δόξα πάλι ήταν στον Δία. Ο λαός λοιπόν δεν είχε χρέος στον Ηρακλή και ο Ηρακλής δεν περίμενε τίποτα από αυτούς.

Ο Ηρακλής είναι ο απόλυτος ήρωας γιατί η αποστολή του δεν ήταν μια επίγεια εντολή ή διαταγή, αλλά η διατήρηση της θέσης και της ζωής του ηρωικού δρόμου του μετά θάνατον.

Ποιος ήταν ο Ηρακλής;
Ο ΝΤΡΟΠΙΑΣΜΈΝΟΣ, ΕΞΟΛΟΘΡΕΥΤΉΣ ΤΕΡΆΤΩΝ, ΠΟΥ ΧΆΡΑΞΕ ΤΟΝ ΔΡΌΜΟ ΠΡΟΣ ΤΟΝ ΌΛΥΜΠΟ ΜΈΣΩ ΤΟΥ ΗΡΩΙΣΜΟΎ

Ο **Αλέξανδρος Βασίλειος Μάντζαρης** (Βασέξανδρος) θα ήθελε να ευχαριστήσει ιδιαίτερα τους:

Ματούλα Μάντζαρη (Αθήνα, Ελλάδα) που του ενέπνευσε μια βαθιά εκτίμηση για τους αρχαίους Ελληνικούς μύθους, διαβάζοντάς του εκείνες τις ιστορίες όσο ήταν νέος, και τον θαυμασμό για τον Ηρωισμό. Ειδικά που τον πήγε να δει το αρχαίο θέατρο στο Ηρώδειο.

Παναγιώτη Μάντζαρη (Αθήνα, Ελλάδα) που βοήθησε με τις αρχαιοελληνικές μεταφράσεις και μετέδωσε την κατανόηση του πώς είναι ζωντανοί οι μύθοι της αρχαίας Ελλάδας σήμερα και παρείχε καθοδήγηση σε μερικά από τα πιο σημαντικά ερωτήματα. Ουσιαστική ήταν η κατανόησή του για τον πυρήνα του ηρωικού ήθους.

Δημήτρη Μάντζαρη (Αθήνα, Ελλάδα) για τις διδασκαλίες του πώς η τέχνη/αρχιτεκτονική διαμορφώνει την κοινωνία και τη νοοτροπία μας. Ότι η ιστορία της τέχνης παρουσιάζει έναν σημαντικό παραλληλισμό με τις ιστορίες των ανθρώπων. Ήταν μαθήματα που χρειάζονταν χρόνια για να τα αφομοιώσει κανείς και να τα κατανοήσει.

Κώστα Κουρέτη (Πάτμος, Ελλάδα) του οποίου η εμπνευσμένη αντίδραση στις παραλίες αυτού του ιστορικού τόπου, διόρθωσε το μονοπάτι για ορισμένες έρευνες.

Σταύρο Ν. Βασδέκη (Σέρρες, Ελλάδα), μηχανικός που έγραψε το καλύτερο Ετυμολογικό λεξικό για τα αρχαία ελληνικά. Έφυγε από τη ζωή αφήνοντας ένα όμορφο βιβλίο που δείχνει ότι υπάρχουν περίπου 20 βασικές λέξεις-κλειδιά για τα αρχαία ελληνικά από τις οποίες μπορούν να παραχθούν όλες οι υπόλοιπες. Είναι άξιο θαυμασμού αν σκεφτεί κανείς ότι υπάρχουν 20 αμινοξέα στον άνθρωπο για την παραγωγή όλων των πρωτεϊνών.

Μιχάλη Κοντογιάννη (Λάρισα, Ελλάδα), ο οποίος πριν από χρόνια καθώς έπαιζε κιθάρα έλαβε έμπνευση σκοντάφτοντας στους σπόρους του βαθύτερου νοήματος των άθλων του Ηρακλή.